2022 年度国家社科基金一般项目"中国经典传说景观化传承研究"
（项目编号：22BZW177）阶段性成果

民间传说景观叙事谱系与景观生产研究：

以『白蛇传传说』为考察中心

余红艳 著

上海交通大学 出版社
SHANGHAI JIAO TONG UNIVERSITY PRESS

内容提要

　　本书为旅游民俗学著作,针对经典民间传说口传形态日益衰微、文化传承陷入困境的现实语境,以中国四大传说之一的"白蛇传传说"为个案,创新提出"传说景观叙事谱系"和"传说景观生产"概念,深入思考经典民间传说的景观化传承与中华优秀传统文化的创新发展。本书可作为民俗学、民间文学、旅游学等学科的专业书目,也可用作文旅部门、非遗保护中心的参考资料。

图书在版编目(CIP)数据

　　民间传说景观叙事谱系与景观生产研究:以"白蛇
传传说"为考察中心/ 余红艳著. —上海:上海交通
大学出版社,2022.11
　　ISBN 978－7－313－27651－3

　　Ⅰ.①民… Ⅱ.①余… Ⅲ.①民间故事—文学研究—
中国②民俗风情旅游—研究—中国 Ⅳ.①I277.3
②F592.68

　　中国版本图书馆 CIP 数据核字(2022)第 194446 号

民间传说景观叙事谱系与景观生产研究：以"白蛇传传说"为考察中心
MINJIAN CHUANSHUO JINGGUAN XUSHI PUXI YU JINGGUAN SHENGCHAN YANJIU：
YI "BAISHEZHUAN CHUANSHUO" WEI KAOCHA ZHONGXIN

著　　者：余红艳			
出版发行：上海交通大学出版社	地　　址：上海市番禺路 951 号
邮政编码：200030	电　　话：021－64071208
印　　制：上海景条印刷有限公司	经　　销：全国新华书店
开　　本：710 mm×1000 mm　1/16	印　　张：18
字　　数：299 千字			
版　　次：2022 年 11 月第 1 版	印　　次：2022 年 11 月第 1 次印刷
书　　号：ISBN 978－7－313－27651－3			
定　　价：78.00 元			

　　做中国传说研究的人都会有一点迷茫《白蛇传》故事怎么会是传说呢？谁见过白蛇精啊？那个白蛇变美女的故事都是假的吧，一点历史的影子都没有呢。所以当年罗永麟先生提出的概念叫"四大民间故事"，不叫"四大民间传说"，《白蛇传》是其中之一。罗先生当时没有使用传说的概念，可能是《白蛇传》也好，《牛郎织女》也好，真的不是历史上实有的事。还有，四大民间故事的神圣叙事意味也是一点都不浓厚，更像是传奇。《白蛇传》带的那个"传"，实际上也是"传奇"的意思。西方人说，传说是带有历史的影子的，也是有神圣意味的叙事。这样看起来，《白蛇传》这两条都搭不上。可是，《白蛇传》等后来为什么变成了"四大民间传说"呢？

　　这要从地方传说讲起了。地方传说的概念并没有上述历史的影子和神圣的意味两项要求。地方传说往往是在讲述地方景观及与景观相关的故事。当年罗先生研究四大民间故事，多是江南地区的地方叙事，不是尧舜禹那样的历史传说。但是，《白蛇传》故事也不仅仅是白娘子的故事，其主角不仅仅是白娘子和许仙，还有法海。法海不是历史人物吗？法海是唐代宰相裴休之子，出家为僧，是金山寺开山之祖。这可是实实在在的地方景观，还真是历史人物，与其相关的神奇故事，还真是既有历史的影子，又有神圣的意味。所以说《白蛇传》是民间传说，不仅满足了历史的影子和神圣意味两个条件，还多出来了地方景观的叙事。

　　讲这些是要表达这样一个想法：人们对传说研究那么感兴趣，主要是传说有些历史的因素在里面，做起研究来有话说，资料可以搞出一大堆。拿历史与传说一对比，就会发现很多问题。相对而言，神话研究起来就难多了。同时，作为地方文化资源，作为非物质文化遗产，人们非常重视传说，却不大关心神话。如今，国家级非物质文化遗产名录中，传说有几十上百，而省级的名录中，传说加起来规模更是大得惊人，但是神话类的非遗，尤其是直接叫某某神话的，真没有几个。为什么会这样呢？一是可能人们觉得传说与历史的叠加，影响会更大；二是可能觉得一个地方文化资源还是有根有据，不是假的。少数地方甚至不承认地方传说是传说，硬要说是历史，或者历史传说，只有这样，他们才真正觉得有价值。这当然很可笑。到了今天还想把传说历史化，跟当年人们把神话历史化一样，那都是错误的想法和做法。神话也好，传说也好，它的价值恰恰不在其讲述真实的故事，而在其充满美丽的梦想，在其创造了珍贵的精神禀赋。把传说历史化，降低了传说的神圣价值，破坏了神话传说伟大的理想主义精神。

大多数地方，大多数研究者，大多数传承者都是乐于把自己的地方资源叫作传说的。因为对于传承也好，研究也好，都会变得精神自由。其实，历史要真是变成了传说，那就活了，那就是长了翅膀的文化精神。传说是历史的传承方式之一，历史故纸堆只是传说的凭依之一。传说是写在中华大地上的文章，是刻在地方景观上的壮丽史诗。所以，传说的理想精神是灵魂，传说的人物是肌肤，传说的景观是骨架。必须有景观，传说才可以站起来。

过去的传说研究，比较关注传说人物和事件研究，这个人物是个什么样的典型，那个人物是什么样的性格；这个事件表达了什么价值观，那个事件又代表了什么时代精神，可谓丰富且杂乱。"箭垛式"人物说法可能是传说研究出现困境的解决方案，指人们把自己的愿望投射到一个传说人物身上，就像箭垛一样，浑身射满了箭杆，各种叙事、各种意义都有。所以传说人物研究也就自由了。但是传说人物并不是一辆公共汽车，谁都可以上，它的意义叠加，应该是有序的，不是什么都可以往身上堆的。

过去传说研究还有比较多借鉴故事类型与神话母题的思路，研究情节，通过情节来定义传说。但是情节总是和人物联系在一起的。人物研究，也偏重价值意义方面。如《白蛇传》研究，总是很难离开白素贞、小青、许仙和法海这四个人物。研究的主题可能离不开与其情节相关的爱情、信仰和生活等问题。可见，传说研究要发展，老套路已经有问题了。

于是，我们决定开拓传说研究的空间。这就是神话研究三种叙事形式的研究思路向传说的移植，即我们认为传说作为民俗叙事，与神话叙事一样，都离不开语言文字的叙事、仪式行为的叙事和景观物象（含图像）的叙事的统一。第一次尝试的是姜南博士的《云南诸葛亮南征传说研究》，完全采用的就是这样的三合一的叙事套路。由于这些传说的材料多来自田野，景观也好，仪式也好，都是一种民俗呈现，所以当他的著作出版时，我为其写了篇小序，在《文汇读书周报》

发表了题为《诸葛亮传说研究的民俗学路径》的小文,一时电话不断,因为搞诸葛亮研究的人太多了,来电多是历史学的、军事学的,还有文学的,他们想知道民俗学路径是怎样的。

后来张晨霞研究帝尧传说,也是从这种思路入手,研究帝尧传说与晋南社会,也是景观传说与叙事研究的开拓者。后来她的帝尧传说研究延及黄河中下游,并建立了传说谱系的观念,获得国家社科基金的支持。

本书的作者余红艳来到华东师范大学攻读民俗学博士学位的时候,博士论文就确定以她江苏大学所在地——镇江的传说《白蛇传》为题,切入点为地方传说的核心问题——景观。

虽然地方传说多为景观叙事,但是此前做传说景观研究的人真是不多。2013 年前主要就是邓新华等人的三峡地区的景观传说研究,庄慧等人的山东地区若干景观传说研究。余红艳的《白蛇传》景观研究,关注点是景观叙事,同时重点探索景观生产。传说的景观生产,不仅仅是一种互文表现,还是当代传说形态的巨大转变,也体现出新的时代传说传承形态的巨大转变。民俗旅游以及民俗影视作品,都需要将语言文字形态转化为可视形态、观赏形态。意象的形态转化为物象的形态。这就带来了研究对象和研究视角的转变。传说研究的主体变成景观,景观的关注点变成了叙事和生产,这一转向还是很大的。

当白娘子、法海中心变成了雷峰塔、断桥、金山寺和白娘子爱情园中心,景观的叙事与生产的视野就真是不得不拓展了。自由的语言叙事被物像固化,但固化的是物质形态,为再叙事展开了另一片天空。景观本身就是一种叙事,是一种直观,更成为再叙事的基石。景观生产的设计与艺术、信仰和商务等叠加,让有限的文字获得生命,通过景观重现。这既是生产者的创造,也是观众与传说的一次对话。新的时代传说发展不是语言文字中出现了多少新的情节,而是创造出多少新的形态与呈现方式。但是,无论影视、数码的形态多么变幻神奇,都不能离开景观,不能离开图像。景观不仅仅是物象,不仅仅是雷峰塔和断桥,还包括人物,人物是景观的构成,人物的静态物象景观与人的表演,形成表演性景观和仪式性景观。在景区,导游的叙事也是一种动态景观。而那些情节和人物的叙事,通过文字陈列,也构成景观。现代的传说景观,是传说形态的全方位蝶变。

余红艳是传说研究从语言文字文本叙事研究转向景观物象(图像)叙事和生产研究的重要探索者。在一定程度上,她的研究实践带来了传说研究的重要变革。她的关于景观叙事与景观生产的系列论文,对于传说景观方面的研究起到很大的促进作用。景观生产的研究也引发了民俗学研究者身份的重要变化。传说的研究者，往往成为传说景观生产的建构者、参与者，这正是传说研究者社会责任的体现。研究者即使自己不参与地方传说景观的设计与生产，但其研究也为这种生产提供了智力支援。

我们现在非常熟悉的文旅融合、乡村振兴、优秀传统文化传承、非遗保护、民俗旅游活动，都离不开传说的景观叙事与景观生产。于是，我们发现民俗研究者、民间文学研究者在这个时代需要承担更多的责任。但是这种担当是非常专业的。没有景观叙事研究的景观生产，可能只是粗制滥造的，缺乏文化内涵与审美内涵，也就可能是失败的。

今天，多数传说景观与景观生产都是为文旅融合而生，传说研究事实上成为民俗旅游研究，成为旅游民俗学研究的组成部分。我们将民俗叙事视为旅游民俗学的核心问题，而景观叙事是民俗旅游的焦点问题。景观是旅游的前提，也是文化的载体，没有文化内涵的景观，是没有旅游价值的。我们的传说研究聚集了一批研究旅游的青年学者，如游红霞的《朝圣旅游的景观生产与景观叙事》，这都是和余红艳一样出于特定的学术情怀与现实关怀，一起成为中国旅游民俗学研究的新生力量。

余红艳的博士论文经过修改提升出版了，这是中国传说研究一项值得关注的成果。祝贺余红艳辛勤劳动取得这样的成就，更期待她在学术上开拓更为广阔的空间。

2022.8.20 于海上南园

目录
CONTENTS

绪论 ··· 001

第一章 民间传说景观生产的内在机制 ·································· 024
  第一节 景观:"看"得见的传说 ··· 024
  第二节 景观生产:传说与景观的循环生产 ··························· 030
  第三节 景观叙事:景观作为文本 ······································· 042
  第四节 "白蛇传传说":景观群及其核心景观 ····················· 053

第二章 信仰淡化下的杭州西湖"白蛇传传说"景观生产 ········· 061
  第一节 信仰变迁:"白蛇传传说"三塔景观的移位生产 ·········· 061
  第二节 主题演化:"白蛇传传说"雷峰塔景观的重建生产 ········ 081
  第三节 符号建构:"白蛇传传说"断桥景观的话语生产 ·········· 114

第三章 经济与信仰博弈中的镇江金山湖"白蛇传传说"景观生产 ·· 127
  第一节 仪式与话语:金山寺"高僧降蛇"文化的景观符号生产 ··· 127
  第二节 命名与改造:多重主体合力的法海洞景观生产 ·········· 136
  第三节 移植与游离:经济与信仰矛盾纠葛的白龙洞景观生产 ···· 153
  第四节 情境与表演:政府主导的白娘子爱情文化园景观生产 ···· 168

第四章 佛教信仰强化下的峨眉山"白蛇传传说"景观生产 ······· 195
  第一节 符号生产:峨眉山佛教景观文化的历史建构 ·············· 195
  第二节 景观迁移:佛教信仰主导下的峨眉山白龙洞景观生产 ····· 203

第五章 "白蛇传传说"当代景观生产的特征 ············· 216

第一节 走向江南："白蛇传传说"景观及其生产的江南化 ········· 216

第二节 走向世俗："白蛇传传说"景观及其当代生产的世俗化 ········ 222

第三节 走向市场："白蛇传传说"景观及其当代生产的商业化 ········ 242

结语 ·· 251

附录 "白蛇传传说"核心景观口传文本选录 ················ 254

参考文献 ·· 261

： 绪　论 ：

一、研究缘起

传统传说学研究从一开始便注意到了包括景观在内的地方风物与传说的形成、发展，以及讲述它们之间的密切关系。钟敬文先生于 1985 年在为《浙江风物传说》作"序言"时指出，我国丰富的民间传说，性质上大半是属于风物传说的。在"序言"中，他首次定义风物传说，认为所谓风物传说，主要是指那些跟当地自然物、人工物，以及某种风物习尚有关的传说。① 其中，地方景观占据了风物传说的"半壁江山"。但是，景观对传说的重要意义并未因此而得到凸显。地方景观作为风物传说的主要对象，有必要将之单独列出，并开展专门性的研究。

民间传说所具有的文化资源性在当代已引起普遍关注，对其进行景观转化也已成为世界各国与地区较为常见的文化遗产旅游开发思路。作为一种传说落脚地方景观的融合形式，景观转化是一个由来已久的古老现象，许多地方景观正是在美丽传说的洇染中提升了文化品位，甚至演化定型为自身最具魅力的景观符号。与此同时，随着现代文化旅游的兴盛、视觉文化的转向以及民间口传语境的日益衰微，景观作为传说与地方文化的载体，其对目的地文化风情的视觉表达，对民间传说核心情节与地域特性的视觉重构，使得景观对地方文化和传说发展的独特意义开始凸显，景观作为独立于传说语言形态的新的叙事类型，重新走进当代传说学研究的视野。

正是基于景观研究对传说发展的意义，我们有必要尝试梳理民间传说的景观叙事谱系以及当代的景观生产。民间传说景观叙事谱系的形成既是传说传播

---

① 钟敬文：《浙江风物传说》，见钟敬文：《钟敬文民间文艺学文选》，安徽教育出版社，2010 年，第 244 页。

的结果，同时也是传说与地方文化融合、渗透的演化过程。与传说无形、口头以及变异等存在形态与传播特征相比，景观是直观、可触摸的实物，是相对稳定的建筑。因此，循着景观以及景观在不同地域、不同时代的变迁，可以重现地域间历史上的经济、文化交流。而传说当代景观生产则在充分表达传说地域文化特性的同时，一定程度上还具有重构地域经济文化圈的社会功能。在这一思路的指引下，我们对民间传说当代景观生产行为及其内在机制的探讨，某种意义上具有尝试重构地域经济文化一体化的地域研究功能。景观既是传说的物质载体，又是地方文化精神的历史投射，可视为沟通传说与地方的文化桥梁。景观对传说与地方的勾连，使得景观研究对传说学的当代发展更具时代价值。

"白蛇传传说"①是中国四大民间传说之一。自唐传奇《白蛇记》已初具故事雏形，演化至今已有千余年的流播历史；其传播媒介涉及口头、书面、戏剧、影视和网络形态等五种介质。现代以来的影视版本至今共计 26 部，已搜集到的民间口传版本约 237 篇；流布地域涉及全国 14 个省市以上。② 此外，与"白蛇传传说"紧密关联的节日、信仰等民间习俗在江浙一带仍有较为广泛的影响与当代传承。历史演化的复杂性、地域分布的广泛性、传播媒介的丰富性、资源信息的交互性使得"白蛇传传说"呈现出立体化的复杂形态。"白蛇传传说"的传播史便是其与不同地方文化黏附、融合的传说景观生产史。目前，在全国各地现存"白蛇传传说"景观七十项左右。③ 其中，核心传说景观及其变迁具有直接促成并影响传说情节、主题历史演化的叙事性功能。"白蛇传传说"核心景观主要集中于传说核心情节的三大发生地——杭州、镇江和峨眉山。杭州、镇江和峨眉山既是"白蛇传传说"的发源地与文化基础，同时也拥有"白蛇传传说"的核心景观群，具体包括杭州西湖景观群（三塔、雷峰塔和断桥等）、镇江金山湖景观群（金山寺、法海洞、白龙洞、白娘子爱情文化园等）和峨眉山景观群（峨眉山、白龙洞等），这些景观不仅是故事发生的场景，它们还与人物、情节一起，共同架构了传说不可或缺的叙事元素，是传说形成、发展、演化的重要内容，如果抽去了这些景观，"白蛇传传说"将失去其标识性。因此，"白蛇传传说"是一个典型的景观传说，从景观研究的视角切入传说的历史演化、主题变迁，以及当代景观生产对传说发展与传承

---

① 本书统一采用国家级非遗项目名称"白蛇传传说"。对于引用中出现的与"白蛇传传说"相关的表述，如"白蛇故事""白蛇精故事"则以所引用原文为准；对田汉京剧本则统一使用《白蛇传》。

② 康新民：《白蛇传文化集萃》（异文卷），江苏文艺出版社，2007 年。这是笔者根据异文搜集地整理得出的数据。

③ "白蛇传传说"景观数据主要来源于各地传说异文，主要景观来源于实地调研。

的意义,是一条有效的研究路径。

与此同时,"白蛇传传说"是一个地域跨度较大、文化内涵丰富、当代景观生产繁盛的经典传说,尤其在 2006 年获批进入第一批国家级非物质文化遗产(以下简称"非遗")名录之后,非遗保护的浪潮与热情进一步推动其景观转化与生产性保护的发展节奏,在积极促进传说传承与地方文化重构的同时,地方政府、宗教信仰、开发商、民俗学者等多重生产主体介入,使得"白蛇传传说"当代景观生产呈现出不同利益主体融合、冲突的复杂形态,也使得景观在视觉重现传说语言叙事形态的基础上,还突显出强烈的地域特色、经济功用,以及不同利益主体投注于景观生产而形成的景观内在张力,使传说当代景观生产研究充满了非遗保护的时代性特征。

值得一提的是,"白蛇传传说"的发源地之一——镇江,是笔者工作二十余年的"第二故乡"。镇江丰富的"白蛇传传说"异文、历史遗迹、传说当代景观生产,都为进一步深入挖掘、研究"白蛇传传说"景观叙事谱系及其景观生产,提供了坚实的研究基础和新鲜的第一手口传资料。长期浸润于镇江这座历史文化名城,使得笔者对于"白蛇传传说"以及由此而诞生的演化,充满了深切的地域情怀与感性认知,渴望以镇江"白蛇传传说"景观化传承为基点,架构一条连接杭州、峨眉山的"白蛇传传说"景观叙事历史形态与当代景观生产模式的立体化景观叙事谱系。正是在对传说学景观研究的学术追求和氤氲家乡民俗学的温柔情怀的双重驱动下,本书选取"白蛇传传说"景观生产及其景观叙事作为具体的研究对象,在梳理、分析"白蛇传传说"跨地域景观叙事谱系的同时,深入挖掘传说当代景观生产的内在机制,也期待能在实证性研究的基础上,尝试探讨民间传说景观化传承的保护思路。

二、研究意义

(一)景观视角下的传说学研究意义

在传统传说学研究视野中,景观被包含在地方风物的范畴之内,虽然得到了一定程度的关注,但其较为独立的叙事功能,以及对传说发展所具有的传承意义,尚未得到足够的重视,始终处于附属传说语言叙事形态的依附地位。随着影视等光影媒介对民间传说改编、传播价值的突显,景观作为一种静态的物质形态对传说的价值,再一次被遗忘于视觉文化冲击的浪潮之外。

景观所具有的叙事功能对传说形成、变迁,一直有着不容忽视的作用。一方面，传说对景观的依附正是看重了景观原有的文化符号对传说叙事的意义；另一方面，围绕景观展开的传说讲述，本身就是一个景观叙事的过程。随着景观的变迁、消失或重建，又会形成新一轮的传说，再次显示出景观生产传说的叙事价值。因此，景观之于传说的叙事性功能从来都是传说学研究不可忽视的重要内容。

当代非遗保护的热潮为景观对传说学研究的意义彰显提供了社会契机，现代生活方式带来的民间口传语境的衰微又为景观走进当代传说学研究提供了文化背景，非遗保护亟须寻求一种积极的、融入民众生活的生产性保护方式。在现代社会语境使得传统的"口述倾听"逐渐成为当代难以为继的"传说"的同时，传说学研究亟须寻求符合时代文化特征的视觉传播形态。景观以及当代景观生产对传说发展与传承的叙事性价值便更加鲜明。当代民间传说很大程度上开始走进一个借助景观媒介进行景观化传承的新阶段。对景观叙事功能的研究拓宽了当代传说学研究的视野，并为民间传说语言叙事、物象叙事（景观叙事）和仪式行为叙事的谱系架构和完整化做出贡献。

（二）文化重构的地域研究意义

景观是书写在大地上的美妙文本，承载、融汇着地域文化的历史形态与充满人文情怀的地域风情。它是地域文化的物质形态，是研究地域文化的极佳支点。如果说景观是地域文化岿然屹立的大山，那么讲述地方故事的民间传说则是地域文化缓缓流淌的河水，民间传说与地方景观的融汇犹如一次江水环绕山林的历史性相遇，它们以景观的静态和传说的动态，共同书写了一个不断重写的地域文化篇章。民间传说、传说景观、地域文化三者既相互投射映照，又相互解读重构。从景观的视角切入地域文化研究，一方面为深入走进地域文化提供可能，另一方面也便于分析传说景观及景观生产对地域文化的历史重构。

景观具有相对的稳定性，能够较为清晰地呈现地域文化的历史发展脉络。因此，景观的历史形态梳理其实正是一场基于景观历史生产的地域文化梳理，对景观谱系的架构重现的正是地域文化的演化过程。历史沧桑，时代变迁，曾经的文化圈随着政治、经济的变迁，一定程度上表现出疏离甚或隔断，而当代景观生产其实努力恢复的便是由传说讲述的地域文化圈。因此，它有着重构地域文化的愿望和可能性。

民间传说的景观谱系在类别上往往表现为两大类型，一是地域分工型景观，二是地域并列型景观。所谓地域分工型景观是指传说情节前后连续、地域景观各有分工的景观类型;而地域并列型景观则是指传说在不同地域有着自成谱系的叙事和景观系统。这两大类型的景观都较为一致地传递了一个信息,即传说圈对地域文化圈的形象演示。因此,对景观及其当代景观生产的深入剖析,具有重构地域文化圈的文化研究价值。

（三）引导景观生产实践的现实意义

如火如荼的传说景观生产在全国各地热烈开展并被竞相模仿,传说主题公园、传说文化节、传说实景演出等这些围绕传说而展开的景观转化,是地方对传说文化资源认识并充分利用的表现。但同时,主题公园淡化为单纯的市民休闲场所、文化节泛滥成灾、实景演出巨额投资却收效微弱,这些在现实的景观生产中存在的问题也逐渐凸显。传说当代景观生产实践亟须更多的理论研究和方法引导,民俗学者也需要在更多参与中深入了解景观生产的内在机制,传说当代景观生产多重主体的利益纠葛所呈现出的当代景观生产走向对传说发展与传承的积极或消极影响,也需要我们提供相应的理论成果加以评判与合理引导。因此,传说景观生产研究具有重要的现实意义。

作为中国四大民间传说之一,"白蛇传传说"的核心景观跨越多省多地,同时其丰富的景观生产和广泛的社会影响便于我们以之作为具体的景观研究对象,并探讨一条传说景观化传承和景观生产实践的理论研究与实践创新的新思路,在传说学、地域文化研究以及景观生产实践引导等方面具有理论和现实意义。

三、研究现状

本书的研究基础主要涉及两个方面:一是传说的景观生产与景观叙事研究,二是"白蛇传传说"研究。它们共同为本书以"白蛇传传说"为考察中心的景观生产与景观叙事研究提供重要的理论前提与实践基础。

（一）民间传说景观生产与景观叙事研究

随着现代旅游热潮的涌动,越来越多的地方文化被纳入各类文化资源转化的经济开发框架之中。民间传说作为地域色彩鲜明、社会影响广泛的地方文化,它所具有的旅游价值与经济推动功能引起地方旅游文化部门的高度重视,围绕民间传说而展开的景观生产行为与景观规划大量涌现。其中,地方学者发挥了积极的作用,他们致力于探讨景观的创意性生产,在传说资源的景观转化实践中,分析景观对地域旅游所具有的强大经济功能。何祖利(1998)以西施传说为个案，提出西施故里旅游区的规划方案；①康新民（2007）提出了对"白蛇传传说"这一资源的景观转化的构想，倡议在金山湖水畔，重现"水漫金山"和新建"白娘子故事园"等景观；②莫高（2007）在细致梳理"白蛇传传说"风物传说群的基础上，提出以景观来促进区域旅游的开发理念；③伍鹏（2008）提出了梁祝文化的整体开发思路。④ 此外，还有一部分学者集中探讨以地域文化为核心的风景名胜区、主题公园的规划设计和经验成败。是丽娜等（2008）从对景观文化内涵的提炼视角，分析南京钟山风景名胜区的旅游开发；⑤李永红等（2009）从园林设计的视角，探讨诸暨西施故里一期工程的设计理念和设计方法；⑥周永博等（2010）从旅游吸引力的视角，分析吴文化旅游景观"史诗式"主题公园的开发策略。⑦ 这些以地域代表性传说为研究个案，以传说资源的景观转化为开发思路的实践性研究成果，为我们以传说景观为整体研究对象展开的区域性景观生产和景观叙事研究，提供了有益借鉴。但是，这些基于地方传说资源开展的景观转化研究，还存在着明显的不足。

针对当前神话传说资源在景观转化中出现的相关问题，《长江大学学报》（2006）以武汉大禹神话的景观生产为个案，邀请相关民俗学专家进行了一场高品质的理论研讨。曾担任武汉大禹神话园项目专家组组长的冯天瑜指出，任何古典资源的转化都具有相对性。因此，在神话资源转化中必须警惕两种倾向，一种是把神话资源的转化视为伪民俗、伪神话，认为这种转化不可能还原神话本真，反对进行神话资源的转化研究与实践；另一种则恰恰相反，认为神话资源转化可以任意夸张、想象，以当代人的观念与需求为标准，尤其是在商业文化和政治思想的双重支配之下，完全背离了古典资源（包括神话）的本意与原型。⑧ 冯天瑜在肯定神话资源转化并作为人类文化延续发展的一种基本方式的前提下，

① 何祖利：《构建西施故里旅游区的若干建议》，《商业经济与管理》，1998 年第 1 期。

② 康新民：《"水漫金山"断想》，见康新民主编：《白蛇传文化集粹》（论文卷），江苏文艺出版社，2007年，第 391 - 395 页。

③ 莫高：《雷峰塔〈白蛇传〉与旅游文化》，见康新民主编：《白蛇传文化集粹》（论文卷），江苏文艺出版社，2007 年，第 381 - 390 页。

④ 伍鹏：《梁祝文化保护与旅游开发略论——以浙江省为例》，《边疆经济与文化》，2008 年第 8 期。

⑤ 是丽娜、王国聘：《旅游区景观文脉的整合与传承——以南京钟山风景区为例》，《江苏商论》，2008年第 2 期。

⑥ 李永红、孟叶萍：《诸暨西施故里一期工程规划设计》，《中国园林》，2009 年第 5 期。

⑦ 周永博、沈敏、余子萍、沙润：《吴文化旅游景观"史诗式"主题公园开发》，《经济地理》，2010 年第11 期。

⑧ 孙正国：《神话资源转化必须警惕两种倾向——冯天瑜先生访谈录》，《长江大学学报》（社会科学版），2006 年第 3 期。

也提出在具体实践中避免走向两个极端的不利倾向。刘锡诚则具体提出艺术性在景观转化中的重要作用,认为当前资源转化中,存在忽略景观转化与艺术转化差异性的现实问题;陈建宪强调资源转化要保持神话传说的本真性;孙正国则提出了"公共空间化"是神话资源成功转化的秘密。这些研究指出现有神话传说资源在景观转化中存在的重形式、轻内涵的实际问题,从学理的深度提出资源转化的基本准则,以及民俗学专家在此过程中应该担负的职责和历史使命。

　　由是可见,围绕地方文化展开的资源转化行为或者说景观生产行为越来越多地引起民俗学界的重视。徐赣丽(2013)认为,在旅游场域和公共政治场域交叉作用下,民间文化逐渐出现两大发展趋势:一是资源化,二是遗产化。① 其中,对民间文化资源化发展趋势的思考正是基于当前各地热衷开展的民间文化的生产行为。针对民俗传统文化愈加显著的经济性特征,田兆元(2014)提出了"经济民俗学"的概念,深入阐述民俗所具有的经济发展的社会功能与应用价值。② 曾经被热烈探讨的"民俗主义"在非遗生产性保护和经济发展的浪潮中,逐渐成为一种更加合乎社会发展和文化语境的文化资源转化,势不可挡的传说景观生产行为也需要民俗学更多的理论建构和实践参与。一方面,民间传说的景观生产行为直接促成了景观叙事的实现,以及围绕景观叙事而展开的充满地域特色的新的传说讲述,景观生产是推动当代传说存在形态转型的内在机制;另一方面,当代文化与经济的交流和互动正是基于对历史上地域文化圈的继承和发展,传说景观是连接历史与当下的桥梁,对其景观谱系的历史梳理投射了地域文化的历史形态。而对当前景观生产行为的研究,从某种意义上讲,正是对地域文化传统的重构。鉴于景观的形成与再生产,蕴藏着地域文化之间多维度的交流和对抗。因此,基于民间传说的景观生产研究,既有着对传说学叙事理论的拓展,又为地域文化研究提供了一个新的研究视角。

　　景观叙事概念最早由景观设计领域提出,主要是借用文学叙事与文本概念,将景观视为一个可以阅读的文本,一个又一个景点则视为构成文本的语法结构,从而为景观注入叙事的元素,使之成为讲故事的载体,景观设计领域的景观叙事表现为一种设计方式。最早使用景观叙事方式进行景观设计的是简·赛特斯怀特(1904),他强调景观叙事功能的实现有赖于景观对"记忆"的唤醒。正式提出

---

① 徐赣丽:《资源化与遗产化:当代民间文化的变迁趋势》,《民俗研究》,2013 年第 5 期。
② 田兆元:《经济民俗学:探索认同性经济的轨迹——兼论非遗生产性保护的本质属性》,《华东师范大学学报》(哲学社会科学版),2014 年第 2 期。

景观叙事概念的是保罗·伯苏(1997)，他也同样强调"记忆"对景观叙事的重要意义，并明确将"记忆"视为景观设计的主要方法。① 此后，景观叙事理论与方式逐渐成为景观设计领域的主要设计理念。

民俗学领域对景观所具有的叙事功能关注较早。日本民俗学家柳田国男早在 1935 年的《传说论》中，便指出包括景观在内的地方风物具有唤醒传说记忆的功能，他同样突出了记忆对景观实现叙事性功能的意义。国内民俗学研究也往往是将景观作为众多地方风物的组成部分来整体分析其对传说发展的价值，传统传说学更多强调的是景观对传说语言形态的附属性，尚未将景观视为一个较为独立的文本加以考察。在神话传说学研究框架中，万建中在分析屈原传说时，就注意到了景观对传说流播的意义。万建中指出，正是与屈原有关的文化景观，一直在默默讲述着传说，才使得屈原传说不被遗忘。② 2009 年，叶舒宪在研究史前陶靴的过程中指出在文学叙事尚未被记录之前，史前出土的陶靴以"物的叙事"透露出四五千年之前的神话观念。③ 2010 年，叶舒宪进一步将物的叙事、图像叙事与国学研究的四重证据法相联系。四重证据法对应着文化人类学研究中一个较新的概念"物质文化"，即直接研究物体本身所包含的潜在叙事。从"物质文化"概念出发，叶舒宪指出"物的叙事"便属于第四重证据，具有超越汉字记录的局限，有助于进一步深入解读神话故事。④ 2011 年，田兆元在研究神话的构成系统及其民俗行为叙事中指出神话的存在形态，即构成系统是融合了语言叙事、物象叙事和仪式行为叙事的综合形态。⑤ 2013 年，田兆元进一步突出强调物象叙事中的景观叙事性，他指出，建筑和塑像等景观对故事传说的稳定性流传起着十分重要的作用，它是一种静态的叙事形式。⑥ 景观叙事理论从而在神话传说研究领域开始实践。

上述学者围绕景观所具有的叙事性功能而展开的相关研究，为本书探讨传说的景观叙事研究提供了坚实的理论基础。本书在以"白蛇传传说"为例论述景

---

① Paul Basu. Narratives in a Landscape: Monuments and Memories of the Sutherland Clearances, *University College London*, 1997.

② 万建中：《非物质文化遗产与"物质"的关系——以民间传说为例》，《北京师范大学学报》(社会科学版)，2006 年第 6 期。

③ 叶舒宪：《物的叙事：史前陶靴的比较神话学解读》，《民族艺术》，2009 年第 2 期。

④ 叶舒宪：《物的叙事：中华文明探源的四重证据法》，《兰州大学学报》(社会科学版)，2010 年第 6 期。

⑤ 田兆元：《神话的构成系统与民俗行为叙事》，《湖北民族学院学报》，2011 年第 6 期。

⑥ 田兆元：《诸葛亮传说研究的民俗学路径》，《文汇读书报》，2013 年 11 月 1 日，第 9 版。

观生产和景观叙事的有关理论中,将着重以景观叙事概念为贯穿全文的理论,以此为指导,兼及叙事学、结构主义等理论,对以"白蛇传传说"为主要案例的景观生产及其叙事的主要特征进行分析和评价,并力图结合地域性特征提出对景观生产和景观叙事在文化传承、价值开发等方面的设想和建议。

（二）"白蛇传传说"研究

"白蛇传传说"是我国著名的民间传说,与梁祝传说、牛郎织女传说和孟姜女传说一起,被学界公认为中国四大民间传说。它依托江南特有的民俗风情,融入佛教、道教和民间蛇信仰等多种宗教文化,在民间叙事、文人叙事交互影响、彼此渗透的讲述与传播语境下,逐渐形成了文化容量丰厚、地域色彩鲜明、传播媒介多样的"白蛇传传说"文化谱系。"白蛇传传说"研究兴起于 20 世纪二三十年代,即中国民俗学运动的发起阶段。自此,围绕"白蛇传传说"起源流变、主题演化、形象分析、宗教矛盾、民俗文化、传播媒介等多方面的考证、研究工作,为我们更为深入、全面地了解"白蛇传传说"的历史面貌与变迁历程,提供了有力的科学依据。

20 世纪 50 年代,在"戏改"大潮的影响下,学界掀起了一场围绕"白蛇传传说"戏曲改编的讨论热点;1984 年、1989 年,江苏、浙江和上海两省一市先后于杭州、镇江召开了两届"白蛇传传说"学术讨论会,再次掀起 20 世纪末期"白蛇传传说"的研究高峰;2006 年,"白蛇传传说"入选我国第一批国家级非物质文化遗产名录,成为国家重点保护与传承的民间传说之一,这为"白蛇传传说"的进一步研究提供了良好的契机,并在非遗保护与传承的实践工作中,引发出新的"白蛇传传说"研究方向,如"白蛇传传说"的非遗保护与传承研究、"白蛇传传说"的旅游景观开发研究等。百年"白蛇传传说"研究既是中国民间传说研究史中的绚烂财富,又为我们继续开展"白蛇传传说"的相关研究提供了丰实的研究基础。

1. 起源研究

起源研究是民间传说研究的重要内容,研究方法主要沿用的是顾颉刚孟姜女故事主题流变的考证式研究范式。"白蛇传传说"的起源考证主要表现为两大说法:

一是外来说,即"白蛇传传说"起源于印度,是印度蛇故事在中国的变体。这一研究思路在"白蛇传传说"研究之初较为流行,主要采用的是比较研究方法。秦女、凌云《白蛇传考证》(1932)一文持有的正是印度说的起源观。该文细致比对中西方蛇女故事(中国的"白蛇传传说"与英国叙事长诗《拉米亚》)的历史演变，发现二者在情节、人物、主题等多方面均十分相似，进而考证出曲折的印度本源。最终得出结论：中国的"白蛇传传说"是以印度流传的故事为基础，串联起中国旧有的各种片段或掌故，从而使之成为一个有系统的、有生命的活跃的故事罢了。[①] 刘锡诚在列举了20世纪二三十年代有关"白蛇传传说"起源考证的7篇研究成果[②]之后，认为"这一阶段的白蛇传故事起源研究大体可以赵景深为代表，即认为白蛇传故事起源于印度"。[③] 这一观点见于赵景深《弹词考证》第一章"白蛇传传说"："不过《白蛇传》虽非专阐佛教，其来自印度，却有可信之处。本来有一派研究故事就说过，一切故事起源于印度，又何况是蛇的故事，怎能使人不疑心出自蛇之国呢……大约这《白蛇传》故事是从印度来的。"[④]尽管赵景深在措辞上使用的是"疑心""大约"等不确定的词汇，但还是试图梳理出一条从印度演化而来的传播路线。陈勤建在《五四以来〈白蛇传〉研究概述》一文中指出，印度起源说在解放前较有影响。[⑤] 但是，印度起源说在20世纪30年代的讨论热潮之后，鲜有被提及，直到1964年美籍华人学者丁乃通在德国发表了长篇论文《高僧与蛇女——东西方〈白蛇传〉型故事比较研究》，论文以详尽的文献资料，考证了"拉弥亚"故事如何从印度传到希腊，又从欧洲传到中国，并认为冯梦龙的《白娘子永镇雷峰塔》乃英国诗人济慈笔下的"拉弥亚"故事的异文。[⑥] 丁乃通的论证是"白蛇传传说"起源研究中十分重要的研究成果，他以历史地理学派的研究方法，通过细致的比较，寻找中西方故事之间的异同与源头，得到了陈建宪（1987）[⑦]、孙正国（2009）[⑧]等学者的认同。

---

① 秦女、凌云：《白蛇传考证》，《中法大学月刊》第二卷第3—4期，1932年12月、1933年1月。

② 分别是：钱静方《白蛇传弹词考》（《小说考证》卷下第90－93页，商务印书馆1924年）、秦女、凌云《白蛇传考证》（《中法大学月刊》第2卷第3—4期，1932年12月、1933年1月）、谢兴尧《白蛇传与佛教》（《晨报·学园》1935年3月21日）、霭庭《白蛇传故事起源之推测》（《天地人》第1卷第10期）、（任）访秋《白蛇传故事的演变》（《晨报·学园》1936年10月6—8日）、曹聚仁《白娘娘传说中的悲剧成因》（《论语》第107期）、赵景深《弹词考证·白蛇传》（商务印书馆1938年）。其中，据笔者进一步核实，霭庭于1936年发表于《天地人》的短文标题为《白蛇传故事原起之推测》。

③ 刘锡诚：《白蛇传传说：我们应该回答什么问题》，见张丹主编：《白蛇传文化集粹》（论文卷），江苏文艺出版社，2007年，第3页。

④ 赵景深：《弹词考证》第一章《白蛇传》，商务印书馆，1937年，第4－5页。

⑤ 陈勤建：《五四以来〈白蛇传〉研究概述》，见张丹主编：《白蛇传文化集粹》（论文卷），江苏文艺出版社，2007年，第193页。

⑥ （美）丁乃通：《高僧与蛇女——东西方〈白蛇传〉型故事比较研究》，见张丹主编：《白蛇传文化集粹》（论文卷），江苏文艺出版社，2007年，第432－499页。

⑦ 陈建宪：《从淫荡的蛇妖到爱与美的化身——论东西方〈白蛇传〉中人物形象的演化》，《华中师范大学学报》（哲学社会科学版），1987年第5期。

⑧ 孙正国：《口头媒介视野下〈白蛇传〉的故事传统》，《长江大学学报》（社会科学版），2009年第10期。

　　二是国内说,即更多探讨"白蛇传传说"在中国的形成过程,集中梳理两个问题:形成年代与形成地域。关于"白蛇传传说"的形成年代,目前学界主要有"唐代说"和"宋代说"两种代表性观点。1953 年,戏剧评论家戴不凡在《文艺报》上发表了题为《试论〈白蛇传〉故事》的论文。文章认为,唐传奇《白蛇记》"除了一条能变美妇的白蛇精之外,和现在的《白蛇传》故事很少相同",故而戴文认为,《白蛇传》故事的雏形,"似成于南宋",明末出版的《警世通言》所收的《白娘子永镇雷峰塔》是"流传于世的最早一篇完整的《白蛇传》"。① 傅惜华在其编撰的《白蛇传集》的长篇序言中叙述了"白蛇传传说"的演变情况,也将最早的文本定为南宋时代的话本《雷峰塔》。罗永麟则将《白蛇传》故事的演变归纳为三个阶段。这三阶段的代表作分别是《西湖三塔记》、《白娘子永镇雷峰塔》、方成培传奇《雷峰塔》。②

　　在追溯"白蛇传传说"的起源、形成研究中,有两篇论文提出了较为独特的观点。一是顾希佳的《从〈夷坚志〉看早期白蛇故事》(1984)提出了"白蛇传传说"与《夷坚志》的关系,认为《白娘子永镇雷峰塔》"一方面有《西湖三塔记》的痕迹,一方面则有《夷坚志》中白蛇故事的情调,一方面还有冯梦龙的阶级立场、思想感情和艺术情趣给这个作品的必然影响"。③ 二是陈泳超的《〈白蛇传〉故事的形成过程》(1997)指出,在《白蛇传》故事产生之前,杭州当地已流传有"女化蛇"型故事,且是"雷峰"名迹的地方风物传说。后经宋高宗的倡导,时人借鉴唐《李黄》等故事,将其编成"蛇化女"型故事,从而形成了《白蛇传》故事。④

　　2. 主题流变与形象研究

　　1924 年,鲁迅在《论雷峰塔的倒掉》一文中,对民间"白蛇传传说"思想倾向的人民性做了充分的肯定。这一批判封建势力的主题分析对"五四"及之后的"白蛇传传说"的改写与研究有着重大指导性意义。1933 年,曹聚仁在《白娘娘传说中的悲剧成因》中提出"白娘娘传说是个伦理的悲剧",是旧社会"女人命运的好注解"。中华人民共和国成立初期,关于"白蛇传传说"主题流变的讨论十分热烈。文章多是围绕田汉京剧本《白蛇传》展开。其中,戴不凡的《试论〈白蛇传〉

---

　　① 戴不凡:《试论〈白蛇传〉故事》,见《名家谈〈白蛇传〉》,文化艺术出版社,2006 年,第 3 页。
　　② 罗永麟:《〈白蛇传〉的历史价值和现实意义》,见《论中国四大民间传说》,中国民间文艺出版社,1986 年,第 132 页。
　　③ 顾希佳:《从〈夷坚志〉看早期白蛇故事》,见《名家谈〈白蛇传〉》,文化艺术出版社,2006 年,第 58 页。
　　④ 陈泳超:《〈白蛇传〉故事的形成过程》,《艺术百家》,1997 年第 6 期。

故事》是这一时期的代表性研究成果，文章指出田汉《金钵记》的主要缺点在于歪曲了白蛇故事的反封建主题，文章的结论之一即"这是一个以反封建为主题的神话"，某种意义上强化了20世纪50年代及之后的白蛇传说"封建主题"的单一流播性。这一时期的研究成果较为丰富，在此罗列有代表性的几种：杨刚《评越剧白蛇传》（1952）、张庚《关于白蛇传故事的改编》（1952）、程毅中《从神话传说谈到白蛇传说》（1954）等。

对于白蛇形象的演变，一般学者均认为白蛇形象经历了"妖精—灵蛇—理想的化身"这样一个逐渐升华的演化过程。对于这三个阶段的演变，学界分歧不大，但是对演变的时间与演变的文化因素有不同的看法。戴不凡认为，"首先得归功于清初的戏曲《雷峰塔传奇》，它使白蛇脱尽了妖怪气，完全成为一个温柔善良、很懂得爱情的人间妇女形象"。① 也有学者认为，白蛇转化为理想的化身是在清末之后。

关于白蛇形象演变的缘由，鲁迅认为是人民的愿望："试到吴越的山间海滨、探听民意去……有谁不为白娘娘抱不平，不怪法海太多事的？"陈勤建在《白蛇形象中心结构和民俗渊源及美学意义》一文中，认为白蛇形象的转化，"关键，还是民俗传统文化的伟力"，中国南方民间独特的文化风尚，"均为白蛇形象及传说的发展，奠定了雄厚的思想和文化基础"。②

此外，近年来小青形象的转变亦是"白蛇传传说"人物形象研究中的热点之一。一直以来，与白蛇研究相比，青蛇处于被忽视的状态。正如陈思和所说："民间传说中的白蛇故事历来被人们理解为追求爱情自由的象征，但却忽略了更为隐秘的文本内涵，即青蛇的存在意义。"目前，对于青蛇形象的研究主要是以李碧华改写本《青蛇》为研究文本展开的。刘郝娇从女性主义的角度阐释青蛇在当代文本中地位攀升的原因；严红亦认为《青蛇》向读者呈现了一个现代爱情故事，探讨现代女性的情感问题。因此，可以说，关于青蛇形象的分析大多集中在对其女性意识的觉醒、女性情感的关注等，此类文章主要有吕冰心《饶有新意的重写——我看李碧华的〈青蛇〉》、姜川子《〈白蛇传〉人物形象浅析》、朱秀峰《青蛇形象塑造的演变及其意义》，另外，还有几篇硕士学位论文专门探讨了青蛇形象的流变过程，主要有高艳芳《青蛇论》、张万丽《〈白蛇传〉青蛇形象的流变及演绎初探》等。关于青蛇的传说，民间口传版本中保留了部分传说异文，只是少有据此

---

① 戴不凡：《试论〈白蛇传〉故事》，见《名家谈〈白蛇传〉》，文化艺术出版社，2006年，第3页。
② 陈勤建：《白蛇形象中心结构和民俗渊源及美学意义》，《民间文学辑刊》，1984年第6期。

类异文展开对青蛇民间形象分析的文章。

3. 地域性及非遗保护研究

在"白蛇传传说"的研究中,地域语境下的传说流变以及传说与地域的关系也是部分学者十分关注的研究课题。王骧基于对镇江地域文化与生态环境的深切感受与实践了解,站在地域文化与传说形成、发展的紧密关系的视角,探讨了白蛇传故事的镇江一源、法海其人,以及《白蛇传》与杭州西湖的结合过程等,在"白蛇传传说"的地域性研究方面有着较高的成就,文章具体有《白蛇传故事三议》《白蛇传故事产地镇江的地理环境和社会背景》《〈白蛇传〉神话故事探源——论白蛇故事与杭州西湖的结合过程》等。

此外,镇江地方学者也一直关注"白蛇传传说"与镇江本地域文化的关系。他们以在镇江及周边地域搜集来的一手民间异文为研究对象,为"白蛇传传说"的研究提供了特别的地域文化研究成果。主要有郭维庚《〈泪漫金山寺〉析》,陆潮洪《法海形象与法海其人辨趣》《〈白娘子永镇雷峰塔〉中的地名考》,张丹《传统理论观照下的白蛇传传说》,康新民《白蛇传传说刍议》《"水漫金山"断想》《浅论〈白蛇传传说〉异文中的道德现象》等。正是这样一批地方学者积极参与研究与保护的工作,才为"白蛇传传说"的研究型传承做出十分重要的贡献。

地域性研究还常常和民俗与非遗保护视角相连。"白蛇传传说"与江南民俗民风有着直接的关联,无论是传统节庆如清明节、端午节,还是饮食习俗如端午喝雄黄酒等,都以民间传说的口传形式为我们保留了传统民俗文化。这正是部分民俗学者十分关注的研究课题。徐华龙在《〈白蛇传〉与饮食习俗》中探讨了与"白蛇传传说"相关的饮食习惯;贺学君论述了"白蛇传传说"与端午节的民俗渊源。其他类似的文章还有《〈白蛇传〉中的雄黄酒》《〈白蛇传〉中的千年仙草灵芝》《西湖借伞的民俗学暗示》等。2006 年,"白蛇传传说"入选第一批国家级非物质文化遗产名录,镇江与杭州共同申报并成为"白蛇传传说"非遗保护的主要单位。自此,镇江地域学者从非遗保护的视角开展了对"白蛇传传说"传承、保护的研究工作。主要有张炜《神韵镇江的烫金名片——刍议"白蛇传传说"保护工程》,刘振兴、罗戎平《对非物质文化遗产〈白蛇传〉保护和传承的个案考察》等。

4. 传播媒介研究

传说总是以一定的媒介形式进行传承,因而,对"白蛇传传说"传播媒介的研究在当前媒介时代十分有意义。孙正国从媒介视野对"白蛇传传说"展开了多维度的研究,是目前"白蛇传传说"媒介研究中成就较高的学者,其论文主要有《口头媒介视野下白蛇传的故事传统》《论白蛇传故事时间的媒介叙事策略》《论表演媒介中白蛇传的故事讲述者》《论媒介对故事空间的影响》等。孙正国对"白蛇传传说"中网络游戏媒介的介入所做的相关研究，为"白蛇传传说"以及传说研究提供了新的研究思路。

上述成果反映出学术界对传说与景观关系的讨论以及对"白蛇传传说"个案研究的深入，为本书的研究奠定了理论前提与实践基础。但是，现有研究也存在明显的局限性。一是尚未系统展开景观研究，对景观的叙事功能与生产性仍然停留在概说层面，而且，理论思考多于实践创意，地域性研究多于景观的整体研究；二是直接以"白蛇传传说"景观为中心的传说景观生产研究还未有直接的研究成果。这就为本书围绕"白蛇传传说"的景观以及景观生产研究提供了拓展空间。

四、概念界定

（一）景观与文化景观

"景观"是一个古老的词汇，在欧洲，最早出现在《圣经》旧约全书中，被用来描画梭罗门皇城（耶路撒冷）的瑰丽景色，其含义等同于汉语的"风景""景致""景色"，与英语中的"scenery"相一致。[①] 在中国，"景观"一词出现较晚，但"风景""景色"等类似的词汇一直被广泛使用，东晋时已经出现以风景为对象的山水画。由此可见，无论是中国还是欧洲国家，"景观"的本义指向的均是视觉审美意义上的风景。

"景观"作为一个现代专业术语滥觞于人文地理学。在近代地理学中，对景观的关注可以追溯到德国地理学家。在德语中，"landschaft"一词"通常用来表示对土地的感知或者面积有限的一块土地"。[②] 19世纪初，德国自然地理学家A.洪堡首倡将景观作为地理学的中心问题。他指出，景观是"地球某个区域内的总体特征"，[③]并开始探讨由原始的自然景观转变成文化景观的过程。1906年，德国地理学家奥·施吕特尔强调景观既有它的外貌，在其背后又有社会、经济和精神的力量，从而提出了"文化景观形态"概念。[④] 1925年，苏尔首次阐述了文化

---

① 俞孔坚：《论景观概念及其研究的发展》，《北京林业大学学报》，1987年第4期。

② Hartshorne Richard. *The Nature of Geography: A Critical of Current Thought in the Light of the Past*. Larcaster, Pa：Association of American Geographers，1939：149.

③ 肖笃宁、钟林生：《景观分类与评价的生态学原则》，《应用生态学报》，1998年第2期。

④ 顾朝林、于涛方、李平：《人文地理学流派》，高等教育出版社，2008年，第5页。

对景观的影响,①并在 1927 年发表的《文化地理的新近发展》一文中,明确定义
了文化景观,即"附加在自然景观之上的人类活动形态"。② 他认为,文化景观是
任何特定时间内形成一地基本特征的自然和人文因素的复合体。在此,文化景
观的区域性得到了进一步强调。19 世纪下半叶,德国地理学家 F.拉采尔将文化
景观称为"历史景观",指出历史景观反映了文化体系的特征和一个地区的地理
特征。苏联地理学家 M.查别林依据人类对景观的影响程度将景观分为两大类,
即自然景观和人源景观。其中,人源景观又包括自然—人源景观和文化景观两
个小类别。他认为文化景观可以理解为人类为满足某种需要而有意识地建立的
景观。③ 我国现代人文地理学奠基人李旭旦指出:"文化景观是地球表面文化现
象的复合体,它反映了一个地区的地理特征。"④地理学研究范畴中的文化景观
既强调景观的地貌、地理特征,同时也倾向于剖析地理与文化特征在地域景观中
的融合。20 世纪末,在国际景观生态学会(IALE)与美国地理学协会(AAG)举
办的大型学术研讨活动中,均开设了有关景观与文化的专题研讨。1994 年,在
AAG 第 90 届年会上设有"文化研究在地理学中的应用:神话、景观、通讯"专题
报告会;1995 年,IALE 大会对景观类型与人类活动特征、景观建设的量化因子、
21 世纪的文化景观、持续发展与文化景观等命题都有涉及。⑤

　　20 世纪景观生态学的出现为景观概念引入了生态学的含义,进一步完善了
景观地学理论,受到世界诸多学科的关注和广泛运用。⑥ 20 世纪 30 年代,"景观
生态"一词由德国生物地理学家卡尔·特罗尔首先提出。生态学对景观概念的
使用主要包括两种认识,"一种是直觉的,认为景观是基于人类尺度上的一个具
体区域,具有数公里尺度的生态系统综合体,包括森林、田野、灌丛、村落等可视
要素。另一种是抽象的,代表任意尺度上的空间异质性,即景观是一个对任何生
态系统进行空间研究的生态学标尺"。⑦ 景观生态学强调景观的整体性与多样
性,他们常常使用"有机联系"这个概念来表达景观空间结构要素之间相互联系

　　① Sauer Carl O. *The Morphology of the Landscape*. University of Calif ornia Publications in
Geography, 1925:2.
　　② Sauer Carl O. *Recent Development in Cultural Geography*. In: Hayes E C (ed.). Recent
Development in the Social Sciences. New York: Lippin Cott, 1927.
　　③ M.查别林:《景观学的一些问题》,见《景观概念和景观学的一般问题》,商务印书馆,1964 年。
　　④ 李旭旦:《人文地理学》,中国大百科全书出版社,1984 年,第 223 - 224 页。
　　⑤ 汤茂林:《文化景观的内涵及其研究发展》,《地理科学进展》,2000 年第 3 期。
　　⑥ 王紫雯、叶青:《景观概念的拓展与垮裤学景观研究的发展趋势》,《自然辨证法通讯》,2007 年第
3 期。
　　⑦ 肖笃宁、钟林生:《景观分类与评价的生态原则》,《应用生态学报》,1998 年第 4 期。

的整体关系，因此，整体性被认为是景观生态系统的最基本特征。

20 世纪 80 年代中后期，景观哲学被引入城市景观规划与空间设计之中，景观的文化价值成为评判景观内在价值的重要标准。日本景观哲学家角田幸彦强调景观凝视带给人的主观感受。他认为人是景观的主体，场所和空间是景观客体中与人的感知心理发生相互作用关系的重要因素。社会学家倾向于把景观视为民众的公共资产，认为"景观是社会的产物，并随着社会和环境的历史变迁长期同化组合的结果；传统景观更是大自然各种环境多样化和人类各个民族社会多样化共同作用的结果"。[①] 社会学还强调景观所隐藏的记忆功能，指出景观具有象征意义。

20 世纪 90 年代，美国国家公园管理局将文化景观界定为"代表一个联系着历史事件、人物、活动或显示了传统的美学和文化价值，包含着文化和自然资源的地段或区域"。1992 年世界遗产委员会第 16 届大会正式提出文化景观的概念，即"一种结合人文与自然，侧重于地域景观、历史空间、文化场所等多种范畴的遗产对象"。[②]

由此，我们发现不同领域的学者对景观的理解与使用各有侧重，地理学家视域中的景观，总是隶属于一定的区域，具有鲜明的地方性，而且，它强调的更多的是文化景观的形成缘由；生态学家更关注景观"有机联系"的各要素之间所形成的景观整体性；景观哲学看重人作为景观主体，在凝视景观时的感受；社会学家更突出强调社会对景观的影响，以及景观所蕴藏的记忆、象征功能；而美国国家公园管理局和世界遗产委员会等文化机构更加强调文化景观与过去传统文化、历史的连续性，强调文化景观所承载的历史文化传统，即透过文化景观，我们可以发现一地的历史文化精神。景观概念在诸多学科的广泛使用，在给我们定义和理解带来一定困难的同时，也说明了景观研究对不同学科具有独特的意义。总体来说，景观的区域性、文化性、与传统关联所具有的记忆性等特征是公认的、普遍的认识。自然景观是区域内自然生态的表达，文化景观则是区域内人群对自然景观的有意识改变，自然景观与文化景观常常交织纠缠，形成并投射着一地的自然与文化生态的历史演变。换句话说，文化景观是地域文化精神的象征物，对文化景观的形成及改变过程的研究，某种意义上，正是对一地文化精神更为深

---

① Marc Antrop, Background Concepts for Integrated Landscape Anaiysis. Agriculture, *Ecosytems and Environment*, 2000(77): 17 - 28.

② 李和平、肖竞：《我国文化景观的类型及其构成要素分析》，《中国园林》，2009 年第 2 期。

入的解读。

从文化景观的构成要素分析，景观尤其是文化景观主要包括物质要素和非物质要素两大内容。物质要素是指肉眼可见、具有实体的建筑形态；非物质要素则主要是指附着在物质景观上的文化因子，表现为某种社会关系，沉淀着该地域内历时的文化变迁，从而使得文化景观具有一定的符号能指性。

（二）传说与传说景观

景观与传说的关系一直是传说学关注的内容之一，传统传说学研究往往从传说必有"中心点"的体裁特征界定景观对传说的"纪念物"意义。日本民俗学家柳田国男对传说与昔话的区分是学者们经常引用的观点："传说，有其中心点……传说的核心，必有纪念物。无论是楼台庙宇、寺社庵观，也无论是陵丘墓塚、宅门户院，总有个灵光的圣址、信仰的靶的，也可谓之传说的花坛发源的故地，成为一个中心。奇岩、古木、清泉、小桥、飞瀑、长坂，原来皆是像一个织品的整体一样，现在却分别而各自独立存在，成了传说的纪念物。尽管已经很少有人因为这些遗迹，就把传说当真，但毕竟眼前的实物唤起了人们的记忆，而记忆又联系着古代信仰。"①在此，柳田国男视"传说的纪念物"为传说的核心，并指出原本处于现实生活中的物体，一旦进入传说叙事，便成了隶属于传说的纪念物。张紫晨在《传说论》的译序中，进一步强调了柳田国男这段论说对传说研究的重要意义，认为这个纪念物说（或中心点说）在区分传说与故事的特点上十分重要，所以后来被概括为传说的解释性与说明性的基本特征。民间传说因其情节有以纪念物为核心的，有以实物为依据的，不仅唤起人们的记忆，而且往往还会成为纪念物由来的解释，从而使传说与故事相区别。② 民间传说的"纪念物"不仅标识着传说与故事的根本性区别，而且还体现着传说所具有的说明性特征，唤起人们对纪念物以及与之相关的传说的记忆。

也正是源于传说对纪念物的依赖，柳田国男又提出了"传说圈"的概念："为了研究工作上的方便，我们常把一个个传说流行着的处所，称作传说圈。"根据柳田国男对传说特征和传说圈的界定，我们发现，纪念物既是传说得以叙事的中心，又是传说圈的中心，同时是传说以及关于传说研究的重要内容。因此，柳田国男称传说的纪念物是"传说的核心"，这一表述被进一步提炼为"传说核"："在

---

① （日）柳田国男：《传说论》，连湘译，中国民间文艺出版社，1985 年，第 26 - 27 页。
② 张紫晨：《〈传说论〉·译序》，见柳田国男：《传说论》，连湘译，中国民间文艺出版社，1985 年，第 7 页。

民间传说的创作中，客观实在物始终处于核心地位，因此人们又将它称为'传说核'，①'传说核'可以是一个历史人物、历史事件，也可以是一个地方古迹或风俗习惯等。"②"传说核"的概念突出了"纪念物"对传说构成的重要价值。邹明华在分析柳田国男《传说论》关于传说的第三个特点，即叙述不受形式限制的自由性、可变性的特征时，还注意到纪念物对传说讲述与流播的意义："传说得以被叙述，根本在于身边的事物具有纪念意义，叙事在形式上的技巧是次要的，是服务于这个根本目的的。"③也因此，传说的讲述并不受形式的限制，它更多地表现出一种随意性、可变性，甚至传说在日常讲述中常常是以不完整的片段形态出现的。传说重在纪念身边事物的讲述目的使之更多地表现为一种地方话语，它"是地方民众人际交流的一种话语形式，它渗透于地方民众全部的生活之中"。④从传说地方话语的特性出发，陈泳超认为对于一个限制性的时空而言，一则口头作品如果被称为传说，必须有当地具体可感的"实物"为依据，也就是柳田国男所说的"纪念物"。但同时，陈泳超又认为"纪念物"一词不甚妥当，"它过于偏重人事了，不能用于一些动植物的推原传说"，⑤所以，陈泳超提出使用"实物"一词会更为合适的观点。细致比证"纪念物"与"实物"这两个概念对于传说以及传说研究的意义，我们发现，柳田国男之"纪念物"强调的是传说所围绕的风物对传说的意义，是相对于传说而言的；陈泳超之"实物"更多指向的是现实的传说消费者所生活的日常环境。现实中的"实物"一旦成为传说讲述的中心，便进入传说的概念范畴，成为传说的某种附属品，便具有某种"纪念物"的意义。从这个角度来说，便有了从现实生活中的"实物"向传说中的"纪念物"转换的传说讲述与传播的过程，二者统一于传说之中。其实，无论是传说的"纪念物"还是生活中的"实物"，上述学者反复强调的传说的核心，即"传说核"，有很大一部分正是现实环境中的自然景观或文化景观。一方面它们作为生活中的"实物"而客观存在，另一方面"眼前的实物又唤起了人们的记忆"，现实中的"实物"演化为传说中的"纪念物"，现实的景观也被悄然置换为传说的景观，并在地方与传说之间架构了一条记忆

---

① "传说核"的概念来源于柳田国男的《传说论》："传说的核心，必有纪念物。"张紫晨据此而将传说的纪念物称之为"传说核"，林继富在执笔《民间文学教程》第七章"民间传说"时，将之明确提出，并加以详细解释。

② 刘守华、陈建宪：《民间文学教程》（上卷），华中师范大学出版社，2002年，第126页。

③ 邹明华：《传说学的知识谱系——解读柳田国男的〈传说论〉》，《民族文学研究》，2003年第4期。

④ 陈泳超：《作为地方话语的民间传说》，《北京大学学报》（哲学社会科学版），2013年第4期。

⑤ 同上。

的桥梁,将传说的演述者、听众以及不在场的更大人群连接起来,滋生或温习对地方传统的认同感。①

　　关于传说与地方以及地方实物之间的密切关系,钟敬文在 1931 年发表的《中国的地方传说》一文中已有深入的探讨。钟敬文从传说的发生上,将地方传说概括为三类:记述的、创造的和借用的。所谓"记述的地方传说"是指"原本有其事实,一般人,不过照事实说出,或稍加渲染的一类"。"创造的地方传说"是指"那饱含着虚构的神话性的一类"。"借用的地方传说"则是指"那假用民间本来独立流行的神话、民间故事而略加以附会的一类"。② 而这三类地方传说均依附于地方具体实物,并对其来历、原委加以细致说明、解释。这一特征在风物传说概念中更加突出。这一定义突出强调了风物传说所依据的三类地方风物,即当地自然物、人工物和地方风物习尚。传说正是经由地方代表性的"物"来表达对地方文化的理解与弘扬。

　　程蔷根据此类传说所具有的基本功能——解释性——而称之为"解释性传说"。所谓"解释性传说",一般是指以事物(山川名胜、风物特产、动植物,也可能是某些流传于民间的风俗习惯)为出发点和归结点,传说就是对这些实物实事的名称、特征之由来做出解释。解释的过程构成了一个有头有尾的故事,有人物、有事件,而最后归结点仍是那个实物或实事。③ 解释性传说概念强化了风物传说对地方风物来历所具有的解释性特征,还具体指出传说往往是以这一"事物"为出发点与归结点。田兆元、敖其还将风物传说细致拆解为名胜古迹传说、地方物产传说和风俗传说三个类别,④强化其各自的特点。其中,所谓名胜古迹传说是指"围绕某处自然山水、历史建筑、古代工程而发生的传说",⑤这里的自然山水、历史建筑和古代工程正是指地方知名的自然景观或文化景观。因此,我们也可以将这类围绕当地知名景观,并对其来历进行想象性解释的名胜古迹传说,称为"景观传说"。

　　一般来说,景观传说中的"景观"大多是地方历史悠久的知名景观,或者为地方独具魅力的奇山异水,它们往往在当地及周边地区拥有一定的社会影响力,是地方以及民众日常生活的一部分。唯有如此,围绕它们讲述的传说才会在本地

　　① 陈泳超:《作为地方话语的民间传说》,《北京大学学报》(哲学社会科学版),2013 年第 4 期。
　　② 钟敬文:《钟敬文民间文学论集》(下),上海文艺出版社,1982 年,第 85 - 86 页。
　　③ 程蔷:《中国民间传说》,浙江教育出版社,1995 年,第 121 页。
　　④ 田兆元、敖其:《民间文学概论》,华东师范大学出版社,2009 年,第 69 - 72 页。
　　⑤ 同上。

开始流传。同时，此类景观还具有鲜明的地域标识性，代表着一地的地理与文化特质，是外地人了解一地地域风情的文化窗口。黏附于地方景观，想象其神奇来历的景观传说，一方面依托景观的社会影响力和本地民众对景观的认同性，得以在本地讲述与传播；另一方面，传说又为景观增添了文化魅力，并逐渐融入地方民众生活。

　　值得注意的是，景观传说与传说景观并非一个对应的关系。传说景观的范畴要大于景观传说中的"景观"。传说景观隶属于文化景观的范畴，简单地讲，就是与民间传说相关的文化景观。但是，并非所有附着于民间传说的景观都可以被称为传说景观。柳田国男在《传说与民间故事》一文中指出传说的地方化与传说的地方性之间的差异："传说在最初流传时会无可避免地与树木、桥梁、岩石等产生联系，也就是经过一段地方化过程。但是，类似风物随处可见，所以还不能把这些特征当作推断传说地方性的依据。神仙落座的树木、英雄落脚的岩石等，并非只有一处，全国各地都有，而且与地方信仰有着密切关联。"①柳田国男认为，传说为了在地方流传的需要，必然会与地方风物如自然景观或文化景观产生联系，但是，尚不具备地方传说的独特性，还是"全国各地都有"的故事，传说真正落脚于地方，必须具有独特的地方性。在传说景观概念中，民间传说并非仅仅是一个关于景观的传说，它更是景观的代表性文化因子，是公认的景观符号。这就排除了为迎合旅游开发的需要而临时编造、附会的景观传说。这类传说与景观是一种较为松散、随意的临时性关系，是全国各处此类传说的挪移，难以形成一一对应的关系，更难以获得本地民众与外地游客的情感认同。这就强化了传说与景观彼此依存、互为依赖的紧密关系。具体来说，传说景观中的"景观"主要包括三种类别：一是由现实景观演变而来的景观，此类景观大致等同于景观传说中的"景观"，是传说所依附的物质载体甚至是传说的来源，我们称之为"现实型景观"。二是传说中的景观，此类景观并非现实生活中的实物，它是传说为了情节的需要，虚拟出来的"地方景观"，存在于传说世界而非现实世界，我们称之为"虚拟型景观"。三是由传说情节衍生而来的景观，此类景观在现实与传说中均未出现，它是根据传说情节、情境而人为"生产"出来的新的景观，我们称之为"情境型景观"。传说景观的概念映射了传说与景观循环互生的内在逻辑，它引导我们在一个动态的演化过程中认识传说与景观相互渗透、彼此纠缠的传说当代景

①（日）柳田国男：《传说与民间故事》，《东方文学研究通讯》，2002年第4期。

观生产过程。

五、研究理论与方法

（一）运用的主要理论

1. 经济民俗学理论

"经济民俗学"①是田兆元在"经济的民俗"（乌丙安）、"经济民俗文化学"（钟敬文）、"经济民俗"（江帆）等概念的基础上，首次提出的关于民俗文化具有认同性经济特征的理论概念。经济民俗学包含两个较为明确的研究对象：一是揭示经济活动中的民俗行为及其发展规律，进行经济民俗的研究；二是进行民俗经济的发展和规律的研究，即研究民俗经济。目前，民俗学界更多关注于经济活动中的民俗行为，即经济民俗的研究，关注的焦点仍然落实在"民俗"二字上，对于民俗经济的发展规律的研究尚显不足。田兆元认为必须研究民俗经济本身，才能去研究经济民俗，经济民俗和民俗经济的双重研究，才是经济民俗学的当代使命。在经济民俗学的研究框架中，民俗文化所具有的经济功能、经济价值得到充分的认识。民俗是基于民众长期的文化认同而形成的传统知识。因此，民俗经济必然是一种认同性经济，围绕民俗进行的经济活动也是基于民众对民俗的认同而开展的生产与消费。从这一思路出发，民俗本身就有着经济特征，对其进行某种程度的生产性保护是十分合理并可行的保护方式。目前，我国非遗生产性保护的工作仍然停留在具有物质生产性质的手工技艺类非遗项目，其他如民间文学等口传类非遗尚未被纳入生产性保护的视野之中，经济民俗学理论有助于我们将"生产"的理念扩展至民间文学类非遗项目的生产性保护范畴。

2. 传播学理论

传播学是 20 世纪 30 年代以来跨学科研究的产物。传播学和其他社会科学学科有着密切的联系，处在多种学科的边缘。由于传播是人的一种基本社会功能，所以凡是研究人与人之间的关系的科学，如政治学、经济学、人类学、社会学、心理学、哲学、语言学、语义学、神经病学等，都与传播学相关。它运用社会学、心理学、政治学、新闻学、人类学等许多学科的理论观点和研究方法来研究传播的本质和概念；传播过程中各基本要素的相互联系与制约；信息的产生与获得、加工与传递、效能与反馈，信息与对象的交互作用；各种符号系统的形成及其在传

---

① 田兆元：《经济民俗学：探索认同性经济的轨迹》，《华东师范大学学报》（哲学社会科学版），2014年第 2 期。

播中的功能；各种传播媒介的功能与地位；传播制度、结构与社会各领域各系统的关系等。

20 世纪 70 年代开始，国外民俗学家开始尝试以传播学的有关理论研究民俗问题，主要涉及民俗传承的传播方式、跨地域传播中民俗信息的获得和传递以及民俗传播媒介等。在国内较早出现的专门以传播学视角研究民俗相关问题的成果是仲富兰的《民俗传播学》，①该研究较早地对民俗传播学的研究对象、层面和要素，以及民俗传播的集体性、普同性、民俗传播的时空特征，民俗的非语言传播、新媒体时代中的民俗传播等进行了系统研究。

本书在"白蛇传传说"主要景观生产和景观叙事的论述中，将运用到传播学的经典理论，如莱利夫妇理论、人际传播理论、大众传播理论、民主参与理论等。在论述景观生产的社会效应及其人类学意义时，还将重点采用麦克卢汉所提出的关于"媒介即人的延伸"的主要理论，在景观生产模式和意义评价、景观叙事内容的传递等方面，运用其所提出的关于"热媒介"和"冷媒介"的有关理论。

3. 符号学理论

符号学是一门研究符号特别是研究关于语言符号的一般理论的科学，兴起于 19 世纪末。符号学研究的内容十分广泛，目前主要研究符号的本质、符号的发展规律、符号与人类各种活动的关系、符号与人类思维的联系等。符号学是一门应用性很强的学科，符号学理论，在许多领域都得到了广泛应用，并且在认识论、社会生物学、宗教学、神话、文学、音乐等方面取得了重大成果。符号学的代表理论家罗兰·巴特等曾用符号学理论对神话进行过深入研究，虽然很多研究都是从语言学角度进行的分析（并对后来叙事学的产生形成直接推动），但是这种研究无疑拓展了神话、传说等的研究途径，对神话、传说的研究也形成了诸多创见。在国内，乌丙安从符号学的角度对民俗、民间传说进行解读、分析，②他的研究已不局限于运用罗兰·巴特的语言学理论而是更多运用皮尔士等对符号的定义（一种更为广义的一般符号学定义），认为符号是一种已经被建构的对象，而不是可供观察的对象。除了叙事文本形式的符号外，这种理论在研究民俗、传说以及建筑景观等物象时，将符号学研究的领域拓展到多类意指向体系，探讨意指方式，认为符号学应该成为一种有关意指系统的理论，其研究的领域是作为意指实践结果的各种文本。这样民间传说（文本）、景观等都作为同时具备形式和意

---

① 仲富兰：《民俗传播学》，上海文化出版社，2007 年。
② 乌丙安：《走进民俗的象征世界——民俗符号论》，《江苏社会科学》，2000 年第 3 期。

义要素的意指体系并成为研究对象。

本书在研究景观生产和景观叙事时，将借用符号学的理论，在文化人类学的视野下对景观的符号学意义以及景观叙事的意义建构等进行阐述，从而揭示景观生产个例中的文化人类学、民俗学意义。

（二）研究的主要方法

1. 历史文献方法

传说景观研究离不开对历史文献的细致梳理，它们包含了传说文本记载、景观历史记载、地域文化变迁记载，散见于地方志、山水志、文人笔记，以及民间传说不同传播媒介的文献之中，开展景观研究必须首先对传说及其景观的历史形态有一个全面、深入的了解，才有可能进一步分析二者融合、变迁的动态过程。同时，传说当代景观生产也是一个逐渐推进的历史过程，研究其演化史也同样需要阅读大量地方文献。因此，历史文献方法是本书最基本的研究方法。

2. 田野调查方法

传说的景观生产与景观叙事研究离不开对传说口传、景观的形成、变迁，以及景观生产主体等要素的实地调研。因此，田野调查是本书最主要的研究方法之一。田野调查方法在传说学的运用充分说明了传说学研究对传说文本之外的口头传播，以及不同地域围绕传说景观而生产出的新传说的关注，标识着传说学研究视角的转向。

在本书的研究中，笔者分别在传说发源地——杭州、镇江和峨眉山等地，搜集、整理"白蛇传传说"当代异文，关注僧人、道士等不同群体对"白蛇传传说"的传播态度与传播倾向，并积极拜访三地参与传说景观生产的地方政府、地方学者以及景观开发商，努力探寻当代传说景观生产的内在机制，以期一定程度上剖析当代传说发展、传承的景观化路径。

3. 比较研究方法

对比法将是贯穿全文的主要方法之一。对比法主要体现在以下几个方面：一是横向对比，对比不同地域下的同一主题的景观生产，以突显景观生产的地域性特征；二是在同一地域下的同一主题的景观生产之间进行纵向对比，如景观的破坏、消失以及再生产，分析其在不同时代语境中的不同遭际，及其深刻的社会学、文化学、政治学以及经济学意义；三是以"白蛇传传说"景观在江南的多地生产为基本事实依据，进行多角度和多层面的对比，在这种对比中将综合运用前述主要理论和研究方法，以期对传说的景观生产进行更多层次和更深刻的考察。

：第一章：
民间传说景观生产的内在机制

第一节　景观："看"得见的传说

一、传说的视觉文化转向：从"听"到"看"

　　"讲故事"似乎是人类最原始也是最顽强的能力之一。在文字出现之前，口头讲述保存并延续了人类早期文化的精华，它不仅在以独特的形式复述历史、传情达意，而且也在此过程中丰富、提升了人类的"讲述"能力，使得这种能力成为人的"类需要"和"类本质"。然而，当文字出现时，当文字再借力于造纸和印刷术时，民间传说便像是长出了双脚，它迈出了口耳相传的藩篱，走进市井，走入书斋，人们也许可以足不出户便可在那一个个静默却不无灵动的文字中，还原那一个个或哀婉凄切或荡气回肠的故事。"故事"的历史在此被改写，民间传说的长河在这里拐弯。丛林篝火所映照的饮血茹毛的先祖们亢奋的脸庞，注定已经成为怀旧的风景，成为故事里的"故事"。"看"故事的时代已经轰轰烈烈地来到，然而，此时对"听"故事心怀感伤却为时尚早，之所以这么说，并非因为在民间传说长河的第一个拐弯处，我们仍然可以不费周折地在行道边、瓦肆间寻觅到"讲"故事的踪迹，而是因为，纸媒之后的声光电及复制技术的到来更像是为故事插上了翅膀，它让故事从书本飞进银幕，从剧院飞入荧屏，一个真正的"看"故事的时代风潮在不依不饶地改写着传说的历史：在罗伯茨公司面前，武尔坎没有威力可言；在避雷针面前，也无须崇拜丘比特（马克思《〈政治经济学批判〉导言》）。不仅如此，当勾栏瓦舍早被埋在历史的残垣断壁深处时，当说书人的身影杳然难觅时，人们已经发现，一个真正的"看"故事的时代在席卷着古老的民间传说，朝着视觉的更直观和更富魅惑力的方向前行。

也许，这时才应该对古老的"讲故事"生出几许伤感。

早在1936年，德国思想家本雅明便在其文章《讲故事的人》中，表达了对故事讲述这一民间艺术"踪影难觅"的感怀：

> 虽然这一称谓（讲故事的人）我们可能还熟悉，但活生生的、其声可闻其容可睹的讲故事的人无论如何是踪影难觅了。他早已成为某种离我们遥远——而且是越来越远的东西了……讲故事这门艺术已是日薄西山。要碰到一个能很精彩地讲一则故事的人是难而又难了。①

本雅明以充满惋惜的口吻抒发其对"讲故事"这一艺术形式的深情怀旧，同时，文章又传递了他对社会文化变迁的敏锐观察。显然，本雅明所说的"踪影难觅""日薄西山""难而又难"，并非指"故事"本身的消逝，他强调的是故事"讲述"这一存在形式与传播路径的渐行渐远，这一观察视角在其另一篇文章《机械复制时代的艺术作品》中有着更为清晰的阐释，他以"电影"这一机械复制艺术，作为文化转型"最大的代理人"，指出其将取代传统"讲故事"这一叙事形态的必然趋势。本雅明描述的由电影艺术所宣告的机械复制时代而带来的"传统的大动荡"，正是一个由口述倾听向视觉观赏转变的"视觉文化"时代的到来。

"视觉文化"这一概念最早由匈牙利电影理论家巴拉兹提出。1913年，巴拉兹从电影对人类接受方式改变的视角，提出了"视觉文化"。他认为："电影摄影的新技术促成了一种新的表现方式和一种新的叙述故事的方法。"②尽管巴拉兹在这本专著中多次使用"视觉文化"这一术语，但是他并未对"视觉文化"做出明确界定，而是着重强调以"视觉"代替"听觉"的表现方式和以"观赏"代替"口述"的叙事形态的转化。

视觉文化显然并不仅仅局限于电影艺术，海德格尔认为，整个现代社会就是一个"世界图像时代"，并指出这一现象正是"现代之本质"。③ 法国思想家德波

---

① （德）瓦尔特·本雅明：《本雅明文选》，陈永国、马海良译，中国社会科学出版社，1999年，第291页。

② （匈）巴拉兹：《电影美学》，何力译，中国电影出版社，1978年，第23页。

③ （德）马丁·海德格尔：《世界图像时代》，见孙周兴选编：《海德格尔选集》，上海三联书店，1996年，第899页。

将整个现代社会所充斥的视觉图景称为"景观社会"："在现代生产条件无所不在的社会，生活本身展现为景观的庞大堆聚。直接存在的一切全部转化为一个表象。"据此，德波进一步指出，现代社会的景观化"不能被理解为一种由大众传播技术制造的视觉欺骗，事实上，它是已经物化了的世界观"。① 在这一思路的指引下，视觉文化更加突出了"存在图像化""存在视觉化"②的现代趋势。这就意味着文化视觉化趋于普遍，视觉观赏逐渐成为我们理解世界的重要方式。有学者将视觉图像对传统文字阅读模式的凌越称为一场当代文化中图像对文字的战争，并认为在视觉文化的时代大潮中，图像成为"主角"，而文字则屈居"配角"。③图像所呈现出的压倒文字的趋势，充分说明了视觉观赏与感性、直观，以及充斥快感的当代文化之间的内在关联，是社会与文化转型的必然产物。影视产业的空前兴盛便是视觉文化的重要表征，越来越多的经典文学作品被改编为影视剧，人们对于文学作品的记忆往往来源于影视图像而非阅读本身。语言主因④型文化向图像主因型文化的转型在给文学作品的语言存在形态带来深刻危机的同时，也为其传播提供了更具普适性的视觉媒介。视觉文化的转向预示着越来越多的文艺形式将要开启一条从传统叙事形态向新型叙事形态的转化路径，"看"逐渐成为最主要的把握世界的方式，传统的主要依靠"听"进行接受与传播的艺术形式也开始增加视觉元素。以音乐为例，这是一个典型的以"听"作为欣赏、交流方式的艺术形式，但是，在视觉快感逐渐充斥的社会语境下，纯粹的听觉模式融入了视觉图像元素，卡拉OK、MTV、室外演唱会等都是糅杂甚至主要倾向于视觉效果的改良，视觉媒介正以摧枯拉朽之势扫荡着当代文化。

就民间传说而言，"口述"与"倾听"是其最基本的传播模式与存在形态，"声音"不仅仅是讲述的工具与载体，更是包括民间传说在内的民间文学本身。万建中在强调口头交流作为民间文学基本生存状态的意义时指出，正是"声音构建了民间文学及其文化场域"，⑤由此，他指出发音世界应该是民间文学研究的主要目标和路径。口头讲述与传播是民间文学的生存之本，同时也是形成其集体性、变异性等基本特征的源头。然而，现代化的快节奏在改善人们物质生活水平的

---

① （法）居伊·德波：《景观社会》，王昭凤译，南京大学出版社，2006年，第3页。
② Nicholas Mirzoeff. *An Introduction to the Visual Cultore*. London：Routledge，1999：6-7.
③ 周宪：《视觉文化的转向》，北京大学出版社，2008年，第8页。
④ "主因"概念来源于俄国形式主义对文学作品的分析。雅可布逊认为："主因也许可以界定为一部艺术作品的核心要素：它控制着、决定了和改变了其他构成要素。主因保证了结构的完整性。"
⑤ 万建中：《论民间文学的口头语言范式》，《民俗研究》，2006年第1期。

同时,也逐渐抹杀了传统民间口传的讲述与传播语境,围炉叙话的传统生活方式正被视觉文化潮流中的影视、网络等新式传播媒介所取代,正如本雅明所感叹的那样,"讲故事这门艺术已是日薄西山",影视改编逐渐成为民间传说在当代较为普遍的叙事形态。

目前,"白蛇传传说"的影视改编已有 26 部之多,其中,不乏如《新白娘子传奇》(1993 年)、《青蛇》(1993 年)、《白蛇传说》(2011 年)等深入人心的代表性影视作品。在笔者针对"白蛇传传说"的传播媒介所做的问卷调查中,86.4%的 80 后人群表示,他们所了解的"白蛇传传说"主要来自电视剧《新白娘子传奇》。[①]可以说,影视改编的"白蛇传传说"是存留在他们记忆中的传说基因。影视艺术以直观、形象的视觉文化特性在迫使语言形态(包括口头、文字)"边缘化"的同时,一定程度上,还承担了拯救现代化冲击下的口传语境日益式微的民间口头艺术形式的社会功能。视觉文化的转向促成了传统文艺形式从"听"向"看"的存在形态与传播模式的变迁。

二、传说景观的传播特质:从"不在场"回归"在场"

传播学将人类传播技术划分为三个不同的阶段,分别是口传媒介文化阶段、印刷媒介文化阶段和电子媒介文化阶段。在口传文化中,声音是最主要的传播媒介,但同时,口传文化又是一种面对面的在场式传播方式,视觉也发挥了交流传播的效应,而且,这又必然形成交流双方的互动性,即一种双向交流的平衡。因此,口传文化的存在形态往往被认为是人类较为理想的传播媒介。印刷媒介文化又被称为读写文化,区别于口传文化对声音的依赖,读写文化更多的是一种通过视觉而实现的对文字的理解,但它不同于视觉文化对直观形象的接受,读写文化更多的是一种对抽象文字的把握,"语言"仍然是其文化"主因"。而电子文化则主要是一种以视觉文化为主因的传播媒介,在现代科技飞速发展的背景下,尽管电子文化呈现出越来越多的互动传播的特性,但它基本上是一种单向传输的、不在场的交流模式。以电影、电视为例,一方面,观众面对屏幕所传输的虚拟图像以及各种信息,虽然它们具有直观、形象的视觉效果;但另一方面,它们又培养了一种被动的接受传播形态,具有远距离的不在场、单向传输的被动性等媒介特征。因此,它们在恢复人们视觉关注的同

---

① 数据来源于对江苏省镇江市 30～35 岁人群,即 80 后人群所做的问卷调查。80 后被公认为是在影视文化中长大的群体。

时，并不能真正实现回归"可见的人类"①的理想传播状态。

　　作为视觉体验与消费的现代旅游似乎有着突破影视艺术单向传输的被动性和远距离交流的不在场等传播困境的可能。韦伯将现代生活形象地比喻为一个"铁笼"，认为个体在理性主义的压力下，过着千篇一律的单调重复的生活。因此，一种冲破铁笼的冒险冲动常常勾起现代生活语境下的"偏离"欲望，而这恰恰是现代旅游日益兴盛的文化心理。旅游是暂时离开常规性的生活轨迹，去体验异样的带有新奇性的他乡文化。这样的体验往往就是一种视觉体验与视觉消费，"看"成为最主要的体验方式与消费方式。在现代旅游的视觉观赏中，面对面的在场式交流、零距离的亲密接触，以及旅游景观与旅游者、旅游者与旅游地、旅游者之间的双向信息传输，都使其具有超越影视传播单向远距离传输的优越性。英国社会学家齐格蒙特·鲍曼认为现代性具有"轻灵和流动"的液体特性，是一种"流动的现代性"。② 现代旅游正是流动的现代性的重要表征，它是一项集经济、交往、消费和观光③于一体的现代视觉体验和视觉消费活动。

　　就其视觉体验而言，旅游者亲临旅游地，以视觉愉悦为核心体验心理，以直观、可触摸的景观元素为体验对象，围绕景观开展多维度的互动交流与传播。这就不同于影视媒介所营构的对虚拟景观的审视，是真正的"可见的人类"的回归。在此，旅游景观不仅是一种视觉传播媒介，同时还是以视觉观赏来实现的景观叙事，景观承担了"讲述"的叙事功能，视觉替代了听觉的接受功能。

　　值得深究的是，传说能指符号的景观与一般自然景观在观赏中的人类学意义，作为人文地理中的景观（下文将具体阐释其含义）在其特有的塑形上被赋予了与特定传说有关的知识和信息，乃至情感价值取向，因而传说本身就是一种"有意味的形式"（克莱夫·贝尔）。换言之，原先以文字文本叙事形式存在的传说被景观的图像叙事所取代，传说直接被表征为可视化的图像（或图像组合），这也就意味着，景观作为传说的相似物被摆置在观察者面前，而传说中的一切所指则通过景观形式的叙事陈述出来。再进一步说，景观在保持其与传说的自我同

---

　　① 匈牙利电影理论家巴拉兹认为，印刷术以印刷符号（文字）来传递意义，而不再通过面部表情来传达。因此，"可见的思想就这样变成了可理解的思想，视觉的文化变成了概念的文化"。也就是说，读写文化是一种意义的抽象表达，是一种概念的文化，而视觉文化则是一种"可见的思想"。他认为，电影让"可见的人类"重新回到了我们的文化前台。（巴拉兹：《电影美学》，何力译，中国电影出版社，1979年，第28页。）

　　②（英）齐格蒙特·鲍曼：《流动的现代性》，欧阳景根译，上海三联书店，2002年，第12页。

　　③ 周宪：《视觉文化的转向》，北京大学出版社，2008年，第296页。

等性的同时,确保了传说的本真存在,这种存在是通过图像观赏主体的意识和反思得到确证和显现的,这就是说,作为知觉存在者的景观,通过作为意识而存在的思维的呈现而"在场",意识不仅意识到自身,也意识到景观的在场,这种反思消弭了主客体之间的对立,通过景观表象及其概念系统、概念图之间,建构了一系列相似性或一系列等价物,从而使观赏者能赋予景观以意义。从这个意义上说,我们认为,景观生产在本质上是对传说"在场"的表象重置,它试图通过观赏者的视觉行为,在意识和反思、知觉和理性的和谐一致中呈现传说。

就视觉消费而言,旅游活动通过视觉展开各种消费行为,"看"是其最主要的消费方式。英国学者施罗德指出:"视觉消费是以注意力为核心的体验经济的核心要素。我们生活在一个数字化的电子世界上,它以形象为基础,旨在抓住人们的眼球、建立品牌,创造心理上的共享共知,设计出成功的产品和服务。"[1]"注意力经济""眼球经济"是视觉消费时代的关键词,视觉愉悦是形象设计的关注点。旅游景观作为地方对外展示的地域特色旅游资源,吸引游客的视线是首要设计原则,而旅游地个性则主要体现在视觉形象之中。因此,旅游景观突出表达的是旅游地话语,景观观赏行为便具有了旅游地与旅游者的对话意蕴,旅游学研究称之为"旅游凝视",意欲突出的是游客与地方之间的双向互动逻辑。因此,现代旅游中的视觉消费所关注的便不仅仅是物质的景观本身,而是包含了由景观所传递的意义生产,这又强化了景观以视觉观赏形式所投射的话语建构的功能,即景观所具有的符号学意义。

正是当代视觉文化的转向和现代旅游的兴盛,将以景观为媒介的视觉观赏形式推向了较为显著的传播媒介视域。景观观赏所具有的传播优势十分明显,它是一种亲临旅游地的在场式视觉体验,是一种多维度互动的传输模式。而且在一定程度上,这种围绕景观的多维度互动恰恰包含了讲述与倾听的口传文化特质。刘锡诚在《旅游与传说》一文中指出旅游观赏对传说口头传播媒介的重新唤起:"一些在流传过程中年代久远,而变得支离破碎、失掉枝叶的传说,或已经长期失传的传说,由于旅游活动的兴起,而被再度恢复起来,重新在人们口头上讲述着,变成了活态的传说。"[2]因而,景观观赏不仅激发了观赏者的审美情趣,通过审美过程中的身心协调一致,使观赏者在愉悦中体察风土人情,了解民间传说并进而对传说中的地域文化精神有所感悟和认同。从另一个方面说,在同一

---

① Jonathan E. Schroeder. *Visual Consumption*. London:Routledge,2002:3.
② 刘锡诚:《旅游与传说》,《民俗研究》,1995 年第 1 期。

过程中,景观自身也被激活,从原本的"自在"之物,实现了向"自为"和"为我"的过渡,伴随着其叙事功能实现的是其认识价值、审美价值和文化价值的实现。因此,景观旅游所实现的"在场"便是主客体的双重在场,而在深层次上我们也不难发现,景观,这样一种以视觉观赏为主因,融合口头讲述的理想的传播媒介在视觉文化的大背景下,逐渐成为研究民间传说及其与人的深刻关系的重要对象。

<h2 style="text-align:center">第二节　景观生产：传说与
景观的循环生产</h2>

一、传说景观生产的概念

2003 年,联合国教科文组织通过了《保护非物质文化遗产公约》,将"口头传统和表述,包括作为非物质文化遗产媒介的语言"界定为非物质文化遗产的重要类别。2005 年,国务院颁布《国务院办公厅关于加强我国非物质文化遗产保护工作的意见》,并制定了国家、省、市、县四级保护机制,正式启动我国非物质文化遗产保护工作,其保护方式主要表现为以抢救性记录的形式来保存传统记忆。但是,保存不等于保护,如何让传统文化在当代社会文化语境中更好地发展,需要更为多元的非遗保护方式与思路。2010 年底,文化部办公厅颁布《关于开展国家级非物质文化遗产生产性保护示范基地建设的通知》,通知指出建设非遗生产性保护示范基地的目的是"引导和探索非物质文化遗产生产性保护的方式方法,从而进一步促进非物质文化遗产的保护和传承"。[①] 2012 年初,文化部再次颁布《关于加强非物质文化遗产生产性保护的指导性意见》,并对非遗生产性保护做出明确界定。非遗生产性保护是指"在具有生产性质的实践过程中,以保持非物质文化遗产的真实性、整体性和传承性为核心,以有效传承非物质文化遗产技艺为前提,借助生产、流通、销售等手段,将非物质文化遗产及其资源转化为文化产品的保护方式。目前,这一保护方式主要在传统技艺、传统美术和传统医药药物炮制类等非物质文化遗产领域实施"。[②] 因此,非遗生产性保护主要强调的

---

① 《关于开展国家级非物质文化遗产生产性保护示范基地建设的通知》,http://wenku.baidu.com/view/b8f68f482b160b4e767fcfab.html.

② 《关于加强非物质文化遗产生产性保护的指导性意见》,《中国文化报》,2012 年 2 月 27 日。

是通过对非遗自身进行某种实物生产而实现保护的举措,其涉及的领域主要为非遗中具有物质生产性质的部分,如传统技艺、传统美术和传统医药药物炮制等,民间文学、舞蹈戏曲、传统节庆等非遗类型尚未涉及,如何认识与实践非遗生产性保护仍然是一个亟须更多探讨的现实问题。

其实,民间文学尤其是依托地方景观的民间传说,始终处于传说—景观—传说的循环生产过程之中。它们彼此依托、互为生产,是传说发展、演化与传承的内在推动力。这一生产过程不同于"生产性保护"概念中对非遗单纯的物质生产,还包含了传说对景观的生产、景观对传说的再生产,融合了传说生产与景观生产的双重特质。它主要包括两大生产模式:一是从景观到传说再到景观的循环生产过程,二是从传说到景观再到传说的循环生产过程。

在景观传说中,地方知名景观是传说依托的实体,传说的出现往往是源于对景观来历的解释。因此,某种意义上,正是景观形成了传说。另外,传说是对景观的想象性叙事,这种想象性叙事的目的正在于通过一种具有历史性的逻辑和文本自身的内在张力,来确认和提升景物、习惯的文化地位。给风物提供的传说虽然不一定是一个发生过的事实,但它往往成为当地人集体记忆的一种历史资源,并为当地人的生活注入了生存环境的意义。[1] 于是,传说不仅仅是对景观来历的解释,更是以想象性叙事赋予景观某种文化内蕴,并融入地方文化,甚至沉淀为地方集体记忆。在此过程中,传说逐渐成为融汇于景观的独特的文化品质,它对景观文化的"确认"与"提升"可能会覆盖景观原有的文化内涵,而成为景观代表性的文化符号。换句话说,景观形成了传说,而传说反过来又具有塑造或重塑景观符号的可能。

首先是传说对景观的黏附与景观话语的建构。传说对景观的黏附一定程度上是为了借助民众对景观的地域认同感,从而获得一个得以讲述与传播的社会语境,这往往是话本小说家在"入话"部分热情洋溢地进行地域景观描画的叙事目的。被公认为"白蛇传传说"雏形的话本《西湖三塔记》,[2]以杭州"西湖三塔"景观为题名,全篇六七千字,却有近三分之一的笔墨用于赞誉西湖美景:开场先是以苏轼《饮湖上初晴后雨》诗入话,为西湖定下诗意的"淡妆浓抹总相宜"的整

---

① 万建中:《非物质文化遗产与"物质"的关系——以民间传说为例》,《北京师范大学学报》(社会科学版),2006 年第 6 期。

② (明)洪楩编,石昌渝校点:《西湖三塔记》,见《清平山堂话本》卷一第三篇,江苏古籍出版社,1990年,第 25－36 页。

体基调，然叙事者仍觉该诗"言不尽意"，未能道尽西湖之美，又援引大量的诗、词、赋，追溯西湖繁华的历史、传奇的故事以及"晨、昏、晴、雨、月总相宜"的四时情态，甚至还以别处四景为铺垫，指出"这几处虽然真山真水，怎比西湖好处"。淋漓尽致地浓墨渲染，从不同角度、不同季节呈现了西湖景观的独特情趣。如此细致的西湖摹写并非情节发展的场景需求，事实上，在之后的"正话"中，西湖仅仅是传说发生的背景，整个故事除了在开始提及"来西湖游玩，惹出一场事来"之外，通篇再未提及"西湖"二字。因而，我们完全可以断定，"入话"部分的西湖书写表达的正是叙事者借助传说话本展开的地域性景观叙事。宋元话本小说家有着热烈的地域意识，这既是"说话伎艺得以存在的前提之一"，同时也是它"要获得发展的必然条件"。① 话本小说家以口头语言的形式为本地观众讲述故事，现场感、形象性以及鲜明的地域性往往是其必须努力营造的表演氛围，发生在身边景观的故事可以拉近讲者与听者的心灵距离，甚至在讲者尽情描画的地域景观中获得某种愉悦的地域优越感，一定程度上，强化了西湖景观的独特魅力，也更加有利于传说向外流播。"白蛇传传说"依附杭州知名景观——西湖，犹如取得了一张进入地域文化的入场券，传说在随后的演变中，与雷峰塔、金山寺等江南宗教景观相结合，进一步奠定了传说与江南地域文化的血脉关联，并在民众对江南景观的高度认同中，悄然开始了景观的话语建构。最终，在传说广泛流播的社会影响下，淡化甚至覆盖景观原有的文化内涵，从而使之成为传说的景观。

其次是对景观进行传说符号的编码。19 世纪末，瑞士语言学家索绪尔从语言学的研究视角，提出语言具有"能指"与"所指"两个层面，索绪尔称之为"记号"的组成成分，"记号"即"符号"，"能指"是符号的外在表现形式，"所指"为符号的内在意义。就景观而言，"能指"是景观的物质层面，是可视可触摸的材质；"所指"则是内隐在景观物质实体背后的文化含义。罗兰·巴特在其《符号学原理》中，将"所指"称为该事物的"心理表象"。② 因而，探究景观的符号内涵便具有了走进地域文化核心的符号学意义。一般来说，文化景观有其自身或显或隐、或明确或含糊混杂的景观符号，而传说也往往正是基于对文化景观原有符号的某种契合而加以黏附与利用，使之成为传说的表意场景和进入地域传播的媒介。但是，正如上述讨论的，随着传说的广泛讲述与情节的深入人心，传说与景观的关系发生了转换，它们经历了从松散的合成关系到紧密的"能指"与"所指"关系的

---

① 孙旭：《论宋元话本小说家的地域意识》，《宝鸡文理学院学报》(社会科学版)，2004 年第 2 期。
② (法)罗兰·巴特：《符号学原理》，李幼蒸译，中国人民大学出版社，2008 年，第 23 页。

发展。在这一过程中,传说通过对景观符号的重新编码,实现了自身文化内涵成功入驻景观的符号建构。

我们借用威廉森关于广告符号话语的分析理念阐释这一转换过程。威廉森的核心观点是关于符号话语的"转换"。他认为,广告是一种意义的创造,其要旨在于把"物的语言"转换为"人的语言",使"物的世界"与"人的世界"产生某种关联。[①] 话语转换其实就是符号编码,它通过对景观建筑物的命名、改造、重建,甚至新建,以及导游词、广告语等多维叙事元素的编码,使景观与传说趋于一致,成为名副其实的景观;同时,将景观推向旅游市场,接受来自各地游客的"旅游凝视"。游客带着对传说的潜藏记忆,来传说地寻求一种景观印证,并将这种印证反馈给景观;同时,他们又在对景观的观赏中,不自觉地感受地方借助景观投射的权力话语,这种权力话语带有鲜明的传说在地化传承的景观模式,而地方正是通过景观的"公共空间化",[②]在游客对景观的体验中,开展地方文化精神的弘扬与重构。地方与游客以景观为媒介展开的对话,将进一步推动景观的改造与"发明",这一过程具有鲜明的生产性。

此外,传说与地方文化日益密切与融合的过程,同时也是传说生产地方景观的过程。而且,传说中的核心情节也会成为地方围绕传说展开景观生产的重要资源,这就形成了从传说到景观,再到新的传说的循环生产路径。由此,我们借用"生产"这一经济学术语,并一定程度上拓展非遗保护中的"生产性保护"的概念,将传说—景观—传说的循环生产过程命名为"传说的景观生产"。它包含了传说对景观符号的建构,以及传说资源的景观转化行为。前者更多表现为一种传说对景观话语的符号性生产,一种意义的生产,是对景观的传说文化"所指"性的强化与定型。正是在这一生产过程中,现实景观演变成指向传说文化的景观,传说成为景观的核心文化符号。而且,当现实景观发展成景观,又必然会兴起围绕景观而展开的新一轮的传说讲述,生产出与景观密切关联的新的传说,即传说与景观循环生产的景观生产体系。而后者则是一种物质层面的现实的生产行为,是将传说视为一种文化资源与文化基因,以传说的语言叙事或其他叙事形态为记忆前提与叙事原型,以代表地方政府的地方学者和开发商为生产主体,以景观建筑物、雕塑、广告牌、导游词等多维形态为叙事元素,对景观展开的改造、命

---

① Judith Williamson. *Meaning and Ideology*, in Ann Gray and Jim Mc Guigan, eds., *Sudying Culture: An Introductory Reader*. London: Arnold, 1997: 189 - 190.

② 孙正国:《当代语境下神话资源的"公共空间化"》,《长江大学学报》(社会科学版),2008 年第 1 期。

名、重建，甚至新建等的制造行为。景观生产为围绕景观进行的景观叙事提供了基础，是实现传说在地化传承的动力机制，具有鲜明的地域创造性。

反观当前非物质文化遗产的生产性保护，非遗中具有物质生产性质的类型已经开始了生产性保护的实践，但更多纯粹的非物质文化遗产如传统的民间文学、戏曲、音乐、舞蹈和习俗节庆等，尚未进入非遗生产性保护的范畴。非物质文化遗产的资源转化与生产是一个既传统又崭新的课题，我们在思考新的保护举措的同时，对于传统的景观转化与生产对口头非物质文化遗产的当代传承所具有的现实意义应该重新考虑。民间传说与景观之间的循环生产是传说发展的内在规律，亦是当前民俗旅游与视觉文化背景下的必然结果。地方通过景观而展开的与传说之间的互动，在呈现出商业化特质的同时，对传说的当代发展也具有不容忽视的传承价值。田兆元基于经济民俗学视角，尝试探讨民俗文化的认同性经济性质，他指出，非物质文化遗产的生产性保护一旦离开了商业化的全过程，肯定就是一句空话，消费是经济发展的核心问题，非遗的生产性保护必须构建一种保护的生态。① 民间传说的景观生产是将语言形态的传说转化为物质形态的景观，将听觉层面的口传转化为视觉层面的观赏，通过景观生产的形式，将民间传说作为一种可触可摸的文化产品，以文化消费的方式加以传播，某种意义上，遵循的正是非遗生产性保护指导意见中所强调的借助生产、流通和消费三个环节的非遗生产性保护的程序。同时，民间传说的景观生产是一个基于传说与景观之间的循环生产过程，是传说、景观与地方文化密切贴合的过程，是一种良性的生产保护，具有可持续发展的传承意义。这种通过景观生产，实现民间传说的景观叙事，从而推动传说内在发展的生产性保护，我们称之为民间传说的当代景观化传承。民间传说的景观化传承是以景观作为传说文本，以视觉观赏作为传播媒介，在现代旅游浪潮的积极推动下，民间传说在地化传承的景观形态。

二、传说景观生产的主体

传说景观生产是一个传说—景观—传说（或者景观—传说—景观）的循环生产过程。因此，它包含了传说对景观的符号生产、景观对传说的生产、景观的实体生产三大类别，它们传递的正是景观与传说互为生产的内在逻辑关系。景观符号生产是一个漫长的传说符号建构的历史过程，也是一个传播的过程，其生产

---

① 田兆元：《经济民俗学：探索认同性经济的轨迹——兼论非遗生产性保护的本质属性》，《华东师范大学学报》(哲学社会科学版)，2014 年第 2 期。

主体主要为传说讲述者和传说接受者,他们同时也是民间传说的文化主体。景观传说生产是地方民众围绕景观而展开的想象性叙事,是从景观到传说的话语性生产,其生产主体不仅包括拥有民间传说的文化主体——地方民众,同时还包括地方文化精英。他们或依据地方文献进行地方文化传播,或创造性地"发明"地方传说,一方面极大地丰富、拓展了地方景观的文化韵味,另一方面也进一步夯实了传说、景观与地方文化的血缘关系。在上述两类景观生产中,景观生产主体在相当大的程度上,与文化主体趋于一致,或者说文化主体极大地参与了地方景观的生产过程。

　　不同于景观符号生产和景观传说生产,景观的实体生产更多是一个政府主导的地方景观规划行为。景观实体生产行为体现了地方与传说的互动。传说建构了景观符号,使地方性景观与传说话语紧紧相连,而地方政府则充分利用传说对地方景观的传播效应,通过景观生产,积极呼应传说对景观的符号建构,以便实现宣传地方文化和开发旅游经济的双重功用。从景观生产所具有的对地方文化与经济发展的弘扬和推动视角出发,我们可以了解地方政府与开发商必然是最主要的景观生产者。传说是一种地方话语,是地方文化的民间叙事,传说与地方景观的融合、渗透,使得景观具有了充满地域风情与传统文化特色的神奇魅力,从而成为一种吸引游客前来观光旅游的文化资源。因此,在全世界文化旅游的浪潮中,景观成为地方政府积极打造地方旅游特色的文化名片。尽管文化部将非遗生产性保护主要限定在传统技艺、传统美术和传统医药物炮制类非遗领域,但是,民间传说依托地方景观而进行的景观生产也是一种"将非物质文化遗产及其资源转化为文化产品的保护方式"。① 地方政府出于对地方文化精神的宣传以及对地方非遗项目的积极保护,是景观实体生产主体中最不容忽视的重要力量,它表达了国家以及地方政府对民俗传统、地方文化的态度转变,也是民间传说的文化与旅游资源性得到充分认识的表现。

　　地方政府在景观生产中的主导作用主要表现在城市规划、文化旅游部门对传说文化内涵的深入挖掘、景观生产项目的招商开发等三个层面。地方政府将景观生产纳入城市规划的计划之中,使得新建型景观生产拥有合法身份,成为地方整体规划中的一员。以"白蛇传传说"为例,杭州市政府对雷峰塔的重建工程、镇江市政府对白娘子爱情文化园的兴建,均是地方政府将景观生产纳入城市规

---

　　① 《关于加强非物质文化遗产生产性保护的指导意见》,http://baike.baidu.com/view/7950256.html。

划之中，作为城市建设的重要项目而开展的相关活动。而且，在景观宣传上，地方政府积极与各类媒体合作，以传说为景观核心文化，弘扬地方景观的个性与地域性。2011年，镇江市政府以"2011年镇江金山湖·新丝路中国小姐大赛"为契机，推出金山湖宣传歌曲《问情千千》。歌曲以"白蛇传传说"为主要内容，以金山寺、金山湖为景观背景，歌唱了白娘子与许仙以金山为证的千年爱情，并以此作为镇江城市文化的宣传歌曲。2013年，该歌曲荣获中国艺术节好山好水好地方"大乳山杯"中国著名景区主题歌曲大赛金奖。地方政府抓住具有广泛社会影响力的民间传说，围绕地方景观展开一系列的景观生产活动，这些活动包括对景观的实体生产和以传说为核心的景观宣传，对传说的当代传播、地域文化和地域景观的传扬都发挥了积极的效应。但是，值得关注的是，地方政府对传说内涵以及景观的文化定位直接影响着地方景观生产的侧重点。如果地方对传说文化内涵的挖掘不够深入或者不能很好地贴合传说与地方文化的内在关联，就很容易导致景观生产走向迷途。因此，在景观生产中，代表地方政府的文化旅游部门和地方学者对传说文化基因的挖掘至关重要。

地方学者是地方知识的拥有者，他们对地方文化建设往往充满热情。地方学者对地方文化传统的重构意义，田兆元有着精辟的见解：

> 生活在一定地域的文化人往往会努力挖掘所在地域的文化传统，寻找地域的文化标记，从而贴到自我身上，这实际上是在通过弘扬传统建构区域的自我形象。对于地域文化传统，人们往往寻找最有亮色的部分，同时也是最入时的那一部分。因此，这种传统也是变化的传统。①

地方学者"通过弘扬传统建构区域的自我形象"的自我建构行为，正表达了地方文化所具有的鲜明的地域标识性，是一种地域"文化标记"，景观生产便是将这样一种地域标记投注到地方景观之中，使其更为直观、形象、固态地承载地方文化精神。地方学者是民众与地方政府的文化纽带，他们一方面对民间文化有着直接参与性和知识上的了解；另一方面，他们又对地方文化的传承有着很强的自觉性，他们中的一部分又可能是地方文化部门的工作者，是地方政府传播地方文化、进行旅游开发的实施者，因此，他们在景观的生产中，往往承担着十分重要

① 田兆元：《秦汉时期东南学术文化的演变与地域文化传统》，《中文自学指导》，2005年第4期。

的角色。他们是传说与地方文化、地方景观历史渊源的挖掘者,是景观符号编码的实际操作者。"一个特定的景观突出什么,略去什么,乃是一种别有用心的编码过程。"①景观符号的转换与编码是在传说获得一定的社会认同的基础上,地方对传说的地域性理解、认同以及利用,地方学者在充分了解传说与地方关系的基础上,为景观生产提供文化指导。但是,他们对传说内涵的理解又往往受到地方政府旅游开发的思维限制,在全国文化旅游的潮流中,易于偏失地方传说的独特性,从而出现景观生产同质化的现象。

同时,民俗学者作为相关专业理论知识的拥有者,也积极投身于地方民间传说的景观生产之中,深入挖掘景观生产的文化内涵以及传说与地域文化、地域景观的内在关系,并充分利用自己的专业知识和对非遗保护政策的了解,为地方围绕传说展开景观转化出谋划策。一般来说,民俗学者与地方学者因为对民间传统文化有着较为丰富的知识积累,在具体的传说景观生产中,往往承担着帮助地方政府提出景观规划思路、景观元素的选择、景观的造型等景观设计的作用,并对借由景观生产而实现民间传说非遗保护的生产实践加以良性引导,使景观生产更加有利于传说发展与当代传承。

各类开发商是景观生产的具体实施者,他们以经济效益为主要生产推动力,是最为关注视觉体验与视觉消费的生产者。他们一方面依赖地方政府在资金、媒体等资源上的扶持与资助;另一方面,他们又努力突破地方政府的权力限制,在景观生产中表现出更多的自主性,并直接将景观生产带入商业化的发展路径,使传说依托景观生产,走进游客的消费视野,成为具有消费功能的文化资源。商业资本的介入,以及开发商对商业利润最大化的追逐,使得景观生产有可能偏离其文化本质,但同时,开发商对地方非遗资源的景观生产在客观上实现了对非遗的"开发式保护"。因此,作为景观生产的重要主体之一,开发商对传说发展以及传承的作用需要更为客观的认识。

在传说景观生产中,地方政府与地方企业之间建立了一种紧密的联盟关系,成为一种"地方政府公司主义",即"地方政府和企业之间结成了非正式的地方发展联盟;地方政府利用中央收入或公共资产资助地方企业,企业则以缴费和捐助等不同方式回馈地方政府"。② 但是,他们之间并非一直处于一种良好的合谋关

---

① 周宪:《现代性与视觉文化中的旅游凝视》,《天津社会科学》,2008年第1期。
② 吴缚龙、马润潮、张京祥主编:《转型与重构:中国城市发展多维透视》,东南大学出版社,2007年,第28页。

系，事实上，景观生产的各方参与主体之间有着密切的互动、博弈和协商，生产出来的景观正是这一复杂过程的物质形态。因此，循着景观生产多重主体内在张力的线索展开研究，可以更加清晰地梳理、剖析景观发展态势与内在机制。

明确文化主体身份，让文化主体更多地参与到当前非遗生产性保护的浪潮之中，是目前学界探讨较多，同时也是非遗生产性保护的重要目的之一。非遗保护工作中出现的政府主导、文化主体被客体化，以及地方政府、民俗学者、开发商、文化传媒、地方民众等多方利益主体相互博弈的复杂现象，致使非遗保护工作中出现了"文化主体缺位"，甚至"去主体化"的趋势。① 文化主体与生产主体的错位成为当前非遗生产性保护中亟须解决的问题。就民间传说的景观生产而言，景观的符号生产与景观对传说的生产更多依赖于文化主体对自身拥有的文化传统的传承与演绎，是一种自觉的传说内在生产，文化主体是最为核心的生产主体。但是，在传说景观的实体生产中，地方政府、学者和开发商往往是最主要的景观生产者，从而呈现出生产主体与文化主体的偏离，这一现象已得到学界的热切关注。非物质文化遗产保护工程是一项政府倡导并实施的政策，其取得的相关成绩离不开政府部门及其行政权力实施者的重视与付出。在现代文化语境中，非遗保护工作需要强有力的社会力量的积极推动，非遗对文化重构以及对地方经济的重要价值也需要更深的挖掘和清晰的呈现。因此，各级政府对非遗的保护工作发挥了重要作用，非遗保护甚至成为一些地方政府和文化管理部门的中心任务之一，它既是量化地方政府工作能力和水平的重要方式，同时又成为其在文化发展事业上的政绩焦虑。② 但客观上，各级政府在非遗保护的大语境中，对地方非遗资源采取了各种积极有效的保护措施，其中，对民间传说类非遗项目的景观生产便是对非遗文化与经济功能的双重挖掘与积极的生产性保护。

综合多方景观生产主体的合作与分工，各地政府是景观符号编码的主导力量；地方学者与民俗学者是传说与地方渊源的文化探究者，他们为景观生产提供文化基因；而景观设计者和各类开发商是景观生产的实践主体，他们在地方文化建构与旅游经济开发的双重功用的推动下，依据传说情节，进行传说资源的景观转化行为。总之，传说景观生产呈现为多种话语权力的交织和较量，其中，政府

---

① 王燕妮：《生产性保护：文化主体研究视角的理性回归——"第三届中美非物质文化遗产论坛"国际学术研讨会综述》，《民俗研究》，2013 年第 1 期。
② 吕俊彪、向丽：《非物质文化遗产保护与全球化背景下的资源博弈》，《广西民族研究》，2012 年第 1 期。

的力量不容忽视,地方政府在文化弘扬与经济发展的双重驱动下,发挥着规划、指导和监督的政府职能,它在为民间传说的景观传承提供优良的政治环境的同时,也为景观转化设定了一个政府视角的框框,从而在一定程度上,使得传说传承呈现出政府导向下的时代变异与政治功用。开发商的支持与投入一方面为景观的实体生产注入了充足的商业资本,另一方面它又使得传说的当代发展呈现出追逐商业利润的功利性。

三、传说景观生产的类型

传说景观生产大致都经历了景观符号生产、景观传说生产和景观实体生产三大生产阶段。前两个阶段的景观生产主要是一种叙事形态上的生产,是话语型生产,我们称之为民间传说话语型景观生产,其核心过程便是传说文化符号对景观原有符号的覆盖与重构,为景观贴上具有公认性的传说标签。第三个阶段,即景观实体生产因为涉及具体的景观设计,其生产类型则呈现为多样性,主要与景观类型相一致。上节我们在分析传说与景观的内在关系时,尝试将景观分成三种类别,分别是现实型景观、虚拟型景观和情境型景观。不同类型的景观在景观生产中往往会选择不同的景观生产路径。一般来说,现实型景观是传说所依附的地方风物,是已然客观存在的景观,它与传说或完全一致或具有可以对应的元素。随着传说的流播与演变,传说与现实型景观之间的对应性可能会发生变化,甚至因为传说情节发展的需要而与最初依附的景观产生较大的偏差。因此,从传说出发的景观生产对现实型景观往往采用景观命名和改造的路径,地方景观生产者通过对现实景观予以与传说对应的命名方式,实现景观与传说的呼应。对于与传说略有出入的现实型景观还可以采取景观改造的方式,使之向人们所熟悉的传说靠拢。在现实型景观中,有的由于各种原因招致毁坏或消失,这类景观往往会采取重建的方式加以恢复。而重建的景观则会进一步强化与传说的对应关系,以彰显作为景观的文化特征,将传说隐喻蕴含在景观之中,使景观成为传说讲述与传承的特殊的文化空间。虚拟型景观和情境型景观源于传说,在现实中并无实际依附的景观对象,在景观生产中,它们往往以现实型景观为中心,新建部分与本地域密切相关的代表性景观,从而丰富景观元素,使之成为一个较为完整的景观体系。

具体来说,传说景观生产主要包括命名型景观生产、改造型景观生产、重建型景观生产和新建型景观生产等几种常见的景观生产类型与模式。命名型景观生产就是以"命名"的方式将现实景观与某一个历史、文化直接相连，使之成为隶属于该文化的文化景观。民间传说鲜明的地域性叙事特征使其常常与地方景观紧密关联，但传说叙事者在圈定一个较为稳定的叙事空间之后，未必直接使用该空间内的实名景观。随着传说的流播，在传说效应的指引下，听者（读者）往往有着与现实景观挂钩的冲动，于是，一些传说中的虚拟景观得以在现实中落脚，与较为符合语言叙事的现实景观对接，并以传说中的虚拟景观之名为现实景观命名。因此，严格地说，这一景观生产模式更多的是一个话语型景观生产，是以传说虚拟景观来命名现实景观的生产模式。就"白蛇传传说"而言，金山寺、法海洞的景观生产就是一种命名型景观生产模式，从现实景观"裴公洞"被命名为传说景观"法海洞"的过程，充分演绎了命名型景观生产模式的生产过程与生产方式。

改造型景观生产是根据传说人物情节而展开的对现实景观的改造。一般来说，民间传说的现实型景观都必然经过一个景观改造的过程，这一过程投射的正是传说与地方的互动，主要是地方对传说的积极呼应。现实型景观尽管是传说曾经黏附与解释的对象和内容，但相对于传说的变异性和传播性，景观具有较为稳定的固态形式，其变异常常滞后于传说叙事。因此，为了使景观与传说具有更多契合点，地方往往会对景观加以改造，增加一些与传说情节相一致的景观元素。这一生产模式几乎在所有的景观生产中都有所体现。金山公园北侧的"白龙洞"外，竖立着两尊石像，一白一青两位女子，指证着白龙洞与"白蛇传传说"的内在关联，景观生产者正是通过景观改造，让现实型景观更加贴合传说情节，从而演变为真正的景观。一般来说，改造型景观往往首先经历着景观命名的生产过程，"命名"与"改造"是景观生产中相辅相成、相依相伴的两种景观生产类型。

重建型景观生产是针对景观消失的情况而言的。有一些景观由于某些历史原因而消失，它们往往首先是地方知名的现实型景观，传说依附于此而得以形成与发展，是传说情节演变中十分重要的景观环节。在恢复地方文化景观以弘扬地域文化与推动旅游经济的驱使下，地方政府对此类景观加以重建。值得注意的是，随着传说效应的深入人心，重建型景观生产会表现出与传说更加切合的对应关系，这一方面是出于旅游心理的需求，地方政府在重建景观时，充分考虑传说符号对景观旅游的推动力，以传说为景观宣传的营销点；另一方面，景观的重建客观上对重构传说记忆和文化空间发挥着一定的积极功效，重建型景观在现代文化旅游和文化弘扬的大背景之下,对传说所具有的文化资源性有着切实表达,景观生产者围绕传说核心景观重建,努力构筑一个景观体系,汇集诸多传说情节加以景观化,使景观成为一个集中的传说"图谱",继而具有将景观发展为传说传承之场的演化可能。在"白蛇传传说"景观生产中,雷峰新塔是典型的重建型景观生产,它在保留雷峰古塔地基的基础上,新建了一个全新的雷峰新塔。在景区内外,充斥着各类"白蛇传传说"元素,充分表明景观生产者拟以"白蛇传传说"作为雷峰新塔景观宣传着力点的生产思路。但是,重建型景观面临一个认同性的问题,如何让民众从文化情感上接受,是景观生产者必须考虑的关键问题。

新建型景观生产是从传说情节出发,全面建设的新的情境型景观。情节、情境是其生产依据,因此,又可称为情境型景观生产。新建景观是地方围绕传说重构地方文化认同与旅游发展的重要举措,一般来说,新建型景观生产模式产生于传说发源地与核心情节的发生地,地方传说记忆与文化传统是其新建景观的文化基因。在具体的景观生产中,深入挖掘地方文化与传说的逻辑关联是新建型景观生产的关键,因而新建型景观生产往往以主题公园的形式存在,传说主题的理解,以及传说在本地域的核心文化内涵是主题公园的文化定位。在选址上,传说主题公园尽量依托传说现实型景观加以扩充,融传统与现代于一体,现实与虚构于一身,尽可能地提升民众对新建景观的认同感。由于主题公园占地面积较大,主题集中,指向鲜明,因此,常常成为地方大型传说传承活动的文化场所,与短期的文化节事、文化表演相结合,形成一个融汇固定景观与暂时性景观、主题公园与节事表演的综合性景观群。所以,新建型景观生产包含着主题公园景观生产、节事型景观生产和表演型景观生产。镇江金山湖景区兴建的"白娘子爱情文化园"便是这样一种新建型主题公园式景观生产类型,它以爱情为景观主题,表达镇江"爱情之都"的城市宣传旨向。

但是,在传说景观生产实践中,上述景观生产的类型常常是你中有我、我中有你、彼此交织渗透的复杂形态,具体到"白蛇传传说"景观生产,又具有其自身的特殊性。总体来说,传说景观生产需要经历一个对传说文化内涵的挖掘和景观信息点的组合过程。我们借用刘沛林在开展山西临县碛口古镇规划的研究与实践中提出的文化遗产地保护和文化旅游地规划的"景观信息链"理论,[①]作为我们分析传说景观生产过程的理论依据。

---

① 刘沛林等:《碛口旅游发展》,山西人民出版社,2006年,第5—6页。

　　所谓"景观信息链"，也称为"景观记忆链"理论或"景观基因"理论。其中，他提出了一个"景观信息元"的概念，即附着在景观之上的各种文化元素，是构成文化景观的核心因素，因此，又可称为"景观记忆"。具体到传说景观生产，它的"景观信息元"或者景观记忆就是人们对民间传说的记忆，是传说与该地域的文化记忆。因此，地方关于民间传说的景观生产必须首先深刻挖掘民间传说的"景观信息元"，即民间传说在本地域的代表性文化内涵。它是旅游地的历史记忆，也是一种区域文化记忆，是旅游地的个性所在，具有与同类景观生产相区别的特殊意义。流传度广泛、社会影响力深厚的民间传说往往并非只是发生于一个地方的地方性传说，它可能具有一定的地域跨越性，拥有一个较大的传说圈。但是，民间传说的景观生产又往往是限制在一定的小地域之中，同一民间传说的景观生产更加需要具有鲜明的景观区分度，"景观信息元"便是地域景观生产独特性的文化依据。"景观信息链"理论是在当前如火如荼的古镇景观生产实践中提出的旅游地规划理论。古镇景观生产易于出现同质化现象，这就和同一民间传说在不同地域进行景观生产十分相似。如何使本地域的景观生产具有个性，更好地彰显地域文化特色，以及景观生产和传说的密切关联，就更加需要挖掘、筛选和提炼民间传说的"景观信息元"。"景观信息元"的准确提炼是传说景观生产成功的第一步。

　　景观生产者需要根据"景观信息元"提炼出传说"景观信息点"。在传说景观生产中，"景观信息点"主要是指从传说文化内涵中挖掘、整理出不同类型的景观，它们具体表现为景观人物雕塑、景观建筑物、景观文字介绍等。它们是零散的景观点，需要景观生产者根据传说情节或者传说的内在逻辑，以及观者（游客）对景点距离设置的心理需求，将这些一个又一个景观点汇集而成为一个"景观信息廊道"。"景观信息廊道"就是将景观点按照一定的规律、按照旅游景观设置的需求等，进行空间组合和排列，从而形成一个景观体系，即"景观信息链"，最终实现将地域代表性传说文化内涵挖掘出来，并通过景观生产进行资源转化，使之能够形象、直观地讲述传说、传递地域文化精神，强化并凸显地域景观形象。

第三节　景观叙事：景观作为文本

　　景观作为见证传说的"纪念物"，研究传说的"传说核"以及"传说圈"的中心地带等传说学意义上的重要价值,已然得到前辈学者的热切关注与深入探讨。然而,在以口头交流作为基本存在形态与传承模式的传说视域中,景观却始终处于依托传说语言叙事而存在的附属地位。20 世纪 60 年代以来,随着视觉文化转向的突现,景观的视觉形态得到越来越多的关注,尤其是在民俗旅游日益兴盛的现代语境下,景观正逐渐超越传说的语言形态,以视觉观赏的形式,对传说展开了更为直观、形象的地域性叙事,传说景观所具有的叙事性特征愈加鲜明。

一、传说景观的叙事特征[①]

法国历史学家皮埃尔·诺拉在分析历史与记忆之间的关系时,提出了"记忆场"的概念。他指出:"记忆场所事实上有三层含义,物质的、象征的以及功能的含义,然而三个含义的程度不同……三个含义总是彼此相互联系。"[②]"物质的"显然是记忆场的物质实体,是可触摸的感性层面,例如景观建筑、雕塑等。它是一个静态的实物,尽管包含着人类的文化意识形态,但它只是一个单纯的物体,本身并不构筑记忆,唯有当携有某种想象而来的群体与其展开对话时,方能赋予其象征性的含义,使景观的文化符号得以激活,唤醒潜藏的某种记忆,这种对话来自景观的视觉体验、导游的景观传说口述,甚至是在景观周围举行的相应的仪式活动,它们都以强烈的符号特质,引发记忆。"记忆的另一种形式是被记忆,即作为记忆的客体或载体,比如人、事或物象,如图片、档案、物件、博物馆、仪式等。事和物象本身是不会记忆的,但它们作为特殊的表意符号,却可以营造诱人回忆的氛围,充当激活或激发主体进行记忆的催化剂。经由主体的移情和投射,这些符号在记忆发生之前,就已变成了具有先验的情感结构的形式或意象。"[③]在这一过程中,主体也成为传达记忆的特殊媒介,是记忆与景观之间已然架起的沟通的桥梁,从而在意义上更加丰富了景观功能。由此,我们了解到"记忆场"是经由物质层面的客体唤醒参与其中的主体潜藏的对某一事物的记忆。"记忆场"具有符号象征意义,是一个符号传播媒介,而"记忆场"所依托的物质实体则具有与记

---

① 本章节部分内容作为前期成果已经发表,参见余红艳:《走向景观叙事:传说形态与功能的当代演变研究——以法海洞与雷峰塔为中心的考察》,《华东师范大学学报》(哲学社会科学版),2014 年第 2 期。

② (法) 皮埃尔·诺拉:《历史与记忆之间:记忆场》,韩尚译,收录于(德) 阿斯特莉特·埃尔、冯亚琳主编:《文化记忆理论读本》,北京大学出版社,2012 年,第 107 页。

③ 赵静蓉:《文化记忆与符号叙事——从符号学的视角看记忆的真实性》,《暨南学报》(哲学社会科学版),2013 年第 5 期。

忆形态互文的叙事性功能。

迈克·克朗在《文化地理学》一书中将地理景观视为"历史重写本"（palimpsest）。[①] "palimpsest"一词来源于中世纪书写用的印模，刻在印模上的文字可以反复擦去并重新书写文字。但是，之前刻在印模上的文字从未被彻底擦掉，它总是会留下某些历史痕迹，重写本反映的正是所有被擦除以及再次书写上去的文化总和。因此，视景观为"历史重写本"表达的恰恰是将景观视为一种具有叙事功能的文化文本。我们不妨引入叙事学的"文本"概念，视记忆场中的物质实体，例如景观，为一个具有叙事特质的文本，即景观文本。美国"新文化地理"的代表人物之一詹姆斯·邓肯指出景观是人类知识表达与知识传播的三大文本之一，认为文化景观是写在大地上的文本。因此，生产景观其实就是生产文本。景观投射着人类文化，反映着一定的价值体系和意识形态，记录着社会、文化变迁的历史过程，阅读景观文本就是阅读地方历史文化的过程，它指向潜藏于人类记忆之中的地域文化，所以，对景观文本的阅读往往需要相应的文化知识作为前文本，即存储在记忆之中的其他叙事形态，它与景观文本构成一个互文的文本体系。20世纪60年代末，后结构主义理论家首先介绍了互文性概念。所谓互文性，是指每一个文本都必然处于已经存在的其他文本当中，并且始终与这些文本相关。用卡尔-海因茨·施蒂尔勒的话说，就是"任何文本都不始于零"。显然，互文性理论强调的是不同符号系统之间的对话性，以及一个具有"前文本"的文化关系场域。德国学者蕾娜特·拉赫曼在研究文学与记忆的关系时，指出互文性与文化记忆的表达关系紧密，她以"互文性"来指称这种文本记忆，指出所谓互文性，其实就是文本本身所具有的记忆性，每个文本都是对所有文本的记忆。[②] 拉赫曼将文本之间的互文性理解为文本记忆，将"前文本"视为文化记忆，有助于我们进一步探讨景观文本以其他叙事形态为文本记忆而展开的景观叙事。

将景观纳入叙事理论的框架，最早源于景观设计领域的探讨，着重强调的正是景观所具有的唤醒记忆的功能。早在一百多年前，简·塞特斯怀特（1904）就指出，通过叙事理论方法，景观设计可以提供经历、地方历史以及加深人们对某件事的记忆。在此，"记忆"成为景观设计的重要目的。杰弗里·萧（1985）在其

---

① （英）迈克·克朗：《文化地理学》，杨淑华、宋慧敏译，南京大学出版社，2007年，第20页。

② （德）奥利弗·沙伊丁：《互文性》，殷西环译，收录于（德）阿斯特莉特·埃尔、冯亚琳主编：《文化记忆理论读本》，北京大学出版社，2012年，第270页。

《景观叙事》一文中,首次提出用计算机模拟场景,表达对过去、对自然、对环境的某种体验,[①]它是以三维立体的现代科技设计出一套模拟式场景,从而更为形象、直观地呈现出景观更变的历史过程,这一过程恰恰说明了景观在唤醒记忆的同时所具有的叙事性特征。1997 年,保罗·伯苏在其《景观中的叙事》一文中,也将"记忆"界定为景观叙事设计的主要方法,他指出"大到一个区域或一个具体的场所,小到一个路牌、标志等,他们都是具有记忆特征的。当人们回忆起某些事物时,故事就诞生了"。[②] 也就是说,景观叙事得以实现的主要途径,在于与之相关的记忆功能的启动,这就将景观叙事放置于一个较为宽广的叙事体系之中。叙事者依托一定的历史事件、社区记忆和神话传说等,通过命名、序列、揭示、隐藏、聚集、开启等多种叙事策略,让景观讲述历史、唤醒某种记忆,从而以空间直观的形式实现景观叙事的记忆功能。景观设计中所运用的景观叙事策略——命名,是通过人为的景观命名方式,使景观与某种文化记忆建立历史性的连接。"命名"成为一座架构历史与现代的桥梁,穿梭于现实与虚构之间,将记忆转化为实物,是一种行之有效的景观叙事方法。在民间传说的景观生产中,"命名"是常见的话语型景观生产模式,景观生产者通过对景观的命名,将虚拟的景观移置于现实的地域景观之中,从而赋予现实景观以传说文化内涵。一般来说,景观"命名"还往往和景观"改造"相结合,景观生产者在为景观进行人为命名的同时,还要对现有景观进行相应的改造,使之与其名更为吻合。"揭示""隐藏"则更多运用了景观叙事所具有的隐喻特征。景观设计者将景观的文化信息元隐喻于景观之中,观赏者对景观文本的阅读首先需要拥有对相关知识的记忆,从而唤醒景观所隐藏的叙事性功能,并发掘其叙事元素。而"序列""聚集"和"开启"则主要表现为具体的景观信息链的结构方式,是景观文本的语法构成。上述景观叙事策略都离不开景观阅读者对景观文化内涵的记忆前提,牢牢地将景观文本的叙事性功能与其他叙事形态相结合,形成一个互文解读的文本体系。

马修·波提格和杰米·普灵顿(1998)在其合作的专著《景观叙事:讲故事的设计实践》中,首次为景观叙事建立了一个理论框架,即由个体叙事构成的故事领域、不同叙事相互交织的互文领域以及作为理解所讲述故事的价值观框架

---

① 沈华玲:《景观叙事的方法研究》,中南大学硕士学位论文,2008 年。

② Paul Basu. Narratives in a Landscape-Monument and Memories of the Sutherland Clearances, London: Department of Anthropology, University College London,1997,(1).

的话语领域构成的三个叙事维度。① 在这一理论框架中，景观既是一个相对独立的空间文本的叙事形态，同时，又处于不同叙事形态相互观照、相互转化，甚至唤醒彼此叙事记忆的"互文性"的语境之中，这就进一步强调了景观所具有的叙事功能，以及该功能得以实现的文本记忆前提。景观设计领域对景观叙事性的探讨着重强调的是借助叙事性元素的注入，使景观具有灵动性和历史性，使空间成为一种时间的表达，成为一个蕴含故事的叙事性景观。

二、传说景观的叙事谱系

当我们尝试将景观叙事理论引入传说学研究的视野时，我们发现，景观所隐含的叙事功能，已然得到部分学者的关注。日本民俗学家柳田国男早在 1938 年左右就曾指出景观具有唤醒传说记忆的功能："尽管已经很少有人因为有这些遗迹，就把传说当真，但毕竟眼前的实物唤起了人们的记忆，而记忆又联系着古代信仰。"②包括景观在内的传说实物唤醒人们对传说的记忆，从而诱发传说语言形态的讲述与传承，这是风物传说研究的一个重要内容。在此，传说实物更多的是作为传说附属物或者物证而存在，其较为独立的叙事功能尚未得到专门研究。万建中在分析屈原传说时，就注意到了景观对传说流播的意义："它们（秭归、屈原故宅、女嬃庙和捣衣石等地名和建筑物）以及后来再建的与屈原有关的文化景观，一直默默地讲述着屈原的传说，以使屈原的传说不被遗忘，倘若它们不复存在了，屈原的传说很可能处于危机之中。"③在此，景观的叙事功能得到了较为清晰的表达，景观讲述传说，可观可触的物质景观使传说不被遗忘。反之，景观的缺失，可能会导致传说的淡化，甚至淹没。

叶舒宪将"物的叙事"纳入文化研究的四重证据法中，强调"物"对研究神话传说的重要意义。④ 田兆元将包括景观在内的物质所承担的叙事功能界定为

---

① Matthew Potteiger, Jamie Purinton. *Landscape Narratives: Design Pratices for Telling Stories*. New York：Chichester：John Wiley，1998.

② （日）柳田国男：《传说论》，连湘译，中国民间文艺出版社，1985 年，第 27 页。根据邹明华在论文《传说学的知识谱系：解读柳田国男的〈传说论〉》开篇部分所做的介绍："柳田国男在 1938 年举行的日本民俗学系列讲座上做了六次关于传说的讲演。而后经过近两年时间的整理、修改，于 1940 年在岩波书店出版了《传说论》这本小册子。"因此，本文将柳田国男在《传说论》第 27 页所说的"眼前的实物唤起了人们的记忆"这段表述标注于 1938 年左右。

③ 万建中：《非物质文化遗产与"物质"的关系——以民间传说为例》，《北京师范大学学报》（社会科学版），2006 年第 6 期。

④ 叶舒宪：《物的叙事：中华文明探源的四重证据法》，《兰州大学学报》（社会科学版），2010 年第 6 期。

"物象叙事",与语言叙事和民俗行为叙事共同构成神话的三种存在形态。[1] "物象叙事"的提出强调物质载体对神话传说的讲述与传承,将语言、物象与民俗行为三者并列,表明研究者将"物象"放到了与其他叙事形态同等重要的叙事位置。姜南在研究云南诸葛亮南征传说时,也注意到物象景观对传说流播的特殊意义,他细致梳理了诸葛亮南征历史遗迹 88 处,通过云南西部与东部传说历史遗迹的数量对比分析,探讨传说在东西部不同的流播与传承现状。[2] 田兆元认为,姜南对于这些文化景观的考察,体现出民俗学对于景观叙事的关注:"遍布西南地区的诸葛亮的文化景观,形成了民俗物象的叙事形态,无论是武侯祠,还是各种庙宇,各种诸葛亮的塑像和画像,以及墓碑,都在静静地叙述诸葛亮在云南的辉煌故事。建筑和塑像对于故事传说的稳定性流传起到重要作用,是静态的叙事形式。"[3] 在此,景观叙事作为物象叙事的一种,被明确纳入传说研究的范畴,其价值不仅仅是作为唤醒传说记忆的物质符号,同时,它还通过建筑和雕塑等核心叙事元素,承担了相对独立的叙事功能。

由此,我们结合神话传说谱系中的"物象叙事",借用景观设计方法中的"景观叙事"理论,提出适用于传说研究视野的"景观叙事"概念。简单地说,景观叙事就是由景观来讲述传说。具体而言,景观叙事是以景观建筑为核心,由传说图像、雕塑、文字介绍、导游口述等共同构成的景观叙事系统。在这一谱系中,景观的叙事功能有待于对隐藏其间的传说记忆进行唤醒,而其他叙事形态正是传说记忆的载体。而且,景观的视觉冲击力具有诱发传说再次恢复口头讲述的可能,从而使景观成为传说讲述与传承的新的文化空间,实现传说语言叙事、景观叙事和行为叙事的三位一体。

具体来说,景观叙事以视觉观赏的"看"的形式,唤醒传说记忆,讲述传说故事。在"白蛇传传说"的调查中,有 86.4% 的人表示,看到金山寺首先便会想到"水漫金山",看到雷峰塔,便会想到压在塔下的白娘子,甚至 99% 的人表示,来到金山寺或者雷峰塔,就会给孩子讲述"白蛇传传说"。[4] 显然,与传说密切关联的景观成为唤醒传说记忆、诱发传说讲述的重要契机,口头语言的叙事模式正在向以观赏景观为中心的叙事形态悄然转变。于是,语言形态的传说进入旅游景

---

① 田兆元:《神话的构成系统与民俗行为叙事》,《湖北民族学院学报》,2011 年第 6 期。
② 姜南:《云南诸葛亮南征传说研究》,民族出版社,2013 年,第 37—41 页。
③ 田兆元:《诸葛亮传说研究的民俗学路径》,《文汇读书周报》,2013 年 11 月 1 日,第 9 版。
④ 数据来源于笔者日前就"白蛇传传说"的当代传承现状所作的问卷调查。

观的范畴，以听觉为主的语言传承模式被置换为以视觉观赏为主的景观传承。景观作为传说的物质见证，成为触动传说记忆的按钮，提醒传说的存在，唤醒传说的记忆，延续传说的讲述，"通过时间轴的现在和空间轴的现场，构筑过去与彼方的历史记忆"。① 在此，景观与记忆的构筑，其实正是景观隐喻的叙事手法。"景观叙事的出发点是场所隐喻，通过场所设计对历史事件进行隐喻。场所认知的对象是人，场所隐喻认知的基础是基于人的经验的知识的积累。当场所的参与者遇到某个有着丰富意境的场所时，自己会本能构成直觉画面，但是在它背后却隐藏着观察者全部的生活体验，包括他的信仰、偏见、记忆、爱好，从而产生情感、理解和想象。"②因此，景观叙事开始于对传说记忆的触动与唤醒，其叙事手法便是将传说故事隐喻在景观之中，参与者与景观的对话依赖于对景观隐喻的传说语境的理解。

景观叙事的主体赋予传说地域化的特色，从而使景观叙事具有创造性的叙事特点。景观是传说地方化的空间投射，其形成与改造均充分反映了本地域的传说流变与地域文化对传说的认同度，这就使得景观叙事在与其他形态的叙事文本展开互文解读时，具有了创造性特征，并为传说的发展提供了更为丰富的地域文化内涵。景观叙事的主体往往是地域文化的表达者：代表地方政府的地方文化精英。他们一方面熟悉地方传说，是地方性知识的拥有者；另一方面又是地方政府依托景观进行旅游规划、地域文化传播的文化工作者。他们作为景观生产的实践人员，依托丰富的地域历史资源和人文传统，充分发挥文化想象，实施地域景观对传说语言叙事、民俗行为叙事的积极呼应。景观是地方政府选择的精微而绝妙的支点，通过景观生产的方式，一方面表达了对本地文化传统的认同，另一方面还可以获得对景观文化想象空间的实体化呈现。③

景观叙事的地域性表达是地域与传说的时空对话，是传说的景观叙事与其他叙事形态，基于地域文化旅游视角的互动。它不仅具有一般景观叙事的唤醒记忆功能，而且在地域文化的传播和创新上，一方面以文本形式存在于语言形态中，一方面又可以通过对文本的解读和再创造，建构现实物理空间中的景观物

---

① 王晓葵：《记忆论与民俗学》，《民俗研究》，2011 年第 2 期。

② 陈雨：《景观叙事——关于淮南新四军纪念园景观设计的哲学探讨》，《国际城市规划》，2007 年第 3 期。

③ 张晨霞：《帝尧传说、文化景观与地域认同——晋南地方政府的景观生产路径之考察》，《文化遗产》，2013 年第 1 期。

象。因此,民间传说的景观叙事不是对传说文本景观的简单再现,它更是对这种文本景观的文化再创造——通过对文本景观的图像再现,结合对地域文化的理解,融合地域文化情感和特定的价值追求,构筑现实物理空间中的景观。所以,这样的景观既区别于历史景观严格的仿真性,又区别于神话景观的超地域性,它以具有鲜明地域特色的传说文本为依托,使传说文本叙事的基本情节、人物等基本要素凝固其中,从而可以通过现实景观再现传说的核心情节。因此,它不单单是民众用来表达历史的集体记忆,更是民间借助传说建构自己历史话语的过程。地域景观是地域精神的文化载体,人们生活其间,与它们有着天然的亲密情感,尽管史书中自有对这些景观来历的记载,但人们宁愿相信传说的形象解释。在这里,探究传说的"真实性"问题已失去意义,"因为决定人们信仰的不是传说的内容,而是信仰的目的,信仰的目的使得信仰者深信不疑,而对传说的质疑产生心理上的抵制"。[①] 于是,在传说世代流播的过程中,新的地域文化依托地域景观逐渐为人们所接受,从而实现了传说语言叙事的景观话语建构。与此同时,尽管景观是一个相对固化的物质呈现,但是,景观叙事仍然表现为一种动态的演化过程,它的每一次改造、重建,都刻上了时代的烙印,反映着不同时代的景观生产者对传说这一文化资源应用的态度,以及对传说主题流变的地域性选择。

景观叙事是以景观建筑物为核心,融合口头、文字、图像、雕塑等多维叙事形态,对传说进行的体系化传承模式。景观并不仅仅是一个单一的个体,它是以景观的主体建筑为中心,由景观内外与传说密切相关的物象实体、文字介绍、导游口述,以及各式民俗行为等多个方面共同组成的立体呈现。其中,景观建筑物往往是传说中重要事件的场所,与核心情节相连,它既是传说的象征性符号,同时又是传说本身的核心叙事对象。与传说相关的图像和雕塑则是基于传说情节而进行的其他艺术形式的转换,是对传说的物象延展。导游作为景观文化的介绍者,一般是较多掌握景观知识与景观生产者文化倾向的特殊参与者,他们基于景观对传说的讲述,呈现出景观叙事的地域创造性特征,扮演着口述传承的重要角色。因此,宽泛地讲,传说的景观叙事是以物质形态的空间叙事为主,以语言形态的口头叙事与文字叙事、身体形态的行为叙事为辅而构成的景观叙事体系。这一体系以视觉上的景观建筑为第一冲击力,吸引参与者在景观内外的传说图

---

① 小田:《民间传说的社会史内涵——以一个江南市镇的成长历程为依托》,《河北学刊》,2006 年第 1 期。

像、雕塑、壁画、宣传文字，以及导游的传说故事讲解等多维度的叙事形态中，唤醒潜藏的传说记忆，了解景观生产者的传说地方化选择，甚至在参与者的相互交流中，综合性地传承传说的内涵。

三、传说景观的叙事功能

任何一个景观元素都有其自身的实用或审美功能，但同时，这些景观元素又是一个个指向景观文化的抽象符号，组成一个景观符号的意指系统，通过视觉观赏生产景观意义，从而提炼出景观超越实用或纯粹审美的文化功能。因此，任何景观都经历着"功能—符号—功能"①的过程。景观经由符号生成的意义体现在景观叙事之中，从叙事所具有的社会功能分析，景观叙事有着重构地域精神的文化功能，传承口头艺术的叙事性功能，以及推进旅游发展的经济功能等基本特征。

(一) 重构地域文化

景观是一种地理现象综合体，包括自然景观和文化景观两大类别。但是，随着人类活动的渗透，纯粹的自然景观几乎不存在，我们所见到的景观大多是一种蕴含人类文化意识形态的文化景观，是人类活动的产物，体现人类与自然融合共生的文化状态，因而，文化景观也可以说是人为景观。它是一个地区自然与文化的复合体，具有鲜明的地域性、变异性和历史性，投射一个地区人文历史的延续与发展，从这个意义上说，文化景观联系着特定地区人类的过去、现在和未来，它是地方文化精神符号的传播媒介，反映了地区之间的文化差异，以及历史上文化圈之间的交流与冲突。

景观符号是地方历史的物质讲述者，体现着地方"文化史层"。②"文化史层"这一概念最早由美国地理学家、哈佛大学的惠特莱西，锡拉兹大学的詹姆斯和芝加哥大学的罗伯特等学者共同提出。所谓"文化史层"是指"自然环境对各民族都是中立的。地面现象的差异完全是由于各民族的文化背景、能力、态度而改变的。在同一环境的地区内，不同的民族在不同时期居住，就在地面上遗留下了不同的文化遗迹。因为文化不同，就会有不同的土地利用方法、不

---

① 赖骞宇：《景观与符号叙事》，见邓颖玲主编：《叙事学研究：理论、阐释、跨媒介》，北京大学出版社，2013 年，第 236-244 页。

② 李旭旦将"Sequent Occupance"翻译为"连续居住"，谢觉民在其《人文地理学》专著中将之译为"文化史层"。笔者采用后者，是因为"文化史层"的表述更能体现出文化累积、延续与发展在地方景观中的投射，有着较为直观的景观历史性特征。

同的聚落形式和经济生活。此即称为文化史层"。① "文化史层"的地理观十
分强调文化对地理环境的重要作用,正是不同文化使得相对"中立"的自然环
境有了各自的特点。因此,地理环境的差异是文化差异的物质体现,抽象的文
化表现出具象的直观性。"文化史层"的概念还可以进一步拓宽,因为文化既
有着很强的稳定性、延续性,同时它又有着鲜明的时代性,即使同一民族,其文
化变迁也是十分明显与普遍的。"文化史层"就是文化在地理上的投影,而景
观恰恰就是一地文化与地理的复合体,景观风貌的变更,景观元素的增减,甚
至整体风格的重新修缮,都表达着不同时代的文化审美观念与价值观念,是不
同时代地域文化的历史载体。因此,景观生产便具有地域文化生产的意味,一
定程度上,对景观符号的生产选择,是一种地域文化历史重构与当代建构的生
产路径。

具体到传说景观叙事,景观对地域文化的重构性功能和民间传说与地方文
化的血缘关系相一致。民间传说是一种"地方性知识",是地方文化在民间的表
达与传播,围绕传说遗迹而形成的传说圈隐含地恰恰是同一文化圈的范畴,因
此,在相邻地域,传说情节的前后衔接和广泛传播,体现出历史上该地域之间频
繁的经济文化交流,景观叙事以及当代景观生产,对重构地域文化历史传统、弘
扬地域文化精神有着积极而深远的意义。

(二)传承民间传说

随着现代化的快速推进,传统生产、生活方式发生巨变,口头叙事的传播
形态面临现代危机。当代的叙事景观,很大程度上是为了观赏而建设的,因
此,需要观者的现场感知,就必须具有更强的视觉冲击力与叙事功能。这样,
景观叙事就从口述那种诉诸听觉的传播形态中解放出来,发展出以视觉感知
为中心的物象景观叙事形态,从而带来了叙事领域的颠覆性变革,传说开始走
向景观叙事的时代。景观成为传说当代的存在形态与传播、传承媒介,这有助
于民间传说包括其他类型口传艺术的当代发展。景观叙事日益成为当代民间
传说的重要叙事形态,其他如语言叙事形态、行为叙事形态,往往也需要借助景
观叙事所提供的文化空间才能得以诱发或重构。因此,民间传说的当代叙事体
系不再是以语言叙事为中心,而是以景观叙事为中心并结合其他叙事形态共同

① (美)谢觉民:《文化史层——人文地理的新学说:以台湾为例证》,见谢觉民主编:《史地文
集》,浙江大学出版社,2007年,第4页。

架构的景观叙事体系。

（三）发展旅游经济

就其广泛的社会功能而言，景观的生产与其叙事功能的建构，是为了地域形象的建构，并用以旅游观光，承担了文化产业发展的功能。"文化产业是以文化资源为基础，文化创意为核心，文化科技为动力，充分发挥人的智慧，进而创造财富与就业的新兴产业。"①民间传说作为重要的地方性文化资源，是地方创意的文化源泉，对推动地方旅游经济的发展与文化提升有着直接的开发意义。地方在对民间传说资源的利用上，往往采取改造现有景观与新建景观的方式，增加地方旅游景观，扩充地方旅游资源。

田兆元提出"经济民俗学"概念与研究思路，指出民俗经济是一种认同性经济，是历史形成的重要经济与文化资源之一。对于传说景观生产所具有的经济性功能，田兆元指出："民间神话传说转化为景观，用于旅游观光，也是现代民俗经济的一大特点。民俗文艺正成为民俗经济的核心元素，是诸多的经济类型发展的基本立足点。"②传说景观生产是以民众对传说的广泛认同为情感基础而开展的经济行为，它形成一种民俗消费。20世纪60年代，西方民俗学热烈讨论的"民俗主义"就是将民俗资源应用于旅游等经济活动之中。对此，学界褒贬不一，在其"合理性"与"伪民俗"之间，展开对民俗生产中民俗"本真性"的探讨。这些基于学理的分析，对现阶段各类民俗生产行为有着积极的指导意义，它要求民俗资源转化者在关注民俗"本真性"的基础上，充分挖掘民俗文化所具有的经济价值与文化功能。

就"白蛇传传说"的景观生产与景观叙事而言，镇江市以"白蛇传传说"作为核心旅游资源加以多层面的开发，努力打造"白蛇传传说"之都、爱情之都的城市文化符号。杭州也充分利用雷峰塔所传递的"白蛇传传说"爱情文化寓意，积极宣传杭州爱情之都的城市形象。"白蛇传传说"成为传说发源地的重要旅游经济来源，而围绕景观展开的景观叙事也成为当代新的"白蛇传传说"文本，成为前来观光旅游的游客在旅游地所获取的新的传说版本，在极大拓展当代传说讲述与传承的叙事性功能的同时，又在游客的传述、拍摄、游记等传播媒介中，得到更广泛的宣传与推广，有助于传说旅游景观知名度的攀升。

---

① 陈建宪等：《民俗文化与创意产业》，华中师范大学出版社，2012年，第1页。
② 田兆元：《经济民俗学：探索认同性经济的轨迹——兼论非遗生产性保护的本质属性》，《华东师范大学学报》（哲学社会科学版），2014年第2期。

但是,值得关注的是,在景观叙事、景观生产强调其旅游经济开发功能的过程中,由于要服从地域的政治与经济需求,传说固有的批判价值被削弱,这已然成为一个显著事实。经济导向下的景观生产带有鲜明的地域形象重构性,地域审美偏向导致传说多元化的叙事本质呈现出单一化趋势以及不同地域之间的同质化。

第四节 "白蛇传传说":景观群及其核心景观

"白蛇传传说"因其传奇的故事情节、丰富的文化内涵以及多维度的矛盾冲突,表现出广泛的社会影响力和强大的传播性功能。某种程度上,"白蛇传传说"的传播史便是其不断与地域景观、风物相结合,生产出新的景观的历史过程。因此,"白蛇传传说"可以说就是一则景观传说。在全国各地,几乎都有着"白蛇传传说"在地化的传播遗迹,它们以丰富多样的景观群形式,书写着"白蛇传传说"的传播与发展演化史。本节拟在整理全国各地"白蛇传传说"景观群的基础上,突出强调关乎"白蛇传传说"主题演化、情节发展的核心景观,以及核心景观的所在地域,并以之作为本书重点考察的景观个案,细致深入地剖析景观的叙事性与循环生产的内在发展机制。

一、各地异文中的"白蛇传传说"景观群

20世纪80年代,中国民间文艺研究会浙江分会与江苏分会分别搜集并汇编了"白蛇传传说"的地方异文本。2007年,镇江市民间文化艺术馆在此基础上整理出版了《白蛇传文化集粹》(异文卷)120篇传说,另外加上浙江分会未被《白蛇传文化集粹》(异文卷)选入的8篇异文,共计128篇。这些传说口头讲述空间范围涉及15个省市,讲述地数量为69个。其中,江苏省和浙江省搜集的传说数量最多,分别为59篇和29篇,涉及讲述地(市)也最多,分别为19个和18个。在这些传说异文中,"白蛇传传说"除了依附于国内知名景观西湖、金山寺、茅山和峨眉山之外,它还在流播过程中,与各地地方景观相结合,形成了一个庞大的"白蛇传传说"景观群。

表1－4－1　"白蛇传传说"景观群①

景观名	所属地域	传　说　提　要	现　存　情　况
西湖三塔	杭州（西湖）	西湖三怪白蛇精、獭精和乌鸡精作乱西湖，被镇压于三塔之下	明弘治五年（1492）被毁，后重建，推衍为西湖十景之一"三潭印月"
雷峰塔	杭州（西湖）	白娘子被镇压在雷峰塔下	1924年倒塌，2002年重建雷峰新塔
断桥	杭州（西湖）	白娘子与许仙一见钟情、尽释前嫌的相会重逢之桥	今所见"断桥"重修于1921年，解放后多次加固
望仙桥	杭州	吕纯阳在此卖汤圆，许仙食后不服，在此桥吐到河里，被桥下水中的白蛇吞食，从而结下前缘	
保和堂	杭州清河坊、镇江五条街	许仙与白娘子开设药店	保和堂的药店地址在杭州、苏州和镇江均有相关传说。现唯有杭州清河坊有一家保和堂药店
钱塘门	杭州	白娘娘与许仙在此下船	
清波门	杭州	白娘娘与许仙在此上岸借伞	
金山寺法海洞	镇江金山内	法海在此修行	是金山寺重要宗教景观
金山湖白娘子爱情文化园	金山西北部，金山湖景区内	以"水漫金山"为原型，修建的白蛇传主题公园	2009年正式对外开放，包含"白蛇传传说"景观26项
坎船山	镇江城西南	端午惊变后，白娘子前往坎船山采仙药救许仙	
五条街	镇江第一楼街东侧	许仙与白娘子在此街开设保和堂	

① "白蛇传传说"景观群的整理主要依据如下异文资料：康新民主编《白蛇传文化集粹》（异文卷）；江苏省民间文学工作者协会、江苏省民间文学工作者协会镇江分会编《白蛇传》（资料本）；浙江省民协所编《白蛇传》（资料本二、三辑），以及笔者在镇江、杭州、峨眉山等地所作的异文搜集与整理。

续　表

景观名	所属地域	传　说　提　要	现　存　情　况
西津渡	镇江长江路边，金山寺东南方位	许仙与白娘子开设药店	是镇江市津渡文化的历史景观
显扬村	镇江官塘桥公社显扬村	传说水漫金山时，白娘子让虾兵蟹将用洪水围住金山寺，但不能淹了镇江城。但是，螃蟹精七手八脚，横冲直撞，到处乱爬，弄得好几个县城，成了一片汪洋，淹死不少百姓，但是就是爬不到显扬村，所以，显扬村民就活了下来	
茅山	句容市茅山	"白蛇传传说"中的茅山道士修炼处	
峨眉山白龙洞	四川峨眉山内	白娘子曾在此修炼	
峨眉山青龙洞	四川峨眉山内	小青曾在此修炼	
斗龙坝	四川峨眉山清音阁附近	白蛇和青蛇曾在此大战，青蛇败后，与白蛇结拜为姐妹	
峨眉山白水	清音阁附近	传说白蛇变成白龙江，即白水	
峨眉山黑水	清音阁附近	传说法海或小青变成黑水，即黑龙江	
峨眉山青水	金龙寺旁	传说青蛇变成青水	
蛤蟆洞	四川峨眉山内	法海原为蛤蟆精，曾在此修炼，并与白蛇结怨	
清风洞	四川青城山内	相传白蛇青蛇的修炼处所	
同春堂	苏州	白娘子与许仙在苏州开设的药店	
龙虎山	江西省	龙虎山道士奚真人的修炼处所	
黑山白蛇洞	鹤壁淇滨区许家沟	白蛇修炼处所	
黑山青岩绝	鹤壁淇滨区许家沟	青蛇修炼处所	

续　表

景观名	所属地域	传　说　提　要	现　存　情　况
黑山金山寺	鹤壁淇滨区,与许家沟青岩绝相聚几里	法海修行寺庙	
黑山雷峰塔	鹤壁淇滨区	镇压白蛇之塔	
青塔	北京丰台区青塔村	相传小青在此帮助村民治病,并在临行之前,嘱咐村民用青砖修一个六角形的塔,以后不会再生此怪病	
白茶畈	湖北咸宁市温泉镇温泉河西岸	雷峰塔倒后,白蛇顺长江游到武昌,来到温泉河,为当地做好事	
双塔	山西临猗县妙香寺内一座、寺外一座	相传西塔压白蛇,称白蛇塔;东塔压许仙,称许仙塔	
白蛇墩、乌羊墩	无锡东山南麓	相传白蛇墩是白娘娘修道的地方,与乌羊墩相对,乌羊偷吃农民禾苗,白蛇劝阻,农民误以为是白蛇偷吃,围住白蛇,许仙救了白蛇	
白鹤洞	温州楠溪江风景区内	白娘昆仑盗仙草,白鹤阻拦,南极仙翁斥责白鹤,白鹤一气之下来到这里,后在南极仙翁的劝告下重回昆仑山,留下此洞	
白蛇路、虎岩、伏虎岩	浙江丽水一带	传说白娘盗仙草,被老虎伏击,老虎在石盘上留下虎印,人们叫"虎岩",老虎藏身的地方叫"伏虎岩",半山腰的路叫"白蛇路"	
凉山洞	衢州市石梁镇杨家源村北大桥山脚下	白蛇栖身之处	
白龙寺、龟山	江阴华士镇北	法海拿金钵罩住白蛇,白蛇逃走,但仍被追来的法海打死,人们纪念白蛇,在此建白龙寺,常年供奉白娘娘。如来佛发现紫金宝钵、袈裟、青龙禅杖三宝不见了,发现在法海那,乌龟逃的时候,变成了大石头,形状像乌龟,因此得名叫"龟山"	

　　从表 1-4-1 看,"白蛇传传说"在全国各地讲述、传播的过程,亦是其与地方文化、地方景观相结合,并生产出新的传说的过程。其中,杭州与镇江两地作为"白蛇传传说"的发源地,拥有的景观最为丰富。在数量上,杭州有 7 处"白蛇传传说"景观,镇江有 8 处,峨眉山作为白蛇修炼的处所,有 7 处景观,河南鹤壁作为自成体系的"白蛇传传说",也拥有 4 处景观,这些"白蛇传传说"景观群伴随着各地相关景观,已经构成了一个庞大的"白蛇传传说"圈。日本民俗学家柳田国男"把一个个传说流行着的处所,称作传说圈",①而传说的讲述和传播又总是围绕着这些景观进行的,它们是传说的核心。乌丙安在研究风物传说圈的时候,进一步指出:"柳田氏所述的传说圈是从地方风物点分布范围的角度作出的解释……但是,这只是对传说的一种平面的以若干圆心标明地理特征的概念,它似乎还不能概括传说的纵横交织的活动状态及人文特征。"②乌丙安认为风物传说圈是由多圆形成的球体,是交叉着民族文化圈、历史活动圈、宗教传播圈以及方言圈(或民族语言圈)等不同文化结构的综合体。因此,对全国各地散落的"白蛇传传说"景观,我们需要在立体的传说圈理论的观照下,综合分析它们与地域文化、与传说发展的关系。而且"白蛇传传说"景观分布的不均衡充分说明了传说中心地带与景观相对应的显著特征,它们共同构成了"白蛇传传说"的文化空间。

二、"白蛇传传说"核心景观群及景观地

　　"白蛇传传说"是"中国传统的白蛇精故事向传说转化、在江浙地区落地生根的结果",③它与江浙地区最为直接的关联便是对地方知名景观的黏附。南宋以来,"白蛇传传说"经历了从"西湖景观"拓展至"江南景观"的历史演变,在这一过程中,景观的每一次空间拓展与文化延伸,都促成了"白蛇传传说"的一次重要转折。纵观"白蛇传传说"的历史演化,我们发现它在主题上经历了从宗教降蛇向爱情婚育主题的转化过程,而这一主题流变恰恰与传说所依附景观的变迁与增删是一致的,或者说"白蛇传传说"的主题流变具体表现为传说核心景观的变迁与更迭。

　　细致梳理散落在全国各地的"白蛇传传说"景观,我们发现全国 31 处"白蛇传传说"景观地,共计 65 项景观,主要表现为与"白蛇传传说"核心情节相关的

① (日)柳田国男:《传说论》,连湘译,中国民间文艺出版社,1985 年,第 49 页。
② 乌丙安:《论中国风物传说圈》,《民间文学论坛》,1985 年第 2 期。
③ 刘守华:《宋代"蛇妻"故事与〈白蛇传〉的构成》,《古典文学知识》,1998 年第 5 期。

塔、寺、洞、桥、水五类景观,有着鲜明的景观个性,其中,"塔""寺"和"洞"等景观类型充分反映出"白蛇传传说"的宗教文化内涵。而"桥"与"水"这两大景观形态则是江南文化的温柔投射。因此,江南景观与"白蛇传传说"有着亲密的血缘关系,它们承载着江南的地域文化,是传说不可或缺的核心景观群。它们具体主要包括如下几个城市的相应景观:

表 1-4-2 "白蛇传传说"核心景观群一览表

所属城市	所属景区	景观名称	核 心 情 节
杭州市	西湖景区	三塔	三塔镇三怪
		雷峰塔	雷峰塔镇白蛇
		断桥	断桥相会
镇江市	金山寺、金山湖景区	法海洞	法海修行处所
		白龙洞	许仙遁逃至断桥、白娘子遁逃至断桥、小青与法海大战、法海钻进蟹壳成为蟹和尚等
		白娘子爱情文化园	新建景观,以重现"水漫金山"情节为生产中心
峨眉山市	峨眉山	白龙洞	白娘子修仙处所

"白蛇传传说"核心情节主要包括"峨眉修仙""游湖借伞""保和堂施药""端午惊变""水漫金山"和"塔镇白蛇"等。在这些情节中,核心景观与景观地几乎都包含其中,是"白蛇传传说"具有标示性的场所,甚至可以说,抽去了这些景观,"白蛇传传说"便缺少了传说的标志性情节。景观与传说主题、核心情节的依附关系,使得景观超越了一般意义上的环境背景价值,而具有了叙事性功能。因此,对传说核心景观与传说的结合、发展过程的历史性梳理,对我们从景观的视角剖析传说的演化有着至关重要的价值。它们是传说存在与发展的文化根基,传说、核心景观与传说中的城市,这三者之间的相互关系更加紧密,强化了传说核心景观的研究意义。景观对传说讲述与发展的意义还赋予了景观特殊的叙事性功能。它以视觉观赏为主要传播形式,以视觉景观元素为具体的文本语法,为

我们展示了一个有着庞大叙事容量的文化文本,以景观为传说载体,以观赏为讲述与接受形态,景观所具有的叙事性使当代景观生产有着旅游经济发展之外的传说传承价值。景观生产进一步丰富了景观的叙事元素,与景观叙事一起,发挥着推动地方旅游经济,弘扬地域传统文化,以及承载传说存在形态与传说当代传承的重要功能。

从景观研究视角出发,"白蛇传传说"经历了从杭州西湖景观拓展为江南景观、峨眉山景观的发展过程。本书在具体梳理、分析"白蛇传传说"景观叙事谱系及景观生产时,以杭州、镇江和峨眉山三地为研究"白蛇传传说"景观的核心地域,并遵循从杭州西湖景观群到镇江金山湖景观群、峨眉山景观群的逻辑顺序,主要是出于如下几点考量:

首先,杭州、镇江和峨眉山是"白蛇传传说"三大发源地和口头传承中心地带。在传说发源地上,分别存在着"杭州说""镇江说"和"峨眉说"的传说源头,并有着丰富的传说语言叙事、地方戏曲叙事、仪式行为叙事和景观叙事。一方面,它们是"白蛇传传说"形成与发展的重要文化基础。杭州西湖题名景观是许多民间传说依托的景观对象,西湖原有的景观传说也在讲述、传播中逐渐汇聚于白蛇精故事,西湖丰富的宗教文化氛围也为传说的宗教主题演化提供了先然的文化基础。冯梦龙对"白蛇传传说"的搜集与改编进一步将传说从杭州西湖拓展至江南——苏州和镇江,并充分吸收镇江金山寺原有的"高僧降蛇"传说。峨眉山是白蛇的修仙圣地,同时也流传着诸多异类修仙的传说,在峨眉山进入"白蛇传传说"叙事谱系之后,"白蛇传传说"常常以峨眉山作为情节的缘起。因此,杭州、镇江和峨眉山是"白蛇传传说"研究和景观研究的重要地域,其与传说核心情节密切相关的核心景观亦是本书研究的中心。三地既包含了"白蛇传传说"成形之前的部分核心情节原型,同时又有着自成体系的叙事模式。

其次,从杭州西湖景观群到镇江金山湖景观群,再到峨眉山景观群的研究思路,正是遵循了"白蛇传传说"情节发展的内在逻辑,以及"白蛇传传说"景观谱系所具有的地域分工型景观特征。在清中叶方成培戏曲本《雷峰塔》传奇之前,杭州及西湖始终是传说情节的开端,在当代搜集到的多地"白蛇传传说"口传及戏曲资料中,也常常启于"游湖借伞"的经典情节。而镇江及金山湖景观群在"白蛇传传说"叙事结构中,属于情节的发展与高潮阶段。峨眉山景观群尽管常常作为"白蛇传传说"的修仙圣境而被放置于传说的开端。但是,在影响广泛的文人叙事中,由于峨眉山景观及其情节走进"白蛇传传说"的时间较晚,且在很多口传或影视改编的传说版本中，峨眉山常常被跳过或者一笔带过，更多的是作为白蛇前世或者传说得以开始的背景。而且，从景观类型来看，"白蛇传传说"有着鲜明的地域分工型景观特征。传说核心地域及其景观在情节上有着明确的分工。因此，在本书以景观为主要研究对象的思路下，选择了从杭州到镇江再到峨眉山的地域景观研究路径。

最后，在"白蛇传传说"当代景观生产中，杭州与镇江作为传说的两大发源地以及国家级非遗项目"白蛇传传说"的申报地和保护单位，近年来，围绕"白蛇传传说"遗迹以及传说的相关景观展开了丰富的景观生产，充分体现出景观生产对传说发展、传承的重要价值。相比而言，峨眉山"白蛇传传说"由于未能入选国家级非遗项目，目前仅作为"峨眉山民间传说故事"这一市级非遗项目中的一个传说，而且还处于峨眉山佛教文化体系之外。因此，围绕"白蛇传传说"而展开的景观生产并不十分明显。

综合上述因素，本书选取"白蛇传传说"三大发源地——杭州、镇江和峨眉山——的传说核心景观西湖三塔、雷峰塔断桥，金山寺法海洞、白龙洞和白娘子爱情文化园，峨眉山白龙洞等作为重点考察的景观，并选择从杭州西湖景观群到镇江金山湖景观群，再到峨眉山景观群的研究思路，分别梳理其景观的历史形态，与传说结合、演变的过程，景观的地域性叙事以及当代景观的生产行为，期望通过实证性研究思路，洞悉景观研究视角下的"白蛇传传说"演变史，以及景观对传说发展、地域文化传承、地域经济发展的重要价值。

第二章
信仰淡化下的杭州西湖
"白蛇传传说"景观生产

第一节 信仰变迁:"白蛇传传说"
三塔景观的移位生产

西湖三塔是"白蛇传传说"落脚江南并与西湖结缘的序幕,被公认为"白蛇传传说"雏形之一的话本《西湖三塔记》,便是依附西湖题名景观——三潭印月——而展开的想象性叙事。"三潭印月"景观位于今西湖西南水域,包括小瀛洲及其南面三座呈等边三角形的石塔。小瀛洲是西湖中面积最大的人工岛,约7公顷,它与阮公墩、湖心亭并称为西湖"蓬莱三岛"。小瀛洲岛60％为水面,水面被划为"田"字形,建有一座九转三回的九曲桥。岛南湖面上有三座瓶型石塔,塔高2米,是"三潭印月"景观的核心元素,俗称"三塔"。《西湖三塔记》是对西湖三塔来历的奇幻解释,讲述了西湖三怪——白蛇精、獭精和乌鸡精——作乱西湖,色诱临安人士奚宣赞,险些使其丧命,最终三怪被龙虎山道士奚真人镇压在三塔之下的神奇故事。在此,西湖三塔具有两个叙事功能,一方面是传说试图解释的对象,是镇压三怪的法器,是传说的核心内容之一;另一方面又是传说得以讲述的景观依托,是连接传说与地方文化、听众的现实媒介。因此,它是一则典型的地方景观传说。西湖三塔景观有着怎样的历史生产过程? 它又是如何与"白蛇传传说"融合,成为传说依附的西湖景观? 三塔的历史变迁对"白蛇传传说"的演化具有怎样的推动作用? 本节尝试梳理西湖三塔景观的符号生产、景观叙事,以及随着杭州信仰变迁和景观消失等景观生产过程而引起的"白蛇传传说"的重大演化。

一、三塔景观的符号生产：从"禁止标识"到"塔镇潭妖"

西湖三塔始建于北宋元祐五年（1090），是苏轼出任杭州知州时主持的一场规模空前的西湖疏浚工程。北宋以来，杭州历任贤牧良守都把疏浚西湖、畅通六井视为重要的施政任务。景德四年（1007）的杭州知州王济曾修建西湖闸堰设备。宋仁宗（1023—1063）时的知州郑戬动用上万民工，斥废湖中葑田。沈遘则在六井之外，添设一处特大供水量的新井，后人称之为沈公井。熙宁元年（1069），苏轼第一次来杭州任通判一职。到任之初，苏轼就悉心研究西湖水利，探索畅通六井与沈公井的方案。熙宁五年（1072），杭州知州陈襄对六井进行了一次很有成效的修理。元祐元年（1086），苏轼第二次来杭州任职，出任杭州知州。虽然前后相隔不过十几年的时间，但是西湖沼泽化有着惊人的速度：

> 熙宁中，臣通判本州，湖之葑合者，盖十二三耳；而今者十六、七年之间，遂塞其半。父老皆言，十年以来，水浅葑横，如云翳空，倏忽便满，更二十年，无西湖矣。①

面对如此严峻的威胁，苏轼于元祐五年向朝廷上书《乞开杭州西湖状》奏章，指出西湖之不可废的五大原因，其中有一条便是强调西湖之淡水对杭州城市生存的重要意义："唐李泌始引湖水作六井，然后民足于水，邑曰富，百万生聚待此而后食。今湖狭水浅，六井渐坏，若二十年之后尽为葑田，则举城之人复饮咸苦，势必耗散。"苏轼拆毁湖中私围的葑田，挖深全湖，把挖掘出来的大量葑泥在湖中偏西处筑成一条沟通南北的长堤，即今之苏堤，又在全湖最深处即今湖心亭一带建石塔三座："已指挥本州，候开湖了日，于今来新开界上立校石塔三、五所，相望为界。应石塔以内水面不得请涉及侵占种植。如违许人告，每丈支赏钱五贯文。"并修复六井和沈公井，用瓦筒取代竹筒，盛以石槽，使底盖紧密，还利用多余水量在仁和门外离井最远处新建二井。因此，西湖三塔其实就是一个重要的警示标志，即石塔以内禁止养殖菱藕等物以防止湖底淤浅，其修建初衷是出于水利整治。

---

① （宋）苏轼：《乞开杭州西湖状》，见苏轼：《苏东坡全集》（下）第十五卷《奏议十八首》，黄山书社，1997年，第367页。

疏浚后的西湖湖面碧波荡漾、风光秀美,湖中三塔亭亭玉立,与水心保宁寺安然相望,渐成西湖一景。清《湖山便览》卷三"水心保宁寺"一条称:"元祐中,苏公立石塔三所,与寺相望,因或呼三塔寺。"[①]水心保宁寺故址大约在今天的小瀛洲的位置,它始建于后晋天福年间(936—944),北宋大中祥符年间(1008—1016)赐额"水心保宁寺"。寺中建有"陆莲庵""好生亭""思白堂"等。秦观《宋僧归保宁寺》云:"西湖环岸皆招提,楼阁晦明如卧披。保宁复在最佳处,水光四合无端倪。车尘不来马足断,时有海月相因依。""招提"即寺院,诗歌指出水心保宁寺在西湖中拥有独特的地理位置,海月相依、水光四合,是赏月的好去处。从诗歌内容判断,秦观此诗大约作于元丰元年(1078)。[②] 彼时,西湖三塔尚未修建。南宋《淳熙临安志》载,保宁寺于"绍兴间,地入聚景园"。清《湖山便览》亦称"绍兴中辟聚景园,寺废"。聚景园为南宋皇家御园,主园位于清波门外,即"柳浪闻莺"附近。水心保宁寺被辟为其水上部分,故寺废。水心保宁寺所处的位置与三塔十分接近,因此,三塔的位置显然也是十分适宜赏月的处所,这应该是"三潭印月"景观得以形成的地理条件。南宋画师们从难以遍数的西湖景观中,精选出"西湖十景","三潭印月"便是十景之一。目前,文献记载中最早的西湖十景图当出自南宋僧若芬、马麟和陈清波等人。[③] 同时还有王洧为十景题诗,张矩、周密、陈允平等人为十景填词。因此,至南宋末年,"西湖十景"在绘画与文学艺术上已然十分流行,"三潭印月"俨然是西湖知名景观。所谓"三潭印月"指的是西湖三塔的夜景。一说在夏秋月夜,尤其是中秋之夜,圆月当空,月影、塔影融成一片,即"月光映潭,分塔为三"。[④] 正如清陈璨《三潭印月》诗中所云:"碧水光澄浸碧天,玲珑塔底月轮悬。"另一说是在夏秋黑夜,在塔内点燃灯烛,烛光从三潭的五个圆孔中透出,远远望去,犹如一个个小月亮,倒映在湖面上,形成神奇的"三潭印月"景观。清丁立诚《三潭灯代月》诗云:"三潭各分一月印,一波影中一圆晕。下弦无月账夜游,塔里明灯火四流。依然幻作三潭月,波绿灯红斗颜色。湖平风静波不兴,繁星更放荷花灯。"[⑤]还有一说记载于清初陆次云《湖壖杂记》。清顺治九年(1652)春,陆次云与友人于夜晚在将台山山顶凝望,见湖中有三大圆晕,

---

① (清)翟灝:《湖山便览》,卷三《孤山路》,见施奠东校点:《西湖文献集成》,杭州出版社,1998年,第670页。

② 刘尊明编选:《秦观集》,凤凰出版社,2007年,第17—19页。

③ 王双阳:《古代西湖山水图研究》,中国美术学院博士学位论文,2009年,第19页。

④ (清)柴杰:《西湖百咏》,见施奠东校点:《西湖文献集成》,杭州出版社,1998年,第688页。

⑤ (清)丁立诚:《三潭灯代月》,见吴晶主编:《西湖诗词》,杭州出版社,2005年,第212页。

出现在放生池左边。和尚告知，这就是"三潭印月"。明孝宗弘治年间（1487—1464），三塔意外被毁，天启元年（1621）加以重建。明末清初再次被毁，后又一次重建。清康熙二十八年（1689），康熙手书"三潭印月"，御定景名。由三塔两毁三建的历史变迁可知，"三潭印月"作为"西湖十景"，对西湖景观谱系的重要作用，以及历代对"三潭印月"景观的独特情感。

关于三塔的来历，除了有苏轼建三塔以禁止种植菱藕的警示作用之外，民间还一直流传着三塔镇潭、镇妖的传说。塔镇深渊的传说最早见于南宋吴自牧《梦粱录》："西湖三潭，立三塔以镇之。"①此说影响颇深，直至明中叶有关"三潭印月"的诗歌中，仍在传唱："静涵塔影倒深渊"（明汤焕《三潭印月》）、"潭底是龙源，翠户珠宫玉作田"（明马洪《三潭印月》）。明田汝成《西湖游览志》（嘉惠堂本）在"三潭印月"一节也记载了这一传说："相传湖中有三潭，深不可测，西湖十景所谓三潭印月者是也，故建三塔以镇之。"清末民初陈选《仰逋居游记》也沿袭了这一记载："湖中旧有三潭，深不可测，故建三塔镇之。"②

杭州民间还流传着三塔镇黑鱼精的传说：

　　相传，山东的能工巧匠鲁班带着他的小妹来到杭州，在钱塘门边租了两间铺面。一天，鲁班兄妹正教徒弟们手艺，忽然刮来一阵大风，顿时天上乌云翻滚，原来有一只黑鱼精到人间来作祟。黑鱼精一头钻进了西湖中央，钻出一个深潭。它在潭里吹吹气，杭州城里就满城的鱼腥臭；它在潭里喷喷水，北山南山就下暴雨。就在这一天，湖边的杨柳折断了，花朵凋谢了，大水不断往上涨。

　　鲁班兄妹带着徒弟们一起爬上宝石山，他们朝山下望去，只见一片汪洋，全城的房屋都浸泡在臭水里，男女老少四散奔逃，湖中央有一个好大的漩涡，漩涡当中翘起一只很阔的鱼嘴巴，鱼嘴巴越翘越高，慢慢地露出整个鱼头，鱼头往上一挺，飞起一片乌云，乌云飘飘摇摇落到宝石山顶上，云头落下一个又黑又丑的后生。

　　后生看上了鲁班的小妹，并威胁道："大姑娘嫁给了我，什么都好说，要是不嫁，再涨大水漫山冈。"鲁妹心想，倘若再涨水，全城百姓的性命都保不住。她眼珠一转，有办法了，对黑后生说："嫁给你不能急，让阿哥先给我办

---

① （宋）吴自牧：《梦粱录》卷十五，符均、张社国校注，三秦出版社，2004年，第228页。
② 陈选：《仰逋居游记》，1925年，铅印本。

样嫁妆。"鲁妹要哥哥为她凿一个大大的香炉。鲁班对黑后生说:"东是水,西是水,怎么办? 你先把水退下去。"黑后生张开阔嘴巴一吸,满城的水都倒灌进他的肚皮里了。鲁班用半座山做成了一个大香炉,圆鼓鼓的香炉底下,有三只倒竖葫芦形的尖脚,尖脚上都有三面透光的圆洞。

鲁班说:"嫁妆做好了,你先把它搬下湖。"黑后生卷起旋风,竟然把那么大的石香炉咕噜咕噜地向后滚,黑后生跑呀跑呀,跑到湖中央,就变成黑鱼,钻进深潭。石香炉滚到湖中央,在深潭边的斜面一滑,"啪"的一声倒覆过来,把深潭罩得严严实实,不留一丝缝隙。黑鱼精越挣扎,这香炉就越往下陷,一直陷到湖底的烂泥里,只在湖面上露出三只葫芦形的香炉脚尖,黑鱼精被闷死在香炉底下了。除掉了黑鱼精,西湖里的水又变得清澈见底了,西湖的景致也一天比一天美丽。从此,每年中秋节夜晚,湖中央的那石香炉的三只脚里边便点起烛火,烛火映在湖里,现出好几个月影来,这个地方就被人们叫作"三潭印月"。①

这则传说将三塔镇潭、镇妖的功能结合起来。塔镇深渊缘起于妖精作怪,掀起水患。因此,鲁班建塔以镇之。三塔镇潭的传说与杭州及西湖易发水灾的地理特征有一定的关联。杭州依山濒江傍湖,历史上极易遭受水害。据不完全的文献记载,整个唐代杭州至少发生过十几次特大水灾。② 南宋以来,水患仍然不断。乾道六年(1170),江潮冲决大堤,形成水患。嘉熙三年(1239),钱塘江潮患,冲决大堤。元大德二年(1320),海盐、盐官一带发生大潮患。延祐七年(1320),盐官一带潮患再起。频繁的水灾让人们联想到可能是水怪作乱。于是,建塔镇之。

民间一直公认塔具有镇压水患的功能。西湖六和塔的重建便有着明确地镇压江潮的目的。宋宣和五年(1123),六和塔被方腊起义军烧毁。南宋绍兴二十四年(1154)由僧人智昙募缘重建,乾道元年(1165)竣工。六和塔重建时,宋朝官员、诗人曹勋写有记文,记录建塔的原因和重建过程,指出以塔镇压水患的重要功能:

> 浙江介于吴越,一昼一夜,涛头自海而上者再,疾击而远驰,虎骇而龙

---

① 徐飞搜集整理:《石香炉》,见杭州市文化局编:《西湖民间故事》,浙江文艺出版社,2000 年,第 8 - 12 页。本文所引为作者根据故事原文概括而成。
② 阙维民:《杭州城池暨西湖历史图说》,浙江人民出版社,2000 年。

怒，猛如山立，欻如电转，掠堤突岸，摧陷田庐，为临安患久矣。冥冥中若有神物典司其事。钱氏有吴越时，曾以万弩射潮头，终不能却其势。后有僧智觉禅师延寿、同僧统赞宁，创建斯塔，用以为镇，自是潮习故道，居民德之。宣和三年，塔寺俱毁，赤地无遗，而潮复为患。绍兴壬申，天子忧之，思所以制其害者，在廷之臣，首以复兴斯塔为请，诏赐可。下有司计废，庀工治材，守臣择可主持斯事者，得僧智昙。谕以诏旨，昙口诺心然，愿以身任，不烦官府，乃勤渠化募，而和义郡王杨存中、居士董仲永，首倡捐赀。于是莲社乐施，云臻雾集，虽远在他路，亦荷担而来，自癸酉仲春鸠工，至癸未之春，五层告成。是年岁晚，则七级就绪，巍然揭立，光动山海。环壁刻金刚经及塑五十三善知识，备尽庄严，凡所以镇静山川，护持法界，调伏魔境者，莫不阒而存焉。塔兴之初，土石及百篑而潮势已杀，既成之后，化为安流而濒江之民恬不惊悸，此则塔之为功而智昙之植福也。①

这段文字回顾了历史上为预防水患而采取的一系列措施，包括吴越国王"以万弩射潮头"的方法。但是，最有效的方法仍然是建塔镇之。而伴随着塔毁带来的"潮复为患"的现象，再次证实建塔镇水患的有效性，也因此，才有必要重建六和塔。果然，塔成之后，水患不再。正是在西湖有效地建塔镇水患的历史背景之下，三塔镇潭、镇妖传说才会得以流行并传播。

由此可知，西湖三塔是在地方政府积极倡导并实施的疏浚西湖水利的过程中始建而成，其最初的修建目的是为了防止西湖堵塞而无法满足城市饮水需求。但是随着时间流逝，西湖中竖立的三塔逐渐与塔所具有的镇压水患的辟邪功能相结合，从而衍生出围绕三塔景观的镇妖传说，充分说明景观所具有的叙事性功能，并最终形成三塔景观的文化符号——镇妖。

二、三塔景观被毁的叙事演化：从"三怪"到"两怪"

（一）三怪叙事与西湖景观的融合：《西湖三塔记》

"三怪"故事缘起于南北朝时期，南朝宋刘义庆《幽明录》之《刻魅》云：

> 宋高祖永初中，张春为武昌太守。时人有嫁女，未及升车，女忽然失怪，

---

① 孙跃：《西湖的历史星空》，浙江大学出版社，2012年，第72页。

出外殴击人,乃自云已不乐嫁俗人。巫云是邪魅。将女至江际,遂击鼓以术咒疗。春以为欺惑百姓,刻期须得妖魅。翼日,有一青蛇来到巫所,即以大钉钉头。至日中时,复见大龟从江来,伏于巫前,巫以朱书龟背作符,更遣入江。至暮,有大白鼍从江中出,乍沉乍浮,龟随后催逼。鼍自恣死,冒来先入慢与女辞诀。女恸哭云:"失其姻好。"于是渐差。或问巫曰:"魅者归于何物?"巫云:"蛇是传通,龟是媒人,鼍是其对,所获三物,悉是魅。"春始知灵验,皆杀之。①

这则故事讲述了蛇、龟和鼍三怪合伙魅惑一女子,最后被巫师降服的过程。程毅中认为此乃"三怪"故事之缘。② 宋元时期,话本小说讲述烟粉灵怪之类的故事颇多,"三怪"故事也得到较多继承与发展,从而形成了宋元话本小说中的"三怪"故事系列。"三怪"故事主要有三大基本特征,一是作乱的妖怪在数量上一般均是三个;二是三怪的结局都是被道士收服;三是这些"三怪"故事之间往往有着较为明显的模仿与承继关系。郑振铎认为它们应当是同源的:

> 自《定山三怪》到《福禄寿三星度世》,同样结构和同样情节的小说,乃有四篇(《洛阳三怪记》、《西湖三塔记》、《崔衙内白鹞招妖》(古称《定山三怪》)、《福禄寿三星度世》)之多,未免有些无聊,且也很是可怪。也许这一类以三怪为中心人物的烟粉灵怪小说,是很受着当时一般听者们所欢迎,故说话人也彼此竟仿着写罢。总之,这四篇当是从同一个来源出来的。③

在这四篇"三怪"故事中,《洛阳三怪记》与《西湖三塔记》呈现出更多的相似性。萧欣桥在《话本小说史》中指出:

> 《洛阳三怪记》和《西湖三塔记》分别为北方洛阳、开封地区和南方杭州地区流传的三怪故事,它们都成篇于南宋。二者在入话及篇中诗词、出场人物、情节结构、人物描写甚至某些细节(如故事都发生在清明节,妖怪罩潘

---

① (南朝)刘义庆:《幽明录》之《刻魅》,文化艺术出版社,1998年,第160-161页。刘敬叔《异苑》卷八《三怪》亦有类似记载。
② 程毅中:《宋元小说家话本集·西湖三塔记》,齐鲁书社,2000年,第295页。
③ 郑振铎:《插图本中国文学史》(三),人民文学出版社,1957年,第557页。

松、奚宣赞都是鸡笼子等）都有许多相同或相似之处，可见二者的相互影响或相互渗透。①

常金莲也认为《洛阳三怪记》和《西湖三塔记》无论在结构还是情节上都有着相似性和模式化：都是三怪作乱，一怪与男主角相遇，另有一怪较为善良，搭救男主角，最后都由一道士收服三怪。细节上也有相似性：入话都是一长串诗词，故事都发生在清明节，对景色和人物的描写性韵语有多处相似甚至相同。二者的因袭关系显而易见。② 纪德君也持同样的观点，并且从两个方面指出《西湖三塔记》对《洛阳三怪记》有着直接因袭与改写。③

首先，在成书时间上，纪文采纳了章培恒的观点，认为《西湖三塔记》并非宋话本，而是产生于元代，晚于成书南宋的《洛阳三怪记》。章培恒认为从《西湖三塔记》交代故事发生时间（"是时宋孝宗淳熙年间"）的表达方式来看，显然并非南宋人的口吻，应该是后人对前朝的追述。而更重要的是故事的内容。《西湖三塔记》的结局是淳熙年间的道士奚真人捉了三怪，盛在铁罐里面封好了，"把符压住，安在湖中心。奚真人化缘，造成三个石塔，镇住三怪于湖内，至今古迹遗踪尚在"。显然，故事是利用现有的西湖三塔以增强其可信性。章文推测故事讲述之时的听众应该不了解西湖三塔建造的真实缘由，所以才会相信建三塔镇"三怪"这一神奇说法。因此，《西湖三塔记》的成书年代至早要到元代。④ 这一推断更为有力的佐证在于宋元两代对西湖疏浚工程的不同态度。

正如上述，西湖三塔始建于北宋元祐五年，是苏轼开展的一场西湖疏浚工程，其修建是为了严禁在石塔以内养殖菱藕等物以防止湖底淤浅。这一禁令直到南宋时仍"时有申明"。直到淳祐七年（1247）丁未，"仍奉朝命：自六井至钱塘门上船亭、西林桥、北山第一桥、高桥、苏堤、三塔、南新路柳洲寺前，凡菱荷茭荡一切薙去之"。⑤ 所以，即使到南宋末年，建造三塔的初衷还是比较清楚的，奚真人建三塔镇"三怪"的说法难以成信。但是，西湖以三塔来标志禁止种植菱藕的规定，在元代被闲置。雍正《浙江通志》卷五十二引成化《杭州府志》云："元时不

---

① 萧欣桥、刘福元：《话本小说史》，浙江古籍出版社，2003 年，第 207 页。
② 常金莲：《〈六十家小说〉研究》，齐鲁书社，2008 年，第 76 页。
③ 纪德君：《从〈洛阳三怪记〉到〈西湖三塔记〉——"三怪"故事的变迁及其启示》，《暨南学报》（哲学社会科学版），2012 年第 2 期。
④ 章培恒：《关于现存的所谓"宋话本"》，《上海大学学报》，1996 年第 1 期。
⑤ （宋）《咸淳临安志》卷三二，台湾商务印书馆影印文渊阁。

事浚湖,沿边泥淤之处没为菱田荷荡,属于豪民;湖西一带葑菱蔓合,侵塞湖面,如野陂然。"三塔失去了警示性功能,建造三塔的缘由自然也就模糊不清。在这样的语境下,建三塔镇三怪的传说也就易于被接受。在《西湖三塔记》中,卯奴助宣赞出逃,"把宣赞撒了下来,正跌在菱白荡内,开眼叫声救人。只见二人(荡户)救起宣赞来"。奚宣赞家住昭庆寺湾,附近有菱白荡和荡户的景象正是元代西湖"没为菱田荷荡"的真实写照。

除了以成书年代上的先后作为判断《西湖三塔记》对《洛阳三怪记》的模仿之外,纪文还分别对两篇话本中涉及的清明节、婆婆、精怪住处、白衣妇人、道士祭风和精怪神将等描绘性文字细致勘对,发现二者在表述上几乎一致,并且《西湖三塔记》在文字措辞与修饰上,又比《洛阳三怪记》更显工稳、精致,有着在《洛阳三怪记》基础之上加工润饰的痕迹。

综上所述,《西湖三塔记》具备宋元话本小说"三怪"故事系列的基本特征,在成书年代上晚于《洛阳三怪记》,并对《洛阳三怪记》有着直接的模仿与因袭,是发生在洛阳的"三怪"故事移植到杭州西湖的变体。钟敬文先生曾将地方传说分为三类,分别是记述的、创造的和借用的。其中,所谓"借用的地方传说"是指"那假用民间本来独立流行的神话、民间故事而略加以附会的一类"。[①] 西湖三塔故事正是从洛阳三怪故事附会而来,并巧妙地结合西湖景观——三塔,从而演化为一个具有西湖文化色彩的杭州地方传说。

《西湖三塔记》由洛阳移位至杭州西湖,一方面必然需要寻找一个可以依托的西湖景观,使其作为地方风物传说而更适应本地听众的接受心理与欣赏习惯;另一方面它又不愿偏离"三怪"故事固有的结构模式与核心情节。因此,移位西湖的"三怪"故事需要努力寻找一个与"三怪"系列相贴合的西湖景观。上文在介绍"三怪"故事基本特征时,已经指出宋元话本中的"三怪"故事一般在作乱妖怪的数量上均为"三",故事结局上一般均为道士镇妖,而这两大特征恰恰表明了"三怪"故事所具有的鲜明道教文化特征。

"三"是中国传统文化中带有神秘色彩的数字,《礼记·丧服》中云:"父母之丧:衰冠,绳缨;三日而食粥,三月而沐;期十三月而练冠;三年而祥。"[②]在这里,"三"代表着至关重要的节点。《史记·律书》云:"数始于一,终于十,成于三。"[③]

---

① 钟敬文:《钟敬文民间文学论集》(下),上海文艺出版社,1985 年,第 86 页。
② 陈戍郭:《周礼·仪礼·礼记》,岳麓书社,2006 年,第 470 页。
③ (汉)司马迁:《史记·律书》,中华书局,1982 年,第 1251 页。

董仲舒更是将"三"推为"天之大经"："三起而成日，三日而成规，三旬而成月，三月而成时，三时而功。寒暑与和，三而成物，日月与星，三而成光，天地与人，三而成德，由此观之，三而一成，天之大经也。"①中国古代文化对"三"的重视在道教典籍中得到更为系统的梳理。"三一"概念虽至汉代《太平经》才初具形态，但在这之前，老庄哲学、黄老之学以及汉代注《老》的作品中都存在大量关于"三一"以及两者密切关联的"守一"理论。《道德经》云："道生一，一生二，二生三，三生万物。"②《太平经》延续了中国传统文化中以"三"来归类自然界的观念："真人问神人曰：吾欲使帝王立致太平，岂可闻邪？神人言：但顺天地之道，不失铢分，则立致太平。元气有三名，为太阳，太阴，中和；形体有三名，为天、地、人；天有三名，为日、月、星，北极为中也。地有三名，为山、川与平土；人有三名，为父、母、子，政有三名，为君、臣、人。此三者，常相得腹心，不失铢分，使其同一，抚合成一家，立致太平，延年不疑也。"③在《太平经》中，自然万物无论是元气、形体，还是形体中的天、地、人都各有"三名"，终又"使其同一，抚合成一家"，表达了道教"从一到三"和"由三归一"的"三一"义思想。所谓"三一"义思想，从狭义上讲，道教的"三一"义是道教的存思道术的一种，其内涵涵盖了精神气、三元宫、三丹田、三一神等内容，是神仙道教修炼成仙的主要方术之一。从广义上讲，"三一"义首先是一种思想方法，即"一分为三"的三分法；其次是一种思维模式，包含了"从一到三"和"由三归一"两个方面，前者主要体现在宇宙生成论上，后者主要体现在修道论中，"从一到三"是道教宇宙生成论的主要模式，而"由三归一"是修道的主要目标。④ 因此，在道教文化中，"三"是一个十分重要的概念，它包含着"从一到三""由三归一"的道教哲学思维模式，而这一模式对体现道教思想的民间文学，尤其是"三怪"故事系列有着直接影响。在宋元话本小说"三怪"故事中，往往存在"三怪"与"一道"的叙事模式。其中，三怪作乱，祸害于世，最终由道士镇压收服，展现了道教的降妖法术，这一叙事结构正是道教"三一"思想在民间文学作品中的衍化。在《西湖三塔记》中，无论是妖怪数量还是镇压妖怪的石塔数量均为"三"，道士奚真人选择三塔来镇压三怪，充分表现了道教的"三一"观念。

但是，在关注《洛阳三怪记》与《西湖三塔记》相似性与承袭性的同时，对二者

---

① 阎丽：《董子春秋繁露译注》，黑龙江人民出版社，2003年，第124页。
② 楼宇烈：《老子道德经注校释》，中华书局，2016年，第117页。
③ 王明：《太平经合校》，中华书局，2006年，第19页。
④ 徐明生：《道教"三一"义研究》，苏州大学博士论文，2014年。

的相异性尤其是故事结局的不同,亦不能忽略。《洛阳三怪记》中的三怪最后被道士打死,而《西湖三塔记》中的三怪则被道士镇压于西湖三塔之下,形成"三怪"对应"三塔"的叙事结构,并使"三怪"故事与杭州西湖景观相结合,演变成一个解释三塔来历的地方风物传说。这一演化具有十分重要的转折意义,它使《西湖三塔记》在对《洛阳三怪记》模写的同时,还具备了自身独特性,即从三怪故事演化成一个西湖故事,并为今后跳出"三怪"模式,演变成"白蛇传传说"提供了基本叙事框架与景观基础。

在"白蛇传传说"与三塔景观相融合的过程中,杭州传统的道教文化为"三怪"叙事模式走进西湖提供了信仰基础,从而使得"白蛇传传说"在初入西湖的雏形阶段,便蒙上一层道教信仰的宗教色彩,这为其顺利走进杭州提供了信仰条件。但同时也预示其叙事模式的演化。随着杭州道教文化的衰落,佛教文化的兴盛,与西湖景观息息相生的"白蛇传传说"也必然会随之发生信仰主题的变迁。由此,更加凸显"白蛇传传说"符号生产中十分重要的文化与生产主体——宗教信仰。

(二)三塔被毁:西湖"两怪"传说的盛行

明弘治年间(1488—1505),西湖三塔意外被毁。明田汝成《西湖游览志》"湖心亭"的一条记载:

> 湖中旧有三塔、湖心寺,并废。三塔俱在外湖,三坻鼎力。皇明弘治年间,金事阴子淑者,秉事甚厉。时湖心寺僧倚恬镇守中官,不容官长以酒肴入,阴公大怒,廉其歼事,立毁之,并去其塔。[1]

清《西湖百咏》亦云:"在全湖中心旧有湖心寺,寺外三塔鼎峙。明孝宗时寺与塔俱毁。"[2]清许承祖在《雪庄西湖渔唱》中则指出了三塔被毁的具体时间:"弘治五年,金事阴淑毁寺及塔。葑塞湖源。"[3]三塔被毁后,仅存塔基。明许浩在《两湖麈谈录》中云:"三塔基,余童时犹见之。正德时,杨公开湖,始尽掘去。"[4]

---

① (明)田汝成:《西湖游览志》,见明代史志西湖文献专辑:《西湖文献集成》(第三册),杭州出版社,2004年,第28页。

② (清)柴杰:《西湖百咏》,见王国平主编:《西湖文献集成》,杭州出版社,2004年,第694页。

③ (清)许承祖:《雪庄西湖渔唱》卷一,见《西湖文献集成》(第八册),2013年,第423页。

④ (清)翟灏、翟瀚辑:《湖山便览》,引自(明)许浩:《两湖麈谈录》。见施奠东校点:《西湖文献集成》,杭州出版社,1998年,第669页。

"杨公"即正德三年(1508)疏浚西湖的杭州知州杨孟瑛。杨公在大规模疏浚西湖的过程中，毁去三塔塔基，唯北塔一基略存。① 嘉靖二十六年(1547)，《西湖游览志》所附的"今朝西湖图"显示，湖面上一览无遗，空无一物。可见，经过正德三年杨公对西湖的整治，西湖湖面上已无任何人工岛屿或其他建筑物了。

嘉靖三十一年(1552)，知府孙孟建亭其上，此亭即为孙孟建于北塔遗址上的"振鹭亭"，在同期文献中更习惯称其为"湖心亭"。之后，中塔和南塔也相继得到开发。万历三十五年(1607)，知县聂心汤疏治湖中葑泥，绕滩筑埂为放生池。寻置三小塔以仿旧迹。俗又指新塔所在为三潭，相沿既久，不可复正。只是"三小塔"已不在当年宋塔的位置。万历三十七年(1609)，聂心汤所修《钱塘县志》，在"纪胜"中详细记录了这一阶段对西湖三塔的重建与改造：

> 湖心平壤如砥，即旧湖心寺基……其中塔、南塔久废为草滩，东西延袤三百八十步，南北延袤九百步……申呈抚院牒行，钱塘查复，浚取葑泥，绕潭筑埂，环插水柳，为湖中之湖，专为放生之所。又于旧寺基重建德生堂，择僧守之，禁绝渔人越界捕捉。一以祝圣寿灵长，一以浚湖面储水，一以复三潭旧迹云。②

从弘治五年(1492)西湖三塔被毁到万历三十五年(1607)三塔重建，前后经历了115年。也就是说，西湖三塔景观曾消失在西湖湖面长达一百余年。日本学者青木正儿认为，正是弘治年间三塔被毁事件造成了"白蛇传传说"镇妖之塔由西湖三塔更易为雷峰塔。③ 李耘持有同样观点，并且细致对比了田汝成《西湖游览志》的初刻本与再刻本，对西湖三塔景观来历的不同解释，以佐证景观的存亡对传说改编的特殊意义。《西湖游览志》初刻于嘉靖二十六年(1547)，在初刻本第三卷《孤山三堤胜迹》中，田汝成对"三塔"来历如是记载："相传湖中有三潭，深不可测，西湖十景三潭印月者是也，故建三塔以镇之。"对"三塔"的来历，田汝成认可的是三塔镇三潭，并未提及三塔镇三妖的传说。彼时距离三塔被毁五十年左右。由此可推知，三塔镇妖传说在当时已鲜少被记录。《西湖游览志》于万

---

① （清）翟灏、翟瀚辑：《湖山便览》，见施奠东校点：《西湖文献集成》，杭州出版社，1998年，第669页。

② （明）聂心汤修：《钱塘县志》之《纪胜》，光绪十九年武林丁氏刻。

③ （日）青木正儿撰：《小说西湖三塔记和雷峰塔》，隋树森译，《文史杂志》第六卷第一期"俗文学"专号，1948年。

历四十七年(1619)重刻(今有嘉惠堂本),在介绍湖心亭时,则增加了西湖三塔镇妖传说:

> 湖心亭,自宋元历国初,旧为湖心寺,鹄立湖中,三塔鼎峙。相传湖中有三潭,深不可测,所谓三潭印月者也。《六十家小说》载有西湖三怪,时出迷惑有人,故法师作三塔以镇之。[①]

《西湖游览志》重刻时,三潭旧迹已恢复数年。李耘据此推断,由于湖心寺及三塔的重建,三塔镇妖传说才重新被讲述,"白蛇传传说"则在三塔被毁之后而转向依附雷峰塔:"由唐至宋流传不衰的白蛇故事,有着顽强的生命力,总能开拓出新的生存空间,延续着她在民间文学领域的不尽生命。她很快又找到与三塔相距不远的雷峰塔作为依托,于是,《雷峰塔》故事也便应运而生。"[②]赵晓红、石芳对这一推断持有怀疑,认为即使此说成立,白蛇故事的产生与形成也是明末之事了。而且,明虞淳熙有诗云:"日前无塔镇妖鱼,黑戾乌蛇掷山市。"[③]因此,赵文指出即使无塔之时,《西湖三塔记》在杭州仍有流传,而洪梗清平山堂话本《六十家小说》成于嘉靖年间,《西湖三塔记》正出自其中,这也表明万历之前,西湖三塔的"蛇精故事"仍在流传。由此提出观点,即弘治年间的这一变动,并不能说明彼时《西湖三塔记》已为白蛇故事的替代。[④]

上述学者对"白蛇传传说"景观变更的争议恰恰说明了民间传说动态的变异特征。从西湖三塔到雷峰塔的转变并非在一个突变的时间节点上,而是一个随着景观的缺失逐渐演化、选择、移植的传播过程,二者并非"替代"的关系,而是一个渐变的过程,中间可能还存在一个同时流传的过渡阶段。嘉靖(1522—1567)时期不仅有记录于《六十家小说》的《西湖三塔记》,也有关于雷峰塔的镇妖传说,如明嘉靖年间已有《雷峰塔》传奇。[⑤]万历(1573—1620)年间既有《西湖游览志》

---

① (明)田汝成:《西湖游览志》卷二,钱塘丁氏嘉惠堂重刊,光绪二十二年丙申四月,第212页。
② 李耘:《白蛇传故事嬗变研究》,首都师范大学硕士论文,2002年。
③ (明)虞淳熙:《虞德园先生集》卷三,明末刻本,第12页。
④ 赵晓红、石芳:《佛教思想与白蛇故事起源探究》,《民族艺术》,2012年第1期。
⑤ 在中国民间文艺研究会浙江分会所编的《白蛇传》论文集中有三处提到嘉靖雷峰塔传奇本。一是赵景深、李平《雷峰塔》传奇与民间文学的关系》的附记,二是沈祖安《真元浩浩理无穷——戏、曲〈白蛇传〉纵横谈》,三是莫高《〈白蛇传〉研究资料索引》之"地方戏曲"。所提嘉靖本包括:戴不凡收藏的明嘉靖九年《雷峰塔》传奇、杭州吴敬塘(叩天生)藏南戏弋阳腔嘉靖十年汲古斋刻本《雷峰塔》、无名氏嘉靖十一年刻本《白娘子永镇雷峰塔传奇》。上述版本目前已难以查找。

重刻本对西湖三塔镇妖传说的记载，又存有陈六龙《雷峰塔》传奇、①吴从先《小窗自纪》②和《万历钱塘县志》③等文献对雷峰塔镇妖传说的记录。

综上所述，西湖三塔的意外被毁使西湖"白蛇传传说"失去了可以依附的现实景观，西湖"三怪"故事逐渐淡化。与此同时，另一个与西湖"三怪"故事密切相关的西湖"两怪"传说悄然而生，并在知名景观——雷峰塔——的社会影响之下，表现出明显取代西湖"三怪"传说的趋势。

"白蛇传传说"初入西湖，是对"三怪"故事模式的移植。因此，在景观选择上，现有的西湖三塔无论在对应的数字"三"上，还是在三塔镇潭、镇妖的传说基础上，都为西湖三塔传说提供了良好的传播基础。但是，在《西湖三塔记》中，尽管有三怪作乱，然而起到核心诱惑作用与主宰力量的却是白衣娘娘——白蛇精。而杭州民间流传的三塔三潭传说中，兴风作浪的恰恰是一条黑鱼精。江南多水，蛇和鱼是十分常见的水中生物，而且在江南民间信仰中，蛇又往往被封为水神，鱼也被认为是司水之神，同属于水中神物。在中国传统文化中，"黑色"又常常被称为"青色"，如"青丝"。因此，被镇压于三塔之下的黑鱼精传说很可能会演变为青鱼精传说。

成书于嘉靖二十六年的《西湖游览志》初刻本便记载了一条被镇压于雷峰塔下的"两怪"传说："俗传湖中有白蛇、青鱼两怪，镇压塔下。"④是时，距离西湖三塔被毁大约五十余年。可以推想，在西湖三怪景观消失的时间里，与三塔相关的妖怪形象经过选择、提炼之后，已经初步被固定为白蛇和青鱼。在这一过程中，虽然镇压白蛇与青鱼的塔发生了置换，由西湖三塔移位雷峰塔。但是西湖"两怪"其实仍是从西湖"三怪"蜕变而来。明末冯梦龙《白娘子永镇雷峰塔》中的青鱼精便是"西湖内第三桥下潭内千年成气的青鱼"，⑤而白娘子则是"因为风雨大作，来到西湖上安身，同青青一处"。⑥ 可见，冯梦龙《白娘子永镇雷峰塔》中的两怪——白蛇精和青鱼精——正是盘踞在三塔之下的深潭内，是从《西湖三塔记》中的妖怪幻化而来的。清乾隆三年(1738)，戏曲家黄图珌《雷峰塔传奇》中也沿用了青鱼精这一西湖妖怪形象，该篇在"慈音"部分就点明："今东溟有一白蛇与

---

① 其本今已不传，但祁彪佳《远山堂曲品》中有所著录，并云："相传雷峰塔之建，镇白娘子妖也。"
② 吴从先《小窗自纪》第四卷"游西湖纪"："外为雷峰塔，宋时法师钵贮白蛇，以塔覆之。"
③ 《万历钱塘县志》："雷峰塔相传镇青鱼白蛇之妖，父老子弟转相告也。"
④ （明）田汝成：《西湖游览志》卷三《南山胜迹》，陈智明注，东方出版社，2012年，第36页。
⑤ （明）冯梦龙：《警世通言》第二十八卷《白娘子永镇雷峰塔》，中华书局，2012年，第294页。
⑥ 同上。

一条青鱼……"①青鱼精的形象直至"梨园旧抄本"、方成培《雷峰塔》传奇本才开始转变为与白蛇同类的"青蛇精"。黄图珌在其《雷峰塔》"自序"中言："方脱稿，伶人即坚请以搬演之。"②由此可见，以黄本为底本并加以修改而成的演出本——梨园旧抄本——大约形成于清乾隆三年之后，而方成培《雷峰塔》传奇本完成于乾隆三十六年(1771)。因此，从最早见于记载的《西湖游览志》初刻本到黄图珌戏曲本，"白蛇传传说"中的青鱼精身份前后持续了至少200年的时间，这充分说明西湖三塔传说对"白蛇传传说"演变的重要意义。而且，即使青鱼精于公元1771年前后开始被置换为青蛇精，但是青鱼精并未就此消失，而是以其他身份仍然被安置于"白蛇传传说"中。在方本中，白娘子有一位师兄"黑风仙"；在梦花馆主的版本中，亦有一位黑风大王的义兄——黑鱼精。这些黑风、黑鱼形象均可视为西湖水怪黑鱼精的演化。

此外，从三塔传说中走来的青鱼精形象还表现为"白蛇传传说"对青鱼男性身份的设置。在民间口传中，小青青有时是一个"蛇郎"的身份。在江苏省镇江市收录的口头传说中有这样一则故事：

白蛇白娘娘得道下山，半路上遇到青蛇小青青。青蛇躺在路上，不准她走。白娘娘问道："你为什么不让我走吵？"

小青青说道："你要过去，这个也不难，我想娶你当老婆！"

白娘娘一听："啊，你要娶我做老婆？你究竟有多大的本事吵？"

小青青说："我们来比比本事，如果我打赢，你就嫁给我；要是我输了，我就化成一个女的，做你妹妹！"

"好啊！"白娘娘点点头："我们就来真家伙。"

两条蛇从山上打到山下，杀得雾气腾腾。青蛇的道行毕竟没有白蛇高，结果打败了。

小青青认输，喊了一声："姐姐。"

白娘娘笑了一笑："你可成了我的妹妹。"后来，水漫金山，这姐妹二人斗法海，真是情同亲姐妹呀！③

---

① （明）黄图珌：《看山阁闲笔》，上海古籍出版社，2013年，第1821页。
② 蔡仪：《中国戏曲序跋汇编》，齐鲁书社，1989年，第1821页。
③ 讲述人：徐召文，男，38岁；采录人：徐复兴，采录时间：1987年10月录音于县文化馆；流传地区：江苏镇江市扬中县。收录于康新民主编：《白蛇传文化集粹》（异文卷），江苏文艺出版社，2007年，第251页。

这则传说同时也流传于四川峨眉山附近。峨眉山清音阁附近的"斗龙坝"景观正是白蛇与青蛇大战的场所，二蛇相斗的原因也是青蛇以男性身份向白蛇求婚遭拒，于是比武决胜负。在川剧"白蛇传传说"的表演中，青蛇也同样是男性形象。应该说，青蛇的男性身份与西湖三塔传说中的黑鱼精形象有一定的关联。黑鱼精是一个黑后生，因此，从黑鱼精演变而来的青鱼、青蛇形象有时也表现为男性。

在从"三怪"传说向"两怪"传说转变的过程中，西湖三塔的消失起到了十分重要的推动作用，这一景观变迁使三怪故事无所依托，打破了既有的"三塔"对应"三怪"的叙事模式，不再适合"两怪"传说的讲述。因此，即使三塔在万历三十五年（1607）得到重建，《西湖三塔记》的传说也一度得以重新讲述与提及。但是，西湖"三怪"故事已经逐渐淡化，"两怪"传说逐渐成为西湖水怪故事尤其是蛇精故事的主要方向。

三、景观生产主体的信仰变迁：从道教到佛教

除了"三怪"故事与"三塔"在"三"这个数字上的对应关系之外，杭州深厚的道教文化，尤其是宋元时期道教文化在杭州的发展与兴盛，也是"三怪"故事走进杭州并被民众广为接受的文化因素。杭州道教历史悠久，早在先秦时期，杭州地区已有道教神仙传说流行。据雍正年间《浙江通志》记载，黄帝时代的赤松子在今富阳一带活动，相传赤松山即因其驾鹤修炼而得名；桐君山则是因黄帝时的神医桐君采药修炼成仙而得名；杭州灵隐稽留峰则是道仙许由稽留隐居之地。道教始祖张道陵诞生并修炼于杭州天目山，东晋著名道学家葛洪、郭璞等人都曾在杭州传教修炼，今西湖北边的葛岭抱朴道院和凤凰山麓郭璞古井都是与他们相关的道教遗迹。东晋时，由五斗米道徒首领孙恩、孙泰等发起的农民起义虽告失败，却进一步扩大了道教在杭州的影响力。唐代定道教为国教，杭州第一所州级道观开元宫便建于此时，民间也修建了诸如紫极观、元妙观、重阳庵、玄真观等道观。唐末，道教势力受到重大打击，"真宫道宇，所在凋零，玉笈琅函，十无二三"。经过五代十国的战乱，道教经历了一个短暂的衰落之后，又迎来了北宋道教发展的高峰期。北宋时，真宗、徽宗先后掀起了两次崇道高潮，道教的发展超过了以往任何时期。北宋钱塘县令张君房还接受朝廷命令，主持编撰《大宋天宫宝藏》，并在此文献基础上，精选编成 120 卷本道教名著《云笈七签》。

建炎元年（1127），宋高宗登位之初，"他吸取了父亲徽宗迷信道教，导致朝廷

极端腐败的教训,开始有所节制"。① 但是,绍兴八年(1138 年),南宋定都临安,尤其是宋金和议之后,宋高宗也开始兴建御前宫观,希望通过神灵崇拜来加强皇权。宋理宗因重视理学而重视道教,成为南宋最尊崇道教的皇帝。南宋帝王们以兴建道观、义理阐释和礼遇道士等方式表达各自的崇道理念。在宫观建设上,南宋时期虽"老氏之庐,十不及一",但京城道观亦有了更大发展,建立了皇家十大道宫,如东太乙宫、西太乙宫、佑圣观、显应观、四圣延祥观、三茅宁寿观、开元宫、龙翔宫、万寿观、宗阳宫等。在京城流传的道教派别中,以出于茅山的上清派符箓、出于皂山的灵宝符箓和出于龙虎山的正一符箓合流而成的三山符箓派为主。唐宋以来,南北天师道与上清、灵宝等派成为主要派别,并开始逐渐合流。

元代杭州的道教,在南宋的基础上继续保持着发展势头。其中在龙虎宗、茅山宗、玄教和神霄派等道教派别中,又以龙虎宗一派影响最大。龙虎山是道教名山,在今江西省鹰潭市南十多公里,为象山余脉,分为二支,龙山逶迤,虎山峻拔,合成龙虎山。龙虎山是道教正一派的发祥地,《名山洞天福地记》将其列为第二十九福地。正一派又称天师道,形成于我国东汉顺帝年间(126—144),创立人为张陵,因入道者须交五斗米,故世人又将天师道称为五斗米道。北魏时期,天师道开始成为官方道教,至隋唐以后,以张氏世家为代表的天师道,被视为道教正统。② "元代蒙古统治者以武力征服天下,除了以喇嘛佛教为国教外,还清醒地意识到以汉族为主体的广大江南之地,信奉黄老、崇拜道教的大有人在,这些人带有强烈的民族反抗精神,会危害元代统治的安定,故在江南初定时期,仍需要利用天师道的影响,加强在江南的统治。"③元至元十三年(1276),即南宋朝廷投降元军的当年,元世祖就召见了张道陵第三十六代孙张宗演,赐封他第三十六代天师、真人和"命主江南道教事",给二品银印。元至元二十八年(1291),元世祖召第三十七代天师张宗演之子张与棣进京,授"体玄弘道广教真人",管领江南诸路教事,大德二年(1298),时属杭州路的海盐、盐官二地,即今浙江嘉兴地区,发生大潮患,两岸居民大受其害。元成宗诏令第三十八代天师张与材到杭州佑圣观举醮祈祷,并至杭州吴山重阳庵题字。延祐七年(1320),盐官一带潮患又起。元英宗诏令第三十九代天师张与材之子张嗣成在杭州举行醮襄仪式,泰定四年(1327),泰定皇帝封其为"翊元玄德正一教主",知集贤院道教事,主管江南道教

① 林正秋:《杭州道教史》,中国社会科学出版社,2011 年,第 83 页。
② 胡迎建:《道教名山龙虎山》,《寻根》,2006 年第 8 期。
③ 林正秋:《杭州道教史》,中国社会科学出版社,2011 年,第 151 页。

事。因此，在宋元时期的杭州道教中，龙虎宗十分活跃。

《西湖三塔记》中的道士奚真人正是从龙虎山修行归来的道士，这一修行背景与宋元时期杭州道教的兴盛以及流行的道派相一致，充分表明"三怪"故事在进入杭州时对杭州道教文化传统的迎合。在镇江搜集到的"白蛇传传说"异文中，有一则名为《白蛇的故事》，讲述的是白蛇前世，其出身就与龙虎山道教相关：

> 江西有个龙虎山，住着一个专捉妖怪的张天师一家。张天师捉了一条蟒蛇精放在家里，千年的道行，张天师的姑娘悄悄和蟒蛇精好上了。张天师打死了蟒蛇精，但是姑娘已经怀孕了，张天师就把她送到了峨眉山，生下了白蛇，就是白娘娘。①

在这则传说异文中，龙虎山道士既是收服蛇精的得道者，同时白蛇又与其有着直接的血缘关系，强化了"白蛇传传说"与龙虎山道教的密切关联。

杭州道教文化在经历宋元两代的兴盛之后，到明朝尤其是明朝后期，杭州道教也开始受到抑制，出现低落现象。清代以后，更是日趋衰落。这与明清时期全国道教的衰败相一致。与之相对应，"在中国道教自明清以来走向衰落的过程中，由于种种原因，道士头上的神圣灵光日渐暗淡。道士素质降低，一些栖身道门的败类和在民间借从道糊口的好闲之徒行为不端，大大败坏了道教的声誉。民间口头文学中便相应地产生了一批鞭挞和嘲讽这些人的传说故事和笑话"。②

与道教相比，明代佛教十分繁荣。在经历了明初太祖、成祖二祖对佛教的奖掖和扶持之后，明代中期，佛教已经形成了真正的社会层面的信仰热潮。据《明史》记载，正统、景泰年间，男女出家人数达"累百千万"，当时的寺院"遍满京邑，所费不可胜记"。到晚明时期，佛教信仰状况与明代初、中期相比，有了质的变化。明末文人谢肇淛在《五杂俎·人部四》中曾对晚明佛教盛况介绍道：

> 今之释教，殆遍天下，琳宇梵宫，盛于黉舍；咻诵呪呗，嚣于弦歌，上自王公贵人，下至妇人女子，每读禅拜佛，无不洒然色喜矣。③

---

① 被访谈人：龚笑霞，85 岁，镇江人，"白蛇传传说"省级传承人；访谈人：刘朝宪；访谈时间：2005 年 5 月 15 日；访谈地点：镇江市七里甸金山村龚笑霞家中。
② 刘守华：《道教与中国民间文学》，中国友谊出版公司，2008 年，第 126 页。
③ （明）谢肇淛：《五杂俎》卷 8，上海书店，2001 年。

由此可见,晚明社会佛教信仰十分浓厚。这一现象在江南尤为明显:"在江南这个地域中,近二千年来最有势力的宗教便是佛教。佛教在江南传播的过程,正与后者的区域特征越来越明显、在全国所占的地位越来越重要的过程相吻合。"①明清时期是江南经济、文化大发展的兴盛期,与之发展地位相对应的江南佛教自然也在全国佛教中占据独特的地位。

具体到"白蛇传传说",在宗教文化的表达上,表现出鲜明的时代特色与地域特色。"白蛇传传说"所蕴含的宗教文化一直是学界普遍关注的研究主题,其中,占主导思想的观点认为白蛇传反映了"释道之争"。20 世纪初,钱静方在《白蛇传弹词考》一文中指出:

> 此书决为释教中人所作,盖大丛林之僧徒,多有粗通文字者。或者湖上寺僧,见西湖旧有白蛇之说,因即附会其事,编成此书,以见佛法无边,愚人耳目。不然书中白娘之妖术,何但能胜茅山之道,而不能敌金山之僧耶! 此中盖自有故焉。②

钱静方认为"白蛇传传说"投射了历史上的"释道之争",最初的叙事者乃佛门弟子。因而,弘扬佛教法力,贬损道教方士。与之相反,还有学者认为"白蛇传传说"的"释道之争"并非佛教叙事,弘扬的乃是道教文化:

> 不过白蛇传我以为有点反佛教的意味,白蛇传虽说是报恩,可说是一种爱情的神话,人家看了总是同情于义妖,不免觉得法海有些讨厌,就南极仙翁赠仙草拦住法海,紫竹真人教许仙等情节来看,似乎道家的气味还重些,本来中国表面是佛教当令,其实在民间道教流行些。戏里头替道教发挥的地方,比佛教为多,也是当然的。

细致分析不同学者对"白蛇传传说"所反映宗教思想的不同态度,我们发现,不同的宗教解释主要是源于学者所依据的"白蛇传传说"不尽相同。就"白蛇传传说"宋元时期的流传版本而言,从"三怪"故事脱胎而来的三塔传说,具有鲜明的道教文化色彩,具体表现在对"三"的追求以及降妖高人的道士身份。而至明

---

① 严耀中:《江南佛教史》,上海人民出版社,2000 年,第 12 页。
② 钱静方:《小说丛考》,商务印书馆,1916 年,第 92 页。

清时期，随着道教的日益衰落，道教以及道士形象在"白蛇传传说"中越来越式微。在这样的宗教文化变迁语境中，《西湖三塔记》里的降妖道士奚真人的形象被江南佛教的代表——金山寺高僧法海所取代。明清道教文化的衰落使"白蛇传传说"的降蛇力量发生重大转变，佛教文化开始进入"白蛇传传说"讲述。江南宗教文化的变迁有力推动了"白蛇传传说"的历史演化，围绕景观的叙事也呈现出从"三怪"向"两怪"的转变，而景观生产则呈现出从一个景观向另一个景观的转换，并生产出围绕新景观的新传说，我们将这种景观转换与新景观对传说的生产过程称为景观移位型生产模式。景观移位一方面是源于三塔景观的变迁，另一方面也是传说主题与景观符号的积极对话。当现有景观无法满足传说演化的历史需求时，在景观叙事的社会影响与民众接受心理的情感支持下，景观生产者会根据传说情节的现实需要进行景观移位生产，选择新的景观作为传说的核心表现对象。

因此，"白蛇传传说"从西湖三塔叙事模式的移离，既是一场因景观变迁而引起的景观转换，同时也是一场因宗教变更而实现的传说信仰基础的调整。在此过程中，宗教信仰是传说重要的文化主体与生产主体。西湖三塔的白蛇故事不会因为三塔的消失戛然而止，甚至因为传说的广泛流播，还会兴起恢复旧迹以镇妖鱼与乌蛇的景观生产行为。但是值得注意的是，在西湖三塔白蛇故事仍然传述的同时，新的景观以及与之对应的故事也在悄然而生，这充分体现了民间传说与景观互为生产的内在逻辑。一方面，传说对景观的黏附有一定的稳定性特征，它不会因为景观的消失而骤然停歇；另一方面，景观的缺失使传说讲述与流传失去了可以现场指认的物质实体，这有违民间说话因地制宜、时空转换的地域性特征和贴近听众生活的传播心理。正如美国口传文化研究学者沃尔特·翁所指出的：

> （民间艺人在讲故事时）都必须因时制宜、因地制宜、因人制宜。在口语文化里，听众必须被调动起来作出回应，而且常常是热情地回应。另一方面，讲故事的人又给老故事引入新成分……古老的套语和主题必须在新鲜和复杂的现实环境中得到更新。不过，这些套语和主题往往是在新情况下重新洗牌，而不是被新材料所取代。①

---

① （美）沃尔特·翁：《口语文化与书面文化：语词的技术化》，何道宽译，北京大学出版社，2008年，第31页。

口语文化对听众现场"热情回应"的需要迫使民间艺人根据现实环境的改变对故事作出调整。因此,即使三塔重建,曾经围绕三塔的"白蛇传传说"也已经无法回归。它在江南宗教文化变迁的大背景下,在三塔被毁的景观变异的刺激下,逐渐实现西湖三怪向两怪的转移,最终完成"白蛇传传说"西湖景观的一次重新选择。西湖另一个知名景观,"西湖十景"之一的"雷峰塔"登上"白蛇传传说"的历史舞台,彻底置换了西湖三塔,成为"白蛇传传说"的核心景观之一。

第二节　主题演化:"白蛇传传说"
雷峰塔景观的重建生产①

雷峰塔位于西湖南岸的夕照山上,是一座著名的佛舍利塔,在江南佛塔中有着独特的地位。它是"西湖十景"之一——"雷峰夕照"的核心景观。"十景之名"源出南宋画院西湖山水画题名,盛行于南宋中期。南宋诗人王洧曾作西湖十景诗,其中第三景"雷峰夕照"诗云:"塔影初收日色昏,隔墙人语近甘园。南山游遍分归路,半入钱唐半暗门。"张矩曾作《西湖十景》词,其中有《雷峰夕照·应天长词》,前半阕云:"磐圆树杪,舟乱柳津,斜阳又满东角。可是暮情堪剪,平分付烟郭。西风影,吹易薄。认满眼,脆红先落。算惟有,塔起金轮,千载如昨。"雷峰塔经由画师绘画作品和文人诗词的书写与渲染,向我们展示了一幅黄昏夕照的美景。每当夕阳西照,塔影横空,亭台金碧,故得"雷峰夕照"之名。

雷峰塔首次走进"白蛇传传说"叙事框架,源于明末冯梦龙《警世通言》第二十八卷《白娘子永镇雷峰塔》:

> 禅师将二物(白蛇、青鱼)置于钵盂之内,扯下褊衫一幅,封了钵盂口。拿到雷峰寺前,将钵盂放在地下,令人搬运石,砌成一塔。后来许宣化缘,砌成了七层宝塔,千年万载,白蛇和青鱼不能出世。②

在此,雷峰塔具有镇妖的特殊功能。之后,清戏曲家黄图珌、方成培等继承

---

① 本章部分内容作为前期成果已经发表,参见余红艳:《走向景观叙事:传说形态与功能的当代演变研究——以法海洞与雷峰塔为中心的考察》,《华东师范大学学报》(哲学社会科学版),2014 年第 2 期。
② (明)冯梦龙:《警世通言》第二十八卷《白娘子永镇雷峰塔》,中华书局,2012 年,第 295 页。

并固定了传说与雷峰塔的紧密关联，强化了雷峰塔镇妖圣塔的文化符号。"雷峰塔"作为"白蛇传传说"的重要场景，承担了传说不可或缺的叙事功能，并成为"白蛇传传说"的核心景观之一。

那么，雷峰塔是如何从一座佛舍利塔演变成为"白蛇传传说"中的镇妖圣塔的呢？随着雷峰塔历史上的多次变迁甚至倒塌、重建，雷峰塔与"白蛇传传说"又发生了怎样的改变？雷峰塔景观的变异与景观生产对传说的讲述和传播具有怎样的叙事功能？本节将紧紧围绕上述几个问题，在梳理雷峰塔历史变迁的过程中，尝试分析雷峰塔景观及其围绕传说而展开的景观生产对传说的特殊意义。

一、雷峰塔的佛教景观生产：从"佛舍利塔"到"镇妖圣塔"

（一）雷峰塔始建："佛舍利塔"的景观生产与蛇迹传说

吴越国（923—978）虽然只是五代十国时期偏安东南沿海的地方政权，但是钱氏三代五帝均笃信佛教，无不以"奉佛顺天，保境安民"为根本信条，从而使吴越国成为著名的"东南佛国"。末代帝王钱俶（947—978）奉佛至诚。在他统治期间，建寺起塔、开龛造像、刻经造幢、礼遇高僧，在都城杭州留下了许多重要的佛教遗迹，如灵隐寺、净慈寺、六和塔、保俶塔、闸口白塔、梵天寺等寺塔，烟霞洞、石屋洞、慈云岭、天龙寺、飞来峰等窟龛造像，雷峰塔亦为钱俶崇佛思想的重要见证。

雷峰塔位于杭州西湖净慈寺前、夕照山上之中峰，宋施谔《淳祐临安志》卷八《山川》载有"雷峰"一条：

> 雷峰，在净慈寺前显严院。有宝塔五层。傅收《西湖胜迹》云：昔郡民雷就之所居，故名雷峰庵。世传此峰，众山环绕，故曰中峰。[1]

显然，雷峰塔因山而得名。雷峰塔筹建于北宋开宝五年（972）之前，建成于太平兴国元年（976）之后，其竣工至迟不晚于太平兴国三年（978）吴越纳土归宋。[2] 这一时间推断，在之后的雷峰塔遗址地宫发掘中得到了确认："有的塔砖上模印有辛未、壬申等纪年文字。由它们的出土状况推断，雷峰塔的始建年代在壬申年（972）或稍后，即宋太祖开宝五年；地宫的营建始建也不会晚于壬申年，上

---

① （宋）施谔撰，（清）阮元辑：《淳祐临安志》卷八《山川》，江苏古籍出版社，1988 年，第 195 页。
② 陈汉民、洪尚之：《雷峰塔兴衰述论》，《浙江学刊》（双月刊），1996 年第 1 期。

限为辛未年(971)。"①雷峰塔落成之时,吴越国王钱俶撰曾拟《建皇妃塔碑记》,并于入藏的《华严经》后亲自撰写跋文,对雷峰塔始建的缘由、雷峰塔建成之初的外形,以及雷峰塔的初名等均有详细陈述:

> 敬天修德,人所当行之,矧俶忝嗣,丕图承平兹久,虽未致全盛,可不上体祖宗,师仰瞿昙氏慈忍力所沾溉耶。凡于万机之暇,口不缀诵释氏之书,手不停披释氏之典者,盖有深者焉,请宫监尊礼佛螺髻发,犹佛生存,不敢私密宫禁中。恭率瑶具,创窣波于西湖之浒,以奉安之。规模宏丽,极所未闻。宫监宏愿之始,以千尺十三层为率,爰以事力未充,姑从七级梯。旻初志未满,为慊计,砖灰土木,油钱瓦石,与夫工艺像,设金碧之严,通缗钱六百万,视会稽之应天塔。所谓许元度者,出没人间,凡三世,然后圆满愿心。宫监等合力,於弹指顷,幻出瑶坊,信多宝如来,分身应现,使之然耳。顾元度有所不逮。塔成之日,又镌《华严》诸经,围绕八面,真成不思议劫数,大精进幢,于是合十指爪以赞叹之。塔曰黄妃云。吴越国王钱俶拜手,谨书于经之尾。②

《建皇妃塔碑记》以大幅文字详尽陈述了雷峰塔作为佛教圣塔的始建初衷。"塔"又称为"窣堵波""佛图""浮屠"和"浮图"等。塔的概念来源于印度佛教,并随佛教传入中国,汉语"塔"是梵文"stupa"(窣堵波)的音译略写。印度的塔有两种类型,一种是窣堵波,用以埋葬佛舍利、佛骨等圣物,属于坟冢的性质。释迦牟尼圆寂后,遗骨即分葬在多座窣堵波中。因而窣堵波具有宗教纪念功能。另一种是塔庙,即所谓的"支提"或"制底",内无舍利,称作庙。雷峰塔属于前者,藏有佛祖"佛螺髻发"生身舍利。在佛教文化中,"佛舍利"是至高无上的神圣之物,尤其是生身舍利。"佛螺髻发"舍利原本深藏于钱俶宫中,钱王将之移于西湖之畔,建雷峰塔以奉安之。塔成之后,还依塔而建佛寺,即显严院。因此,供奉释迦牟尼"佛螺髻发"的雷峰塔,无论是从外形规模还是内藏生身舍利的特殊功能,均为一座当之无愧的佛教圣塔,在江南佛教具有较高地位。2000年至2001年,考古工作者对雷峰塔遗址及地宫进行了科学的考古发掘,出土了《华严经跋》残碑、盛

---

① 黎毓馨执笔,浙江省文物考古研究所:《杭州雷峰塔地宫的清理》,《考古》,2002年第2期。
② (宋)潜说友:《宋元方志丛刊·咸淳临安志·卷八十二》(十四),中华书局,1945年,第412页。

放金棺的纯银阿育王塔、鎏金铜释迦牟尼佛说法像、玉善财童子和七宝贡品等等，这些五代时期珍贵的佛教文物足以证明雷峰塔是一座供养舍利的佛塔，在江南佛塔中具有十分独特的地位与重要价值。

此外，另一种较为流行的建塔缘由主要与钱俶的一位妃子（黄妃、王妃或皇妃）相连，其依据是雷峰塔较为流行的另一类塔名"皇妃塔""黄妃塔"或者"王妃塔"。《咸淳临安志》卷八十二称雷峰塔为"黄妃塔"：

> 钱氏妃于此建塔，故又名黄妃塔，俗又曰黄皮塔，以其地尝植黄皮，盖语音之讹耳。①

元钱惟善诗歌《与袁鹏举、钱良贵同登雷峰塔访鲁山文公讲主》中，雷峰塔与黄妃塔同时出现："钱湖门外黄妃塔，犹有前朝进士题。一字排空晴见雁，千峰照水夜燃犀。周遭地带江湖胜，孤绝山同树木低。二客共驰千里目，故乡各在浙东西。"②元释福报《西湖竹枝词》中称其为"黄妃塔"，诗云："黄妃塔前西日沉，采菱日日过湖阴。郎心只似菱刺短，妾意恰如湖水深。"③清人所辑《湖山便览》亦云："雷峰塔，吴越王妃黄氏建，以藏佛螺髻发，亦名黄妃塔。或以语音致讹，呼黄皮塔。"④宋周密《武林旧事》卷五"雷峰显严院"一条则记为"皇妃塔"："钱王妃建寺筑塔，名皇妃塔。或云地产黄皮，遂讹传黄皮塔。"⑤元白珽在《西湖赋》中亦称其为"皇妃塔"："皇妃保叔，双擎窣堵。"明张岱在《西湖梦寻》中则称之为"王妃塔"："古称王妃塔。"俞平伯综合比较了这几个塔名之后，认为黄妃之称殆不足据："黄妃之名殆以黄皮相涉而误。其实本名当作王妃也。皇虽亦为王之讹误，而皇妃名塔，较黄妃可通。"⑥这一推断在出土的雷峰塔遗址文物中得到证实。2000年，杭州雷峰塔遗址出土了钱俶亲笔撰写的《华严经跋》残碑。碑体残长68、最宽33、厚10厘米，每行残存4至15字，共162字，字体为行楷书。残碑清晰写有"塔因名之，曰皇妃云"的字样，澄清了聚讼已久的关于雷峰塔初名的争议。

然而，无论是黄妃塔还是皇妃塔，细致探究其得名之缘由，仍然有着鲜明的

---

① （宋）潜说友：《咸淳临安志》卷78《寺观》。
② （清）释际祥：《净慈寺志》卷十三。
③ （元）释福报：《竞相西湖咏竹枝》，见吴晶：《西湖诗词》，杭州出版社，2005年，第193页。
④ （清）翟灝等：《湖山便览》卷七《南山路》，见王国平主编：《西湖文献集成》，杭州出版社，2004年，第781页。
⑤ （宋）周密：《武林旧事》卷五，中华书局，2007年，第125页。
⑥ 俞平伯：《雷峰塔考略》，《小说月报》，1928年十六卷一号。

佛教圣塔的文化指向。取名皇妃塔，一说是皇妃所建，以藏佛螺髻发，上引《湖山便览》即为一证。二说是为皇妃求子、得子而建。据说，钱俶宠妃黄氏多年不能生育，为了黄氏能为自己生下一子，钱俶命人于夕照山上建造雷峰塔，里面盛藏佛经和很多的阿育王塔。不久，黄氏怀孕，为钱俶生下一子。[①] 这一传说使得雷峰塔与江南民间求子仪式相连，成为善男信女虔诚膜拜求子求福的圣塔，体现了佛教世俗化、功利化的特征，同时也为雷峰塔倒埋下了隐患。三说认为雷峰塔是钱俶为纪念已逝妻子孙太真而建。有观点认为孙氏即为《华严经跋》中所提及的"皇妃"。开宝五年(972)封孙氏为贤德顺穆夫人，开宝九年(976)封为吴越国王妃，是年，孙氏卒。钱俶以"皇妃"命名新塔，表达了缅怀亡妻并感恩宋廷封妃、谥妃之典。这一解释又使雷峰塔成为一座融夫妻情感和国家政治于一体的特殊建筑。

南宋以来，民间流传着诸多发生在雷峰塔或其附近的蛇故事。《淳祐临安志辑逸》卷五《显严院》条下引《庆元修创记》云：

> 建炎末(1130)，有司欲毁之(雷峰塔)，度其材以修城，忽巨蟒出，绕其下而止。其后军寨于此环塔为藏甲处。一日裂风震霆，摄兵器于外，而局键如故，主将怪其事，迁而他之。灵迹章章如此，四众惊异……[②]

巨蟒护塔传说为雷峰塔蒙上了一层神秘的面纱。巨蟒现身，保护雷峰塔免受毁坏，有着视佛塔为主人的护法之意。时人也将之归于"佛髻菩萨与种种严饰，胜妙殊绝，得未曾有"，[③]在雷峰塔与蛇之间建立起某种富有想象性的关联，同时也强化着雷峰塔的"圣塔"地位。

《南屏净慈寺志》亦记载了一则雷峰塔附近出现白蛇精的故事：

> 宋方家峪梯云岭，有守龙山军筑茶园，见一白蛇大如棋，竞锄击之。内余姓劝不杀，众不从来，旦有白衣女子携一篮下岭，众往夺之，余亦不随。其篮内盛一颗蕈，光嫩玉色，女戟手曰：清平时有盗！垂泪而去。军人归烹之，将食，余忽头痛，乃睡。梦女子云：此蕈有毒，君不害我，请莫食之。惊

---

① 廖曼郁、崔建锋：《雷峰塔与宋代江南求子文化初探》，《兰台世界》，2013年第36期。
② (宋)施谔撰，(清)胡敬辑：《淳祐临安志辑逸》，光绪钱塘嘉惠堂丁氏刊本，卷五，第23页。
③ 同上。

觉，众已食讫，皆呕血死，惟余存焉。①

方家峪在雷峰塔的南边，和雷峰塔距离很近，可视为雷峰塔传说。在这则故事中，白蛇幻化成白衣女子毒害试图伤害它的守军，但对无意伤害白蛇并尝试阻止他人伤害白蛇的余姓军人，采取托梦提示他勿食毒蕈的保护手段，反映了民间所公认的"有仇必报，有恩必报"的蛇性。同时，传说也说明雷峰塔附近多蛇，为蛇蟒栖身之所。

宋代章炳文志怪小说集《搜神密览》中有一则《化蛇》传说：

> 杭州雷峰庵广慈大师星霜，八十有五，戒行清洁，时人所钦重。有孙来章秀才者，其妻素凌虐积恶，左右鞭棰无虚日。一夕卒。家人旦夕如事生，忽见一蛇，有双眉类妇人，据椅盘屈，若有所歆飨之意。莫不惊惧，遂掷弃他所。孙君因梦，其妻告曰：我以平生不能遵守妇德，已化为蛇亦，何忍遽见弃耶？今为岐人所役，幸以青铜赎我。仍于雷峰庵广慈大师处，精修佛事，则我可以离此，免诸苦恼。既醒，如所言。佛事将毕，遂放于雷峰道傍。一夕因梦，曰：我已往生矣。乃元丰五年之春也。②

此外，《南屏净慈寺志》记载了一则高僧于雷峰塔降蛇的传说：

> 嘉靖初有长爪和尚不知何许人，来上雷峰塔中，俄有巨蟒绕数匝而入蟠其中，外有云雷随之，竟日不散，蟒引首作吞噬状，长爪叱之，竟遁去。③

这则传说发生在万历年间。有学者考证，该传说晚于田汝成对雷峰塔镇妖传说的记载，而早于冯梦龙的《白娘子永镇雷峰塔》，又与白蛇故事的后部分情节颇为相似，可能是白蛇故事在杭城产生一定影响后所衍生出的与雷峰塔相关之轶闻。④ 该传说是否受白蛇故事的影响，尚难确定。但从记载时间的先后来考虑其前后承继的关系，具有十分重要的价值。田汝成《西湖游览志》并未点明将

---

① （明）释大壑：《南屏净慈寺志》，明万历四十四年吴敬等刻本，卷十，第6页。
② （宋）章炳文：《搜神密览》之《化蛇》，见《续修四库全书》第1246册，上海古籍出版社，1995年，第600页。
③ （明）释大壑：《南屏净慈寺志》，明万历四十四年吴敬等刻本，卷十，第7页。
④ 赵晓红、石芳：《佛教思想与白蛇故事起源探究》，《民族艺术》，2012年第1期。

白蛇、青鱼二妖镇压塔下的得道者究竟是道士还是僧人,这则传说以对佛教"僧蛇斗法"情节的化用,将西湖白蛇传说中的降蛇力量确定为佛教高僧,应该对后来"白蛇传传说"由道教降蛇向佛教降蛇转化,具有直接的启发意义。佛教高僧对蛇的超度、蛇对佛塔的守护,以及白蛇精幻化成美女的情节,与"白蛇传传说"的核心要素之间有着一定的对应关系,为雷峰塔走进"白蛇传传说"提供了良好的民间传播心理。

（二）雷峰塔变迁："镇妖圣塔"的传说生产与景观叙事

雷峰塔在历史上曾经遭遇过两次兵火,第一次是在宋宣和二年(1120),方腊军攻陷杭城,雷峰塔遭受兵火。《庆元修创记》如是记录:

> 浮屠氏以塔庙为佛教之盛,钱王时获佛螺发,始建塔于雷公之故峰。自宣征兵火,屋宇烬矣！独塔颓然榛翳间。屋宇烬矣！独塔颓然榛翳间。[1]。

"宣征兵火"应是"政宣兵火",是宋徽宗赵佶的年号"政和"(1111—1118)和"宣和"(1119—1125)的合称。上述记载表明,此次兵火并没有致使雷峰塔倒塌,大火烧光了塔刹、塔顶、塔檐、回廊和平座等木结构部分,但是砖石结构的塔身尚较好保存。也因此,才会发生"度其材以修城""军寨于此环塔为藏甲处"的事件。然而,塔身虽然完好,但失去木结构围裹的雷峰塔已经呈现出破败颓废的模样。

雷峰塔遭火毁之后,虽然"屡有志营葺",却终是"未克成"。直至南宋孝宗乾道七年(1171),"有大比丘智友,归自方外,草衣木食,一意兴崇,余二十年乃讫工。佛及菩萨与种种严饰,胜妙殊绝,得未曾有"。[2] 僧人智友发愿修塔,经过二十多年的大规模整治,于庆元元年(1195)才告完工,修葺一新,雷峰塔重现辉煌。庆元五年(1199)篆刻《庆元修创记》碑,《淳祐临安志辑逸》全文著录碑文。因此,雷峰塔在宣和二年被火毁之后,在长达近八十年的时间里,颓败荒凉。据赵晓红、石芳考证,雷峰塔与蛇的神奇传闻正始于南宋初年,即雷峰塔第一次遭兵火之后。赵文认为处于荒凉破败境地的雷峰塔,容易成为蛇蟒栖身之所,衍生出与蛇有关的奇闻也就不足为怪。[3] 因此,雷峰塔的破败之势其实正为其滋生出灵异传说提供了某种神秘的源头。

---

[1] 浙江省文物考古研究所:《雷峰塔遗址》,文物出版社,2005年,第240页。
[2] 同上。
[3] 赵晓红、石芳:《佛教思想与白蛇故事起源探究》,《民族艺术》,2012年第1期。

雷峰塔第二次被毁大约是在明嘉靖三十四年（1555）。清陆次云在《湖壖杂记》"雷峰塔"一条下写道：

> 雷峰塔，五代时所建。塔下旧有雷峰寺，废久矣。嘉靖时，东倭入寇，疑塔中有伏，纵火焚塔，故其檐级皆去，赤立童然，反成异致。①

《明史纪事本末》卷五十五《沿海倭乱》记载，嘉靖三十三年（1554），倭寇围攻杭州城，昭庆寺被毁。嘉靖三十四年（1555），倭寇大举进犯，杭州城再次被围，②这是明代中叶倭寇侵扰杭州城历史中最为惨烈的一次。倭寇包围杭城，却并不强攻，而是在城郊一带大肆烧杀劫掠，抢了大批金银财物后，逃回海上。守卫杭州城的明军则因战事所需，在州城被包围前，对城郊进行了"坚壁清野"，雷峰塔在东洋倭寇的侵扰中，再度遭受火焚。明张岱在《西湖梦寻》卷四中描述被毁后的雷峰塔是"仅存塔心"。蓝瑛《西湖十景图》册是晚明"西湖十景"图的代表作，其中《雷峰夕照》轴（169 cm×48.5 cm）所绘雷峰塔断壁残垣、破败荒芜，萧然独立于夕阳之下。明周龙所绘《西湖图》中的雷峰塔，无平座、腰檐及塔刹、相轮，为残破状，应是嘉靖年间再次遭火毁之后的雷峰塔形象。此外，明清时期出现的大量西湖全景图和西湖十景图，都描绘了雷峰塔二度火毁后的真实面貌。明末闻启祥曾将雷峰塔与湖对岸的保俶塔比较，将西湖二塔形象地比拟为"湖上两浮屠，雷峰如老衲，宝石如美人"。嘉定四先生之一的江南名士李流芳在《西湖卧游图题跋雷峰滇色图》中曰：

> 吾友子将尝言：湖上两浮屠，雷峰如老衲，宝石如美人。予极赏之。辛亥在小筑，与方回池上看荷花，辄作一诗，中有云"雷峰倚天如醉翁"，印持见之跃然曰："子将老衲不如子醉翁，尤得其情态也。"③

如"醉翁""老衲"的雷峰塔虽然不复旧时外观之辉煌亮丽，却独具苍凉岢然的残缺美，得到世人的认可甚至赏识。清朱彝尊（1629—1709）（商调）一半儿《净

---

① （清）陆次云：《湖壖杂记》，见施奠东主编：《西湖文献丛书》之《清波小志》外八种，上海古籍出版社，1999年，第17页。
② （清）谷应泰：《明史纪事本末》卷五十五《沿海倭寇》，中华书局，1977年。
③ （明）李流芳：《西湖卧游图题跋》之《雷峰滇色图》，见王国平主编：《西湖文献集成》，杭州出版社，2004年，第1098页。

慈》云:"冷云山寺画屏秋,断塔雷封残照留,孤汉酒村风幔收。载归舟,一半儿莲蓬一半儿藕。"①厉鹗(双调)清江引《雷峰夕照》云:"黄妃塔颓如醉叟,大好残阳逗。浑疑劫烧于,忽讶飞光候。渔村网收人换酒。"雷峰塔这种"颓如醉叟"的残败景观形象在清代以后,在大量画笔、相机的倾情记录中,已然深入人心。并与保俶塔一起,成为西湖独特的景观特征。雷峰塔的这种颓然沧桑之美也得到了国外画家的欣赏与赞叹。陈雅凡在分析被毁后的雷峰塔图像时认为雷峰塔的颓废感其实比较接近欧洲"哥德式"的风格,都隐含着一种神秘的色彩。而这样的风格在中国建筑中是非常少见的。因此,英国人在第一时间就发掘出雷峰塔不一样的美感,赞叹这样一个精致而震撼的建筑,同时认为佛塔的颓废感是由念旧蜕变而形成的。1793 年,英国特使团来访北京,为乾隆皇帝祝寿并商谈贸易。同年 11 月,乔治·马戛尔尼使团抵达杭州,官方画家托马斯希基的年轻助手威廉·亚历山大为西湖绘就了众多的速写,包括西湖风景、人物和风土人情,其中包括一幅《隔湖相对的雷峰塔和保俶塔》,该幅图画虽说以雷峰塔和保俶塔为题,但从画面来看,很明显是以雷峰塔为主要表现对象。破败的雷峰塔占据了画面的右半侧,塔底和塔身杂草丛生,正是当时残旧雷峰塔的真实写照。马戛尔尼在日记中也回忆了雷峰塔,他将雷峰塔翻译成"the tower of the thundering winds",即"雷风塔"。② 这个误称恰恰以英国人"哥德式"的美感追求赋予了被毁后的雷峰塔极具沧桑颓败之美的神秘色彩。陪同乔治·马戛尔尼一起访华的使团成员中,也有人将所见雷峰塔写进了访华日记或游记之中:"在一座山峰上矗着几座宝塔,其中有一座位于岬角边上,名叫雷峰塔。塔顶已毁坏,上面长满了绿苔和荆棘。据可靠的说法此塔是孔子时的建筑物。在传统戏剧《白蛇传》中,这座著名的塔被用作布景。"③显然,破败荒芜的雷峰塔成功吸引了游览西湖的外国游客的视线,他们误以为是孔子时的建筑,某种程度上更为雷峰塔增添了历史的厚重与神秘。诗人徐志摩也曾表达"这塔的形与色与地位,真有说不出的神秘的庄严与美","我爱在月光下看雷峰塔静极了的影子——我见了那个,便不要性命"。④ 徐志摩视这一败落凋零的塔影为艺术品,他在《济慈的夜莺歌》中

① 刘大杰:《中国文学发展史》(下卷),第三十二章《清代的词曲》,百花文艺出版社,2006 年,第 384 页。
② 陈雅凡:《明清时期的雷峰塔图像研究——以江南地区绘画为例》,中央美术学院硕士论文,2013 年。
③ (法)裴雷菲特:《停滞的帝国——两个世界的撞击》第六十一章《黑暗中的微光·雷峰塔》,王国卿、毛凤支等译,生活·读书·新知三联书店,1993 年,第 418 - 419 页。
④ 徐志摩:《徐志摩散文全编》之《西湖记》:九月二十九日,浙江文艺出版社,1991 年,第 654 - 657 页。

说：“在我们南方，古迹而兼是艺术品的止淘成了西湖上一座孤单单的雷峰塔，这千百年来雷峰的文学还不曾见面，雷峰塔的塔影已经永别了波心。”[①]残破的雷峰塔，仅存塔芯的、裸露着赤红色塔砖的雷峰塔却给了诗人审美的享受。“白蛇传传说”正是在雷峰塔二度招致火焚之后，将之纳入传说景观范畴的，使其承担了传说极为重要的信仰符号功能。雷峰塔颓而不败的老衲之势为其见证沧桑历史增添了说服力。

清翟灏、翟瀚所辑《湖山便览》记录了一则发生在明嘉靖年间的塔异传说：

俗传西湖有白蛇、青鱼二妖，镇压塔下。明嘉靖时，塔烟，抟羊角而上，群谓两妖吐毒。迫视之，聚虻耳。传奇之妄，即此可见。[②]

雷峰塔顶冒烟、直冲云霄，这一怪异的现象立即让人们联想到传说中被镇压在塔下的二妖，认为这是白蛇、青鱼二妖吐出的毒气，令人恐慌。显然，语言形态的传说在传说依附的景观发生变异之时，悄然走进了现实生活，从而产生了围绕景观的新传说。这一新传说既是对原有语言叙事的传播与解读，更是一次景观传说的延伸与拓展，它将传说情节拉进了日常生活，使虚拟的传说与现实的生活发生了直接关联。

清陆次云在《湖壖杂记》中还记载了一则发生在明崇祯年间的类似传说：

俗传湖（西湖）中有青鱼、白蛇之妖，建塔相镇，大士嘱之曰：塔倒湖干，方许出世。崇祯辛巳，旱魃久虐，水泽皆枯，湖底泥作龟裂，塔顶烟焰熏灭，居民惊相告曰：白蛇出矣！互相惊惧，遂有假怪惑人者。后得雨，湖水重波，塔烟顿息，人心始定。[③]

雷峰塔的变异带给人们的恐惧之情随着雷峰塔倒而走向极致。据雷峰塔倒的亲历者、著名建筑学家陈从周回忆：

是时适军阀孙传芳占浙专车抵杭州城站，城内一片混乱，“兵打进城里

---

① 徐志摩：《徐志摩精品集》，北方文艺出版社，2009年，第280页。
② （清）翟灏等撰：《湖山便览》，见王国平主编：《西湖文献集成》，杭州出版社，2004年，第782页。
③ （清）陆次云：《湖壖杂记》，见施奠东主编：《西湖文献丛书》之《清波小志》外八种，上海古籍出版社，1999年，第17页。

来了！""雷峰塔倒了！""白蛇精出笼了！"杭州的市民百姓奔走骇告，惶惶不可终日。杭州城里兵荒马乱，市井街巷笼罩着不祥的阴影。①

还有人传说，那是白蛇经过千年修炼，终于逃出来了。② 2002 年，雷峰新塔竣工之时，时年 88 岁的金锡芳老人有感雷峰塔重建，回忆了当年目睹雷峰塔倒的情景：

> 1924 年夏历八月二十七日（公历 9 月 25 日），正值军阀孙传芳出任五省联军总司令，在孤山举行隆重的上任仪式。许多游客和西湖船工挤在苏堤的跨虹桥一带观望盛大场面。我当时 9 岁，也站在船上看热闹。突然听到轰隆一声巨响，所有人都感觉到地下震动。循声远眺，但见雷峰塔方向净是黄色烟雾。不知是谁狂呼：雷峰塔倒掉了，白娘娘出来了！ 于是，众船工合力划船穿过西湖去看个究竟。我乘的船十几分钟就到了汪庄，塔已不见了，在遍地塔砖里，有人发现了经卷。次日，市面上有人以一担米一卷的价格出售雷峰塔砖堆里的经卷。③

显然，雷峰塔倒与白娘子出世被紧紧地联系在一起，雷峰塔作为"白蛇传传说"的核心景观之一，它的变迁再一次诱发了传说的口头讲述，并将口头交流层面的语言叙事引申向视觉观赏层面的景观叙事。

2001 年，在雷峰塔破土重建的过程中，"居然在杂草丛中发现一条足有碗口粗、两米多长的巨蛇壳，这说明附近肯定有巨蛇的存在"。④ 雷峰塔倒了，虽然未见被镇压塔下千年的白娘子，但是巨大的蛇壳隐约指向流传千年的"白蛇传传说"。这在一定程度上印证着雷峰塔与蛇精传说的悠久渊源。传说对现实景观的黏附，往往赋予虚构传说一种特殊的真实感。徐志摩于 1923 年 9 月 29 日所作《雷峰塔》诗云：

那是白娘娘的古墓

（划船的手指着野草深处；）

---

① 张银曙：《雷峰塔的传说与重建》，《记者观察》，2000 年第 6 期。
② 张祖群：《试论文化遗产雷峰塔的倒塌机理》，《美与时代》（上），2013 年第 2 期。
③ 鲍一飞、楼时伟：《九旬船工见证雷峰塔的衰败与重生》，《杭州日报》，2002 年 10 月 26 日。
④ 李春友主编：《雷峰塔重建记》，中国水利水电出版社、文物出版社，2008 年。

> 客人，你知道西湖上的佳话，
>
> 白娘娘是个多情的妖魔；
>
> 她为了多情，反而受苦，
>
> 爱了个没出息的许仙，她的情夫；
>
> 他听信了一个和尚，一时糊涂，
>
> 拿一个钵盂，把他的妻子的原形罩住。
>
> 到如今已有千百年的光景，
>
> 可怜她被压在雷峰塔底——
>
> 庄严地，独自在南屏的晚钟声里！①

这是一个典型的传说景观叙事。诗人指着传说景观——雷峰塔，向游客讲述关于雷峰塔的传说。在诗人的眼中，雷峰塔就是白娘娘的古墓，而非一个虚构的传说。因此，当雷峰塔倒，诗人认为雷峰塔成为白娘娘的坟墓。1925 年 10 月 5 日，《晨报副刊》刊登了徐志摩《再不见雷峰》的诗歌：

> 再不见雷峰，雷峰坍成了一座大荒冢，
>
> 顶上有不少交抱的青葱；
>
> 顶上有不少交抱的青葱，
>
> 再不见雷峰，雷峰坍成了一座大荒冢。
>
> 为什么感慨，对着这光阴应分的摧残？
>
> 世上多的是不应分的变态；
>
> 世上多的是不应分的变态，
>
> 为什么感慨，对着这光阴应分的摧残？
>
> 为什么感慨，这塔是镇压，这坟是掩埋——
>
> 镇压还不如掩埋来得痛快！
>
> 镇压还不如掩埋来得痛快！
>
> 镇压还不如掩埋来得痛快！
>
> 为什么感慨，这塔是镇压，这坟是掩埋！
>
> 再没有雷峰，雷峰从此掩埋在人的记忆中，

---

① 徐志摩：《徐志摩精品集》，北方文艺出版社，2009 年，第 31 页。

　　象曾经的幻梦，曾经的爱宠；

　　象曾经的幻梦，曾经的爱宠，

再没有雷峰，雷峰从此掩埋在人的记忆中。①

　　徐志摩《再不见雷峰》的诗歌中，布满诗人郁结于心的矛盾与挣扎。一方面雷峰塔倒，诗人心目中"古迹而兼是艺术品"的雷峰残塔再不见了，"我见了那个，便不要性命"的塔影再不见了，诗歌充满诗人对雷峰塔的留恋与不舍。另一方面，作为镇压白娘娘的雷峰塔的倒塌，诗人应该是欣慰的。可是，倒塌的雷峰塔似乎并不能释放被镇压的白娘娘，反而成了白娘娘的坟墓。因此，诗人反复地低吟："镇压还不如掩埋来得痛快！""这塔是镇压"，塔倒了，"这坟是掩埋"。诗歌借白娘娘的传说，控诉着对镇压甚至掩埋世人的旧思想、旧制度的憎恨之情。更从一个侧面解释了，塔倒后白娘娘并未从塔底走出的社会原因。

　　鲁迅在小的时候，曾听祖母讲过雷峰塔的故事。他在回忆这段往事的时候说："那时我唯一的希望，就在这雷峰塔的倒掉，后来我长大了，到杭州，看见这破破烂烂的塔，心里就不舒服。"②因为传说中的雷峰塔镇压着白娘子，所以希望雷峰塔倒掉。这一愿望正是以虚构的传说诅咒现实的景观，充分体现了传说与景观互为生产的逻辑关系。

　　传说依附于景观，并建构景观符号，为景观打上了深深的传说烙印。但是景观一旦成为传说的载体，它所发生的任何变异，都可能致使传说走进生活，并创造出超越原有传说的新的传说讲述。雷峰塔作为现实景观，在传说中具有"专名效应"。"专名效应"是邹明华在探讨虚构的传说缘何具有真实性的问题时所提出的概念。邹明华指出，传说是虚构的，但是它给人真实性，唯有"专名"才能将这看似矛盾的二者统一于传说这一体裁之中。"专名既是统一传说中的实存之物与虚构之物的逻辑工具，也是人们相信传说的心理机制发生的主要依据。"③传说正是通过专名来达到自己的体裁效果，即传的专名效应。传说对专名的使用使传说具有真实感，同时也为传说从语言叙事的虚拟走进现实生活的真实提供了心理可能。"湖水干枯"的景观变迁唤醒了人们对传说的记忆，并在虚构

---

　　① 徐志摩：《徐志摩精品集》，北方文艺出版社，2009 年，第 88 页。

　　② 鲁迅：《论雷峰塔的倒掉》，见鲁迅：《鲁迅作品集》（珍藏版），内蒙古文化出版社，2009 年，第 303 - 304 页。

　　③ 邹明华：《专名与传说的真实性问题》，《文学评论》，2003 年第 6 期。

与现实之间架构了一条互通的桥梁，将传说引入现实生活，与实际生活发生交集，呈现出景观叙事的变异性与地域性特征。从传说发展的视角分析，围绕雷峰塔而展开的景观叙事其实正是对传说情节的延伸与创造。

二、雷峰新塔的旅游景观生产：从"佛塔"到"白蛇传塔"

（一）灵异的塔砖传说：雷峰塔倒的景观叙事

雷峰塔又称"西关砖塔"，这主要是从塔的地理位置与材质来命名的。雷峰塔位于西湖城关旁边，全身以砖砌成，在出土的《一切如来心秘密全身舍利宝箧印陀罗尼经》之首，署名即为"西关砖塔"。相传，雷峰塔倒的重要原因之一便是杭州老百姓挖取塔砖的结果："我们那里的乡下人差不多都有这样的迷信，说是能够把雷峰塔的砖拿一块放在家里必定平安、如意，无论什么凶事都能够化吉，所以一到雷峰塔去观瞻的乡下人，都要偷偷地把塔砖挖一块带家去——我的表兄曾这样做过的——你想，一人一块，久而久之，那雷峰塔里的砖都给人家挖空了，塔岂有不倒掉的道理？"①

在杭州民间，塔砖的辟邪性主要表现为：可避蛇祸，渔民出海可保平安，可祈子以及可利农蚕。这些功能都与"白蛇传传说"相一致，其逻辑思维是：雷峰塔—镇蛇妖—塔砖避蛇祸；蛇妖—水族—兴风作浪—塔砖保渔民平安；白娘子（或皇妃）—生子得第（或皇妃祈子成功）—塔砖祈子；蚕怕蛇—塔镇蛇妖—塔砖利农蚕。因此，雷峰塔砖被窃现象十分普遍，时日长久，塔基几乎被挖空了。

雷峰塔砖的灵异传说并非孤例。张祖群在研究雷峰塔倒塌机理的过程中，分别列举了杨贵妃墓和长沙马王堆汉墓被挖平的例子。② 明清以来，关中地区有一种习俗，就是认为贵妃墓上的白土有益于美容，当地人称之为"贵妃粉"。所以，妇女们总喜欢到贵妃墓上抠一块白土，作为化妆的胭脂。《续修陕西省通志稿》中有一则关于"贵妃粉"的记载：

> 兴平马嵬坡杨贵妃墓上土白如粉，妇女面有黑痣者，以水和粉，洗之即除，称为贵妃粉。③

---

① 胡崇轩：《雷峰塔倒掉的原因》，《京报副刊》，第四十九号，1925 年 2 月 2 日。
② 张祖群：《试论文化遗产雷峰塔的倒塌机理》，《美与时代》（上），2003 年第 2 期。
③《续修陕西省通志稿》第 101 册，卷 192，物产三·货属·矿，现藏于首都经济贸易大学西区图书馆古籍书库。

因此,久而久之,贵妃墓平矣。清代巡抚为保护杨贵妃墓,在墓上覆盖了一层石板砖。但是,今天的杨贵妃墓仅剩尺高,基本已经平了。长沙马王堆汉墓的命运与之相类似。据说马王堆汉墓土壤肥沃,因此长沙及周边居民用马王堆汉墓遗址的土壤种花、种菜和腌制咸鸭蛋等。马王堆汉墓辛追夫人的遗体两千多年不腐,民间盛传土壤附带灵气,有延年益寿之功效。时日长久,马王堆汉墓的土壤平矣。

雷峰塔砖避祸镇邪,杨贵妃墓土增色美容,马王堆汉墓的土壤肥沃益寿等,这些围绕相关景观而展开的景观叙事,既是对原有传说、人物故事的对应讲述与延伸拓展,更是一场景观对传说的创造性生产行为。塔可以镇妖,砌塔的砖尤其是藏有佛经的砖自然也具有了神力,具有辟邪的功效。2011年上映的电影《白蛇传说》,从雷峰塔镇蛇妖的经典情节出发,将雷峰塔演绎为一座镇压所有妖精异类的圣塔,进一步强化了雷峰塔镇妖之塔的景观符号,这是基于"白蛇传传说"延伸拓展而来的景观叙事功能。

正是在各种雷峰塔砖的传说效应下,雷峰塔砖日渐被抽空,雷峰塔岌岌可危。1918年,徐志摩记下了他所目击的雷峰塔情景:"路上我们逛了雷峰塔,我从不曾去过……塔里面四大根砖柱已被拆成倒置圆锥体形,看了危险极了。"[1] 1924年9月25日下午1时40分许,西湖南岸一声巨响,雷峰塔轰然倒塌。其时,俞平伯正住在与雷峰塔隔湖相望的俞楼上,当他闻讯赶到阳台上观看时,西湖对岸已是一片尘土弥漫。待烟尘散去,雷峰塔消失了!俞平伯亲临雷峰塔旧址,记录了当时的景象:"从樵径登山,纵目徘徊,惟见亿砖累作峨峨黄垅而已。游人杂沓,填溢于废基之上,负砖归者甚多。砖甚大,有字者一时不易觅。我只手取一无字残品、横贯有孔者归,备作砚用。"[2]

出生于1892年的上海著名金石书画家和文物鉴赏家朱孔阳也曾目睹雷峰塔倒的瞬间:

> 船行到西湖湖中,阿毛(西湖船霸)突然大声叫:"朱先生,快看,雷峰塔怎么回事?"朱孔阳顺着阿毛指的方向看去,只见不远处的雷峰塔飞出一群群的鸟,但群鸟并不飞远,只绕塔盘旋,只几秒过后,塔顶开始冒出几尺高的

---

① 徐志摩:《西湖记·1918年9月29日》,见《徐志摩散文全编》,浙江文艺出版社,1991年,第635页。

② 俞平伯:《记西湖雷峰塔发见的塔砖与藏经》,见《杂拌儿集》,中国青年出版社,1995年,第37页。

灰烟。不一会儿,塔身上半部如被斧劈成两半,向两侧外翻;只外翻了大约一秒,两半又合拢,从塔顶部分向塔心陷塌(非鲁迅笔下的倾塌)……朱孔阳当时简直惊呆了,赶紧命阿毛转向雷峰塔划去。船坻岸时,雷峰塔土堆旁已经聚集了许多人,朱先生随手捡了几块砖块回家作为纪念和见证。待他回家后仔细查看这些塔砖,发现其中两块竟是藏经砖——两块砖短侧边的小孔内,一共藏有 3 卷半经书。①

不仅普通游人抢取塔砖,甚至还有众多军士奉命掘砖:

> 崩时,黄土飞扬,漫山遍野如云屯烟聚,良久始散。其初犹剩末级,遗址可寻,聚而观者日以万计,竞拾遗物,不惮颠踬。无何,逻子麇集,环列禁阻,重筑围墙。九月十二日,有十余军人谓'衔京师某钜公命',于围中掘去砖贮经卷。九月廿六夜半,又有千余兵蜂拥上山,破围突入,觅捎搞碎,穴地成坎。乡人踵至相效尤,唯余黄土一抔。②

雷峰塔在灵异的塔砖传说效应下被日渐抽空而倒塌,又在塔砖传说的诱使下被抢损大半。"白蛇传传说"建构了雷峰塔独特、神圣的镇妖圣塔形象,却也同时成为摧毁雷峰塔的罪魁祸首。

2000 年,雷峰塔遗址出土了 160 多款塔砖。出土的雷峰塔塔砖主要有两大类,一为有孔藏经砖,一为长方形砖,后者一侧常模印文字,有纪年砖(辛未、壬申等)、地名砖(西关)、官方造砖(官字款)和民间捐造(模印捐助者乡里、姓名)等。③ 藏有经文的出土塔砖更加说明了雷峰塔的佛塔性质,但同时也因杭地方言前后鼻音不分,民间将"经"讹传成"金",从而加剧了雷峰塔砖的盗挖现象,由此将雷峰塔的塔砖传说拓展至更为宽广的景观叙事范畴。

与上述塔砖辟邪、塔砖藏金的传说相反,杭州当地还流传着另一类撬取塔砖的传说。据说,当地老百姓同情白娘子,希望雷峰塔尽快倒掉,让白娘子早日回家,与亲人团聚。于是,老百姓就每天去搬一块砖头回家,时间久了,塔就倒掉

---

① 杨晓政、程思羽:《90 年沉浮,雷峰塔藏经砖砚回家》,杭州网,http://hznews.hangzhou.com.cn/chengshi/content/2014 - 10/31/content_5507139.html。
② 童大年:《雷峰塔华严经残石真迹》,上海有正书局石印本,民国十四年(1925)初版。
③ 江西省博物馆编:《千年雷峰塔》,上海锦绣文章出版社,2010 年,第 57 页。

了。[①]老百姓撬取塔砖的原因,不是为了"避蛇祸",反而恰恰是希望"白蛇出世",表达了杭州人对白娘子的深切同情。鲁迅当是持有这一观点的代表人物。1924年10月28日,即雷峰塔倒一个月后,鲁迅写作了著名杂文《论雷峰塔的倒掉》,该文发表于1924年11月17日《语丝》周刊第一期。文章借祖母讲述《义妖传》表达了鲁迅对镇压白娘娘的法海以及雷峰塔的憎恶之情:"一切西湖胜景的名目之中,我知道得最早的却是这雷峰塔。我的祖母曾经常常对我说,白蛇娘娘就被压在这塔底下。""那时我惟一的希望,就在这雷峰塔的倒掉。""现在,他居然倒掉了,则普天之下的人民,其欣喜为何如?"[②]鲁迅对雷峰塔倒现象的描述,恰恰说明了雷峰塔作为"白蛇传传说"的重要景观所形成的景观影响力与景观叙事功能。而且,该文在1949年入选中学语文课本,以教材普及的传播路径在全国范围内扩大了雷峰塔与"白蛇传传说"的紧密关联。

无论是雷峰塔塔砖辟邪的传说,还是希望塔倒、白蛇出世的传说,都是景观叙事对传说语言叙事的移植与延展,其叙事核心均是指向被镇压塔下的白蛇。在此,"白娘子永镇雷峰塔"是传说记忆,是雷峰塔塔砖得以产生景观叙事的前提。这一记忆被民众寄托在塔砖身上,并根据现实生活环境、生活方式加以变异,赋予景观更为丰富的文化内涵。同时也使传说的语言叙事经由景观得到新的讲述。"白蛇传传说"从口传中的"雷峰塔镇妖",发展为景观叙事中的"塔砖辟邪"和"塔倒而白蛇出世",充分体现了景观叙事对语言叙事的延续与超越,实现了雷峰塔从传说到现实的"镇妖圣塔"话语的建构。

1943年,田汉京剧《金钵记》问世。剧本在《讲话》及"戏改"运动的影响和革命话语的指引下,删去了有损白蛇革命形象的情节——"散瘟",改变了带有封建思想的"状元祭塔救母"的伦理结局,代之以青蛇率领各洞仙众轰然"倒塔"。1954年定稿的《白蛇传》延续了"倒塔"这一极具阶级意识和革命意识的抗争性结局。这一改编正是以雷峰塔倒的事实为景观基础展开的知识精英对"白蛇传传说"的革命改写,充分说明景观变迁对传说情节、改编和传播的影响,是景观叙事的变体。2013年,湖南卫视跨年晚会高调推出龚琳娜演唱的歌曲《法海,你不懂爱》,此曲一夜之间传唱大江南北。其中一句歌词"雷峰塔会掉下来"是以雷峰塔倒为背景,对破坏婚姻的控诉,雷峰塔倒再次成为叙事前提。至此,雷峰塔在

---

① 访谈时间:2013年9月21日;访谈地点:杭州灵隐寺附近;被访谈人:青青;访谈人:余红艳。
② 鲁迅:《论雷峰塔的倒掉》,见《鲁迅全集》第一卷《坟》,人民文学出版社,2005年,第179页。

其建塔以供佛祖生身舍利的"圣塔"符号基础上，经由蛇迹传说在杭州的流传、"白蛇传传说"镇妖情节的强化，以及雷峰塔景观在传说基础上所衍生的湖水干枯带来的恐惧、塔砖灵异带来的偷砖等景观叙事的现实渲染，已然成为一座穿梭于传说与现实之间的镇妖神塔。

（二）"白蛇传塔"：雷峰新塔的传说旅游生产

1924 年 9 月 25 日，雷峰塔倒塌。鲁迅接连撰写了《论雷峰塔的倒掉》和《再论雷峰塔的倒掉》两篇杂文。前者是对雷峰塔倒的欢呼，后者则是借雷峰塔倒批判国人一贯的"十景病"。鲁迅对重建雷峰塔的否定是从"奴才式的破坏"这一国民劣根性视角提出的："这一种奴才式的破坏，结果也只能留下一片瓦砾，与建设无关。岂但乡下人之于雷峰塔，日日偷挖中华民国的柱石的奴才们，现在正不知有多少！"鲁迅还预言："倘在民康国富时候，因为十景病的发作，新的雷峰塔也会再造的罢。"① 由此看来，鲁迅反对的并非是对雷峰塔的重建，而是呼吁国人要有一种"革新式的破坏"，并且鲁迅也认可在民康国富的年代重修雷峰塔。

其实，重修雷峰塔的呼声自雷峰塔倒后从未停歇。雷峰塔倒后不久，杭州地方官绅即发起募款以谋重建。不料，到 1926 年 10 月，已筹集的万元银洋，竟被地方当局挪作"犒军"之用，修复无望。② 也是在这一年，诗人徐志摩再次来到西湖，没有了雷峰塔的西湖带给诗人的是无尽的伤心："我每回去总添一度伤心：雷峰也羞跑了。"诗人是感性的，他认为缺少雷峰塔的西湖是丑陋的西湖，"干脆写了一篇《丑西湖》，历数西湖的丑陋，登到了《晨报副刊》上"。③ 1929 年，西湖博览会筹办时，曾拟在雷峰塔塔址建天文台，因经费捉襟见肘而告吹。④ 1932 年，时任国立艺术院（即今中国美术学院前身）校长的林风眠写下《美术的杭州》一文，文章表达了他对西湖审美及建设的想法："能救西湖过于平坦之病者，唯有雷峰顶之雷峰塔，及宝石山巅之保俶塔。"因此，面对倒塌的雷峰塔，他急切地呼吁重建："雷峰塔，昔年屡有重建之说，至今仍未见诸事实；如果再有若干年不修，恐怕连现在尚可常见之原塔摄影也将不可复见了，彼时将何由保持其原有作风呢？"林先生从艺术审美的视角揭示了雷峰塔之于西湖景观的重要意义，并对雷

---

① 鲁迅：《再论雷峰塔的倒掉》，见《鲁迅全集》第一卷《坟》，人民文学出版社，2005 年，第 160 - 161 页。
② 中国人民政治协商会议浙江省委员会文史资料研究委员会编：《新编浙江百年大事记》，浙江人民出版社，1990 年，第 208 页。
③ 张银曙：《雷峰塔的传说与重建》，《记者观察》，2000 年第 6 期。
④ 阮毅成：《三句不离本"杭"》，台湾正中书局，1974 年，第 115 页。

峰塔这一景观的记忆保存表示担忧。① 1935 年,地方官绅再次筹款拟予重建,著名建筑学家梁思成应浙江省邀请做六和塔修葺计划方案时,对杭州诸塔均进行了详细考察。在涉及雷峰塔时,他表示"重建雷峰塔,宜恢复原状"的修复原则。② 著名京剧表演艺术家宋宝罗是 1940 年发起重建雷峰塔活动中最早捐款的人士。据宋先生回忆,他一直希望可以恢复"雷峰夕照"的西湖美景,第一个捐出了 100 块大洋,而且还在上海各界多方奔走、呼吁,终至在上海滩掀起了捐款热潮。1942 年,已经在夕照山上建了塔基。后来由于战争的原因,重建工作不得不搁浅了。③ 雷峰塔重建呼声的受挫恰恰说明了在民不富国不康的时代,倡议修建雷峰塔是不合时宜的。1980 年,著名园林学家陈从周撰文《谈西湖雷峰塔的重建》,疾呼重建雷峰塔,恢复西湖景观。1981 年、1982 年,著名建筑家杨廷宝两次抵杭,都曾提出重建雷峰塔的愿望。20 世纪 80 年代,《杭州市城市总体规划》第 42 条提出重建雷峰塔,恢复"雷峰夕照"景观。这一规划于 1983 年 5 月得到国务院的批准,并得到明确答复:"恢复西湖十景之一,并为民间流传极广的雷峰塔。"④1988 年底,浙江省成立"雷峰塔重建促进会"。1991 年 12 月 15 日,中国及省、市风景园林会在杭州召开重建雷峰塔学术研讨会。为呼吁重建雷峰塔奔波了十多年的《西湖志》主编、园林美学专家施奠东表示:"1991 年前,当时的话题是要不要重建雷峰塔,而 1991 年以来,我们的思路渐渐转到如何重建雷峰塔上来。"⑤这是雷峰塔重建道路上的重大突破。1995 年,杭州市委、市人民政府正式向浙江省委、省政府递交了《关于要求重建雷峰塔,恢复"雷峰夕照"景点的请示》。1999 年末,浙江省委、省政府和杭州市委、市政府正式启动雷峰塔重建工程。清华大学建筑学院承担雷峰新塔的建筑设计工作,温岭市古建筑工程公司承担具体的修建工作。2000 年 12 月 26 日上午,雷峰塔重建工程奠基仪式在雷峰塔原址隆重举行,重建工程历时近两年。2002 年 10 月 25 日,雷峰新塔终于在时隔 78 年之后重新矗立于西湖之畔。雷峰新塔是一座五层八角的楼阁式仿宋佛塔,高 72 米,占地面积 3 133 平方米。为了保护古塔地宫文物,新塔设计了一个高 9.7 米的遗址保护罩,对雷峰塔的遗址进行架空保护,为避免氧化和人

---

① 林风眠:《美术的杭州》,《艺术丛论》,台湾正中书局,1936 年,第 140 页。

② 陈雅凡:《明清时期的雷峰塔图像研究》,中央美术学院硕士论文,2013 年。

③ 邵增生、伍萧东:《最早为重建雷峰塔募捐的人——放著名京剧表演艺术家宋宝罗先生》,《风景名胜》,1998 年第 10 期。

④ 乌鹏廷:《雷峰塔,杭州人心中的塔》,《杭州日报》,2012 年 6 月 5 日,第 B4 版。

⑤ 万润龙:《雷峰:有幸重伴夕阳——关于重建雷峰塔的报告》,《文化交流》,1999 年第 4 期。

为的破坏，在遗址四周还加设了玻璃罩。塔身首层大部分都是透明设计，便于游客在台基层的玻璃罩周围观看遗址。新塔地面以上5层，分别陈设着木雕《白蛇传》、《吴越造塔图》、"雷峰夕照"诗刻、雕塑"西湖十景"和木刻"佛本省"故事等工艺精品。雷峰新塔对外宣传的介绍突出强调了新塔的五项"中国第一"：塔类建筑对古塔遗址保护贯彻、运用全新理念和方式的中国第一；塔类建筑采用钢材框架作为建筑支撑、承重主体的中国第一；塔类建筑采用铜件最多、铜饰面积最大的中国第一；塔类建筑内部活动空间最宽敞的中国第一；塔类建筑内部文化陈设最丰富的中国第一。

在长达八十年的倡导与努力之下，雷峰新塔终于落成，重新矗立在西湖南岸。重建后的雷峰塔着重还原或延续了雷峰古塔的哪些文化元素？雷峰新塔是一座千年佛塔的重建还是当代旅游发展需求下的经济产物？其实，早在雷峰新塔落成之前，2002年5月，雷峰塔景区便通过《每日商报》以3 000元月薪招聘雷峰塔"白娘子"讲解员。"白娘子"培训课程共有24门，其中包括礼仪、仪表仪容、健身、职业道德、英语口语、景点讲解等等，每门课程都有严格的考核、淘汰制度，在经过历时两个多月的封闭式培训之后，有17名"白娘子"脱颖而出。她们与雷峰新塔一起迎接第一批游客。① 雷峰新塔聘用"白娘子"讲解员的信息明确传递了新塔意以"白蛇传传说"作为旅游宣传的主打项目，以"白蛇传传说"作为古塔与新塔的连接纽带。这一鲜明的旅游倾向在雷峰新塔内外的诸多景观元素中均有醒目的呈现。

在雷峰新塔景区入口处，竖立了几张大幅宣传图片，其中有一张广告牌直指雷峰塔镇压白娘子故事的"过去"。画面分为上、下两部分，下半部分是残旧的雷峰古塔底飞出了温婉的白娘子，而上半部分则是十分醒目的大字："塔倒了，白娘子还在吗？"这一带有鲜明指向性的广告语犹如一座架构在景观与传说记忆之间的桥梁，连接了雷峰新塔与古塔的历史渊源，并将古塔的景观叙事——"塔倒传说"——纳入雷峰新塔的景观之中，引导游客从"塔倒传说"开始，去寻觅一个与白娘子、雷峰塔息息相关的古老传说。景区的文化长廊还设置了一条长达十几米的"白蛇传传说"文化图片展区，包括"白蛇传传说"木版水印年画杨柳青，"白蛇传传说"京剧、评剧、话剧等戏曲截图，"白蛇传传说"代表影视作品以及11幅"白蛇传传说"核心景观图谱。杭州雷峰塔文化旅游发展有限公司紧紧围绕"白蛇传传说"，以图片、食品、书籍、导游词等多种形式，打造雷峰新塔的"白蛇传传说"文化特色。

---

① 任洁、刘晓妍、李顾拯：《听"白娘子"说雷峰塔》，杭州网。

图 2-2-1　雷峰新塔　　　　　图 2-2-2　新雷峰塔外的宣传画

　　进入雷峰新塔,其内部暗层墙壁上雕刻了以"白蛇传传说"八大核心情节为原型的环形巨幅木雕壁画。"白蛇传传说"东阳木雕壁画由陆光正创作室承担创作和雕刻工作。中国工艺美术大师陆光正在传承东阳木雕传统艺术的基础上,采用多层焦点透视和散点透视相结合的方法突出传说主要人物,背景更加丰富,纵深感十分强烈,给人一种身临其境的时空感受。在具体雕刻技艺上,他采用圆雕、半圆雕、高浮雕、深浮雕、浅浮雕等五种雕刻技法相结合的"叠雕"形式,多层次地制作整幅雕刻群,并以画面分组穿插、逐层雕刻、逐层对接和单点固定的形式,运用叉格板拼装技术来组合整幅作品,[①]使"白蛇传传说"巨幅木雕壁画在呈现磅礴气势的同时,凸出细节、彰显人物,生动形象地讲述着"白蛇传传说"的核心情节。雷峰新塔暗层内的八幅"白蛇传传说"木雕壁画分别为盛会思凡、雨中借伞、端午显形、昆仑盗草、水漫金山、断桥相会、囚禁塔内和破塔团圆。室内安

　　① 本段关于东阳木雕技艺以及陆光正创作室的相关情况由中国工艺美术学会木雕艺术专业委员会提供。

装设置了电子讲解仪器，分别就八幅主题壁画作了较为详尽的文字注解：

图 2 - 2 - 3　雷峰新塔地宫：雷峰古塔遗迹

壁画一：盛会思凡

　　南天门前，王母娘娘和南极仙翁、吕洞宾等众仙在举行蟠桃会，遥看人间，发现一处群山，苍翠环绕，梵宇高塔无数，湖水涟漪，市景繁荣壮观，张灯结彩，高矗一新塔，金光万道。国王和百官、僧尼、百姓们正庆贺着佛塔的落成。王母娘娘问南极仙翁："这是何处人间，为何事庆贺？"南极仙翁达道："这是杭州西湖，为雷峰塔建成，佛螺髻发入宫而庆祝。"此时，云端上见一仙女拍手称赞曰："这真是人间天堂！"王母娘娘问南极仙翁："这位不曾认识的仙女是何来历？"南极仙翁达道："这是蛇仙白娘子，原来已有 500 年修功，有一天吕洞宾在西湖边卖汤团，小男孩许仙吃后无福消受，在断桥上吐入西湖，被白蛇抢吃了，又增加了 500 年功力而成了仙。"并告知当时还有乌龟精也在抢吃，但未抢到，将前因后果叙述了一遍。听南极仙翁如此一说，白娘方知自己成仙的缘由，于是勾起了她下凡人间天堂杭州寻找许仙报恩的想法。

图2-2-4 雷峰新塔暗层："白蛇传传说"八大核心情节东阳木雕之盛会思凡

壁画二：雨中借伞

蟠桃会后，白娘子怀着慈悲报恩的心情，在清明节那天来到雷峰塔旁，只看见一老者手里拎着一条小青蛇，要挖蛇胆卖钱，白娘子动了恻隐之心便买下了小青蛇。忽然间，小青蛇变成了一小姑娘，即为小青，便结为姐妹，一同来到白堤断桥处寻许仙。按南极仙翁的暗示，她们终于寻见忠厚老实的小伙子许仙。见小伙子手拿雨伞往前走，白娘子做法下起了雨，并有意跑到许仙旁边躲雨。许仙见此，便借伞给白娘子，并一同租船游湖到对面清波门码头。

壁画三：端午显形

白娘子与许仙认识以后，不久两人便结了婚。为了生计，为了施药救人，白娘子与许仙开了保和堂药店。一家三口正生活得有滋有味，突然来了一位自称法海的老和尚要寻找许仙。白娘子一见是乌龟精成了道，心头一惊。端午节那天，许仙按法海口授的技法劝白娘子喝雄黄酒，谁知白娘子已有孕，抵不住酒力，躺在床上显露了蛇身，许仙被惊吓昏死过去。

图 2‒2‒5　暗层东阳木雕之雨中借伞、端午显形

壁画四：昆仑盗草

为救许仙，白娘子上昆仑山盗得灵芝仙草，与看守仙草的白鹤童子发生冲突。正巧南极仙翁会仙后回山。他唤住了白鹤童子，让白娘子采了灵芝仙草回杭救夫。

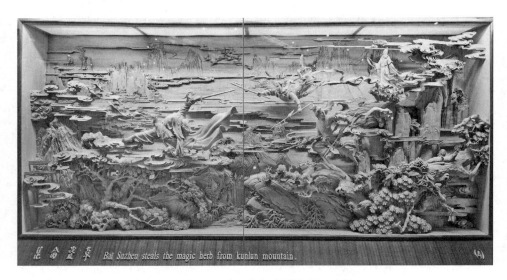

图 2‒2‒6　暗层东阳木雕之昆仑盗草

壁画五：水漫金山

　　法海和尚一计不成，再施一计，叫许仙在七月十五日到镇江金山寺做盂兰盆会。这一去，就不见许仙回家。白娘子和小青一起到金山寺向法海要人，法海指责白娘子是蛇妖，不要再在人间害人。白娘子因有身孕，抵挡不住，败下山来。她心头一怒，遂借虾兵蟹将滔天大水朝金山寺滚滚卷来。但最终还是胜不了法海，只得返回西湖断桥边修炼。

图 2-2-7　暗层东阳木雕之水漫金山

壁画六：断桥相会

　　许仙虽被法海扣留在金山寺，但心中还是念念不忘家中白娘子的安危。一天，他逃出金山寺，又来到断桥边。而白娘子和小青正在断桥边修炼，因身孕越来越大，和小青在断桥旁边散步，一边埋怨着许郎，谁知许仙出现了，两人在又怨又悔又喜又爱中相会了。

壁画七：囚禁塔内

　　白娘子与许仙相会后不久，白娘子生下了儿子许世林。可是美满生活不久，法海和尚带着从佛祖处偷来的金钵，来到杭州许仙家，用金钵将白娘子收住，囚禁在雷峰塔内。小青借机逃入深山修炼准备为姐姐报仇。

图 2-2-8　暗层东阳木雕之断桥相会、囚禁塔内

壁画八：破塔团圆

白娘子被囚入雷峰塔内，佛祖告知她，你知恩图报，本不该责罚你，可是你水漫金山寺时淹坏了不少农夫的良田和庄稼，应有18年劫难，且在这里念读陀罗尼经，以消灾消难长功力。18年后我自有办法助你出去团圆。18年后，许世林长大成人，且因自幼好学，科举得中状元。回家省亲，与父亲一起到雷峰塔拜母。小青得知许世林中状元去祭拜母亲，觉得自己修炼功力也大有长进，可以去与法海一决胜负。因此也来到雷峰塔旁与许仙、许世林会合，并作法与法海打斗起来。法海一手拿青龙禅杖与小青打斗，一手脱下袈裟想把小青裹住，谁知一脱下来，忽然呼地一阵风，把他的袈裟和禅杖，还有怀里的金钵一起都吹飞上天去了。白娘子在塔内也念起陀罗尼经咒语，忽然间高高的石塔崩开一口子，身子随着飞出塔外，与小青一起攻打法海，法海终被打败，并被踢进西湖里，逃进了蟹肚子内，再也出不来了。白娘子一家团聚，祭拜佛祖相助，愿盛世之年重修雷峰塔。①

细致阅读这八篇"白蛇传传说"核心情节，我们发现，除了"水漫金山"与"昆仑盗草"因代表性景观十分明确无法移位之外，其余六大情节均被放置在杭州，并紧紧锁定在雷峰塔及其周围。"盛会思凡"是缘起于雷峰塔建成、佛螺髻发入

---

① 此八篇"白蛇传传说"壁画的文字讲述抄录于雷峰新塔暗层内的电子讲解仪器，雷峰新塔景区导游对暗层内八幅壁画的讲解与电子讲解仪器如出一辙。

图2-2-9 暗层东阳木雕之破塔重圆

宫的盛大庆贺场面;"雨中借伞""断桥相会"是发生在雷峰塔边的西湖、断桥;"端午显形"也从镇江、苏州被移置于杭州;而"囚禁塔中"与"破塔团圆"更是直接发生在雷峰塔的关键性情节。此外,还有一则关于白蛇与许仙前世结缘的情节,被巧妙地隐在了"盛会思凡"这一幅壁画中,情节同样依附在西湖断桥。上述"白蛇传传说"核心情节的电子讲解同样重复于雷峰新塔现场讲解员的日常口述中。据雷峰新塔景区现场讲解员周女士介绍,上述八篇"白蛇传传说"核心情节的文字记录与她们在雷峰塔景区现场讲解员的培训课程中所学一致,她们平时的现场讲解也主要以此为蓝本,并根据各自的偏好略作调整。① 雷峰新塔壁画上的情节图谱以雷峰塔为叙事中心,并将其"佛舍利塔"的神圣地位纳入传说的景观叙事之中,以"建塔""囚塔""破塔"的雷峰塔情节为图谱线索,努力确定雷峰塔在传说中的景观核心地位,强化其叙事功能。这些图像叙事与文字叙事、景观叙事一起,共同构成了物象叙事谱系。

此外,在雷峰新塔景区内,还修建了一些以"白蛇传传说"核心情节为文化基因的传说景观。在雷峰新塔的南侧小山坡上,有一座名为"状元台"的传说景观。

"状元台"景观占地仅两三平方米,较为醒目的是状元磕头留下的深深的脚印、手印和磕头的印迹,传递的是"白蛇传传说"核心文化内涵之一——"孝"文化。"状元台"石刻简介如是记道:

---

① 访谈时间:2013年9月24日;访谈地点:雷峰新塔景区内;被访谈人:雷峰新塔景区导游周晶晶;访谈人:余红艳。

图 2‑2‑10　雷峰新塔景区内的"状元台"：相传，许梦蛟在此祭塔救母

"状元台"是按民间神话故事《白蛇传》情节构筑的。相传，许梦蛟十岁时，母亲白素贞被法海困入雷峰塔内。十年后，许梦蛟高中状元时，在父亲许仙及小青的陪同下前来塔下筑台拜告母亲。在佛祖的帮助下，三人合力斗败法海，救出白娘子，合家团圆。

"状元台"景观是依据民间关于"祭塔"的传说而进行的新建型景观生产，弘扬的是"白蛇传传说"对爱情、婚姻和孝道伦理等和谐、合理的家庭追求，进一步烘托着雷峰新塔作为爱情婚姻之塔的"白蛇传传说"文化内涵。在雷峰新塔重建之初，杭州雷峰塔文化旅游发展有限公司景观分公司将"状元台"与"雷峰新塔"景观同时印制于景点门票之上，强化"状元台"景观与"雷峰新塔"共同构建"白蛇传传说"之塔的文化元素。

传说是景观叙事的基础，雷峰新塔是景观叙事的载体，塔外的广告语与塔内的壁画是试图唤醒传说记忆的具体元素与景观叙事的内容，它们共同实现了传说景观生产的文化功能与经济功能，并在弘扬、传播杭州地域文化精神的同时，获取可观的旅游经济效应。从营销传播的角度来看，雷峰塔景区的成功运营正在于景观生产者对 USP（unique selling proposition）的独特选择。雷峰塔景区的 USP，即独特的销售主张，便是"白蛇传传说"的爱情文化。游湖借伞的一见钟情、断桥相会的尽释前嫌、为爱而终老塔下的忠贞与悲壮共同讲述了一个美丽、善良、忠贞、坚守的白娘子故事。"《白蛇传》文化是使雷峰塔真正区别于其他文物景区的东西,体验白娘子的千古爱情悲剧构成游客游览雷峰塔的文化冲动,雷峰塔游客的文化旅游心理的秘密就在于想亲身体验亘古不变、忠贞不渝的爱情。"①因此,强化白娘子的爱情形象、拉近雷峰塔与传说的密切关系,是雷峰塔的景观叙事策略与旅游文化定位,是地域文化认同与文化产业开发的合谋。

但是,雷峰新塔对白娘子传说的讲述,淡化了传统叙事中白娘子复杂而丰富的文化形象,她身上曾经具有的妖气、残忍的一面被悉数捐弃,而忠贞爱情、坚忍善良的单一性格得到了放大与聚焦。然而,曾经主要承担佛教文化功能的雷峰塔则演变为娱乐至上的文化旅游场所,雷峰新塔的旅游设计所呈现出的过度的娱乐气息,一定程度上伤害了雷峰古塔神圣的宗教文化情感,背离了杭州市民集体记忆中的古塔形象。因而,在短时间内难以融入地域文化之中。为了美化地域形象,增强旅游娱乐功能,过多改变了传统传说多元的伦理价值,这是一个值得关注的普遍问题。

三、政府主导下的景观重建:文化旅游压倒宗教信仰

围绕雷峰新塔重建的争议一直不断,争议的焦点集中在新塔是否具有原真性。所谓原真性,主要强调的是新塔是否延续了古塔的核心文化内涵。正如前述,雷峰古塔是一座"佛舍利塔",在江南佛塔中有着十分突出的地位。在民间叙事中,更将其推至镇妖圣塔的神圣高度。就雷峰新塔"原真性"的争议,否定者认为"现在新修的雷峰塔和原来历史上的塔完全不一样,失去了原真性"。②持这一观点的代表人物为同济大学建筑与城市规划学院教授、国家历史文化名城研究中心主任阮仪三。他认为雷峰塔的复原更多的是一个商业行为而非文化行为,并且批评:"如果修缮、复原有价值的历史建筑而不考虑原真性,就等于丢掉了建筑的灵魂。"③这是从文物保护的基本原则上对雷峰新塔的彻底否定。类似的观点较为普遍:

> 许多人为这座新落成的塔欢欣鼓舞,可是不知道为什么,我却感到很悲

① 乜瑛、陶云彪:《雷峰塔文化定位策略及旅游文化根基探讨》,《商业经济与管理》,2003 年第 1 期。
② 阮仪三、林林:《文化遗产保护的原真性原则》,《同济大学学报》(社会科学版),2003 年第 2 期。
③ 同上。

哀，是一种真正的悲哀。没有历史的斑驳，没有白娘子的妖气，没有鲁迅笔下倒掉的尘埃，少了这些精髓，不知道该看些什么。①

还有的批判声音是质疑雷峰新塔的现代设施（垂直观光电梯）。② 这些批评多是来自学者、游客等外部声音。而对雷峰新塔充满抵触情绪的还有一批杭州本地居民。笔者在前往雷峰新塔的出租车上，听到司机对雷峰新塔的不满："我是肯定不会去的，我家里人也不会去，那根本就不是雷峰塔。"③笔者在杭州工作的同学陪同笔者前往雷峰新塔时，他宁愿守在净慈寺前等候，也不肯进入雷峰塔。④ 杭州市民对雷峰新塔的不认可很大程度上说明了重建（或新建）的景观往往由于缺乏群众情感基础，而很难融入地域文化。"认同"指涉人与地方的情感联系，⑤重建或新建的景观因脱离地方时空情境下的理所当然和无意识状态而经常遭遇"真实性"危机的渊弊。⑥

在雷峰新塔重建方案征求市民意见的过程中，就有一种非常有代表性的意见，认为这样的项目主要的目的是展示古代的建筑艺术，因此，按照古代的做法和形象进行复原是理所当然的事情。这种看法对有着深厚历史文化传统的杭州市民来说是十分正常的，它表现了杭州市民的历史文化意识。⑦ 而且，杭州市民普遍认同的雷峰塔为明代残毁的砖塔芯，这一残塔形象由于一些广泛流传的照片深入人心。对雷峰塔这一形象的认同感在有关雷峰塔重建方案的投票结果中表现得十分清楚（见表 2-2-1），在参与投票的市民中，有 53.2％的投票者希望将雷峰塔复原成仅存塔芯的残塔模样，而 75.6％的专家则赞成复原为南宋时期的楼阁式塔。

---

① 严灵灵、凌继尧：《从佛塔起源及艺术角度试析现代化的"雷峰塔"》，《东南大学学报》（哲学社会科学版）（增刊），2006 年第 8 期。
② 俞伟、唐晓岚：《从黄鹤楼到雷峰新塔——对风景名胜区历史名楼重建的回顾与反思》，《古建园林技术》，2010 年第 1 期。
③ 访谈时间：2013 年 9 月 23 日；访谈地点：杭州市出租车内；被访谈人：出租司机陈先生，杭州本地居民；访谈人：余红艳。
④ 访谈时间：2013 年 9 月 23 日；访谈地点：净慈寺门前；被访谈人：朱先生，杭州人；访谈人：余红艳。
⑤ （英）蒂姆.克雷斯韦尔：《地方：记忆、想象与认同》，徐苔玲、王志弘译，群学出版有限公司，2006 年，第 35 页。
⑥ 赵红梅、李庆雷：《旅游情境下的景观"制造"与地方认同》，《广西民族大学学报》（哲学社会科学版），2011 年第 3 期。
⑦ 吕舟：《从雷峰塔的重建谈历史建筑的复原问题》，《建筑史论文集》，2000 年第 2 期。

表 2-2-1　雷峰新塔形象调查[①]

塔的形式	楼 阁 式 塔		玻 璃 塔		砖 芯 塔	
	专家评分	民众意见	专家评分	民众意见	专家评分	民众意见
投票数	161	670	6	161	51	852
占总数比例/%	75.6	41.8	2.8	5.03	21.6	53.2

雷峰塔在历史上经历过多次变迁,外形也多有变化:初建时拟建一座十三层佛塔,但公元 977 年塔成时实为一座八面七层的楼阁式佛塔。公元 1171 年,在长达 20 多年的修复后,雷峰塔焕然一新。重建后的雷峰塔是一座八面五层的楼阁式宋塔,这在李嵩《西湖图》中有形象的描绘:"金刹高耸,层檐叠出,是江南所习见的砖身木檐、五层楼阁式塔。"明代火毁后,雷峰塔长期以仅存砖质塔芯的残破形象示人。因此,对于重建的雷峰塔究竟应该以哪一个时期的形象为标准,一直存在多方争议,专家意见与杭州市民意见发生很大的分歧。与杭州市民不同,专家投票的结果是复原成南宋八面五层塔,这一方案获得了最高的票数。其实早在 1980 年,著名园林学家陈从周就发表过对雷峰塔重建的具体意见,他认为"还我真相"就应该是恢复雷峰塔的原貌:

(1980 年)五月间我到西湖,浙江建委及园林、文物两局都与我谈及重建雷峰塔事。我在园林管理局亦看到了一个破破烂烂的雷峰塔造型,有人要造这样的残破雷峰塔,说是这是老样子。我亦十分同情这种看法,假如说今天雷峰塔未圮,整旧如旧,我是赞成维持现状,这是符合文物政策的。但问题是现在已经荡然无存。我们重建有两重意义,第一恢复名胜;第二开辟游览点,并不是保存古迹,因为古迹一点也不存在了。雷峰塔本来是一个五代塔,何必重建呢?重建要依其原貌,这似乎并不会令人费解,万一来弄个以新做旧、似破非破的一个火红大水泥柱或砖柱,不但设计无法,且真谛笑皆非,我看除非请做假古董的先生代劳,我们搞古建筑的同行,恐无人能担当此盛事,为后世人所非议。苏州虎丘塔的塔顶,就是想做假古董,那个白白的水泥顶上,加上几张如张乐平先生笔下"三毛"头发似的碎瓦,那才是

---

① 吴晓隽:《现代旅游活动与文化遗产保护》,浙江大学硕士学位论文,2002 年。

"今古奇观"矣。何以名之？曰"泥古"，泥古就是不化。我希望在处理这名闻中外的"雷峰夕照"一景时，对这塔的重建要慎重考虑研究啊！我想"还我真相"大约是理所应当的吧！①

显然，陈从周认为，雷峰塔的重建是对一个已经完全倒塌的、一点也不存的古迹的重建。因此，并非保存古迹，而是"开辟游览点"。《威尼斯宪章》对修复古迹有明确的要求，在第九款中指出："修复过程是一个高度专业性的工作，其目的旨在保护和展示古迹的美学与历史价值，并以尊重原始材料和确凿的文献为依据。一旦出现臆测，必须立即予以停止。此外，即使如此，任何不可避免的添加都必须与该建筑的构成（原有部分）有所区别，并且要有现代标记。无论在任何情况下，修复之前及之后必须对古迹进行考古及历史研究。"②对此，雷峰新塔的设计者，清华大学建筑学院教授郭黛姮表示，重建的雷峰塔其实是一个新的景观建筑："雷峰塔是在新的历史条件下和社会背景中新建的景观建筑，绝不等同于对已经倒掉的雷峰塔的复原。"③也因此，"为了与一千多年的雷峰塔加以区别，在此将这个建筑定名为雷峰新塔"。④ 设计者将雷峰塔的特殊性质概括为四个方面：文物保护价值、文化价值、仅存塔芯的残毁形象和对西湖南岸景观呈现的积极作用。据此，设计方提出雷峰新塔的设计必须考虑这四个方面的需求，即保护需求、文化情感需求、景观需求和旅游需求。这一设计理念在雷峰新塔落成后，被题写于入口处的一块墙壁上，即《雷峰塔重建记》。文章对重建雷峰塔的目的和意义有一个详细的介绍：

> 为顺乎民心，保护文物遗址，遵循可持续发展理念，贯彻文物保护原则，探明地宫密藏，建棚保护遗址；并承原塔形制，于原址重建新塔。还景南山，丰富旅游蕴含，装点西子，提升文化品位。⑤

由此可知，雷峰塔重建除了是对古迹的文物保护之外，还有着重现西湖景观的旅游文化意义。正如重建方所强调的，这次建设雷峰新塔应该算是建设

① 陈从周：《书带集》之《谈西湖雷峰塔的重建》，生活・读书・新知三联书店，2002 年，第 42 - 43 页。
② 国家文物局法制处：《国际保护文化遗产法律文件选编》，紫禁城出版社，1993 年，第 162 页。
③ 郭黛姮、李华东：《杭州西湖雷峰新塔》，《建筑学报》，2003 年第 9 期。
④ 郭黛姮：《雷峰新塔设计理念的思考》，《建筑史论文集》，2000 年第 2 期。
⑤ 抄录于雷峰新塔景区门前。

一个旅游景点,一个利用雷峰塔的文化价值而建造的旅游景点,而不是造一个假古董。①

那么,雷峰新塔作为重建的现代建筑,是否实现了其预设的文化旅游目的呢?对重建持支持态度的学者认为,重建的雷峰塔依然保留了之前建筑中所蕴含的文化底蕴。支持派的代表人物之一是杂文家王若谷。他认为,雷峰新塔再现了消失近 80 年的"一湖映双塔""雷峰夕照"的西湖景观,这"标志着伟大文明的再造和中兴"。② 从旅游收益的视角来看,2002 年 11 月 1 日,投资额达 1.5 亿元的雷峰塔景区正式对外开放;2003 年,景区接待游客 138.5 万人次;2004 年,接待游客上涨至 180 余万人次,门票收入高达 6 000 余万元。至 2005 年底,景区收回全部投资。③ 也就是说,在雷峰新塔的"原真性"招致众多争议的同时,新塔却实现了其文化旅游的初衷。

旅游研究领域对景观真实性的讨论主要有客观性真实性、建构性真实性、自然生成真实性和存在性真实性四种观点。客观性真实性强调的是客体的本真性;建构性真实性关注旅游地对景观的建构过程以及旅游主体对景观的不同感受;自然生成真实性把真实性这一难以统一的标准留给时间去评判,强调的是旅游主体对景观认同的时间过程;存在性真实性追求旅游活动对旅游主体的存在激发感,这一彰显生命存在的感受与旅游景观的真假无关。雷峰新塔不是对古塔的"复原",而是"新建的景观建筑"。因此,其追寻的并非文物保护理念中的客观的原真性,而是一种旅游研究视角中的"建构主义原真性"。所谓"建构主义原真性",是指建构主义者所寻求的原真性不再是客观的原真性,而是一种符号的、象征意义的原真性,这是社会建构的结果。④ 雷峰塔的重建追寻的是一个历史的见证性,尝试以重建的形式表达一种符号性的真实感,这与霍布斯鲍姆曾提出的"被发明的传统"概念相一致:"被发明的传统意味着一整套通常由已被公开或私下接受的规则所控制的实践活动,具有一种仪式或象征特性,试图通过重复来灌输一定的价值和行为规范,而且必然暗含与过去的连续性。事实上,只要有可能,它们通常就试图与某一适当的具有重大历史意义的过去建立连续性。"⑤因

① 郭黛姮:《雷峰新塔设计理念的思考》,《建筑史论文集》,2000 年第 2 期。
② 张祖群:《基于真实性评判的雷峰塔重建争论》,《江苏师范大学学报》(哲学社会科学版),2013 年第 5 期。
③ 张玲蓉:《从杭州雷峰塔的开发看旅游产品的文化定位》,《浙江经济》,2005 年第 13 期。
④ Wang, N: Rethinking authenticity in tourism experience. *Annals of Tourism Research*, 1999, 26(2): 349 - 370.
⑤ (英)霍布斯鲍姆:《传统的发明》,顾杭、庞冠群译,译林出版社,2004 年,第 2 页。

而，传统是可以被发明的，它具有某种"人为性"，并以重复的形式努力建构与过去的连续性，而这一"过去"又是经过人为选择之后的结果。所以，在"被发明的传统"的视域中，景观的"原真性"并不是关注的焦点，关键在于它的存在连接了曾经遗失的历史时空，唤醒了某种遗存的历史记忆。"雷峰新塔"便是这样一种传统，它不仅再现了"雷峰夕照"的美景，还延续了"白蛇传传说"的讲述，唤醒了与雷峰古塔紧密相关的塔下镇蛇妖、塔前状元祭母，以及塔倒的诸多传说记忆。在传说口传语境日益萎缩、民俗旅游日益高涨的现代语境下，它以视觉观赏的景观形态，承担起讲述传说、传承传说的重要使命。重建后的雷峰塔，以"白蛇传传说"为景观设计的叙事原型，以景观内外的广告牌、宣传栏，以及塔内的木雕图谱为叙事元素，重构了一个较为完整的"白蛇传传说"的景观叙事框架，从而使雷峰新塔成为当代"白蛇传传说"的传承场域，其视觉形象即为"白蛇传传说"本身的直观体现。

雷峰塔重建所引发的激烈争议充分投射了景观多重生产主体之间的冲突与博弈。雷峰塔修建之初，有着鲜明的佛教信仰和国家政权相融合的生产目的。其历史上的多次变异，又往往是源于国家利益争夺之下的战火，其多次修建离不开佛教信徒的倡导与实践。2002 年的雷峰塔重建，是一场十分明确的由政府主导的大型景观生产行为，其最主要的生产目的便是出于对杭州"爱情之都"文化形象的进一步塑造，以及对西湖文化旅游经济的进一步推动。经济利益的主导性、商业化的生产模式，必然导致重建后的雷峰新塔表现出鲜明的文化旅游倾向。其中影响广泛、传播度最强的文化元素便是"白蛇传传说"传说。因此，"白蛇传传说"成为雷峰新塔着重开展的景观生产内容，并以此作为雷峰新塔最具诱惑力和区分度的旅游产品。

第三节　符号建构："白蛇传传说"
断桥景观的话语生产①

西湖多桥，俗有"三堤二十四桥"之称，即苏堤六桥：由南而北，分别为映波桥、锁澜桥、望山桥、压堤桥、东浦桥和跨虹桥；杨堤六桥：自北而南，分别为环壁

---

① 本章部分内容作为前期成果已经发表，参见余红艳：《西湖断桥爱情景观的历史建构》，见张三夕主编：《华中学术》第十一辑，华中师范大学出版社，2015 年 4 月，第 365－374 页。

桥、流金桥、卧龙桥、隐秀桥、景行桥和浚源桥;白堤两桥:分别为断桥和锦带桥
(一名涵碧桥),其他还有著名的西泠桥、长桥(一名双投桥),以及学士桥、涌金
桥、傲影桥、玉带桥、九曲桥、霁虹桥等。在西湖众多的桥梁中,又以西泠桥、长桥
和断桥最为知名,被誉为西湖三大情人桥,凝聚了西湖诗性、浪漫的爱情特质。
西泠桥埋藏着南齐才女苏小小对爱情的一生孤守:"妾乘油壁车,郎骑青骢马。
何处结同心?西泠松柏下。"长桥既见证了梁祝十八里相送、桥长情更长的缠绵,
又是南宋青年女子陶师儿与恋人王宣教为爱而双双投入西湖的生死之桥;断桥
更是"白蛇传传说"中白娘子与许仙前世结缘、今生续缘、前嫌尽释的处所。因
此,西湖充满诗性、浪漫的情人桥又具有一种对爱情的执着与勇敢,它们共同架
构了西湖独具魅力的爱情文化。这一文化品质熔铸在西湖景观之中,从传说中
走来,又延续、拓展了传说,成为现实的爱情景观。

　　在西湖三大情人桥中,断桥最为知名。它是西湖浪漫品质中最为传情的爱
情景观。那么,断桥是如何从一座普通的江南小桥蜕变为具有鲜明爱情指向的
情人桥?甚至成为一座"白蛇传传说"之桥的呢?断桥与爱情的结缘并非"一见
钟情",它经历了唐宋时期"断桥残雪"的自然风光酝酿,经历了元明清《西湖竹枝
词》的初步建构,在清中叶之后,随着"白蛇传传说"从宗教降蛇向爱情主题的演
化,断桥的爱情文化符号开始得到强化与定型,并最终超越"白蛇传传说",成为
当代中国青年男女示爱求婚的爱情圣地。

一、断桥爱情景观符号的初步建构:《西湖竹枝词》

　　中唐诗人张祜《题杭州孤山寺》云:"楼台耸碧岑,一径入湖心。不雨山常润,
无云水自阴。断桥荒藓涩,空院落花深。犹忆西窗月,钟声出北林。"[①]目前,该
诗被公认为是关于西湖断桥的最早文献记载与景观描绘。但是,对比同时代的
其他文献,尤其是时任杭州刺史的白居易关于西湖的数十首诗歌,断桥却从未出
现。这一现象让我们不得不怀疑张祜诗歌中的"断桥"是否即为今天的"断桥",
以及该诗中提及的"断桥"是否属于专用桥名。

　　从《题杭州孤山寺》的诗意分析,诗人描画的是孤山寺及其附近的山水之
景。首联从孤山寺的楼台高耸写起,又似乎正是以楼台作为欣赏西湖山水的
独特视角。入目处,孤山寺路斜入湖心,将视线开阔至更为宽广的西湖山水。

――――――――――

① (唐)张祜:《张祜诗集校注》,尹占华校注,巴蜀书社,2007年,第117页。

颔联、颈联显然是对西湖自然景物的描写，诗人选取了山、水，桥、院这两组相对的景物，为我们勾画了一派怡然自得的风光。最后两句再次回到孤山寺，西窗之月、北林之钟表达了诗人对孤山寺以及在孤山寺中相聚友人的回忆。由此，我们发现以相对之景结构诗歌是该诗主要的写作手法。"不雨"对"无云"、"山常润"对"水自阴"、"断桥"对"空院"、"荒藓涩"对"落花深"、"西窗"对"北林"，以及"月"对"钟"。因而，此处的"断桥"更多的是出于和"空院"相对应的写作需求，未必具有明确的桥名指向，或许确实是一座颓断之桥。结合张祜诗歌对断桥之名更多的是出于诗歌写作的需要，以及同时代西湖诗歌中断桥的"缺席"，我们可以推断，唐时"断桥"之桥名尚未明确，断桥也尚未成为西湖景观，不为人知。

名断而桥不断，断桥得名之谜，历代有着诸多臆测。细数大约为如下几种：一说断桥乃段桥之谐音。周密《武林旧事》载："断桥，又名段家桥。"[1]但是，早在南宋末年董嗣杲《西湖百咏》卷上《断桥》一诗的题记中便已驳斥其非。二说孤山之路至此而断，故名断桥。田汝成《西湖游览志》推测："岂以孤山之路至此而断，故名之欤？"然而，孤山之路不仅断于断桥，孤山另一侧之西泠桥亦为路断之桥，显然，这一推说难以成立。三说断桥原名为"短桥"，与西湖"长桥"相对。南宋吴礼之《霜天晓角》云："意切人路绝，共沉烟水阔。荡漾看魂何处？长桥月，短桥月。"但是，此处之"短桥"更多的是与"长桥"相对应，并非实指某一种桥，更难说就是断桥之别名。四说初春雪后，桥顶积雪融化，桥面两端尚存残雪，远观好似桥断了一半，故称断桥，亦即举世闻名的"断桥残雪"之美景。旧时桥顶中央设有桥亭，桥面铺有石阶，因而，初春阳光下，斑驳石阶上的残雪，形成独特的景观。这一说法将断桥之名与断桥残雪之景紧密相连，并在不同艺术形式的渲染与描画中，深入人心。然而，上述说法各持一端，陈相强在《西湖之谜》一书中，认为断桥之得名仍然是"谜底难断"。[2] 当代学者关长龙提出断桥或为"簖桥"之谐音。[3]所谓"簖桥"是指置放鱼簖、蟹簖的桥，此类桥在江南较为普遍，其主要功能是协助捕鱼捕蟹。

上述关于断桥得名之种种猜测，主要是基于不断之桥缘何名曰断桥的讨论。但事实上，西湖断桥不断并非孤例。据关长龙考证，不断之断桥往往为水乡村

---

① （宋）周密：《武林旧事》卷5之《湖山胜概》，中华书局，2007年，第140页。
② 陈相强：《西湖之谜》之《断桥不断谜底难"断"》，杭州出版社，2006年，第7页。
③ 关长龙：《"断桥"考》，《浙江社会科学》，2009年第2期。

落、寺院甚至隐居者出入的通道,断桥出现于市镇的情况十分少见。① 由此可知,名曰断桥常常意味着人迹罕至的处所,这就更加说明了西湖断桥在得名之初,应该是较为僻静的寺院通道,尚未成为西湖重要景观。

西湖断桥作为桥名最早记载于宋代文献。淳祐《临安志》、咸淳《临安志》和《武林旧事》等均设有"断桥"专条。其中淳祐《临安志》卷十《山川》中还载有"断桥堤"一条,并按注,断桥堤即白堤,②这说明宋时断桥在白堤景观中不仅有着较为独立的审美意义,而且还以"断桥堤"代指"白堤",说明断桥已然是白堤的代表性景观。

断桥真正走进审美视野,源于南宋西湖画院的画家马远、夏圭等人以"断桥""残雪"为绘画主题的集中创作,他们将断桥推向了"西湖十景"的审美高度。文人诗词也为断桥雪景留下了经典诗句。宋代王洧《断桥残雪》诗云:"望湖庭外半青山,跨水修梁影亦寒。待伴痕边分草绿,鹤惊碎玉啄阑干。"画家和文人以书画的艺术形式为断桥景观的宣传作出巨大的贡献。在这之后,断桥逐渐走进普通民众的生活视野,成为西湖标志性景观之一。然而,尽管断桥在此时已有较高的社会知名度,但它仍然只是以"断桥残雪"的自然风光闻名,尚未形成较为稳定的景观符号,更与爱情无关。

断桥与爱情产生联想最初起源于《西湖竹枝词》。《西湖竹枝词》发轫于元代,由杨维桢首创,一百多位东南名士相应合,在当时及之后的明清时期,

图 2 - 3 - 1 "断桥残雪"石碑

---

① 关长龙:《"断桥"考》,《浙江社会科学》,2009 年第 2 期。关文指出,断桥位于市镇内的,仅见于江苏高邮市南之邵伯镇。
② (宋)施谔撰,(清)阮元辑:淳祐《临安志》卷十《山川》之"断桥堤",江苏古籍出版社,1988 年,第298 页。

影响极大。《西湖竹枝词》向民歌学习，侧重情感的抒发。因此，多为爱情主题。由顾希佳主编的《西湖竹枝词》共收录元明清时期《西湖竹枝词》302 首。其中，提及断桥的有 15 首，除去 3 首描画断桥之景的《竹枝词》外，其余 12 首均是以断桥象征爱情。最早的断桥爱情《竹枝词》为杨维桢创作的《断桥有柱是侬心》："湖口楼船湖月阴，湖中断桥湖水深。楼船无舵是郎意，断桥有柱是侬心。"①唱词以"楼船无舵"和"断桥有柱"分别代指"郎意"和"侬心"，断桥被喻为女子忠贞不变的爱恋之心。杨维桢为当时东南文坛的盟主，他的《竹枝词》在当时的吴越一带十分流行。秦约《西湖竹枝词》云："湖中女儿好腰肢，织金衣裳光陆离。见人不语背人笑，唱得杨家好《竹枝》。"诗歌道出了西湖女子竞唱杨氏《竹枝词》的盛况。《西湖竹枝词》虽然由文人发起并大力创作，但其影响渗透民间，甚至形成"听我《西湖竹枝词》"的社会时尚。不仅如此，《西湖竹枝词》还引来了闺阁女子的拟作。吴地女子兰英、惠英见杨维桢"制西湖竹枝曲而和者百家"，笑曰："西湖有竹枝曲，东吴独无竹枝曲乎？"乃效其体作苏台竹枝十章。② 正是在《西湖竹枝词》较为繁盛的创作与传唱背景中，断桥的爱情隐喻也开始得到认同与更多地效仿，并初步形成断桥三大爱情文化寓意。

一是以断桥作为青年男女相会的幽会桥。这首先是基于断桥得天独厚的地理位置和旺盛的人气。断桥连接白堤与湖岸，是白堤的东端。据咸淳《临安志》所附的西湖地图来看，断桥是临安居民游赏西湖的必经之地，也是西湖离城最近的景观，这就必然使得断桥成为西湖中较为热闹的景点。南宋周密《武林旧事》中记载了春日断桥繁盛之景：

> 既而小泊断桥，千舫骈集，歌管喧奏，粉黛罗列，最为繁盛。桥上少年郎，竟纵纸鸢以相勾引，相牵剪截，以线绝者为负。③

晚明名士张京元在《西湖小记》中也记道："春时（断桥）肩摩趾错，男女杂沓，以挨簇为乐。"④张岱在《西湖七月半记》一文中，也详尽描画了断桥胜会的场面：

---

① 顾希佳：《西湖竹枝词》，浙江文艺出版社，1983 年版，第 4 页。文中所录西湖竹枝词均来自本书。
② 章薇薇：《西湖竹枝词研究》，浙江工业大学硕士学位论文，2009 年。
③ （宋）周密：《武林旧事》卷 5 之《湖山胜概》，中华书局，2007 年，第 140 页。
④ （明）张京元：《古今游记丛钞》（第 4 册），卷之十八浙江省《西湖小记》，中华书局，1936 年，第 1 页。

一入舟,速舟子急放断桥,赶入胜会。以故二鼓以前,人声鼓吹,如沸如撼,如魇如呓,如聋如哑,大船小船一齐凑岸,一无所见,止见篙击篙,舟触舟,肩摩肩,面看面而已。①

断桥优越的地理位置为情侣约会提供了便捷的交通,繁盛的人气聚集又提高了断桥的知名度,不易出现约会地混乱不清的现象。

在《西湖竹枝词》中,有一类反映时人以断桥作为约会地的诗歌。元缪侃《初三月子似弯弓》云:"初三月子似弯弓,照见花开月月红。月里蟾蜍花上蝶,怜渠不到断桥东。"明姚司上诗云:"与郎暗约断桥西,早起妆楼欲下梯。宿雨半收晴不稳,恼人最是鹁鸪啼。"明胡潜诗:"十里荷花锦作堤,郎舟旧在断桥西。妾家住熟孤山径,梦里寻郎路不过。"在此,断桥俨然已是情人较为固定的约会场所,隐喻着美好的遇合,甚至还招来情人的担忧,不希望自己的爱人独自前去断桥。明怀悦《西湖竹枝词》云:"湖天春色近如何? 湖水无风也自波。郎去莫教湖上宿,断桥飞絮上衣多。"这是女子劝诫情人莫去断桥招惹其他女子的诗歌。"飞絮"代指断桥上的游女、美女。由此可见,断桥是一个易于偶遇美女的地方,因此,断桥是一个易于诞生爱情的地方。清人所辑《西湖佳话》卷十一《断桥情迹》讲述的便是一个发生在元代的断桥爱情故事。姑苏人士文世高"因慕西湖佳丽,来到杭州……却整日去湖上遨游",②期望能邂逅一段美好的爱情。果然,在西湖断桥左侧的一个院子里,巧遇刘秀英,从而开启了一段生死之恋。《西湖佳话》共十六卷,分别以"仙""政""才""诗""隐"等字词为西湖的不同景观进行文化定位,小说家赋予断桥的景观符号正是"情"。但是,细读全文,除了在开头提及断桥,最后二人又回到断桥居住之外,小说情节与断桥并无多大关联,可见,断桥更多只是作为一种文化符号而存在,预示着美好爱情的开始。

二是以"断桥不断"象征爱情的坚贞与永恒。这类《西湖竹枝词》抓住断桥名"断"而桥"不断"的现象,隐喻爱情的坚定与不容任何外力的隔断。明邢云路《竹枝词》云:"里湖外湖湖水深,断桥不断入湖心。郎在外湖唱吴曲,妾在里湖调越琴。"明末清初毛奇龄诗云:"断桥西去杏花开,年年桥上送郎回。分明一片连桥子,何日何年断得来?"清吴发馨诗云:"才是来时又去时,湖心亭畔问归期。桥虽说断情难断,花是名梨意不离。"此类《竹枝词》以断桥之"断"喻示情侣的暂时分

① (明)张岱:《陶庵梦忆》之《西湖七月半》,弥松颐校注,西湖书社,1982年,第88页。
② (清)古吴墨浪子:《西湖佳话》之《断桥情迹》,浙江人民出版社,1981年,第204页。

隔，又以断桥之"不断"象征情意缠绵，借"断桥不断"抒发内心对永恒爱情的期待。

三是以断桥之"断"表达情侣分离的痛苦。断桥有着"隔断""阻断"之意。因此，它也常常成为情侣埋怨责怪的对象，她们借断桥表达不愿与情人离别的苦痛心情。清张鸣鹤诗云："谁家苏堤吹玉箫？苏堤夹岸美人桃。年年花落无消息，莫怪当初唤断桥。"清余一淳诗云："女郎送别断桥西，不忍轻分掩袖啼。奴家只恨桥名恶，愿得成双似两堤。"情人在断桥上分别，桥名"断"字便成了情侣心头的不安，它们憎恶断桥之名，渴望爱情不断。这一象征寓意后来从"分别"演化为"分手"，借"桥断"暗指"情断"，断桥则成了一座"分手桥"。民间俗传："要分手，断桥走""断桥不断情人断"，这些正是基于断桥桥名引申而来的。

断桥与爱情在《西湖竹枝词》中的初次相遇，说明断桥在经过元明清三代的文化洗礼，已经初步形成了独特的爱情文化符号。"断桥邂逅"预示着一段美好情感的开始，"断桥不断"象征着爱情的永恒，而断桥之"断"又隐含着爱情的一波三折。《西湖竹枝词》在江南影响甚广，尤其是在江南民间广为传唱，这为断桥爱情话语的强化与定型提供了良好的传播基础。

二、断桥爱情景观的强化与定型："白蛇传传说"

自"白蛇传传说"初入西湖，断桥便作为故事开始的场所而出现在话本中。《西湖三塔记》的主人公临安人士奚宣赞，在清明时来西湖游玩，"行过断桥四圣观前，只见一伙人围着，闹哄哄。宣赞分开人，看见一个女儿"，[①]从而开启了奚宣赞与白蛇精的故事。这一特定的初遇场景在明末冯梦龙拟话本《白娘子永镇雷峰塔》中得到继承。许宣清明扫墓后，至西湖游玩，因忽降春雨，"走出四圣观来寻船"，[②]引出许宣和白娘子"风雨同舟"的一见钟情。冯本并未直接提及断桥，但四圣观正是在断桥旁边，因此，仍可视为以断桥作为二人初遇的场所。只是，元明话本中的断桥，仅仅是人物出场的背景，并未承担相应的叙事功能，而且，相比于西湖其他景观如元话本中的"西湖三塔"和明末拟话本中的"雷峰塔"，断桥也不具备文化寓意。这一方面与断桥自身文化符号尚未定型有关，如前所述，元明阶段正是断桥爱情文化符号的初步形成时期，尚未得到更广泛的认同。

---

① （明）洪楩编：《清平山堂话本》卷一之《西湖三塔记》，石昌渝校点，江苏古籍出版社，1990 年，第29 页。

② （明）冯梦龙：《警世通言》之《白娘子永镇雷峰塔》，中华书局，2009 年，第 277 页。

另一方面则与"白蛇传传说"此阶段的主题密切相关。《西湖三塔记》和《白娘子永镇雷峰塔》都有着鲜明的宗教劝诫意味,蛇精幻化成美妇色诱青年男子,得道者(道士或僧人)以法力收服妖精,拯救苍生于魔爪之下。《西湖三塔记》以奚宣赞和母亲从此在家修道为结局,《白娘子永镇雷峰塔》则是许宣拜法海为师,出家为僧,并于结尾处以偈语点明主旨:"奉劝世人休爱色,爱色之人被色迷。心正自然邪不扰,身端怎有恶来欺?但看许宣因爱色,带累官司惹是非。不是老僧来救护,白蛇吞了不留些。"①从叙事学的角度分析,"虽然场景是一个客观存在,但是一旦它作为小说形象世界的一部分,就不可避免地带有主观性。而小说家也往往能将场景能动化,调动其内在的文化内涵,使之本身就具有一定的意义或与整个形象世界的意义相吻合"。② 场景不单单是故事发生的背景与环境,它本身还具有结构性的叙事意义,场景的选择往往传递了叙事初衷。西湖三塔和雷峰塔这两大西湖景观的选择恰恰说明了此阶段"白蛇传传说"的核心主题为宗教降蛇而非人蛇之恋。景观不仅是传说真实性的物证和解释的对象,而且还具有指向传说主旨的景观叙事功能。因此,在强化宗教力量的文本中,具有爱情特质的断桥,自然是被弱化甚至放逐的对象。

断桥作为爱情文化符号走进"白蛇传传说"始于清中叶的梨园旧抄本。梨园旧抄本是伶人以戏曲家黄图珌《雷峰塔》传奇为蓝本而搬演至舞台的演出本。黄图珌在《自序》中言:"方脱稿,伶人即坚请以搬演之……盛行吴、越,直达燕、赵。"③可见,梨园旧抄本在当时深受欢迎,传播较广。梨园旧抄本主要有陈嘉言父女演出本和阿英收藏的旧抄本。尽管这两个版本所存不全,但仍然可以从出目上了解它对黄本的改写与增补,④第二十八出《断桥》就是梨园旧抄本的创新,这是断桥首次作为白蛇传说戏曲的出目出现,表现出戏曲对断桥这一场景的重视。梨园旧抄本是面向底层观众的舞台本。因此,它更为真实地反映了老百姓对白蛇的情感倾向,而对白蛇的怜悯最直接的表现就是肯定白蛇对爱情、婚姻的追求,因此,梨园旧抄本增加《断桥》一出正是借用断桥的爱情文化符号,凸显民众对白蛇传说爱情主题的肯定,这一点还体现在增加的"白娘生子得第"一节中。

乾隆三十六年(1771),方成培以坊间盛行的梨园旧抄本为原型,结合对民间

---

① (明)冯梦龙:《警世通言》第二十八卷《白娘子永镇雷峰塔》,中华书局,2009年,第295页。
② 刘勇强:《西湖小说:城市个性和小说场景》,《文学遗产》,2001年第5期。
③ 蔡仪:《中国戏曲序跋汇编》,齐鲁书社,1989年,第1821页。
④ 朱万曙:《雷峰塔的梨园本与方成培改本》,《安徽大学学报》(哲学社会科学版),2002年第4期。

口头异文的调查，在对结构、情节、曲辞和宾白等方面大幅修饰、增删的基础上，完成戏曲本《雷峰塔》传奇。但是，方本保留了梨园旧抄本新增的几个情节，其中便包括《断桥》一出。从情节推动来看，断桥是白、许二人"水斗"之后的重逢地，白娘子蛇精身份暴露，并怀孕在身，白、许二人将如何面对和处理这样的改变，都要在断桥这一场景中发生，断桥是全剧矛盾的集中点。中国戏曲的特点之一在于写意性，它除了依靠特殊道具来实现之外，还表现为对情节的高度提炼，将戏剧冲突的起承转合放置在一个与戏曲风格相一致的场景之中。方本与此前冯本、黄本的一个重大不同便是主题的演化，即从宗教降蛇主题转化为爱情婚恋主题。一方面这是明清时期的崇情观念对传说主题的影响。随着商品经济的发展，传统观念在明清时期受到越来越多的冲击，社会思想趋于活跃，以情至上的思潮蜂拥而至，表现在"白蛇传传说"中，便是对白蛇重情品质的强化。另一方面，还与方成培个人对女性命运的同情有关。据说，方成培看到饰演白蛇的歌妓朱绣纹因演蛇妖，被人嘲讽而伤心落泪时，深感传统戏曲中的白蛇形象过于妖异和低卑，决心要弱化白蛇的妖性，增强其对爱情的维护与追求。[1] 因此，方本突出断桥对人物形象塑造和主题确定的特殊意义，借用"断桥不断"的爱情文化内涵，使场景成为情节发生的契机，并预示着情节发展走向，演绎了一段断桥释前嫌的经典曲目。方本第二十六出《断桥》开篇是一段【商调·山羊坡】的唱词：

> （旦、贴上）（旦）顿然间鸳鸯折颈，奴薄命孤鸾照命。好教我心头暗哽，怎知他一旦多薄幸。[2]

这段唱词作为《断桥》一出的开始，既是白娘子水斗后失望无助的伤感哭词，同时也与断桥的爱情隐喻相一致。正如前述，断桥在《西湖竹枝词》中，常常代指女性对爱情的坚贞，并反照男性对爱情的动摇。杨维桢《竹枝词》中"楼船无舵是郎意，断桥有柱是侬心"，便饱含了女子对负心男的指责。元代诗人张守中的《西湖竹枝词》"郎心如月有时黑，妾身如山无动时"表达的也是同样的心境。因此，断桥的爱情符号便成为一个推动情节发展的催化剂。白娘子来到断桥，便自然地走进了由断桥景观文化所营造的悲怆氛围之中。从宋明话本中一笔带过的初遇地，到清代戏曲中浓墨重彩的重逢地，断桥已然成为"白蛇传传说"爱情主题的

---

① 洪静渊：《方成培与白蛇传》，《人物》，1982 年第 2 期。
② （清）方成培撰：《雷峰塔》，李玫注，华夏出版社，2000 年，第 176 页。

重要场景。方本之后,"断桥重逢"这一情节得到后世改编的一致认可与继承。清末玉山主人小说《雷峰塔奇传》、陈遇乾弹词《义妖传》,以及梦花馆主小说《白蛇传前后集》等,均辟出专回讲述,并以"断桥"作为篇名,进一步稳固、强化了断桥作为爱情景观的叙事性特征。

　　文人叙事中的断桥爱情隐喻在当代民间叙事中得到了更多拓展与延伸。首先表现为对"断桥相会"这一核心母题的继承与发展。民间叙事一方面继承了方本"断桥重逢"的经典情节,另一方面还融合了宋明话本中以断桥为许白初遇地的背景,将断桥发展演绎为集许、白一见钟情和尽释前嫌两大情节于一身的爱情景观。在杭州流传的许、白相遇的民间故事中,有一类讲述的是白娘子为报前世恩情,下凡寻找许仙,南极仙翁指点她前往西湖边找一个最高又最矮的人,最后,白娘子和小青在断桥边上找到了许仙。[①] 此类故事融合了民间智慧故事的特点,巧妙地解释了为何许、白二人会在断桥相遇。在江南民间歌谣中,也是将断桥作为一见钟情的初遇地。江苏吴县搜集的《白娘娘十二月花名》山歌唱词中有:"三月桃花红盈盈,断桥边上来仔一个小许仙。哪一表风流人世少,白娘子一看勒动仔心。"[②]浙江松阳的白蛇传"十字调"中有:"一字许仙游西湖,二人断桥遇妖蛇。"断桥由此而发展成为一个邂逅爱情的浪漫之桥。

　　而在"断桥重逢"一节中,断桥则更多成为辜负爱情、被抱怨的无情桥。吴歌《小青青》之《苦别》一段,讲述的是白娘子被镇压雷峰塔后,小青一路哭诉,来到断桥时,忍不住埋怨断桥:"为啥你断桥勿要断,偏偏割断哩格爱情?"扬剧《断桥会》中,小青同样是将一腔怒火发泄在断桥身上:"断桥啊断桥!想当初我与姐姐遇到那薄幸的许仙,就在这断桥之上;今日他害得姐姐这般光景,这害人的断桥,留它何用?【拔剑砍桥】"民歌和地方戏曲是面向民众的艺术形式,投射了老百姓对白娘子的同情和肯定,断桥则成为表达这一情感的最佳道具。因此,在全国300多种地方戏曲中,《断桥》一出是各地必演曲目之一。婺剧《断桥》更被周总理誉为"天下第一桥"。正如在杭州搜集的白蛇传说十二月花歌中所唱:"十二月花名唱完全,法海从此留骂名。人人同情白娘娘,断桥胜迹留美名。"

　　其次,在民间口传中,断桥还被进一步认定为许、白前世结缘的故地。在许、白前世情缘的异文中,有一类是关于断桥汤圆情的传说。故事大概讲述的是许

---

　　① 《最高又最矮的人》,讲述人:王幼庭;采录人:徐飞、陈玮君;采录时间和地点:1958 年于杭州曲艺队。故事收录于康新民主编:《白蛇传文化集粹》(异文卷),江苏文艺出版社,2007 年,第 235 - 236 页。
　　② 口述者:陆阿妹;采录者:马汉民、张航澜;流传地区:江苏吴县。

仙小时候在断桥上吃了一个汤圆，因无法消化，而回到断桥，在卖汤圆老人的帮助下，将汤圆吐到断桥下，正好被在断桥下修炼的白蛇吞吃，因此增加了五百年的道行，从而引发了白蛇来断桥寻找许仙报恩的传说。[1] 这类传说在浙江、江苏、福建、河南等多地均有流传，许仙吃下汤圆的地点也有不同，但最为集中的还是断桥，这也充分表明了断桥具有强烈的爱情文化传统，是民众较为熟知的爱情景观。

至此，在"白蛇传传说"历史演化的过程中，断桥由一个无足轻重的背景式场景，发展为传说不可或缺的爱情母题型景观，并在当代民间叙事中，进一步延伸、拓展，成为串联白蛇传说前世今生的核心景观，并超越"白蛇传传说"，成为一个具有普世意义的著名爱情景观。

三、断桥爱情景观的仪式生产："断桥求婚"

唐宋以来，断桥历经多次修缮工程。明成化十年(1474)，知府李瑞修段家桥。明万历十七年(1589)，内府织造孙隆修白堤时重修断桥。清同治三年(1814)，再次重修。现桥为 1921 年重修，1941 年改建，1949 年后又多次加固修缮。今天所见的断桥是一座堤障式单孔石拱桥，桥长 8.8 米，净跨 6.1 米，桥宽 8.6 米，桥面两侧设有青石栏板，有 26 根间隔望柱，两端均设置了抱鼓石。桥堍东北侧建有一座由康熙皇帝御题"断桥残雪"四字的碑亭，[2]亭侧还有一座题为"云水光中"的水榭亭廊。

客观地说，在西湖水面众多的桥梁建筑中，断桥并不显眼，甚至常常出现游客身处断桥却不自知的尴尬现象。负责断桥景区保安的王何军表示，每天有上百游客站在断桥上问断桥在哪儿。[3] 这一现象的出现一方面是源于断桥不断带来的误解，另一方面，也充分说明了断桥的知名度更多的是来自景观文化符号的宣传效应，而这主要与"白蛇传传说"为断桥景观所建构的爱情文化内涵直接相关。在"白蛇传传说"经典化的过程中，白蛇与许仙的爱情早已超越了人蛇之恋的异类婚恋想象，演化为现当代追求自由、爱情，甚至理想的勇敢品质，以及当代人对自我身份的拷问与认同的文化寓意。白蛇、许仙、法海，甚至小青在当代文

---

① 康新民：《白蛇传文化集粹》（异文卷），江苏文艺出版社，2007 年。该书收录了多篇断桥汤圆情传说，采录的时间一般都是在 20 世纪 80 年代。

② 据断桥北侧景观介绍石碑，该康熙钦点御题四字景目所立之碑，于民国十八年(1929)，碑亭由桥左移至桥右今址，并建"云水光中"水榭，遂成今日之格局。

③ 陈佳妮、王伊丹：《每天上百游客站在断桥上问断桥在哪》，杭州网，2012 年 10 月 27 日。

化语境中,成为一群高度类型化的人物形象。而断桥便不仅仅承载着许白前世今生的爱情纠葛,它已然从西湖三大情人桥中凸显出来,成为人类坚贞、勇敢、执着的爱情文化象征,并围绕断桥展开了新一轮的爱情景观叙事。

2009 年 10 月 17 日黄昏,来自萧山的小伙子宋涛在西湖断桥上向女孩俞佳求婚,女孩喜极而泣,求婚成功;①2010 年 8 月 7 日,来自上海的小伙在断桥向女友求婚,小伙大声宣誓:"断桥将见证我们的爱!"②2014 年 3 月 5 日傍晚,西湖断桥突然闪出一支手拿玫瑰撑着红伞的队伍,他们朝桥中央站着的一位姑娘走去,每人将玫瑰送给姑娘,并大声说:"嫁给他吧!"这是江西刘姓小伙子精心策划的求婚仪式,他在女友不知情的情况下,将她"骗"至断桥,实施了一场浪漫的求婚仪式。③ 2014 年 5 月 24 日,安徽小伙子杨战争在断桥向相爱多年的杭州姑娘姚晓娟求婚,并请朋友和游客在断桥上拉开"咱们结婚吧"的横幅。④ 断桥求婚不仅仅属于男士,2013 年 11 月 21 日下午,杭州姑娘手拿捧花站在断桥上,并请亲朋好友拉开"我已长发及腰,海伟娶我可好?"的横幅,等待远在济南的男友到来,这是杭州姑娘设计的一场断桥求婚仪式。⑤ 上述个案中的情侣大多不是杭州人,甚至也并不在杭州工作。但是,在现代层出不穷的求婚设计中,他们却不约而同地选择西湖断桥作为求婚的场所,这充分说明了断桥爱情景观的深入人心,它是以"白蛇传传说"千年流传的爱情故事为文化语境,基于"断桥不断"的爱情话语,而展开的以景观为媒介的仪式化传承。

此外,除了以断桥为示爱求婚的场所之外,近十年来,几乎每年都会有大小不同规模的集体婚礼在西子湖畔举行。西湖的浪漫衬托着新婚的喜悦,而婚礼的神圣与仪式化也进一步渲染、深化了西湖的爱情文化特质。其实,早在 1991 年 5 月,杭州"新婚蜜月旅行"便被国家旅游局作为 1992 年中国友好观光年推出的首批 14 条中国专项旅游线路之一,列入国际旅游市场产品。⑥ "新婚蜜月旅行"正是以西湖爱情故事为基础的浪漫之旅。2011 年,杭州市旅游局副局长崔凤军表示,杭州将全力打造世界"爱情之都",并推出"断桥——华夏第一桥""雷峰塔——千年爱情第一塔"的宣传口号。⑦ 显然,在杭州"爱情之都"的城市名片

① 里尔:《断桥求婚》,浙江新闻网,2009 年 10 月 19 日。
② 里尔:《上海小伙断桥求婚》,浙江在线,2010 年 8 月 8 日。
③ 王斐帆:《江西小伙带女友来杭州玩精心策划在断桥浪漫求婚》,《青年时报》,2014 年 3 月 7 日。
④ 施健学:《杭州西湖断桥上演浪漫求婚》,中国日报网,2014 年 5 月 25 日。
⑤ 马婷婷:《80 后女孩断桥边求婚:我已长发及腰,你娶我可好》,中国新闻网,2013 年 11 月 22 日。
⑥ 崔凤军、王莹:《杭州柔情似水,打造爱情之都》,杭州网,2006 年 10 月 9 日。
⑦ 蒋萍:《杭州拟建"爱情之都"》,《文汇报》,2001 年 10 月 24 日。

中，"白蛇传传说"的核心景观断桥、雷峰塔均承担了传达杭州浪漫爱情气质的话语功能，并吸引众多游客来杭州西湖旅行。据杭州市旅游委员会统计数据，近年来，春节期间，全市公园各景区（点）共接待游客人次分别为 506.10 万、928.34 万、830.17 万。[①] 杭州西湖风景名胜区管理委员会数据统计，2014 年春节 7 天，西湖景区共接待游客 338 万人次，同比增长 43.35%。[②] 现代旅游业的蓬勃发展既要借助景观的历史文化传统，同时又推动了景观文化的当代发展，更强化了景观作为视觉形态对传说的讲述与传承。

民间传说与景观是一个动态演化的循环生产过程，传说建构景观符号，赋予景观新的文化内涵，而景观符号一旦形成并定型，便又具有了景观叙事的功能，甚至超越传说，衍生出围绕景观的新一轮叙事。如果说断桥与爱情的结合就是一场"千年等一回"的爱情马拉松，那么在经过了元明清《西湖竹枝词》的情感酝酿，经历了白蛇传说话本、戏曲、小说、口头讲述、民歌等多种艺术形式的强烈渲染，断桥已然成为一座当之无愧的情人桥，并形成一个融贯景观叙事、语言叙事和仪式行为叙事于一体的叙事谱系。其中，民间传说的景观叙事是"以景观建筑为核心，由传说图像、雕塑、文字介绍、导游口述等共同构成的景观叙事系统"，[③] 它包含了景观观赏的视觉形态与口头讲述的语言形态，并在景观叙事与语言叙事的基础上，发展出基于景观符号的仪式行为叙事。断桥求婚、断桥婚礼正是断桥爱情景观符号的当代仪式化呈现，是景观叙事对传说语言叙事的延伸与超越。

相比于"白蛇传传说"的另一核心景观——雷峰塔，同在西湖景观群中的断桥，无论是历史性生产还是当代景观生产，更多集中在景观话语的建构上，对其自身的实体生产反而相对淡漠。但是，断桥作为"白蛇传传说"中的著名爱情景观，它有着强大的景观叙事功能，文人叙事、影视媒介、公司企业等等，众多媒介与文艺形式都对其充满了兴趣，同时又进一步强化着断桥的爱情文化符号特征。

---

① 韩叙：《杭州旅游业蓬勃发展》，《经济日报》，2011 年 2 月 23 日第 007 版。

② 谢盼盼：《杭州西湖春节期间接待 338 万中外游客》，中国新闻网，2014 年 2 月 7 日。

③ 余红艳：《走向景观叙事传说形态与功能的当代演变研究——以法海洞与雷峰塔为中心的考察》，《华东师范大学学报》（哲学社会科学版），2014 年第 2 期。

第三章

经济与信仰博弈中的镇江金山湖
"白蛇传传说"景观生产

第一节 仪式与话语：金山寺"高僧降蛇"文化的景观符号生产①

镇江金山寺原本位于"镇江府城西北扬子江中"，②四面环水。初名泽心寺，始建于东晋，历代多次更名。南朝时因"大江环绕，风涛四起，势若飞动"，③犹如江中浮玉，故曰"浮玉山"。唐时，始称"金山寺"。清《金山志》引《九域志》云："唐时有裴头陀挂锡于此，后断手以建伽蓝。忽一日于江际获金数镒。李锜镇润州，表闻，赐名金山。"④寺庙由此被称为"金山寺"。北宋天禧年间，因宋真宗梦游金山，故赐名"龙游寺"。宋徽宗好道，又将"金山寺"改为"神霄玉清万寿宫"，为"天下神霄第一"。南宋又复名"龙游寺"。清康熙皇帝陪太后前来金山观光祈祷时，亲笔题写"江天禅寺"匾额，悬挂于寺门之上，因此，又被称为"江天禅寺"。但是，民间一直袭用"金山寺"。而且，金山寺历代高僧辈出，仅《金山志》卷三《方外》中列出的高僧便有二三十位，如宝志、灵坦、法海、佛印、克勤、应深、别峰、箬庵、隐儒、大定、妙善等。清时，金山寺作为临济宗宗风传承道场，被列为江南"四大丛林"之一，成为佛教禅宗名寺。因此，金山寺在江南佛教寺庙中的独特地位以及

① 本节部分内容作为前期成果已经发表，参见余红艳：《镇江金山寺"高僧降蛇"符号的叙事体系》，《广西民族大学学报》(哲学社会科学版)，2015年第6期。
② (清)卢见曾：《金山志》卷一，文海出版社，1975年，第75页。
③ 同上。
④ 同上，第75—76页。

高僧林立的佛教传统，已然为其确立了江南佛教圣地与高僧文化的信仰基础，也为金山寺高僧灵异传说提供了叙事可能。那么，金山寺又是如何与降蛇传说相连，并在众多寺庙的高僧降蛇传说中脱颖而出，形成独特的"高僧降蛇"文化，并继而演化为"白蛇传传说"的重要景观的呢？

一、水陆法会：仪式行为叙事对降蛇文化的初构

水陆法会又称水陆道场、悲济会，全称为"法界圣凡水陆普度大斋胜会"，是汉传佛教在寺庙中举办的最为隆重的经忏法事，以供奉饮食为主，用以超度水陆一切鬼神。主要有三个目的，一是为亡者幽灵作追善菩提；二是把施食功能回向于施主及其眷属，藉此得以延年增福；三是救济六道所有众生。[①] 金山寺为水陆法会祖庭。[②] 据《至顺镇江志》记载："梁武帝尝临寺（即金山寺），设水陆法会。"[③] 清光绪《金山志》记录了具体时间："梁天监四年，即金山修水陆会。"[④]水陆法会盛行于宋代。北宋熙宁年间（1068—1077），有进士杨鄂根据梁武帝仪文撰成《水陆仪》三卷，盛行于当世。宋元丰七、八年（1084—1085），佛印（了元）禅师住金山时，有海贾到金山寺设水陆法会，佛印亲自主持，影响颇巨，由此，"金山水陆"驰名，并被后人视为水陆之极。[⑤] 元祐八年（1093），苏轼作《水陆法像赞》十六篇，以悼念亡妻王氏，世称"眉山水陆"。其引文中称："在昔梁武皇帝，始作水陆道场。"[⑥]径山元叟行端在《朝廷金山作水陆升座》法语中记载道，元代延祐三年（1316），朝廷设水陆法会于金山寺，命江南教、禅、律三宗诸师说法，参加僧众一千五百人。[⑦] 至治二年（1322）所修水陆法会规模尤大。正印禅师在《金山大会归上堂》中记载："金山大会，诚非小缘，山僧得与四十一善知识，一千五百比丘僧，同入如来大光明藏，各说不二法门，共扬第一义缔。"[⑧]今天现行的水陆法会仪本为清代仪润所撰的《法界圣凡水陆普度大斋胜会仪轨会本》，共计六卷。水陆法会具有历时长（多则 49 天，少则 7 天）、规模大（参加的僧人可达千人，一般

---

① 李小荣：《水陆法会源流略说》，《法音》，2006 年第 4 期。
② 今金山"江天禅寺"门前挂有"水陆法会祖庭"之牌。
③ （元）俞希鲁：《至顺镇江志》，江苏古籍出版社，1999 年，第 366 页。
④ （清）卢见曾：《金山志》第一卷，文海出版社，1975 年，第 76 页。
⑤ 心斋：《金山：第一水陆法会》，《中华遗产》，2007 年第 5 期。
⑥ （宋）苏轼：《苏轼散文全集》，今日中国出版社，1996 年，第 958 页。
⑦ 行悦：《列祖提纲录》卷十六之径山元叟行端《朝廷金山作水陆升座》法语。
⑧ 宗颐：《水陆缘起》，转引自中国佛教协会编：《中国佛教》（第二册），知识出版社，1982 年，第 384 页。

也需要 300 人左右）、法事全（凡佛教各种常见法事都包括在内）、艺术性强（音乐、水陆画等）等特点，它不仅属于宗教范畴，更是中国传统文化的重要组成部分，2014 年，金山寺水陆法会音乐入选第四批国家级非物质文化遗产名录，充分肯定了金山寺作为水陆法会祖庭的佛教地位以及水陆法会这一宗教仪式的文化价值。那么，梁武帝缘何在金山寺发起水陆法会呢？

图 3-1-1　金山寺为水陆法会祖庭

图 3-1-2　金山寺水陆法会仪式

关于梁武帝设水陆法会的缘由，文献主要有两种不同的记载。一是将之解释为高僧托梦。宋宗鉴《释门正统》卷四记载：

> 所谓水陆者，因梁武帝梦一神僧告曰：六道四生，受苦无量，何不作水陆大斋以普度之……遂于镇江金山寺修设。[①]

《金山志》引《释宏乘名胜录》亦云：

> 梁武帝梦僧，告曰：六道四生幽囚者众，何不建水陆大斋而济拔之？帝既寤，诏十大高僧，披寻大藏，撰成仪文，始于金山建此大会。[②]

这一类记载表明梁武帝设水陆法会乃是源于高僧指点，目的是普度众生。

另一种说法则是将梁武帝设水陆法会的初衷与郗后相连。据《南史》卷十二《武德郗皇后》篇记载，武德郗皇后讳徽，高平金乡人也。齐建元末，嫔于武帝，三十二岁殂。

> 后酷妒忌，及终，化为龙入于后宫井，通梦于帝。或见形，光彩照灼。帝体将不安，龙辄激水腾涌。于露井上为殿，衣服委积，常置银鹿庐金瓶灌百味以祀之。[③]

《南史》文字简洁，但也为"郗后化蛇"传说以及设水陆法会的降蛇仪式铺设了基本框架：郗后生前好妒，死后化为龙形，曾托梦或面见武帝，武帝以佛事祭祀之。

宋人编写的《六朝事迹编类》卷九《灵异门》中，收录了一篇题为《郗氏化蛇》的传说，它进一步渲染了郗氏化蛇的痛苦，并详细记录了梁武帝于金山寺设水陆法会的过程：

> 蛇为人语启帝曰："蟒则昔之郗氏也。妾以生存嫉妒六宫，其性惨毒，怒

---

① 苏金成：《水陆法会与水陆画研究》，《南京艺术学院学报》，2006 年第 1 期。
② （清）卢见曾：《金山志》第三卷，文海出版社，1975 年，第 156 页。
③ （唐）李延寿：《南史》卷十二列传第二《后妃》（下），中华书局，1975 年，第 339 页。

一发则火炽矢射,损物害人死。以是罪谪为蟒耳。无饮食可实口,无窟穴可
庇身,饥窘困迫,力不自胜。又鳞甲有多虫唼啮。肌肉痛苦甚剧,若加锥刀
焉。蟒非常蛇,亦复变化而至,不以皇居深重为阻耳。感帝平昔眷妾之厚,
故托丑形陈露于帝,祈一功德,已见拯拔也。"帝闻之,呜呼感激,既而求蟒,
遂不复见。帝明日大集沙门于殿庭,宣其由,文善之最,以赎其苦。志公对
曰:"非礼佛忏,涤恼款不可。"帝乃然其言。搜索佛经,录其名号,兼亲抒睿
思,洒圣瀚,撰悔文,共成十卷。皆采摭佛语,削去闲词,为其忏礼。又一日
闻宫室内异香馥郁,良久转美。初不知所来,帝因仰视,乃见一天人,容仪端
丽,谓帝曰:"此则蟒后身也。蒙帝功德,已得生忉利天。今呈本身,以为明
验也。"殷勤致谢,言讫而去。此见梁武忏序。①

化形为蛇的郗氏向梁武帝细数蟒身之苦、解脱之急,梁武帝由此而诏金山寺
高僧撰仪文而设水陆法会,使其摆脱蟒形,得以超度。明末冯梦龙拟话本《喻世
明言》第三十七卷《梁武帝累修归极乐》一文对此亦有详细描述。在冯梦龙的小
说中,郗后并非面见梁武帝,而是托梦以陈其化形为蛇的原因与痛苦:

> 末后到一座大山,山有一穴,穴中伸出一个大蟒蛇的头来,如一间殿屋
> 相似,对着梁主,昂头而起。梁主见了,吃一大惊,正欲退走,只见这蟒蛇张
> 开血池般口,说起话来,叫道:"陛下休惊,身乃郗后也。只为生前嫉妒心毒,
> 死后变成蟒身,受此业报。因身躯过大,旋转不便,每苦腹饥,无计求饱。陛
> 下如念夫妇之情,乞广作佛事,使妾脱离此苦,功德无量。"……梁主道:"朕
> 回朝时,当与汝忏悔前业。"蟒蛇道:"多谢陛下仁德,妾今送陛下还朝,陛下
> 勿惊。"说罢那蟒蛇舒身出来,大数百围,其长不知几百丈。梁主吓出一身冷
> 汗,醒来南柯一梦,咨嗟到晓。②

上文还明确指出:"《梁皇忏》者,梁主所造,专为郗后忏悔恶业,兼为众生解
释其罪。"水陆法会设在金山寺,而参与水陆法会筹备、撰文的高僧则主要来自金
山寺。《金山志》卷三《方外》记载了金山寺僧人宝志"天监中同僧祐建水陆大会

---

① (宋)张敦颐撰:《六朝事迹编类》,王进珊校点,南京出版社,1989年,第72 - 73页。
② (明)冯梦龙:《喻世明言》第三十七卷《梁武帝累修归极乐》,中华书局,2009年,第357 - 358页。

于金山"，僧祐"天监四年奉诏金山证明水陆仪文建大会"，①郗后死后化形为蛇、梁武帝设水陆法会为之超度，从而开启了佛教盛典——水陆法会仪式的传说，说明水陆法会最初就是一场由金山寺高僧主持的大型降蛇仪式。

东汉末年开始进入长江流域的佛教，首先面临的便是如何战胜江南地区普遍存在的蛇信仰问题。早在新石器时代，吴越地区已存在蛇信仰，河姆渡文化、崧泽文化和良渚文化出土陶器的几何纹饰便是当地人对蛇信仰的抽象化表达："更多的几何图案是同古越族的蛇图腾崇拜有关，如旋涡纹似蛇的盘曲状，水波纹似蛇的爬行状等等。南方地区几何印纹陶文化的分布范围正是古代越族的活动区域，南方印纹陶的几何图饰是其民族的图腾同样化的结果。"②在新石器时代之后的考古发掘中，仍然有很多青铜器上出现蛇纹图案，这说明蛇崇拜在吴越地区一直得以延传。根据姜彬先生的研究，"到了河姆渡时期，这种信仰出现了一个新的开端，那就是河姆渡人的稻作农业和蛇崇拜发生了联系，这加强了河姆渡人和良渚人对蛇崇拜的信仰，在吴越稻区这种信仰一直延续到近代"。江南水稻种植忌鼠害，而蛇则是鼠类的天敌之一，江南稻作文化的背景更加强化了江南蛇信仰。此外，在江南杭嘉湖地区，民间除了种植水稻之外，养蚕缫丝也较为普遍，蚕与水稻一样，害怕鼠类，因此，蚕农对蛇也有着特殊的崇拜情感。在江南地区，蛇王庙、蛇王殿是民间开展蛇崇拜仪式的重要场所。比较著名的有苏州娄门城头上的蛇王庙，庙中没有神像，在梁柱上刻着大大小小的蛇，蛇神还处在自然状态的阶段。此庙在1958年拆城时被废弃。正是在江南较为普遍的蛇信仰的地方文化背景下，佛教在进入江南并扎根江南的过程中，逐渐产生了一系列与江南蛇信仰相抗衡的举措。其中不乏以降蛇仪式而开展的仪式行为叙事模式。

类似于郗后化形为蛇的传说也同样记录在雷峰塔附近。前文已有提及，雷峰庵广慈大师便是为一名生前恶毒、死后化蛇的妇人做法事超度。正如吴真在研究佛道相争的叙事策略时所指出的，佛教对地方民间崇拜的征服往往体现在降服蛇怪的叙事模式上，制度性宗教从未放弃改造（或者说降服）巫觋传统的民间信仰的努力。③ 金山寺高僧降蛇的叙事模式首先便体现在水陆法会这一佛教盛典之中，它以仪式行为叙事形态开启了金山寺高僧降蛇文化的第一篇，以水陆法会祖庭的独特地位赋予了金山寺高僧超群的降蛇法力。

---

① （清）卢见曾：《金山志》卷三《方外》，文海出版社，1975年，第155-156页。
② 陈江：《图腾制度反映的古代部落与考古文化的吻戏》，《南京博物院集刊》，1984年第7期。
③ 吴真：《降蛇——佛道相争的叙事策略》，《文化研究》，2006年第1期。

二、僧蛇斗法：语言叙事对降蛇文化的强化

金山寺的降蛇传说最早起源于唐代，所涉高僧主要集中于唐代的灵坦、裴头陀以及法海禅师。《金山志》记载了一则唐灵坦禅师驱伏巨蟒的传说：

> 今泽心也，其山北有一龙穴，常吐毒气，如云有近者多病或死，坦（唐灵坦禅师）居之，毒云遂灭。[1]

释行海《金山龙游禅寺志》有类似的记载：

> 唐天宝中，有广陵灵坦禅师，初于江心金山之北入定蟒洞，降蟒归海，乃重开山为禅宗之始焉。[2]

清光绪《丹徒县志》记载的金山寺降蛇高僧则是裴头陀："相传裴头陀开山得金处，昔有蟒盘踞其中，头陀驱去之。"[3]南宋诗人林景熙在其七律《金山寺》中也提及了金山寺高僧制服水怪的传说："衲寄云林青海怪，泉移蛟窟照僧闲。"元人章祖程对此二句注解道："寺僧相传，在先江中蛟鼍出没，不时兴波为患，后有神僧以袈裟镇之，始息。"[4]这些记载集中指向的是金山蟠巨蟒、高僧来驱伏的传说，显示了金山寺高僧的降蛇法力。

除了各类文献记载之外，金山寺高僧降蛇的传说还在地方民间中口头流传，其中，有一则白蟒还山的传说，充分体现了佛教对地方民间信仰的征服姿态。据说，在法海准备上金山之前，镇江、瓜洲一带盛传这座山上有一条几丈长的会吃人的白蟒蛇。但是，法力高超的法海并不惧怕白蟒，还是决定上山。就在他向山上走的时候，迎面来了一位手持龙头拐杖的老人，老人见了法海便鞠躬道："我的主人到了。"夜间，老人又托梦说："我是山上的一条白蟒蛇，在山上有一千多年了，这山应该是你的，我现在交给你了，现在这山脚东南角上有五坛金子，五坛银子，你可以把它挖出来。"天明后，法海挖出金子，并献给朝廷。从此，这山便叫金

---

① （清）卢见曾：《金山志》（十卷），文海出版社，1975 年，第 157 页。
② （清）释行海：《金山龙游禅寺志》（上），见《中国佛寺志丛刊》（第 49 册），江苏广陵古籍刻印社，1996 年，第 27 页。
③ （清）吕耀斗等撰：《光绪丹徒县志》（一），冯寿镜、何绍章修，江苏古籍出版社，1991 年，第 68 页。
④ （宋）林景熙：《金山寺》，收录于《霁山集》，中华书局，1960 年。

山，朝廷让法海用挖来的金子修整寺庙，即金山寺。法海觉得白蟒蛇对金山寺有恩，所以，渡白蟒蛇归入佛教。① 这则传说的讲述者原是一名僧人，故事带有鲜明的佛教和地方蛇信仰争夺信徒的宗教意味。

此外，《金山志》和《金山龙游禅寺志》还分别记录了一则更为具体的僧龙斗法故事：

> 往有高僧呼龙曰："汝能现身乎？"龙即现一头如山。僧曰："汝能大，却不能小，能入吾钵中乎？"龙即入钵中。僧曰："汝能出乎？"龙百伎莫能出。僧因与之说法，降其毒恶。即今顺济龙王，是为本山伽蓝之一。②

高僧降服巨蟒的传说显然是印度佛教故事在中国的变体，可以追溯至佛教因缘故事，其原型应该是佛教创始者佛陀收伏三迦叶。该故事详细记载于《佛本行集经》，③在克孜尔石窟中亦有相应的壁画，日本学者宫治昭对该壁画作了描述："手执白蛇蹲钵的佛陀，同时在圆形背光的外周绘有水鸟和莲的水流，此场面似乎是表现佛陀在尼莲禅河边，对三迦叶显示降伏毒龙的故事。"④除了佛陀钵收毒龙的因缘故事之外，《法苑珠林》中还记载了一则类似的典故：某城中有一悭吝长者，死后化为毒蛇亦要谨守财宝，众人便请佛祖前去调服毒蛇，佛祖对毒蛇讲完前世因果，毒蛇醒悟，主动入佛祖钵中。⑤ 佛祖钵收毒龙的故事直接影响了金山寺高僧降蛇传说的演变，这一细节更为"白蛇传传说"的情节发展提供了线索，发展成法海以金钵收伏白蛇的叙事模式。"白蛇传传说"中金山寺高僧收伏蛇精的故事，其实正是对金山寺既有宗教地位与传说故事的黏附。传说以金山寺作为江南佛教的宗教圣地，以唐灵坦法师、裴头陀等金山寺高僧为原型，以金山寺盛传的"高僧降蛇"故事为基础，成功塑造了手持金钵、维护正义的高僧形象——法海。可以说，这正是传说对地域景观既有文化史的借鉴与地方性知识

---

① 《法海的传说》，口述人：孔繁珠（惟宽和尚），男，67岁，现在兴化县竹泓公社竹三大队务农；记录人：吴林森、方范、康娟；讲述时间：1981年8月8日夜晚。收录于江苏省镇江民间文学工作者协会镇江分会编：《白蛇传》资料本，第67-70页。

② （清）卢见曾：《金山志》（十卷），文海出版社，1975年，第212页。（清）释行海：《金山龙游禅寺志》（下），见《中国佛寺志丛刊》第50册，江苏广陵古籍刻印社，1996年，第308页。

③ （隋）释阇那崛多译：《佛本行集经》卷四十一，南昌刻经处，清光绪三十年刻本，第1页。

④ （日）宫治昭撰：《论克孜尔石窟——石窟构造、壁画样式、图像构成之间的关联》，唐启山译，《敦煌研究》，1991年第4期。

⑤ （唐）道世：《法苑珠林》卷第七十八，上海古籍出版社，1991年，第555-556页。

的表达。

在金山寺高僧降蛇文化建构的过程中,文人叙事的参与强化了金山寺的宗教力量,并为其建构了最具独特魅力的景观话语。冯本以金山寺高僧法海取代了龙虎山道士奚真人,并在具体情节的安排上,体现出白蛇对金山寺高僧的畏惧心理。许宣去金山寺烧香之前,白娘子与其约法三章:"一件,不要去方丈内去;二件,不要与和尚说话;三件,去了就回。"之后因许宣未归,白娘子与青青乘船来金山寺,遇见法海,白娘子急忙"摇开船,和青青把船一翻,两个都翻下水底去了"。① 白蛇"不战而逃"的细节从侧面烘托了金山寺高僧的高超法力,进一步强化了金山寺作为江南禅宗道场的独特地位。清代梨园旧抄本依据金山寺特殊的地理位置(四面环水)又为传说进一步的情节想象提供了地理性因素。方本沿用梨园旧抄本的金山水斗情节,将金山寺这一地域性景观由单纯的宗教背景发展为传说至关重要的矛盾高潮——水漫金山。

但值得注意的是,尽管方本中的白娘子为寻回许宣而力战法海,从而引发了水漫金山,但在水斗之前,白娘子告诉小青:"这金山寺中有个法海禅师,法力无边,不比凡僧。"由此可见,白蛇惧怕金山寺高僧的心理并未改变。方本的水漫金山一方面是为了以轰轰烈烈的战斗场面强化情与理的矛盾纠葛,并为白蛇的悲剧结局埋下不可饶恕的罪孽;另一方面,水漫金山以白蛇与法海的正面冲突表现出金山寺高僧收伏妖魔的法力以及对家庭伦理的重视。水斗中,白蛇掀起江水,"江中水势大作,一直漫上山来",法海从容淡定:"不妨。此乃妖魔法术,把我这袈裟,罩住山头,水势自然退出矣。"② 这正是借"袈裟镇山"传说展示了金山寺高僧的伏魔法力。同时,法海以白蛇"腹中有孕,不能收取"的佛家慈悲表明了佛法对家庭伦理的尊重。因此,从这一视角出发,水漫金山其实正是以白蛇为个人私欲而丧失理智的妖性反衬出金山寺高僧的法力无边,以及明确表明佛家收妖与家庭子嗣传承并不矛盾。

至此,传说依托金山寺的宗教传统、佛教故事,以语言为媒介建构了金山寺高僧除妖降魔、慈悲为怀、尊重家庭伦理的宗教话语,并以水漫金山这一激烈的斗法故事使金山寺在众多高僧降蛇的寺庙传说中脱颖而出,成为金山寺最具传奇魅力的景观文化。正是在传说语言叙事的景观建构中,水漫金山被定格为"白

---

① (明)冯梦龙:《白娘子永镇雷峰塔》,收录于《警世通言》第二十八卷,中华书局,2009 年,第290 页。

② (清)方成培撰:《雷峰塔》,李玫校注,华夏出版社,2000 年,第 131 页。

蛇传传说"最具冲突的审美性母题。在历代文人改本、地方戏曲、民间口传以及民间工艺中，以《水漫金山》《水淹金山寺》《金山寺》等为题的情节、曲目、工艺作品得到了最为普遍的演绎与广泛的传播，甚至在颐和园彩色画廊的枋梁上亦绘有"水漫金山"的画面，而"颐乐殿"展示的为慈禧太后表演的戏曲名册中，选取的也正是名为《金山寺》的曲目。可见，传说在对金山寺既有文化传统沿承之外，还以更有戏剧矛盾张力的情节为传说建构了更为独特、更具感染力的景观话语。

第二节　命名与改造：多重主体合力的法海洞景观生产

一、法海形象变迁：从"高僧"到"恶魔"[①]

作为"白蛇传传说"中的重要人物，法海这一人物形象随着传说的演变经历多次重塑。目前广为人知的田汉《白蛇传》中的法海已然是一个无端生事、拆散婚姻、欺压弱者的恶魔。而实际上，法海第一次出现在"白蛇传传说"时，乃是一个行使佛家驱魔除妖、拯救苍生正义使命的得道高僧。但是，20世纪初至今的法海形象经由思想文化的反传统话语、革命斗争的政治话语的颠覆和重构，基本已经定型。其影响覆盖戏剧、影视媒介的改编，甚至左右着民间口传版本中的人物身份定位，而"白蛇传传说"多元化的主题及其丰富的文化含量在这种影响中被遮蔽。

（一）正义使者：宗教话语和道德话语中的原创塑形

法海首次出现在"白蛇传传说"中，是作为冯梦龙拟话本《白娘子永镇雷峰塔》中的除妖人。冯本中的法海"眉清目秀，圆顶方袍，看了模样，确是真僧"。[②]对待白蛇，法海也并非立即加以收服，而是希望其能离开许宣，不要残害生灵。在白蛇生下孩子后，许宣主动前去净慈寺寻找法海，未见法海，竟试图寻死时，法海适时出现，并教许宣将白蛇罩在金钵之下。可以说，法海是拯救苍生于妖精魔掌之下的佛门正义使者。

---

① 本部分内容作为前期成果已经发表，参见余红艳：《话语变迁与法海形象的演变——基于民间传说多元发展的个案研究》，《广西师范大学学报》（哲学社会科学版），2013年第6期。

② （明）冯梦龙：《警世通言》第二十八卷《白娘子永镇雷峰塔》，中华书局，2009年，第290页。

镇江金山寺是江南佛教重地之一,历来关于僧龙斗法的传说较多。据清《金山志》记载,唐灵坦法师"洞中打坐参禅,降伏毒龙,蟒蛇避走,毒气余消"。(金山)"昔出白蟒噬人,适裴头陀驱伏获金,重建精蓝"。① 冯本将素有斗龙传说的金山寺作为传说叙事的神圣空间,对应南宋繁华胜地临安的世俗空间,将宋元话本中情节简单的"白蛇传传说"演绎成一场神圣与世俗的空间对话。法海正是在这样一场充满空间叙事张力的书写中,以金山寺高僧的正义形象走进了"白蛇传传说"的文本,并在广泛的民间口传中发展、变异。

清乾隆三年(1738),戏曲家黄图珌将之改编为《雷峰塔》(以下简称黄本),在情节安排上黄本基本是对冯本的承袭。而且,黄本更赋予了法海降妖行为以佛祖旨意的神圣性。黄本上卷开篇"慈音"中,佛祖命令法海"奉我宝塔,收伏二妖,埋于西湖雷峰寺前"。② 黄本《自序》中有:"方脱稿,伶人即坚请以搬演之。遂有好事者,续白娘生子得第一节,落戏场之窠臼,悦观听之耳目,盛行吴、越,直达燕、赵。嗟乎! 戏场非状元不团圆,世之常情,偶一效而为之,我亦未能免俗,独于此剧断不可者维何? 白娘,蛇妖也,而入衣冠之列,将置己身于何地耶?"③此段论说清晰传达了黄本对白蛇作为异类不能跻身于人类的坚定态度,由此可以看出黄本对法海除妖行为的认可。

乾隆三十六年(1771),方成培以坊间盛行的梨园旧抄本为原型,改编成剧本《雷峰塔》传奇。方本无论在结构、情节上,还是曲辞、宾白上,都对梨园旧抄本作了较大的改编。但是,方本同样赋予了法海佛门正义的使命与职责。第二出《付钵》中,佛祖明确授命法海"奉我法宝,收伏此妖,锁于雷峰塔底,永镇妖氛"。④ 可见,方本尽管对白蛇持同情态度,尽量削弱其不为人接受的妖性,但这一情感倾向并未改变法海作为得道高僧奉佛祖旨意收服妖魔的基本情节及其行为的正义逻辑。对于这一逻辑,方本与前版本相比,在两个向度上加以强化:一是增加细节叙事以突显法海之佛家慈悲。第二十三出《化香》是方本在黄本基础上增加的一个事件性情节:白蛇掠去刘成数十担檀香,几乎害其性命。刘成前去金山寺求救,是法海"略资助些盘缠",使他还乡。刘成的遭遇更坚定了法海收服白蛇,以免其继续残害生灵的正义信念。二是强化对民间人伦道德的尊重。第二

---

① (清)卢见曾:《金山志》,文海出版社,1975 年,第 212 页。
② 王国平主编:《西湖文献集成》,杭州出版社,2004 年,第 36 页。
③ 蔡仪:《中国戏曲序跋汇编》,齐鲁书社,1989 年,第 1821 页。
④ (清)方成培:《雷峰塔》,李玫校注,华夏出版社,2000 年,第 6 页。

十五出《水斗》中，许宣问法海："禅师，可曾收那妖孽？"法海道："这孽畜，腹中怀孕，不能收取。"在中国传统文化中，传承子嗣是至关重要的婚姻行为。《礼记》之《昏义第四十四》中明确界定了婚姻繁衍后代的基本内涵："昏礼者，将合二姓之好，上以事宗庙，而下以继后世也，故君子重之。"①代际传承是传统婚姻的基本目的，是凌驾于夫妻情感之上的民间价值底线，法海在除妖的同时，亦未轻忽白蛇繁衍子嗣的伦理价值，体现了对民间基本人伦的维护。因而，无论是从佛门除妖的教义，还是从民间道德话语的表达，方本中的法海仍是无可争议的正义使者。

从主题学角度看，清中期以前"白蛇传传说"的诸多版本均承载着警戒、讽劝的佛教命意，法海形象乃是佛家道义的承担者，在很大程度上是佛教正义和民间正义的代言人。对于这一点也不难理解。宋元时期直至明清，江南都是中国佛教重镇，其间虽多次发生政府打压、社会运动干扰以及基督教渗透等，但江南仍然是中国佛教衰微中的明珠，佛家道义观念在维持民间秩序、安抚民众心理等方面发挥着不可忽视的作用。佛法主张以慈悲为怀，助众生脱离苦海，普度生灵于超脱、超越之境界，《大般涅槃经》中有："为诸众生除无利益是名大慈，欲与众生无量利乐是名大悲。"②佛法承认当下世界之苦，但同时以佛法教义的宣传和教徒的实践行为为众生摆脱悲苦。见众生受苦，而起怜悯之心，解脱众生之苦，令众生得享安乐，这乃是佛教不变的慈悲情怀。佛教以大慈大悲为情怀，一方面是以永恒不变的"天理"为依托，另一方面体现了民众趋乐避苦的普遍心理，其以民众福祉为目的的实践行为必然既是永恒正义的代表，又是民间正义的代表。"白蛇传传说"的主要发生地——杭州、苏州和镇江三地，都是佛教影响较为普遍也较为深刻的江南地域。仅就金山寺而言，其时香火颇旺、信众云集，因而，将金山寺长老法海作为拥有较高法力的除妖人，既是对佛家除妖降魔使命的演绎，同时也合乎民众对正义力量的宗教想象。因此，在传说的文本中，当许宣遭受蛇妖纠缠，经受惶惶不可终日之苦的时候，法海这位佛法教义的代言人和实践者，必然体现了民众对摆脱悲苦境地的期待以及对正义力量的呼唤。传说在此时不仅是宗教道义的承当，也是对民间悲苦和百姓情感诉求的抚慰，起着维护基本人伦和道德教化的社会作用。而法海作为"白蛇传传说"中体现这一价值承当的主要人物，成为宗教话语和民间道德话语期待视野中的正义形象也就很自然了。

---

① 杨天宇：《礼记译注》，上海古籍出版社，2004 年，第 815 页。
②《大正藏》，第 454 页。

（二）守旧力量：文化话语中的形象建构

1924 年 9 月 25 日，雷峰塔倒塌。这是一个在"白蛇传传说"演变史中十分重要的事件。冯本中，法海将白蛇和青鱼镇压在雷峰塔下时，曾留下偈语四句："西湖水干，江湖不起。雷峰塔倒，白蛇出世。""雷峰塔倒"这一具有偶然性的事件被鲁迅赋予了积极抗争的必然性。1924 年 11 月 17 日，鲁迅在北京《语丝》周刊第一期发表杂文《论雷峰塔的倒掉》。文章借祖母讲述的《义妖传》传说表达了对镇压白娘娘的法海最痛彻的憎恶："试到吴、越的山间海滨，探听民意去。凡有田夫野老，蚕妇村氓，除了几个脑髓里有点贵恙的之外，可有谁不为白娘娘抱不平，不怪法海太多事的？和尚本应该只管自己念经。白蛇自迷许仙，许仙自娶妖怪，和别人有什么相干呢？他偏要放下经卷，横来招是搬非，大约是怀着嫉妒罢——那简直是一定的。"①鲁迅借雷峰塔的倒掉这一社会新闻，表达了对白娘娘追求自由、爱情、婚姻的执着精神的高度赞扬，对一如法海这般蛮横干涉民众幸福、自由的"好事者"给予了无情鞭挞，并将矛盾的焦点对准阻碍、镇压民众抗争精神的守旧力量。从传说的文本间性来研究，我们会发现，鲁迅的这段言论对"白蛇传传说"情感基调的演变起到了承上启下以及舆论引领的作用。

鲁迅之前，"白蛇传传说"情感基调的演变就已经初露抗争之端倪。嘉庆十四年(1809)，陈遇乾的弹词《义妖传》问世。民国时期，梦花馆主因《义妖传》风行江南且历久不衰，但弹词本艰涩枯燥，故演绎成小说《前白蛇传》。《前白蛇传》"引言"中不加掩饰地表达了对白蛇、青蛇的怜爱、赞赏之情：

　　　　白蛇传爱脍义妖传别名，白娘娘和小青感恩知己，一往情深。的是巾帼须眉。视义薄云天的关杜缪，有过无勿及。何怪读者公评，一致赞美白蛇之义，反交相指谪许仙的薄倖负心，优柔寡断。白氏匹配，殊不相称。人不如蛇，可发一叹。②

由此段可见，自梨园旧抄本、方本以来，无论是文人传播者，还是民众接受者，对白娘子重情、勇敢、执着的美好品质愈加认可。"情"在"白蛇传传说"的流播中已日渐深入人心，这与明清时期学界的崇情理想有着直接关联。

① 鲁迅：《鲁迅全集》第 1 卷，人民文学出版社，1973 年，第 158 页。
② 梦花馆主撰：《义妖白蛇全传》，林思谚校点，辽宁古籍出版社，1989 年，第 72 页。

　　明清是中国历史上经济衰微却思想活跃的时期。自宋明"存天理、灭人欲"的理学之后，提倡"以情至上"的思潮纷涌，掀起一股抨击礼教、张扬人性，背弃"天理"、拥抱"人欲"的个性解放思潮。"白蛇传传说"自宋发展、演变至明清，从民间走进文人书斋，又经由文人改编，回流至民间口传，其主旨、思想、情感倾向必然与时代精神密切相关，而这一崇情理想体现在传说的主题流变上便是对白蛇重情的强化。尽管小说并未将批判的矛头指向法海，而是更多地体现了"人不如蛇"的局部命意：对如许仙般畏手畏脚、不能坦荡相爱的"人"的批判，且不无对白蛇般为爱甘心付出生命的"妖"的激赏。可以说，对"人"了无生气的生存状态的怀疑以及对"妖"的"崇情"理想的肯定，既是社会思潮在传说中的影射，也是传说所承载的文化功能的体现。法海形象的改变虽还没有如五四时期那般具有革命性和颠覆性，但是，法海作为佛教道义和民间正义的代言人，其行动正义性的前提却因为人性的输入逐渐瓦解。换言之，当法海利用法术镇压的对象是另外一种新兴的正义主体时，法海就已经注定从一个完全的佛教正义形象变为一个为人形迹可疑的"好事者"，甚或，一个遭人唾骂的"恶魔"。

　　可以这样认为，前面所提到的鲁迅对法海形象的重新认定，为 20 世纪前期"白蛇传传说"的改写奠定了重要的"抗争"基调。20 世纪 20 年代末，高长虹独幕五场剧《白蛇》、向培良独幕诗剧《白蛇与许仙》、顾一樵话剧《白娘娘》以现代意识和表现主义的集体姿态，为"白蛇传传说"注入了"五四"积极抗争的自由血液。追求自由，爱情至上的反抗话语成为五四时期"白蛇传传说"的核心关键词。向培良独幕诗剧《白蛇与许仙》对白蛇一律称呼为亲切的"白娘娘"；对白、许二人的爱情与婚姻表达的是超越人间平凡夫妻的恩爱；在"水漫金山"事件的处理上，剧本以白蛇独白的方式，义正词严地宣告了引发事件的崇高动机："水漫金山寺的一夜，滔天的大水是由我涨起来的，许多生灵因此伤害了，但我是以如何崇高的目的而涨起大水来的呵！"这一"崇高的目的"的潜台词无疑就是自由的爱情和幸福的婚姻。而剧中的茶店女儿，则以普通市民的身份对此事件作出颇具时代感的评判："都是法海和尚引起的，在相爱而不能够相爱的时候，谁又顾得到别的事情？"①当爱情、自由成为时代最为关注与渴求的新兴文化话语时，一切阻碍力量便必然成为招致批判的守旧势力。《白蛇与许仙》在《中央日报》连载时，编辑黄其起明确该剧的主旨："这里（《白蛇与许仙》，作者注）告诉我们的，是爱情的力

① 向培良：《白蛇与许仙》，《北新》（半月刊）4 卷 7 期，1930 年 4 月。

量,一切坚贞、苦痛都是在那个神圣的字下孕育出来的。"[①]1929 年 4 月,高长虹创作了独幕五场剧《白蛇》(以下称高本)。剧本为凸显神圣爱情的主题,将出场的主要人物削减到唯有白、许二人,法海只是在二人的对话中作为"妖僧"有所提及,基本上失去了推动矛盾发展和情节演变的"行动元"功能。高本对法海形象的刻意放逐,传递出表现主义文本中深刻的隐喻:一切压制自由人性和阻碍人生幸福的势力注定要被时代的劲风涤荡! 20 世纪三四十年代的改本(谢颂羔小说《雷峰塔的传说》、秋翁小说《新白蛇传》、卫聚贤与陈白尘合著的话剧《雷峰塔》以及包笑天的小说《新白蛇传》)为了进一步美化白蛇形象,指责法海的恶行,赋予了白蛇、青蛇以"人"的身份。改本虽然在为白蛇"去妖化"的过程中也流失了传说原本的一些艺术魅力和传奇色彩,但是身份建构表达的不仅是创作者对人物形象的情感认同,更重要的是,白蛇成为新思想、文化的代表——民主和自由,"白蛇传传说"的改编成为"五四"反对传统思想文化桎梏的一面旗帜。白蛇的"去妖化"过程直接宣示了一种决绝的态度,白蛇与法海的斗争也不再是个人为了一己情感而进行的卓绝抗争,而是逐渐演变成一个民族内部"两种文化"的斗争、两种思想的交锋。

不难看出,近代至五四时期"白蛇传传说"的演变以文化表达的集体话语意识颠覆了此前的宗教话语,替代了情感诉求的个人话语。"白蛇传传说"的叙事文本虽然是文人的个人行为,却必然是大众乃至一个民族在危难时刻的文化选择,它不再是图式化的宗教律令,也不是形象化的"情"和"理",而是新文化抗争旧文化的集体宣言。白蛇的"人化"过程同时也是法海的"恶魔化"过程,法海正是在这样的集体宣言中成为新文化的众矢之的。同时,"白蛇传传说"的这种文化话语性质,也为 20 世纪 30 年代之后其改编的革命话语和政治话语性质奠定了基础,而法海则不仅是思想文化批判的对象,更成为革命斗争和政治斗争的对象。

(三)反动势力:革命话语的定格与民间话语的呼应

作为主要流传于民间的意识形态,传说经由文人改编创作后就很可能成为主流意识形态的一部分,体现出鲜明的主流话语性质,而其大众话语性质同时弱化。随着民族矛盾和国内形势的变化,"革命"与"政治"成为 1930 年代之后替代思想、文化的主流话语。在文艺与政治的关系上,毛泽东《在延安文艺座谈会上

① 黄其起:《其起附志》,《中央日报》,1930 年 5 月 9 日。

的讲话》（1942 年，以下简称"《讲话》"）堪称那个时代的经典论述。《讲话》关于文艺与政治关系的表述对当时文艺工作者的创作有着直接的指导意义。在对"白蛇传传说"的改写上，阶级意识鲜明的革命话语成为《讲话》之后传说改编的重要指导思想。

　　20 世纪后期"白蛇传传说"改本中影响最大的当是田汉京剧《白蛇传》（1954年最终定稿）。《白蛇传》是在《金钵记》的基础上改编而来的。尽管《金钵记》在很大程度上表达了当时知识精英所秉持的革命精神与抗争话语，但是革命形势的发展和政治斗争的现实要求，使得《金钵记》在中华人民共和国成立后不久便因主题表达的准确性而招致批评。其中，戴不凡的批评不可谓不尖锐，他认为作者是从"小资产阶级的立场"来把握和处理这个"反封建斗争性很强的神话"，因此未能掌握"其中的主要矛盾"，戴不凡进一步强调："不站稳无产阶级立场，不好好掌握辩证法的分析批判武器，以及违反历史唯物主义，戏曲改革——以至于一切工作，都将一事无成。"① 放大的阶级意识和政治斗争的需要为文艺创作提出了新要求。田汉虚心接受了此类批评，以改写后的《白蛇传》参加了 1952 年 11月全国第一届戏曲观摩大会。《白蛇传》删去具有鲜明封建思想的前世夙愿——"报恩"，继续放大白蛇的人性色彩和进步因素。第四场《说许》增加了白娘子带孕之身不辞辛劳地为民众治病的场景。如果说之前的版本中，白娘子的美丽、忠贞、为爱而勇敢、执着的品性仍然是停留在个体对自由追求的私己层面，那么，到了田汉的《白蛇传》，白娘子的善良之美便有了大爱为民的高尚精神，而法海的形象则更加丑陋和可憎。周扬在大会总结中高度赞扬了《白蛇传》的改写，认为《白蛇传》"强烈地表现了中国人民，特别是妇女追求自由和幸福的不可征服的意志，以及她们的勇敢的自我牺牲的精神"。② 1954 年，因周总理要观看《白蛇传》的演出，田汉再次修改剧本，删去了"盗库""释疑"等有损白蛇正面形象的情节，并最终定本。③ 至此，知识精英对"白蛇传传说"的革命改写、国家领袖对文艺革命话语的倾力认同彻底将"白蛇传传说"的革命内涵定格。

　　田本的《白蛇传》在王瑶卿、叶盛兰、杜近芳演出之后，引起了极大反响。京戏生旦演员视之为人人必演的经典作品，其对法海形象的定位，影响到 20 世纪

① 戴不凡：《评〈金钵记〉》，《人民日报》，1952 年 9 月 12 日第 3 版。
② 周扬：《改革和发展民族戏曲艺术——一九五二年十一月十四日在第一届全国戏曲观摩大会上的总结报告》，《人民日报》，1952 年 12 月 27 日第 3 版。
③ 李紫贵（口述）、蒋健兰（整理）：《田老写〈白蛇传〉始末》，《中国戏剧》，1998 年第 7 期。

50 年代以来"白蛇传传说"的大众接受。法海形象的定型既是主流文化相对稳定的表现,同时也直接影响到了非主流文化中"白蛇传传说"的流播形态。

中国民间文艺研究会浙江分会于 20 世纪 80 年代初编印了《白蛇传资料索引》,同时江苏省民间文学工作者协会及镇江分会编印了《白蛇传》(资料本)。2007 年,镇江市民间文化艺术馆将 20 世纪 80 年代以来各地搜集的"白蛇传传说"异文汇集成册,编印了《白蛇传文化集粹》(异文卷),共收入"白蛇传传说"118篇。笔者对这 118 篇异文,外加浙江民间文艺研究分会 20 世纪 80 年代搜集但未被选入《白蛇传文化集粹》(异文卷)的 8 篇,共计 126 篇异文,进行细致梳理。可以清晰发现,20 世纪前期官方以及精英阶层对"白蛇传传说"法海形象的定位深深影响着民间口传版本中丑化法海形象的情感倾向。在 126 篇民间口传版本中,有关白蛇与法海结仇、法海身世、白蛇身世的传说共计 43 篇,绝大多数口传版本中法海并非得道高僧,而是一个与白蛇没有本质区别的妖精。在关于"法海身世"的 24 篇异文中,法海"妖精"身份为 19 篇,占相关异文的 79%;"人"的身份仅有 5 篇,占 21%。其中,法海为"人"的身份传说中,有两篇是关于真假法海的传说,即真法海是得道高僧,作恶的是妖精变成的假法海。真假法海的传说一定程度上表达了人们对佛门高僧形象的维护,但同时也传递了人们对是非颠倒、正不压邪的社会现象的负面评价。

如果再研究一下这些口传版本的情节和人物身份之间的关系,我们不难发现,传说情节发展及其结果的直接前提往往是人物身份,而非人物性格及其变化。人物性格所遵循的是身份中的文化和思想逻辑,从而人物的命运结局也就是这种身份认同所包含的文化、思想及其情感逻辑的结果,因为"身份"所表明的不仅是特定的阶层分类,同时还表明由这种分类赋予的文化特性已经被特定历史情境中的个人及其所属群体所确认,并反过来成为该社会文化系统的分类表征。所以,"身份"实际上已经预设了一个共同接受的文化命题,它更多呈现出个体与群体之间的精神关联以及个体对这种精神关联的认知。"身份认同"是个体与群体精神关联成为可能的重要条件,是个人与他者,群体或模仿人物在感情、心理上趋同的过程,因此,"身份认同"本质上属于一种确证行为。也就是说,认同的过程就是情感、价值观等意识形态趋同并最终肯定的过程。同样,不能被认同的文化身份,必然存在价值背离、思想隔膜并进而导致情感判断上的否定,这种否定在文本形态中就直接体现为对文化个体的否定。在上述口传版本中,法海"妖"的主体身份建构,所确认的不是法海个人的性格特征,而是"妖"的文化和道德身份。这种身份在"人化"或"神圣化"的白蛇相形之下，就必然表现为一种情感和价值上的"负判断"，它所传递的正是民众对法海价值取向和行为选择的不认可甚或憎恶。民间口传的这一变异，既有着民众对弱势群体生存状态的关切，更有着 20 世纪以来民族抗争实践、精英抗争话语对民间叙事的重大影响。

美国人类学家罗伯特·雷德菲尔德在论述社会的"文明"时曾提出"大传统"与"小传统"的概念，并指出大、小传统之间存在互相依存和交流的关系。民间传说中的精英话语，正符合其"大传统"概念，民间叙事话语符合其"小传统"概念。在对具体传说文本的诠释过程中，我们强调其中所折射的民众理想、民众情感，但是同样不能忽视这种民众传统与知识精英在思想和情感上的深层互动。这一互动又可以理解为官方叙事、文人叙事与民间叙事三者之间的转化与交融：文人的参与，使民间叙事文本化成为现实，而权力者的介入，尤其是思想、文化权力者的强势话语，则进一步使某些文本成为"经典"，这乃是民间叙事"经典化"的过程。然而，经典化又并非民间叙事发展的终点。"文本，包括被视为经典化的文本，又可以成为民间叙事的新源头，借助于文本的流传，反过来又成为新的民间叙事的依据。"[①]民间传说资源是文人创作的源头活水，哺育并滋养了丰富的文学作品，而文人，尤其是精英文人富有才情和思想的创作，则又可以成为民间叙事在情感价值取向、叙事技巧等方面的借鉴，影响并引导民间叙事的发展。

新文化运动以来"白蛇传传说"的演变，传递的正是文化精英阶层积极倡导的反传统、反专制、反压迫的时代精神，这种精神以抗争为主流意识，且以文化精英阶层为实践主体。法海的反面塑形和定位正契合了民众追求自由生活的现实需要与美好愿望，并进而在复杂的革命和政治语境中成为"经典话语""权威话语"，法海的形象也似乎成了"白蛇传传说"的"权威形象"，各种口传版本中的法海正是这种"权威话语"在民间的支持和呼应。然而，一俟这些"经典话语"取得了对传说诠释的话语霸权，它在成为民间叙事引导的同时，也可能成为传说可持续发展的制约，传说原本的多样态在这种权威叙事的遮蔽下可能逐渐变得单一和呆板。为法海形象翻案，除了作为学术活动的研讨、争论之外，作为民间艺术形式或者文人创作文本中的法海鲜见有颠覆性的建构。随着社会文化语境的变迁，如何适应文化的宏大叙事要求，保持传说鲜活的生命和多样态的发展，这也许是"白蛇传传说"研究所面临的新课题。

---

① 董乃斌、程蔷：《民间叙事论纲》，《湛江海洋大学学报》，2003 年第 4 期。

值得一提的是,21 世纪以来,对"白蛇传传说"的改编或者重述,试图在尊重基本情节的基础上,重构其中的主要人物。在文学(小说)、影视中亦可见对法海形象的重塑,一般以现代人性反思命意,借之拷问人性、神性,或者反思文化身份危机等具有现代或后现代性的主题,代表作如李锐小说《人间:重述白蛇传》(2007)、电影《白蛇传说》(2011)等。改编也好,重述也罢,其实都是"白蛇传传说"这一文化遗产的传承方式。尤其是在现代或后现代语境中,知识和文化的转型以及人自身生存方式的转变,都必然带来对传说理解和再创造的变革。也可以说,文化的转型为"白蛇传传说"人物形象的重构创造了新的机会。当然,这种重构并非简单的身份还原,而是一次"否定之否定"。从已经面世的几个版本的白蛇传说中,人们不难发现,白蛇的"人性"并无衰减,而是更为复杂,而法海则由20 世纪 50 年代以来的简单的"反面人物"成为一个具有丰富人性、时刻经受精神折磨和灵魂拷问的出家人,也许我们可以称之为"颠覆性的形象建构"。但是,这种颠覆其实只是对 20 世纪以来对"白蛇传传说"中主流话语权力的颠覆,也是对单一、定型的法海形象的扬弃。

二、景观命名:从"裴公洞"到"法海洞"的景观生产

法海是"白蛇传传说"中的重要人物,其身份为金山寺降蛇高僧。随着传说的广泛流播,法海以及金山寺成为传说的标志性符号。但是,据王骧考证,历史上的金山寺并无法海,法海是民间文学塑造的人物形象。[1] 可是,在今金山寺慈寿塔下西侧,有一个"古法海洞"佛教景观,洞的右侧悬挂着一块关于"法海洞"来历的简介:

> 法海洞,又名裴公洞。法海,俗姓裴,唐朝宰相裴休之子,河东人生而胎素,颖异不群。其父信佛,作文送子至河南何泽寺出家,取名法海,行头陀行……后朝金山,见殿宇荒废,荆棘丛生,寻得此洞,参禅打坐,并燃指一节,誓兴殿宇。忽一日在山下江际挖土,获黄金数镒,报于地方官李琦,转呈皇帝,敕将黄金送法海禅师重兴殿宇,建成,命名金山寺,法海亦莫知去向。后人供奉其法像于洞中,永作纪念。[2]

---

[1] 王骧:《〈白蛇传〉中的法海"其人"》,《民间文艺集刊》(第一集),上海文艺出版社,1981 年。
[2] 摘抄于今"古法海洞"门前。

由此简介可知，法海洞又名裴公洞。关于金山头陀的记载最早源于宋《嘉定镇江志》："唐时又头陀挂锡于此，因名头陀岩。后断乎以建伽蓝。忽一日，于金山江边获金数镒，寻以表闻，因名金山。"①此处仅记载"唐时头陀"，并未点明俗姓。元《至顺镇江志》首次标明为唐时裴头陀："龙游寺，在金山，旧名泽心……或云起于唐之裴头陀。"②明《京口三山志》在前代文献的基础上，又增加了裴头陀驱蟒事迹："祖师岩，一曰头陀岩，亦谓裴公洞，相传唐裴头陀开山得金处，故名。昔有蟒蛇盘踞其中，头陀驱去之，故又名蟒蛇洞。"③在此，裴公洞与蟒蛇洞（蟒洞，今之白龙洞）相重叠。清康熙年间《金山龙游禅寺志略》："唐裴头陀生而颖异，胎素不群，唐河东裴相国之子也。因作文送出家，行头陀行，精炼形神，清斋一时，六时危坐。后来润之金山塔旁洞中，每入禅观，降龙断臂，重兴殿宇。功成而不知所之。"④这是第一次指明裴头陀即为唐裴相国之子。裴头陀的形象逐渐清晰明朗：相国之子，生而胎素，与佛有缘，断臂降龙，重兴金山庙宇，功成而退。对此，宋张商英题留于壁的诗歌有助于增强裴头陀得道高僧的圣洁形象："半间石室安禅地，盖代功名不易磨。白蟒化龙归海去，岩中留下老头陀。"该诗点明了此洞即为头陀安禅之地，以及驱蟒建庙的盖代功名。今日法海洞景观简介采用的文献资料正是来源于《金山龙游禅寺志略》对裴头陀形象的描述。清乾隆《金山志》卷一则分别记载有头陀岩和裴公洞："头陀岩在山西北，唐裴头陀所居，又名祖师岩。下为裴公洞，有头陀像供其中。"⑤清光绪《金山志》有着类似的记载："岩曰头陀，亦曰祖师，在山西北，唐裴头陀所居。"⑥上述文献所言头陀岩和裴公洞实为两处相连景观，今天的法海洞口即为头陀岩，入洞下几级石阶，即为裴公洞。此处所提及的裴公洞位置正是今天的法海洞。但是在清光绪之前的文献记载中，法海洞之名，从未出现。由此可以推断，至迟在清光绪之前，尚无法海洞之名。

然而，在今天的法海洞简介中，法海俨然已是金山寺认定的开山祖师，法海洞被界定为法海当年在金山寺修行的处所。而且，法海俗姓"裴"，所以，法海洞又名裴公洞。由此而在法海洞与裴公洞之间画上了等号。但是，在目前可见的

① （宋）卢宪纂：《嘉定镇江志》卷八，丹徒包氏刊本。
② （元）俞希鲁：《至顺镇江志》，江苏古籍出版社，1990年，第368页。
③ （明）张莱撰：《京口三山志》，顾清订正，横山草堂刻本。
④ （清）行海撰：《金山龙游禅寺志略》，江天寺景印本1936年。
⑤ （清）卢见曾：《金山志》卷一，文海出版社，1975年，第78页。
⑥ （清）周伯义撰，陈任旸订：《金山志》卷二，清光绪三十年刊本。

清末之前的史书、方志中，金山寺并无法海其人，更无法海洞，法海与金山寺的唯一关联仅在于"白蛇传传说"。那么，口头语言形态中的法海是如何演变为地域性景观法海洞的呢？

图 3-2-1　古法海洞

图 3-2-2　法海洞前石刻：头陀岩

　　"法海洞"一名首次见于 1918 年编撰的《丹徒县志摭余》："法海洞在京口金山，原臆其为裴头陀栖隐之地，然法海之名见于稗说，妇孺皆知。"①所谓"稗说"一是关于法海宰相之子身世的坊间传说，二是"白蛇传传说"中，金山寺法海的名号在当时的镇江已经是"妇孺皆知"。显然，传说中的人物法海，在民间口传语境中，被黏附为金山寺开山祖师"裴头陀"，"裴公洞"被悄然置换为"法海洞"。1922年，镇江指南编辑社编印了《镇江指南》，在介绍金山"裴公洞"的条目时，出现了"裴公洞，又曰法海洞"②的表达。这是首次正式以洞名条目的形式，将"裴公洞"与法海洞"合二为一。1929 年，金山出版了刊物《法海波澜》，不仅在刊名上使用"法海"二字，且其编辑者的署名亦为"金山法海洞僧仁山"。1983 年，由镇江市地名办公室编撰的《江苏省镇江市地名录》在介绍金山寺内洞名的时候，已经置换为"法海洞，又名裴公洞"。③ 20 世纪 80 年代末 90 年代初，金山寺大雄宝殿重建后，法海洞也得到了修葺，洞门前的法海洞简介与地名录中的解释一致。

　　至此，"法海洞"的洞名条目经历了"裴公洞""裴公洞，又曰法海洞"，以及"法海洞，又名裴公洞"的历史演变过程，从民间稗说到政府机构的认可，再到金山寺的正式命名，"法海洞"名的变更体现了传说从听觉传播的口头存在形态向视觉观赏的景观存在形态的拓展与演变。在这一过程中，传说人物"法海"是生产景观"法海洞"的文化基因，金山寺僧众、地方学者、地方政府，以及导游都是景观生产的主体，他们依据传说，采取"命名"的景观叙事手法，将金山寺固有景观"裴公洞"命名为"法海洞"，在现实景观与传说之间构筑直接关联，实现二者合一的景观命名目的，从而以景观的物质实体，坐实传说与地域的血缘关系，并成功将语言形态的故事结构扩展为空间形态的景观呈现，唤醒潜藏的传说记忆，诱发传说讲述。

三、重构高僧形象的景观生产：多重生产主体的合谋

　　法海洞源于传说人物法海，因此，它着重唤醒与讲述的便是法海这一人物形象的相关传说。在"白蛇传传说"中，法海是拆散许、白婚姻的主要力量，也是造成"水漫金山"的重要因素。20 世纪以来，在追求自由、爱情，以及革命抗争话语的影响下，法海逐渐从得道高僧的正义形象滑向破坏婚姻的反面形象，甚至在一

---

① （清）李恩绶撰，李丙荣续辑：《丹徒县志摭余》，刊本，1918 年。
② 朱瑾如、童西萍编：《镇江指南》，东南印书馆，1922 年。
③ 镇江市地名办公室：《江苏省镇江市地名录》（内部资料），1983 年，第 114 页。

些民间口传中,法海的身份也被异化为蛤蟆精、螃蟹精、乌龟精、鳖精、鲶鱼精、田螺精、乌羊精,以及黄鳝精等等。目前,在搜集到的24篇"法海身世"的民间口传异文中,法海为妖精身份的异文有19篇,占相关异文的79%。① "身份认同"是个体与群体精神关联成为可能的重要条件,是个人与他者,群体或模仿人物在感情、心理上趋同的过程,因此"身份认同"本质上属于一种确证行为。民间赋予法海异类的身份,投射了传说在口头交流中,对法海形象的不认同。然而,法海作为金山寺认定的开山祖师,着力维护僧人的正面形象。金山寺充分利用法海洞这一景观,通过法海洞来历的文字简介、洞内法海石雕、寺内僧人口述,以及导游讲解等多维叙事途径,努力重塑法海得道高僧的正义形象,法海洞承担的正是讲述、传播法海正面形象的景观叙事功能。

法海洞门前的简介,讲述了一个地方历史记忆中的法海形象。它首先为法海确立了一个较为高贵的身份:唐宰相裴休之子。其次,又以"生而胎素,颖异不群"为法海构建了一个佛教大师的灵异出生,表明其天生向佛的佛缘。最后,再以燃指一节、获金建寺、寺成远去的传奇事迹,渲染法海高风亮节的美好品性。法海洞简介表面上似乎是还法海一个历史形象,实际上是借法海洞这一景观,重构法海正面高僧形象。走进法海洞,洞内竖立着一尊法海石雕坐像,他结跏趺坐,面容清瘦,安然慈祥,并清晰可见其一节断指,与洞前法海事迹相一致,表明他舍身建寺的美好功德。这一形象与法海在"白蛇传传说"中的首次出场十分类似。在明末冯梦龙拟话本《白娘子永镇雷峰塔》中,法海是一位"眉清目秀,圆顶方袍,看了模样,确是真僧"②的高僧模样,他对白蛇也是秉持了佛家以慈悲为怀的宽容态度,他先是告诫白蛇,要远离许宣。之后,又在许宣的一再请求下,才以金钵收服白蛇。因此,法海洞的景观叙事是一种选择性的叙事与地域式传承。他们摈弃了20世纪以来,传说对法海形象的贬损,选择以冯梦龙笔下具有降妖法力的佛教传奇人物为叙事蓝本,坚持讲述法海高尚的历史形象与正义的传说形象,传递了金山寺僧众对法海禅师的敬仰与维护。

法海简介与石雕像所描述的法海正面形象,得到了金山寺导游的反复口述,他们在强调历史与传说错位的同时,努力重构一个不同于现有民间口传的法海形象:

---

① 康新民主编:《白蛇传文化集粹》(异文卷),江苏文艺出版社,2007年。
② (明)冯梦龙:《白娘子永镇雷峰塔》,《警世通言》(第二十八卷),中华书局,2009年,第290页。

　　法海是金山寺的开山祖师，当年，他拾到黄金，燃指一节，立誓要重建寺庙。所以，寺庙建成后，就叫金山寺。历史上真正的法海和传说不同，他是唐朝宰相之子，一心向佛，他是得道高僧，是唐朝人，怎么会去管宋朝人的婚姻呢？①

　　大家了解到的法海，都是传说中那个拆散人家婚姻的恶法海，但是，今天，你们来到了金山寺法海洞，我就一定要告诉你们一个真正的法海。他是唐朝宰相裴休之子，是一位得道高僧，当年，他来到这里，决心要建一座寺庙，无意中，在山后挖到黄金，于是，就建成了这座寺，因为得到黄金，所以，取名金山寺。法海洞就是他当时修行的地方。②

　　法海是好人啊！我小时候，就听老人讲，洞里原来供奉的是法海真身，非常灵，大家都很信。"文革"的时候，被毁了。"文革"后，金山寺的和尚们又在洞里竖了这一尊石雕。③

　　导游是一个特殊的群体，一方面他们以宣传地域景观为日常工作，对与景观相关掌故、传说的充分了解是他们必备的职业素养；另一方面，他们多是土生土长的本地民众，对地域景观文化充满温情。他们对法海宰相之子身份的强调、法海是唐朝人而不是宋朝人的时代重申，以及洞内供奉法海真身的儿时回忆，带有鲜明的情感认同。这些法海事迹与其说是"真正的法海""历史上的法海"，还不如说是一个地域性的集体记忆中的法海。此外，除去主观上的情感认同，导游还是一个被景观文化符号规训的群体。他们对景观的文化阐释，往往代表的便是景观生产者的文化意图。法海洞的景观文化符号便是金山寺开山祖师法海的苦修处所，这一身份定位必然带来对法海形象的正面解读与坚定维护，反映了景观生产者试图以景观叙事传递的地域文化精神。

　　法海洞的出现是"白蛇传传说"从口传走向景观的历史过程，它以法海形象为景观叙事的核心内容，以洞名、洞的简介、洞内石雕像以及导游的现场讲解，共同讲述一个高僧法海的正面形象。这一形象与现时口传、影视等传播媒介中的

---

　　① 访谈时间：2012年3月21日；访谈地点：金山寺法海洞；被访谈人：王女士，金山寺导游，镇江本地人；访谈人：余红艳。
　　② 访谈时间：2013年4月12日；访谈地点：金山寺法海洞；被访谈人：陈洋，金山寺导游，家住镇江金山寺附近；访谈人：余红艳。
　　③ 访谈时间：2012年3月21日；访谈地点：金山寺法海洞；被访谈人：陈女士，金山寺导游；访谈人：余红艳。

图 3-2-3　法海石雕像

反面形象展开博弈,坚持宗教本位与地域本位的表达,充分体现了景观叙事对传说的遴选与创造,是"白蛇传传说"重要的景观存在形态。但是,在这样的景观生产中,传说中的法海形象曾经具有的残忍固执的一面被过滤,其负面形象被刻意回避,传说人物所具有的人性的复杂性和矛盾性招致削弱,在对人物形象的评价上,从一个价值极端走向另一个价值极端。这一现象在地方人物传说的开发中普遍存在,对于地域来说,反面人物近乎消失,正面建构与弘扬成为地域文化开发的宗旨,这在一定程度上削弱了传说的批判精神。

　　改造后的法海洞承担了"白蛇传传说"景观叙事的功能,并在现代旅游的推动下,以本地域为中心,向周边乃至全国范围扩展、传播。根据笔者在金山寺景区内外所做的问卷调查,在前来金山寺旅游的游客中,以"法海"或"水漫金山"为旅游动机的游客为 75.2%;将法海洞作为必游景点的游客为 95.5%;来到金山寺,就会和游伴(包括孩子)讲述"白蛇传传说"或"法海""水漫金山"的游客占 99.1%。[①] 在对

---

　　① 数据来源:笔者于 2013 年 4 月—5 月在金山寺景区所作的问卷调查,问卷发放 500 份,收回有效问卷 500 份。

金山寺导游的访谈中，他们一致表示法海洞基本是游客必去景点，他们也会向游客讲述不同版本、异文的《白蛇传》。其中，主要是讲述流传在镇江本地的"白蛇传传说"和法海故事，例如许仙是如何从洞内逃到西湖的传说；①法海建寺的传说、法海石雕来历的传说；②金山寺内小白蛇显灵的传说③等等。导游讲述的"白蛇传传说"紧紧围绕金山寺和法海洞景观，充满了地域情怀。很大程度上，导游以景观为物证，承担了传说地域性传承的重要使命。

在此，传说景观生产的多重主体在宣扬佛教高僧文化、弘扬地域传统，以及发展地方旅游经济等多元主题之中，寻到了最佳的融合点。首先，作为金山寺认定的开山祖师，法海自然是金山寺僧众极力维护的高僧形象，金山寺以法海洞为纪念祖师的佛教景观正符合佛教徒对佛教高僧的崇敬与缅怀；其次，金山寺作为镇江最为重要的旅游资源，对金山寺高僧法海形象的重构当然也是地方政府努力进行的旅游宣传亮点；最后，地方学者与普通民众往往都秉着对本地域文化的深厚情感，渴望进行某种有利于地域形象的叙事。法海洞成为多方力量合力强化的景观对象。在诸多力量的共同努力下，这一从"白蛇传传说"传说人物演化而成的佛教景观成为"白蛇传传说"不可或缺的重要景观，地方政府与佛教信仰的合力使得法海洞景观生产既有利于"白蛇传传说"的发展与当代传承，同时又有效实现了金山寺僧众渴望重构法海形象的景观叙事目的，是"白蛇传传说"当代景观生产多重主体相互融合、助力的结果。

但值得关注的是，在地方努力依据传说进行景观生产，从而开发传说旅游，并重构地方文化精神的同时，"白蛇传传说"佛教景观生产也存在一味追求经济效益而损及宗教信仰的不利面。20世纪八九十年代，金山寺法海洞前曾有一种展示"水漫金山"的电动模型，这一市场行为招致金山寺僧众的极力反对。④ 传说中的"水漫金山"淹没了金山寺，造成金山寺僧众的伤亡，这一由传说建构而来的集体记忆使得金山寺僧人对"水漫金山"的传说耿耿于怀，这一负面情结在镇

---

① 访谈时间：2013年4月2日；访谈地点：金山寺景区内；被访谈人：金山寺导游张先生；访谈人：余红艳。

② 访谈时间：2012年3月21日；访谈地点：金山寺法海洞前；被访谈人：金山寺导游陈女士；访谈人：余红艳。

③ 访谈时间：2013年4月12日；访谈地点：金山寺法海洞前；被访谈人：金山寺导游陈洋；访谈人：余红艳。

④ 王骧：《白蛇传故事三议》，见张丹主编：《白蛇传文化集粹》（论文卷），江苏文艺出版社，2007年，第38页。

江其他寺庙的僧人对"白蛇传传说"的口述中也有所流露。① 金山寺尊奉法海为开山祖师,对法海形象的坚定维护便必然成为全体僧众的自觉行为。"金山寺僧认为传说中法海是污蔑了他们的开山祖师,不仅不允许在金山拍摄《白蛇传》,甚至连描绘这一传说的画中也不能出现法海形象。"②因"水漫金山"而闻名于世的金山寺拒绝"水漫金山"的传说景观生产,正表明了地方在开展传说宗教景观生产时,必须尊重宗教信仰,维护宗教情感。

从明末首次走进传说的得道高僧,到破坏婚姻、固守封建伦理的卫道士,法海这一传说人物经历了巨大的形象演变。法海形象的逆转与白蛇形象的美化相一致,表达了人类不同时期的困惑与情感需求。法海形象的矛盾性表现在法海洞景观生产的过程中则更为复杂、更富意味。一方面,景观生产的时代性和地域性必然使得法海形象在景观叙事中发生一些变异甚或错位,相对于主流传说而言,亦不无创新性;另一方面,法海形象在传说中的相对固定性也给这种地域性变异带来叙事接受的风险,而景观生产显的经济利益驱动与潜在的宗教情感冲动产生龃龉也在所难免。如何在传承传说本体中实现景观叙事对传统的创新,又要兼顾传说的时代价值、宗教情怀和尽可能的经济利益,这大概不仅仅是法海传说景观生产所面临的问题。

第三节 移植与游离:经济与信仰矛盾纠葛的白龙洞景观生产

在"白蛇传传说"中,金山白龙洞是一个独特的景观。它既是水漫金山之后,许仙遁逃至杭州西湖,与白娘子断桥重逢的秘密通道;又是民间口传中,小青诱骗并大败法海的战场。从叙事功能上分析,它是连接水漫金山与断桥重逢这两大核心情节的关键,它巧妙地沟通了镇江与杭州、金山与西湖这江南两地、两景,从一个侧面解释了金山寺高僧自由往返于镇江、杭州两地的地理优势,投射了江

---

① 陈炳生、净慈口述,陈静记录:《白娘娘与法海结仇》之《金山结仇》,收录于江苏省民间文学工作者协会、江苏省民间文学工作者协会镇江分会编:《白蛇传》(资料本),第 21-22 页。镇江关帝庙僧人净慈和尚讲述白娘娘与法海结仇的故事时,特别强调:"法海与白娘娘斗法,不能单说法海不好。"表明了镇江佛门弟子对法海形象的维护。
② 陆潮洪:《法海形象与法海其人辨趣》,见张丹主编:《白蛇传文化集粹》(论文卷),江苏文艺出版社,2007 年,第 163 页。

南城市之间经济、文化的频繁交流。那么，白龙洞是如何走进"白蛇传传说"的呢？在金山公园如火如荼的"白蛇传传说"景观生产大潮中，它又经历了怎样的景观变迁？金山公园白龙洞景观的当代变迁投射了景观生产主体之间利益与信仰的冲突。

一、景观移植：从"紫露洞"到"白龙洞"

白龙洞最早与"白蛇传传说"发生关联，源于民国时期梦花馆主所改编的小说《白蛇传前后集》：

> （法海）取出小小莲灯一盏，递给许仙道："随我来，你可拿了这盏莲灯，跟我到寺后去，那里有一个小洞，名叫紫露洞，你且进去，随光而走，便是武林了。但莲灯一灭，寸步难行，须要小心。"许仙应是。来到寺后洞口，望里面黑暗如漆，伸手不见五指，觉着一阵阵的冷风从内吹出，他却仗着佛力保护，放大了胆子，辞别禅师进洞，好似一条小巷，两旁却是山峰，冷气森森，侵入肌骨，还亏手执莲灯，跟着这道光线进行，耳边风声骤起，似在云雾中行走，心里有些害怕起来，莫非我上了法海的当，他把我送入幽冥，走进了地狱不成？一路自言自语，满腹愁烦，反想起娘子的好处止不住眼中垂泪，信步行来。不知什么东西脚下一绊，跌倒在岸滩上面。此时天色尚未明亮，手里的莲灯已经跌灭，其实早被禅师暗暗收去了，仙官爬起身来，黑暗中认不出地方，只道到了阴司，自己已做了鬼，必须要问个信才好。正想问，那边影影绰绰，见有两人走来，这两人是衙门中的差役……（许仙问路）许仙听说是杭州西湖，好生诧异。暗想，镇江到此，虽不甚远，约来也有千里程途，怎么霎时便到？真所谓佛法无边了。抬头向四面一看，天色渐明，实在是西湖十景塘前了，只见六桥三竺，都在眼前桃李争妍，依然如旧……一路从湖上走将过去，前边正是断桥。①

这段文字见于《白蛇传前后集》第三十五回《断桥》。水漫金山之后，白娘子与小青水遁逃到西湖断桥亭，而许仙则在法海的安排与帮助下，从金山寺后的小山洞"紫露洞"回到了杭州西湖十景塘。约有千里路程的镇江与杭州，从此洞通

---

① 梦花馆主：《白蛇传前后集》，中国书店，1988 年，第 131 – 132 页。

过，却“霎时便到”，极具神奇色彩。

然而，金山寺后并无紫露洞。细阅《金山志》，我们发现位于金山寺背后的山洞主要有裴公洞、蟒洞、飞云洞和朝阳洞。裴公洞前节已作详细考证，内有裴头陀像供其中，与上述山洞描述并不一致，此不赘述。飞云洞又名白衣洞。据《金山志》记载：“飞云洞在山北慈寿塔下。”又云：“白衣洞在山北七峰阁下或于崖上刻飞云洞三字者误。”可见，飞云洞内崖壁上刻有“飞云洞”三字。此外，“朝阳洞在日照岩下，一名观音洞。中有石琢观音像”。① 对比金山寺后的几座山洞，唯蟒洞与小说中描绘的“紫露洞”较为贴合。

蟒洞就是今天的白龙洞，又曰龙洞、珠洞、龙门等。清《金山志》记载：“龙洞在金鳌岭下江中，俗呼为蟒洞。”②又载：“珠洞一称龙洞，一称龙门，在朝阳洞左。俗亦呼为蟒洞。”“龙门即山西北笔架峰后，石牌山前，江流最深处。元泰定间，臣檝云：金山盘淌漩激，号为大簰，又名龙门，又云：龙淌水深二百丈，指此。”③据地质考古研究，金山白龙洞的形成主要有两个原因，一是花岗岩侵入体在冷却过程中组成物质冷却不均衡，形成节理和较大的裂隙；二是金山在清朝以前长期位于长江当中，涨潮落潮以及江水长期冲蚀溶蚀，使裂隙扩大形成了洞穴。④ 由此可知，白龙洞长期浸泡于江水之中，从地理位置分析，它具有通向江海的可能。金山寺内挂有一副对联：“适从云水窟里开，山色可人，两袖犹沾巫峡雨；更向海天深处，邮程催我，扁舟又趁浙江潮。”这副对联将镇江与杭州相连，反映了镇江独特的地理位置，以及江南城市之间的频繁交流。镇江自古“大江横陈，群峰环抱”，隋朝大运河的开通，更使其成为长江、运河的十字交汇处。明代以后，江南成为全国商业生产的中心，镇江作为江南运河的起点，承接着南北各地的商品交流，占据着黄金水道。镇江境内亦形成了四通八达的航运水道，连接着江南纵横交错的河湖网络。因此，传说才会产生从镇江金山寺直通杭州西湖的秘密水道的想象。

白龙洞除了具有天然的地理优势之外，自唐代以来还记载了诸多白蟒传说，这些白蟒与金山寺高僧的传说为其走进“白蛇传传说”提供了叙事可能。正如前所述，金山寺高僧文化的建构正是在降蛇仪式与降蛇传说中逐渐形成的。因此，

① （清）卢见曾：《金山志》，文海出版社，1975 年，第 78 页。

② 同上，第 78 页。

③ 同上，第 81 - 82 页。

④ 卢促康：《镇江金山白蛇洞与法海洞》（摘要），在此论文标题与摘要中，直呼白龙洞为白蛇洞，强调的是白龙洞与“白蛇传传说”的密切关联，并将白龙洞与“白蛇传传说”中的白蛇直接联系。

毒蟒是金山白蛇形象中的主要方面。在金山寺降蛇高僧中，唐灵坦禅师是最为显著的一位。《金山志》载："灵坦姓武氏，文水人，谒菏泽神会付以法。大历间，卓锡金山。"①又引释赞宁《宋高僧传》云："灵坦，则天后侄孙……又止润州，江中金山，今泽心也，其山北有一龙穴，常吐毒气，如云有近者多病或死。坦居之，毒云遂灭。"②此段文字记录的是金山北的龙穴内，常有毒气，并未说明龙穴之毒气是否来源于蟒蛇，更未点明是否为白蟒。清释行海《金山龙游禅寺志》将这则龙穴毒气的传说衍发为高僧驱蟒："唐天宝中，有广陵灵坦禅师，初于江心金山之北入定蟒洞，降蟒归海，乃重开山为禅宗之始焉。"③此事在秋崖《续金山志》中亦有记载，蟒洞至今犹存，也被称为龙洞。《金山龙游禅寺志》云："龙洞，在朝阳洞之左，深不可测，俗呼珠洞。唐时常有毒龙吐气，近者多病，因灵坦禅师降之即去。"④这一记载对《宋高僧传》中，灵坦禅师降蛇的记录有所补充。灵坦禅师入蟒洞而驱蟒归海的表述形成了较为完整的故事情节。灵坦究竟如何降蛇，并未交代。但是，他"居"则"毒云遂灭"，法术之高超，跃然纸上。

相较于灵坦禅师，金山寺开山祖师裴头陀的降蛇记录则更为详尽，且与金山寺的重建、金山之得名紧密相连，更加突出驱蟒对金山以及金山寺的独特意义。《金山志》"蟒洞"条目下，记载道："蟒洞，右峰之侧，幽峻奇险，入深四五丈许。昔出白蟒噬人，适裴头陀驱伏获金，重建精蓝。""裴头陀生而胎素，颖异不群，乃河东裴相国休公之子也……后来润之金山塔旁岩洞中，每入禅观，降龙断臂，重修殿宇，攻成而不知所之。宋相张商英题云：半间石室安禅地，盖世功名不易磨。白蟒化龙归海去，岩中留下老头陀。"张商英的题诗以及《金山志》关于蟒洞的记载，说明金山寺高僧降伏蟒洞白蛇的传说早在唐代便已流传。而且，"白蟒化龙"还包含着佛法对白蟒这一异类的驯服。清光绪《丹徒县志》也记载了裴头陀驱蟒的传说："相传裴头陀开山得金处，昔有蟒盘踞其中，头陀驱去之。"⑤南宋诗人林景熙在其七律《金山寺》中也提及金山寺高僧制服水怪的传说："衲寄云林青海怪，泉移蛟窟照僧闲。"元人章祖程对此二句注解道："寺僧相传，在先江中蛟鼍出

---

① （清）卢见曾：《金山志》文海出版社，1975年，第156页。
② 同上，第157页。
③ （清）释行海：《金山龙游禅寺志》（上），见《中国佛寺志丛刊》（第49册），江苏广陵古籍刻印社，1996年，第27页。
④ （清）释行海：《金山龙游禅寺志》（下），见《中国佛寺志丛刊》（第50册），江苏广陵古籍刻印社，1996年，第31页。
⑤ （清）吕耀斗等：《光绪丹徒县志》（一），冯寿镜、何绍章修，江苏古籍出版社，1991年，第68页。

没，不时兴波为患，后有神僧以袈裟镇之，始息。"①这则传说的记载与"白蛇传传说"中，法海以袈裟压住水漫金山水势的情节十分相似，体现出金山寺水怪传说对"白蛇传传说"的影响。

在这些文献记载中，盘踞在金山寺白龙洞的蟒蛇是携有毒气、危害人类的水怪，金山寺高僧对其的降伏充满为民除害的正义性与佛法无边的神圣性，有效宣扬了佛教法力。

在镇江民间口传中，流传着一则关于镇江三山（金山、焦山、北固山）来历的传说，传说中潜伏于长江水中作怪的老龙，亦可看作白龙洞毒蟒。传说梗概如下：

> 有条老龙犯了天规，被罚沉到镇江江底。可是，他不肯安分，把两只眼睛抬出江面，不住转动，像是水底冒出了两座活山，船只碰上了，就被撞翻沉没，不知送掉多少人的性命。镇江江边上鳏寡孤独的哭声，常常直冲云霄。于是，天上有仙女借来太白金星的定龙珠，用其中两颗定住了龙的双眼。这就是金山和焦山。老龙十分生气，又以叹气掀起漩涡，仙女又用第三颗定龙珠定住了龙的喉咙。从此，长江平静下来，船只又太平地来往了。仙女则因偷取定龙珠被处死，在江边劈了个又大又圆的深水塘。人们感谢仙女，为仙女堆了一个坟，永远地固定在长江边上，人们叫这座山为"北固山"。②

这则传说与镇江三山相连，是解释三山来历的地方景观传说。但同时，又包含了镇江长江水怪作乱的情节，并将水怪聚焦为龙蛇，均属金山及其周边祸害于民的龙蛇形象。此外，在镇江搜集的"白蛇传传说"口传异文中，还有一则来自僧人净慈和尚的讲述。在他的讲述中，白蛇与法海结仇更多的是源于白蛇的过错，带有鲜明的佛教信仰态度：

> 过去，镇江金山在江中心，金山顶上法海洞住着老法海，这老法海能坐定到西天佛国，听佛老爷如来讲经说法，根基不小。他丹田里有一颗仙丹。

---

① （宋）林景熙：《金山寺》，收录于《霁山集》，中华书局，1960年。
② 董军、陈建国口述，郭维庚、赵慈风搜集整理：《定龙珠》，见《金山民间传说》，江苏人民出版社，1980年，第42—44页。

> 每天，天刚亮，老法海站在法海洞口，把丹从嘴中向天空吐去，这丹光芒四射，受日月精华，是颗宝丹，能转老返童，到太阳出山漫天通过时，老法海吸口气把丹收回，吞下丹田，每天如此。法海洞下，全是江水，江水里有个山洞，(就是后来的白龙洞)白娘娘就蹲在洞里修炼，早就想吞吃老法海这颗仙丹……一天，老法海正从丹田里吐出仙丹，西边天空中出现一朵祥云，法海一看，原来是佛祖如来经过金山，就在法海跪迎如来佛时，白娘娘一看大海的仙丹在天空中不转动，跃出水面，只看见法海正和如来佛谈着话，一个腾空上了天，一口吞下仙丹，随即潜入水底，向着东海水道溜走……这么，才闹出个水漫金山，雷峰塔的事儿来的。①

在这则传说异文中，讲述者将法海与白蛇结仇的缘由归结于白蛇偷吃了法海的仙丹，并将法海塑造成一位可以与如来佛祖交谈的得道高僧，而白蛇则成为一条坐享其成、偷食他人仙丹的恶徒。讲述者的僧人身份使其在讲述中带有强烈的宗教信仰倾向，同时也反映着镇江僧人对金山寺高僧法海正面形象的积极维护。

与上述蟒蛇传说相反，在镇江金山寺还流传着另一类蟒蛇形象，这类蟒蛇传说是镇江民间蛇信仰的投射。北宋沈括在《梦溪笔谈》中收录了一则龙卵引发金山大水的传说：

> 天圣中，近辅现龙卵，云：得自大河中。诏遣中人送润州金山寺。是岁大水，金山庐舍为水所漂者数十间，人皆以为龙卵所致。至今椟藏，余屡见之：形类色理，都如鸡卵，大若五卵囊；举之至轻，唯空壳耳。②

这则传说将龙卵与大水相连，与上述水怪传说一致。龙卵唯空壳的细节，似乎暗示了龙已然归海，同时从中我们又可以看出与白龙洞龙蛇传说的血缘关系。但是这则传闻被《金山志》引入，并附加一条与情节相关的材料："有人曾于铁狗庙下得一龙卵，后寄于金山寺，龙能壅水上寺门，取卵不得。"③这则传说具有告

---

① 口述人：净慈；记录人：陈静；收录于江苏省民间文学工作者协会，江苏省民间文学工作者协会镇江分会编：《白蛇传》(资料本)，第 21-22 页。
② (宋)沈括：《梦溪笔谈》，文渊阁四库全书，卷二十，第 6 页。
③ (清)卢见曾：《金山志》卷四，文海出版社，1975 年。

诚的意味,表明龙卵具有"壅水上寺门"的法力,故"取卵不得",带有地方蛇信仰的崇拜思维。而且,这则材料中的龙卵取于镇江铁狗庙下,又暗含了镇江地方崇犬文化与崇蛇文化的冲突。镇江市是一个移民城市,公元3世纪初的"永嘉南迁"使得大批移民南渡,京口(今镇江)一带是北方移民最集中的地方,从东晋到南朝,京口一直是徐州和南徐州的驻地。徐夷是一个崇犬民族,徐夷文化的侵入为镇江带来了犬文化。镇江西郊曾有一个狗王庙。庙中供奉着一条泥犬。但是蛇信仰在镇江源远流长,铁狗庙下得龙卵的记载,某种意义上反映了不同民间信仰相互争斗的局势,是镇江民间蛇信仰的表达。

不同信仰之间的争斗还表现在制度性宗教对地方信仰的收服。在镇江民间,流传着一则"白蟒还山"的传说,充分体现了佛教对地方民间信仰的征服姿态。据说,在法海准备上金山之前,镇江、瓜洲一带盛传这座山上有一条几丈长的会吃人的白蟒蛇。但是,法力高超的法海并不惧怕白蟒,还是决定上山。就在他向山上走的时候,迎面来了一位手持龙头拐杖的老人,老人见了法海便鞠躬道:"我的主人到了。"夜间,老人又托梦说:"我是山上的一条白蟒蛇,在山上有一千多年了,这山应该是你的,我现在交给你了,现在这山脚东南角上有五坛金子,五坛银子,你可以把它挖出来。"天明后,法海挖出金子,并献给朝廷,从此,这山便叫金山,朝廷让法海用挖来的金子修整寺庙,即金山寺。法海觉得白蟒蛇对金山寺有恩,所以,度白蟒蛇归入佛教。① 这则传说的讲述者原是一名僧人,故事带有鲜明的佛教和地方蛇信仰争夺信徒的宗教意味。2005年5月15日,笔者在镇江市七里甸金山村进行传说搜集采录时,"白蛇传传说"的传承人龚笑霞详细讲述了法海如何来金山寺出家,如何成为金山的主人,金山白蟒如何为法海让道的过程。② 白蟒还山、白蟒让道的传说强化了金山寺佛教信仰的神圣性,暗示了金山寺高僧收服白龙洞白蟒的故事原型。

正是在白龙洞高僧驱蟒、白蟒化海归去的传说,以及白龙洞独特的地理位置等多重背景下,白龙洞以"紫露洞"的虚拟景观走进了"白蛇传传说"。但是,在民间口传中,尤其是镇江民间传说与地方曲艺中,仍然是将白龙洞作为"直通西湖断桥"的景观。在镇江地方曲艺扬剧中,有一出名为《放许仙》的曲段。许仙被关

---

① 《法海的传说》,口述人:孔繁珠(惟宽和尚),男,67岁,现在兴化县竹泓公社竹三大队务农;记录人:吴林森、方范、康娟;讲述时间:1981年8月8日夜晚。收录于江苏省民间文学工作者协会、江苏省民间文学工作者协会镇江分会编:《白蛇传》(资料本),第67-70页。
② 被访谈人:龚笑霞,镇江"白蛇传传说"省级传承人,84岁,镇江市七里甸金山村人;记录人:刘朝宪;访谈时间:2005年5月15日;访谈地点:龚笑霞家中。

在金山寺内不能离开,眼看怀孕的白娘子与法海大战,他央求小沙弥放走自己:

> 许:小师父,许仙断断不能在此出家,还望你大开方便之门,放我出去,日后倘能骨肉重逢,定不忘你大恩大德。(跪下)
>
> 小:这……(背弓)我,我小和尚也不是天上掉的,地下长的,我是父母养的,我不成全他们夫妻骨肉,还念什么经,只是我师父……也罢,(向空一拜)佛祖爷爷,恕弟子违师之罪,(向许)施主,你随我来,(令许下楼,走出院)这里有一水洞,能够通到杭州,你就此逃走吧!
>
> 许:(看洞)小师父,金山远离杭州五百余里,叫我怎样走得到?
>
> 小:(略想)好吧,摆渡摆到江边,送佛送到西天,我这里有灵香一支,交付与你,即可化为清风一阵,送你日行千里。①

扬剧《放许仙》中提及的位于寺后的小水洞正是白龙洞。早在1963年搜集的镇江稻草山歌《白蛇歌》中,就有相似的情节:"八月桂花香味浓,水漫金山半腰中。白娘带兵去问罪,小僧偷把许仙送。"②可见,在"白蛇传传说"地方化的演化过程中,虚拟的景观"紫露洞"逐渐移位于现实景观"白龙洞",并以洞名简介、传说核心情节点题和竖立传说人物雕塑等景观生产方式,实现了从虚拟景观向现实景观的移植。

二、暗示与游离:佛教信仰与旅游经济冲突下的白龙洞景观生产

白龙洞位于今镇江金山西北山脚下的玉带桥旁,正对着御码头,在朝阳洞左侧。洞口高约两米、宽不足一米,洞内空间狭小,约三四平方米。在其右侧底部,有一条狭长的小石洞,可供七八岁的孩童匍匐爬行。在洞口的上方,还刻有一行醒目的红色文字:根据传说,此洞直通杭州西湖。在白龙洞外右侧,立有一块石碑。碑上刻有白龙洞简介:

> 宋朝《高僧传》载:此洞内原有白蟒,吐毒气如烟蕴,人过则亡。唐高僧灵坦入洞参禅,大蟒归海而去。民间传说由此可通杭州西湖断桥。

---

① 扬剧《放许仙》,收录于江苏省民间文学工作者协会、江苏省民间文学工作协会镇江分会编:《白蛇传》(资料本),第115-116页。

② 康新民、陆朝宏搜集整理:稻草山歌《白蛇歌》,收录于江苏省民间文学工作者协会、江苏省民间文学工作者协会镇江分会编:《白蛇传》(资料本),第92-93页。

图 3-3-1　金山白龙洞

图 3-3-2　白龙洞简介

图3-3-3　金山白龙洞外人物雕塑

除此之外，在白龙洞外左前方，约十米开外，靠近玉带桥的方向，竖立着两尊并肩站立的两米多高的石像。石像面朝白龙洞方向的江水，是古代女子的装扮。个子略高的一位身披白色披风，右手微微举起，注视着远方；个子略低的一位，则身着青色披风，右手执剑。

毋庸置疑，无论是白龙洞简介中提及的"民间传说"、洞内所刻的"根据传说"，还是洞外竖立着的白、青二位女子塑像，都鲜明地指向"白蛇传传说"。然而，在整个白龙洞景区，却无一处提及"白蛇传传说"字眼。为何白龙洞景观对"白蛇传传说"多处暗示，却又游离回避？白龙洞的"白蛇传传说"景观缘何呈现出如此暧昧的生产态度？

这与白龙洞在"白蛇传传说"中的核心情节密切相关。自民国时期梦花馆主将白龙洞纳入"白蛇传传说"的叙事框架之后，民间传说结合白龙洞原有的"白蟒化海"传说，将白龙洞演绎为法海与小青大战而败，最终变成蟹和尚的战场：

> 　　白娘娘被压在雷峰塔下后，法海回到金山寺。他觉得很奇怪：从杭州到镇江，要走十天半月，怎么一夜之间，白娘子就能领了虾兵蟹将，来水漫金山寺的？难不成我这金山寺脚下，有什么漏洞？法海就查了，终于查到一个看山门的小沙弥。小沙弥说："我听香客说，金山腰眼里有个洞，南通苏杭，北通扬州平山堂，这个洞犯嫌呢。"
>
> 　　法海担心小青躲在洞里报复他，于是，就来到洞门口，让小沙弥守住洞口，自己进去看看，并嘱咐若是有妖怪出来，就往死里打。原来小青真的伏在洞里等法海呢，她率领螃蟹精、螺蛳精、歪歪精、乌龟精、甲鱼精一起伏在水漫金山寺的路上等，她远远地看见法海进洞了，就招呼大家一起打法海。

洞里太小了,法海没法开打,法海就直冲直撞,想往回逃,看见螃蟹精挡着路,就变成一只小螃蟹,结果门口小沙弥以为是妖精,就使劲打,而且把洞口堵了起来,法海只好回头钻进了螃蟹的肚子里,从此再也出不来了。人们吃螃蟹,还能在它肚脐子里,扒到个老和尚似的东西,它就是法海。①

这则传说在讲述的时候,解释的是法海洞而非白龙洞。但是,在笔者访谈中,搜集的几则白龙洞传说均和上述情节一致:

> 不是讲法海洞的,是说白龙洞。白龙洞里有一个小洞,狭长狭长的,可以通到杭州西湖呢。小青就是在洞里等法海,终于把法海打败了。②
> 法海洞在上面,是法海修行的地方,白龙洞在下面,是白娘子修行的地方。这个洞可以通到杭州,许仙被法海关在金山寺,不把回家,一个好心的小和尚,告诉许仙,从这个洞钻进去,就爬到了西湖。③

在这些传说中,与白龙洞相关的情节主要包含如下几个方面:一是白龙洞可以直通杭州西湖;二是白龙洞是法海与小青打斗的场所;三是法海战败。这几个内容均是将感情投放在白娘子、小青和许仙的身上,对法海更多的是厌恶甚至憎恨,表达了民众对美好爱情的向往与同情。如此鲜明的情感倾向还演化为法海害怕白蛇一类的民间传说。宗震民曾经讲述过一则《法海怕蛇》的传说:

> 据说唐代有个灵坦法师,有的说就是法海,到镇江金山修道。他驱蟒开山,挖金筑寺。开山时,遇到一条大白蟒,他就和白蟒斗。白蟒不咬人,卷人,把法海卷起来了,法海就用禅杖推开逃掉了。禅杖厉害得很,有三个用处:一能走尽天下,不愁吃和穿;二能驱除妖魔鬼怪;三能打开十八层地狱。和尚没有道行是拿不到禅杖的。白蟒进了白龙洞,白龙洞通到杭州。过了多少年后,有个游方僧到了峨眉山,遇到一个女子,这个女子问他:"从哪里

---

① 济仲口述,赵慈风搜集整理:《法海洞》,收录于江苏省民间文学工作者协会、江苏省民间文学工作者协会镇江分会编:《白蛇传》(资料本)。本文根据故事情节缩略而成。
② 被访谈人:王女士,67 岁,镇江人;访谈人:余红艳;访谈时间:2012 年 7 月 15 日;访谈地点:镇江市五条街附近。
③ 被访谈人:周女士,65 岁,镇江人;访谈人:余红艳;访谈时间:2012 年 7 月 15 日;访谈地点:镇江市五条街附近。

来？"他说："从拉萨来。"又问他到哪儿去？他说镇江金山寺去。那个女子说："我是金山的蛇变的，有个和尚叫法海，他很怕我，不信你问他就知道了。"①

在这则民间传说中，法海败给了白龙洞内的白蛇，并且还被卷走了禅杖。显然，此类白龙洞传说不利于树立金山寺高僧法海的正面形象，对于将法海视为开山祖师的金山寺僧众来说，是一个不愿承认也不愿提及的负面传说。在此，我们不妨借用美国人类学家罗伯特·雷德菲尔德提出的大、小传统的分析概念。对流淌于民间口传的白龙洞传说而言，记载于《金山志》《宋高僧传》，以及各类地方志中的高僧降蛇传说，某种意义上，具有代表地域或宗教正统文化的大传统意味，而民间流传的白龙洞法海狼狈惨败的传说则属于小传统的范畴。小传统深受民间传说"白蛇传传说"的主题影响，表现出对法海的憎恨和对白娘子、许仙的同情，因此，联系白龙洞的白蟒传说，使得白龙洞成为白蛇的修行处所，而法海丧失了除妖降魔的"禅杖"。

民间传说是一种地方性话语，是地方民众历史观、价值观的重要载体。但是，民众又并非一个均质的抽象的概念，他们也有着不同的价值立场与自身的身份属性。在"白蛇传传说"的讲述与传播对象中，就存在着普通民众与宗教信徒之间的区别。笔者在金山寺访谈的时候，金山寺僧人就一致表示，法海是金山寺开山祖师，法海洞是法海修行的处所。而对白龙洞，则明确表示曾有毒蟒居住，后被金山寺高僧（灵坦或法海）收服：

传说那是瞎说的，白龙洞门口的简介不是写了吗？白龙洞里原来住着一个大白蟒，有毒，害死很多人，是法海和尚赶走了它。②
法海是唐朝高僧，和传说没有关系的，那是文人瞎编的。③

但是，正如前节所述，法海亦是文人借助金山寺高僧降蛇传说虚构出来的

① 讲述人：宗震民，原镇江戏校教师，76 岁；记录人：郭维庚；流传范围：江苏镇江、宜兴等地。收录于江苏省民间文学工作者协会、江苏省民间文学工作者协会镇江分会编：《白蛇传》（资料本），第 65 - 66 页。
② 被访谈人：法海洞内僧人；访谈人：余红艳；访谈时间：2013 年 3 月 12 日；访谈地点：金山寺法海洞。
③ 被访谈人：金山寺大雄宝殿值班僧人；访谈人：余红艳；访谈时间：2013 年 3 月 12 日；访谈地点：金山寺内。

"白蛇传传说"中的人物形象。金山寺接纳法海,弘扬其收服妖蛇的高超法力,并奉其为第二代开山祖师,极力维护其正义形象。而对白龙洞则采取了相反的态度,否定其与"白蛇传传说"的关系。在白龙洞的简介中,宣传的也主要是金山寺高僧降服毒蟒,而对"白蛇传传说"则遮掩回避。这一充满矛盾的景观生产态度恰恰投射出民间传说宗教类景观生产的信仰主题。

"白蛇传传说"中的法海形象,从降蛇高僧的正义性一路滑向破坏他人婚姻的负面性。在这一人物形象的演变过程中,民间产生了一系列贬损法海形象的口头传说。其中,较为极端的例子就是法海并非人类高僧,而是与白蛇一样修行的异类妖精。他极力收服白蛇,并非出于佛家救人一命的以慈悲为怀,而是出于个人私仇难消的恩怨,甚至还有传说将法海讲述成一个好色的登徒子。① 总之,随着"白蛇传传说"主题从宗教降蛇演变为婚姻爱情,法海形象也一落千丈,成为"白蛇传传说"最为典型的反面人物。民间传说并非一成不变的范本,它始终处于变迁之中,这是由传说的集体性、变异性等基本特征决定的。但是,法海形象的下滑使得金山寺僧众对"白蛇传传说"持有一种排斥甚至抵触的消极态度。这一态度表现在僧人讲述的法海传说中,以及金山寺对法海洞和白龙洞的不同的景观生产态度中。

法海洞自 20 世纪 80 年代以来,经历多次修葺,几乎每一次金山寺的大型整修工程,法海洞都会包括在其中。在法海洞门内,设有专职值班的僧人和功德箱,洞内除了塑有法海石像之外,还供奉了一尊观音像。在问及为何会在法海洞内供奉观音时,法海洞僧表示,观音是菩萨,法海是高僧,所以就供奉在一起了。② 显然,在金山寺僧众的心目中,法海是功德圆满的得道高僧。

而白龙洞则较少得到关注,一位镇江本地游客李女士表示:"我十几年前来的时候,白龙洞就是这个样子,现在还是这样,没得变化。"③ 在笔者针对法海洞和白龙洞这两大景观的游客游览情况调查中,我们发现 80.3% 的金山寺导游表示,一般只会带游客参观法海洞,几乎不去白龙洞;65.4% 的游客表示,并不知道白龙洞在哪儿。④

自 2014 年 5 月以来,金山寺慈寿塔和法海洞进入维修阶段,在金山公园售

---

① 此类民间传说收录于康新民主编:《白蛇传文化集粹》(异文卷),江苏文艺出版社,2007 年。法海在这些传说中,被演绎为螃蟹精、黑鱼精、乌龟精等等,他与白蛇结怨的缘由中,有一条便是因为好色。

② 被访谈人:法海洞内僧人;访谈人:余红艳;访谈时间:2012 年 10 月 15 日;访谈地点:法海洞内。

③ 被访谈人:李女士,50 岁左右,镇江人;访谈人:余红艳;访谈时间:2014 年 7 月 28 日;访谈地点:白龙洞前。

④ 数据来源于笔者针对法海洞、白龙洞的游客游览情况所作的问卷调查。问卷调查附于文后。

票处的每个售票窗口边均张贴了一张告示：因慈寿塔、法海洞维修，暂不开放，敬请谅解！值法海洞维修之际，笔者发现很多导游选择将游客带到白龙洞参观。来自浙江绍兴的香客团导游张女士表示，以前没有带游客来过白龙洞，现在法海洞在修，所以，就带游客来看看白龙洞。[①]

　　显见，相较于法海洞，白龙洞在金山公园的景观生产中，处于一个较为尴尬的境地。某种意义上，围绕白龙洞的传说具有贬损金山寺高僧法海的嫌疑。也基于此，金山寺对围绕"白蛇传传说"所做景观生产持有抵触情绪并严正抗议。因此，"白蛇传传说"景观生产主体便出现了代表佛教信仰的金山寺和代表地方政府的金山公园。金山寺在强化传说人物——法海高僧形象的同时，弱化甚至抵触传说人物白蛇以及白蛇与金山寺高僧斗法的相关情节和景观生产。2008 年 1 月，在金山景区银鸽广场前，新建了一座占地 4 000 平方米的金山文化博览园，在博览园的外墙上，贴有一张大大的博览园景观宣传图，其标题即为"金山文化博览园：白娘子再现金山"。图片则配以白蛇和青蛇。显然，金山文化博览园以"白蛇传传说"为金山重要的文化内涵。博览园内设一个序厅和五个展厅，分别是：

表 3-3-1　金山文化博览园设置表[②]

展厅	序　厅	一　厅	二　厅	三　厅	四　厅	五　厅
名称	水陆变迁、沧海桑田	华严金山、佛法千年	水漫金山、神话人间（白龙洞）	金山文物、四宝同光	擂鼓抗金、保我河山	英才辈出、流芳千载

　　博览园每个展厅除了文字和图片说明之外，还广泛运用高科技手段，演绎金山水陆变迁史、佛法千年史、白蛇神话传说、金山四宝、梁红玉击鼓抗金传说和金山寺高僧文化等金山核心文化。其中，二厅是"白蛇传传说"展厅。博览园应用现代科技手法及声光电的"幻影成像"效果，再现水漫金山的场景，给观者以强烈的视听冲击。博览园还设置了一个互动景观，即白娘子现形互动场景。观众投币后，会在白龙洞中通过洞口看见白娘子端坐其中，当它抬手喝下酒后即现出白蛇原形。互动景观再现了"白蛇传传说"核心情节——"端午惊变"，并设置由游

---

　　① 被访谈人：张女士，导游；访谈人：余红艳；访谈时间：2014 年 7 月 28 日；访谈地点：金山寺白龙洞前。
　　② 金山文化博览园图表根据园内展厅制定。

客亲自启动游戏的环节,一方面以虚拟景观的形式讲述了古老的人蛇互换传说,另一方面又增添了游客与景观的互动,增强了景观的参与性功能。博览园还以系列图谱的形式,展现了"白蛇传传说"的核心情节:断桥相会、端午现形、盗仙草、水漫金山等,其景观叙事的元素主要包括图片、虚拟景观、文字介绍以及游戏互动等,较为完整地呈现了"白蛇传传说",让观者在观赏中倾听传说、在互动中参与传说。

图3-3-4 金山文化博览园及其墙壁上的大型宣传图

图3-3-5 金山文化博览园二厅及其内景观:保和堂虚拟景观

但是,在访谈金山寺僧人时,他们对金山文化博览园的景观生产一致表示:

> 这个跟我们寺庙没有任何关系,是金山公园搞的。①
> 过去有专人在白龙洞口卖蜡烛给游客,让他们弓腰进白龙洞,看看白龙

---

① 被访谈人:金山寺僧人;访谈人:余红艳;访谈时间:2012年12月3日;访谈地点:金山寺大雄宝殿内。

洞到底有多深，是不是一直通到杭州西湖，现在这个也没有了。[①]

金山公园作为镇江三山管理委员会的下属单位，代表地方政府文化部门展开了"白蛇传传说"景观的生产实践，其生产目的显然是在重现金山悠久的佛教历史和传说文化的基础上，更好地传扬镇江特色文化，并获取相应的旅游与经济效益。然而，"白蛇传传说"，尤其是白蛇形象，一方面它是金山高僧降服的对象；另一方面它又是"水漫金山"的罪魁祸首，是致使法海形象一落千丈的重要人物。因此，金山寺对"白蛇传传说"及其景观生产的态度十分鲜明，这一点在白龙洞景观生产的主题暧昧和表述含糊，以及对金山文化博览园的淡漠中有着充分表达。金山寺与金山公园、佛教信仰与地方政府，不同景观生产者之间的信仰纠葛、利益冲突在此集中呈现，这充分说明了传说景观生产的一个重要问题，那就是如何处理传说与宗教信仰之间的关系。金山寺作为现实的佛教寺庙，持有鲜明的佛教信仰，对诋毁佛教高僧的"白蛇传传说"有着排斥、抵触的情绪。但同时，金山寺接受传说人物"法海"并认定其为金山寺开山祖师，又表明了寺庙乐意借助传说人物拓展寺庙的社会影响，提升知名度。金山寺对"白蛇传传说"暧昧的接受态度造成了景观生产主体可以合力打造法海洞，却又在白龙洞景观生产中发生严重分歧。法海洞与白龙洞的最大区别在于法海是金山寺高僧，而白龙即白蛇，是金山寺高僧降服的异类。因此，金山寺愿意在法海洞的景观生产中与各种生产主体共同进行景观生产，但无法接受对被佛教打压的异类同样倾力生产。"白蛇传传说"是一则具有较强宗教意蕴的民间传说，与传说对应的景观又以宗教类为主，因此，处理好宗教与传说、信仰与景观生产是必须关注的重要问题。

第四节　情境与表演：政府主导的白娘子爱情文化园景观生产[②]

"主题公园是工业化和后工业化的产物，是在传统的自然、人文景观无法满

---

① 被访谈人：李先生，镇江人，62 岁；访谈人：余红艳；访谈时间：2014 年 7 月 28 日；访谈地点：白龙洞前。
② 本部分内容作为前期成果已经发表，参见余红艳、陈保君《从"高僧降蛇"到"为爱而战"：白蛇传佛教景观的爱情生产研究》，见毕旭玲主编《上海非物质文化遗产发展报告（2017）》，上海人民出版社，第 167－177 页。

足文化消费市场对产品增值需求条件下的产物,它是对原有文化资源、文化产品的创造性补充。"①中国的主题公园先后经历了四次生产浪潮。20 世纪 80 年代中期,东方乐园、南湖乐园、太阳岛乐园的高收益掀起了中国主题公园建设的第一次浪潮,尽管多数项目昙花一现,但是当初的繁荣,确立了主题公园景观生产的高度认同性;20 世纪 90 年代中后期,再次出现全国主题公园竞相涌现的建设高潮,广州约有 40 个主题公园,北京也兴建了 39 家主题公园;21 世纪初,随着中国主题景点国际高峰会在上海召开,全国掀起了第三次主题公园高峰生产,国内超过 24 个省市自治区将旅游业定为城市支柱产业,亚洲成为全球 35% 的主题公园所在地。目前,主题公园建设又有了进入第四次生产浪潮的势头,成千上万的失败案例无法阻挡主题公园的生产诱惑,主题公园建与不建,如何去建,成为当前学界热议的话题。

就民间传说主题公园的景观生产而言,早在 1984 年,孝感市便修建了以"董永与七仙女"传说为主题的文化公园——董永公园。董永公园占地 5 平方公里,坐落在孝感城北博家二中村南部,相传是董永卖身的傅员外家的祖宅之地,董永公园以董永传说情节为线索,设置了"瑶池仙境""槐荫古树""鸳鸯楼台""理丝桥畔"等系列情节型景观,形象生动地讲述着董永传说,宣扬"孝"文化传统。1999 年,宁波市以梁祝爱情传说为文化内涵,在宁波市鄞州区高桥镇金星村,依托晋代古墓、梁山伯庙、梁祝合葬墓等传说遗址,修建了全国第一座爱情文化主题公园。"根据《宁波市旅游资源分类调查与评价》,梁祝文化公园内与梁祝文化相关的旅游资源单体共计 5 个,范围涵盖遗址遗迹、文化活动、建筑设施三大主类,4 个亚类,涉及 4 个基本类型。"②梁祝文化公园在现有传说遗址遗迹的基础上,对园内景观进行拓展生产,兴建了"万松书院、蝶恋园、夫妻桥、恩爱亭、荷花池、九龙潭、龙须亭、百龄路、凤凰山壑大型化蝶音乐广场等主要景观,营造了草桥结拜、三载同窗、十八相送、楼台会、化蝶团圆等一幕幕场景,通过江南园林的秀雅风貌向游客展现真善美的爱情主题"。③ 此外,民间传说主题公园还有东台董永七仙女文化园,园内同样围绕传说情节与本地域文化的紧密关联,设置修建了董贤祠、慕云阁、十八里亭、凤凰池和缫丝井等 24 个景观。民间传说主题公园一般

---

① 沈望舒:《中国主题公园沉浮论》,《城市问题》,2009 年第 10 期。

② 北京国智景元旅游顾问有限公司、宁波东方旅游规划研究院:《梁祝文化公园旅游总体规划》,2004 年。

③ 周维琼:《非物质文化遗产与梁祝文化公园研究》,华东师范大学硕士论文,2008 年。

采用情境型景观生产模式，即选取传说中代表性情节为景点，安排设置一系列情境型景观，使主题公园成为景观"讲述"的文化空间。

2006 年，镇江市与杭州市联合申报的"白蛇传传说"入选第一批国家级非物质文化遗产名录，从而将"白蛇传传说"的保护与传承纳入国家文化体系的范畴。但是，"白蛇传传说"的口头讲述仍然面临着萎缩甚至濒危的状态。镇江市"白蛇传传说"申遗书中描述了其濒危状况：

> 由于《白蛇传》口头文学遗产的流动性、不稳定性，加之受城市化、工业化的冲击和居住条件的改变，这项重要的口头文化遗产生存环境并不乐观。一些与《白蛇传》相关的民间习俗在年轻人中间逐渐淡忘，《白蛇传》文化空间的传统活动处于萎缩状态，《白蛇传》口述文学的一些重要传承者已有不少逝世，后继乏人状况严重，健在的七八十岁的传承人急需进行抢救性记录。过去记录的大量的《白蛇传》故事原始记录稿需要进行数字化保存，一些与《白蛇传》口头文学相关的田歌号子、民间戏曲、民间曲艺、歌谣、谚语濒临灭绝，急需抢救保存建档。如镇江民间文化艺术馆（前身为镇江民间文艺资料库）保存的 1 600 万字的镇江市 98 个乡镇民间文学三套集成卷（包含《白蛇传》故事原始资料）是手抄本，已保存近 20 年，由于年代久，保存条件差，纸张已经风化，字迹不清，急需进行数字化处理和编辑翻印成资料本。①

"白蛇传传说"所面临的口传危机是一种十分普遍的现象。但是，如何去抢救这些濒危口传艺术，记录并非唯一的路径，将口传形式的民间传说转化成视觉景观，融入民众的日常生活，重构口传语境，应该是各地涌现传说主题公园的景观生产思路。金山湖白娘子爱情文化园以"白蛇传传说"为文化依托，是一处围绕传说情节而构筑的"白蛇传传说"文化主题公园，也是现有唯一一座"白蛇传传说"主题公园。它坐落于镇江市中市区西北角，这里本是金山周边的淤塘，在退渔还塘和镇江水专项工程的治理下，修复金山水环境生态，从而造就了一块新的文化景观。它以"白蛇传传说"与镇江最为亲密的代表性情节——"水漫金山"为公园的基本景观，以弘扬爱情文化为情感基调，新建了一系列"白蛇传传说"情境型景观，是镇江市围绕"白蛇传传说"，尝试打造"爱情之都"的景观生产代表。

---

① 来自《"白蛇传传说"非物质文化遗产申报书》，由镇江市民间文化艺术馆提供。

图 3 - 4 - 1　镇江金山湖景区"白娘子爱情文化园"

一、水漫金山：白娘子爱情文化园的文化基因

"水漫金山"情节首次出现于清乾隆年间的梨园旧抄本第二十七出《水斗》，但明确使用"水漫金山"一词，最早始于乾隆三十六年(1771)方成培戏曲本《雷峰塔》传奇。方本第二十五出《水斗》描画了白蛇与法海金山斗法的场景：

> (旦)秃驴，你执意如此，罢，说不得了。水族每！(内应，蟹、虾、龟、蚌上)湖主有何吩咐？(旦)与我把水势大作，漫过金山，救俺官人便了。(众)得令。
> (丑上)呵呀，禅师不好了！江中水势大作，一直漫上山来了。(外)不妨。此乃妖魔法术，把我这袈裟，罩住山头，水势自然退去矣。[①]

在此，白娘子以"湖主"的身份命令虾兵蟹将发起大水，淹没金山。白娘子为西湖湖主的情节源于乾隆三年(1738)黄图珌《雷峰塔传奇》。黄本虽未设置金山水斗，但已然为白娘子铺垫了可以指挥水族展开水斗的可能。在方本第二十八出《重谒》中，法海准备以金钵收服白蛇之前，许仙首次使用了"水漫金山"一词：

---

① (清)方成培撰：《雷峰塔》，李玫注，华夏出版社，2000 年，第 131 页。

"禅师啊，此妖一时无状，水漫金山，致遭天谴，理所应该。"①从此，"水漫金山"成为"白蛇传传说"的标志性情节。嘉庆十一年（1806），玉山主人创作章回体小说《雷峰塔奇传》，在第十回"淹金山二蛇斗法　叠木桥两怪叙情"中，白娘子"念动真咒，驱动四海龙王"，发起水漫金山：

> 龙王领命，即刻率领鱼兵虾将兴云布雨。倏忽，满地滔滔银涛雪浪，淹上金山。法海看见水道，念动真言，将袈裟抖开，众僧将灵符望水丢下，只见水势倒退，滔滔滚下山去。众龙王霎时收束不住，水势滔天，淹下山去。可怜镇江城内不分富贵贫贱，家家受难，户户遭殃，溺死无数生灵。②

在玉山主人的笔下，白娘子不仅是一位可以指挥虾兵蟹将的湖主，更拥有支使四海龙王发起水漫金山的本领，而且白娘子"水漫金山"带来的伤害也造成了前所未有的扩大。对比方本和玉山主人本，我们发现前者"水漫"的仅仅是"金山"，在法海的法力保护下，几乎未造成人员伤亡，而后者"水漫"的对象则扩展为全镇江城家家户户。水漫金山为镇江城带来的灾难从此得到了后来改编者的沿用。民国时期的梦花馆主将陈遇乾《义妖传》"译"成小说《白蛇传前后集》，在第三十四回"水漫"中，白娘子借助义兄黑风洞主黑鱼精之力，掀起水漫金山：

> （黑风）喝令众水族兴波作浪，从长江中卷起狂风，顷刻间，涛声汹涌和排山倒海相似，水势漫上金山，足有数十丈高。法海在上山瞭望，也带着三分着急。只可怜百姓遭殃，沿江一带地方，尽成泽国……

"水漫金山"灾难的扩展与金山寺地理位置发生迁移有直接的关系。

金山本为扬子江中的一座岛屿，是宁镇山脉断裂于江心的孤峰，南眺润州，北临瓜州，有"江心一朵翠芙蓉"之美称，又称"浮玉山"。金山寺镇寺之宝——明代文徵明所绘《金山图》中，金山在茫茫江水中矗立，犹如江中浮于，山色青碧，殿宇飞阁。因此，在清中叶之前的"白蛇传传说"中，许仙、白娘子和小青均是乘舟上金山。可是，第一次鸦片战争（1840）前后，金山南岸涨出不少新滩。光绪五年

---

① （清）方成培撰：《雷峰塔》，李玫注，华夏出版社，2000年，第148页。
② （清）玉山主人：《雷峰塔奇传》，华夏出版社，1995年，第46页。

(1879)，金山开始与陆地相连，直到光绪末年，金山才完全和陆地连成一片，并逐渐形成了"骑驴上金山""打马上金山"的新的民俗风情。此外，"金山上岸还有人为原因。太平天国时期，金山附近驻有太平军，太平军在金山与长江南岸之夹江间设置木栅栏，与南岸连成一气。栅栏辟门，日夜启闭，日间舟楫查验放行，入夜则加锁，及至太平天国失败，木桩未拔，从此无人过问。这应该是金山加速上岸的直接原因。"①可见，由于地壳运动，金山自清代后期便开始了漫长的"登陆"行动。因此，玉山主人《雷峰塔奇传》虽创作于嘉庆年间，但随着金山与镇江城的逐渐靠拢，其构思的水漫金山已与清中叶的方本不同，出现了"龙王霎时收束不住，水势滔天，淹下山去"，造成江水上岸，危害百姓的局面。在《雷峰塔奇传》"序言"中，署名芝山吴炳文的序言中写道：

> 余友玉山主人，博学嗜古之士，新过镇江访故迹，咨询野老传述，网罗。放失旧闻，考其行事始终之纪，稽其成败废兴之故，著为雷峰野史一编。盖有祥而不冗，曲而能达者也。②

由此可知，玉山主人曾亲游镇江，寻访"白蛇传传说"相关故迹，并搜集、整理当地民众的民间口传资料。因此，对金山寺特殊的地形条件，以及水漫金山甚至水漫镇江城的可能性均有一个较为切实的考证。而梦花馆主小说《白蛇传前后集》则完全是创作于金山寺登陆之后的民国时期，在他的小说中，水漫金山直接造成了"沿江一带地方，尽成泽国"的严重后果，也让"白蛇传传说"尤其是"水漫金山"与镇江城建立了更为紧密的血缘关系。在这之后的"白蛇传传说"各类艺术形式的改编，如小说、戏曲、话剧、影视等，均将"水漫金山"作为"白蛇传传说"的一大高潮与标志性情节，并成为"白蛇传传说"发生在镇江地域的代表性故事。

传说情节与地方的贴合是地方围绕传说展开景观生产的基本原则，对发生在本地的代表性文化内涵的挖掘也是景观生产得以进行的前提，即景观生产必须遵循传说资源转化的本真性与针对性。从传说发展来看，"水漫金山"是"白蛇传传说"的核心环节，它以磅礴的气势展示了白娘子为爱而战的勇敢与执着的美好品性，是白蛇与法海矛盾进一步激化，从而演变为正面冲突的水斗战场，同时也是白蛇酿成大错终遭惩罚的重要事件。在"白蛇传传说"八大核心情节中，"端

---

① 尤建菲：《探寻镇江金山"登陆"之谜》，《档案与建设》，2004 年第 7 期。
② （清）玉山主人：《雷峰塔奇传》，华夏出版社，1995 年。

午惊变""保和堂施药"和"水漫金山"均发生在镇江。但是，相较于"水漫金山"，"端午惊变"和"保和堂施药"在不同的版本中常常在杭州、苏州和镇江三地飘移，而且缺乏稳定的现实景观作为地域景观生产的客观依据。而"水漫金山"则依托江南著名的佛教圣地——金山寺这一文化景观，以及长江这一重要的自然景观，无可争议地隶属于镇江。因此，从景观生产的视角分析，若能重现传说中"水漫金山"的壮丽场面，应该可以更为直接地唤起人们的传说记忆，诱发传说的讲述与当代传承，并进一步强化镇江与"白蛇传传说"的结构性关联。

新建的情境型景观生产是目前神话传说资源景观转化的重要途径，地方往往以传说中发生在本地域的重要情节为依据，拓展生产出相关的景观，形成一个具有景观体系的"景观信息链"。[①] 作为"水漫金山"的发生地，镇江一直以此作为具有社会效应的城市名片。在沪宁高速镇江入口处的收费站广告牌上，镇江打出了"水漫金山的故乡"这一城市宣传语。在具体的景观生产中，也多次以不同的形式尝试再现"水漫金山"。20 世纪 80 年代，在法海洞前，曾经展示过"水漫金山"的电子模型。但是，一方面迫于金山寺僧众的抗议，另一方面也源于电子模型无法表达水漫金山的气势，很快就撤出了景区。电视剧《新白娘子传奇》拍摄时，曾希望能在金山寺进行实景拍摄，但也遭到了金山寺的严厉拒绝。这一方面充分说明了"白蛇传传说"所具有的深入人心的社会影响力，致使身在传说之中的金山寺无法接受传说对"水漫金山"的情节设置；另一方面也提醒景观生产者要充分尊重宗教，不能伤害宗教情感。因此，在何处重现"水漫金山"情节，是镇江"白蛇传传说"景观生产中一个十分现实的问题。

2000 年，镇江市争取到国家"863"计划重大科研专项——"城市水环境质量改善与生态修复技术研究及示范"的课题，即利用先进的水环境改善技术，对镇江市水环境进行生态整治，建设一个良性的水环境生态系统，形成滨江城市和谐的生态景观和健康的水环境。在此水利生态整治项目的推动下，2006 年，镇江市全面启动"南山北水"建设工程，引航道水利枢纽、焦南坝河运粮河闸站等重大水利工程陆续建成，逐步实现金山湖水体可调控，这为重现"水漫金山"的"白蛇传传说"情境型景观生产提供了可能。

二、情境型景观生产：主题公园的景观图谱

2009 年，镇江市于金山湖景区正式对外开放白娘子爱情文化园，白娘子爱

① 刘沛林等：《碛口旅游发展》，山西人民出版社，2006 年，第 5—6 页。

情文化园占地总面积为 1.08 平方公里,水面积为 0.68 平方公里。这是目前国内唯一一座围绕"白蛇传传说"而兴建的主题公园。它位于金山西北部,与金山寺、慈寿塔、法海洞和白龙洞等"白蛇传传说"景观隔湖相望,流淌于其间的金山湖水,一湾碧澄,形成"水绕金山"之势。

白娘子爱情文化园包括湖西、湖中、湖东和湖北四个景域,共建有"白蛇传传说"景观 26 项。它们以"白蛇传传说"的核心情节为基础,汇聚成一个谱写白娘子、许仙爱情婚姻生活的情节型景观信息链。

表 3-4-1 白娘子爱情文化园景观一览表①

序号	景观名称	景 观 介 绍
1	江云流瀑	位于金山湖景区的西入口广场。"江云流瀑"景观以夸张的大地艺术,展现层叠式的景观地形,将充满历史累积感的文化积淀,与现代景观造型相结合
2	樱花园	从西入口进园,右侧便是樱花园。其景观寓意便是樱花如雨,开启许仙、白蛇的千年情爱
3	百卉亭	坐落于樱花园南侧的高岗花坡上。百花争艳,脚下 1 000 多种灌丛、藤本等,营造出一幅亲近自然的花卉景观
4	清修园	清修园即竹园,寓意着白蛇千年修炼,终成人形。
5	鹰岩埡道	景观小圆套大圆,七层重叠的圆基。圆基之上,有一巨石分成两截,寓意着白蛇转世时,将那巨石劈成二截,从而形成鹰岩埡道
6	荷花淀	坐落于金山湖西侧的湖湾,占地 2.9 公顷。借用的正是金山公元的荷花池美景
7	千步廊桥	千步廊桥坐落在西入口与金山宝塔的中轴线上,南北穿越荷花淀中。桥的南端,有三段独立互不连续的木廊,呈三角形分布。延伸线最南端的木廊为"朝圣门",朝圣门北面的木廊为"报恩门"。与朝圣门、报恩门的连线、形成 55 度角的,为"清波门"。"朝圣门"寓意天地间,人仙必经之门;"清波门"为侧门,寓意小青在昆仑修炼。"报恩门"则是白蛇为报许仙救命之恩而报恩的情节。千年廊桥寓意着千年等一回的缘分
8	折柳堤	堤上有一组"游湖相遇"的雕塑。以生动形象的景观重现许、白结缘的开始

① "白娘子爱情文化园"景观一览表根据园内景观顺序(由西向东)制定。

续 表

序号	景观名称	景 观 介 绍
9	揽云桥	跨度16米的揽云桥,钢木结构,拱形高大,是纵览金山湖全景的制高点
10	白娘子岛	简称白岛。用以纪念白娘子为爱而战的勇敢品质
11	戏鱼台	位于白岛的南沿,与金山东北角的戏鼋台,隔水相望,营构了一个和谐快乐的家庭生活
12	保和撷遗	景观以一组人物场景的群雕,展现许仙与白娘子开设"保和堂药店"的场景
13	亲子亭	寓意白娘子与许仙携子同乐的天伦之乐
14	文曲岛	文曲岛与亲子亭隔水相对。传说许士林是文曲星下凡,此岛因而得名
15	许堤	相传法海巧言迷人,将许仙骗至金山,不让回家。许仙思念贤妻,牵挂药店,常常偷驾小舟,徘徊山北江面,遥望家居。由于法海法术监控,许仙小舟总不能超出特定的范围。而行船的水迹浪花后来变成了一条长堤
16	阅舞台	浮浪贴水,是游人观赏神话金山,阅览波光水影的地方,也是白娘子,望眼欲穿,盼夫回归的平台。许仙被法海软禁金山,不能回家,白娘子多次请求放人,然而总是无果。万般无奈,在小青激怒下,白娘子召令虾兵蟹将,水族众生,武讨法海,水漫金山。在阅武台后的四级台阶之上,有一组汉白玉"水漫金山"的地雕,地雕由五块画组成,其中有一块,被镇雷峰塔下场面。向游人昭示,沧桑易改,真情不变的海誓山盟
17	艺苑长廊	原名"文化长廊",呈弧形舒展,曾展示白娘子神话故事人物场景的书画作品。作为湖畔平面艺术展示长廊,不断更新轮换:老《镇江二十四景》,新《镇江二十四景》,金山湖的新景、新画
18	情缘桥	情缘桥风格时尚,造型新颖,钢质结构,似彩虹飞架,跨设于堤岸水面之间。桥端两头,奇峰巨石,耸立于引桥大道两旁。桥的南端,两条引桥大道,呈"人"字形与正桥交合。在"人"前空间广场上,树立一组大型群雕,群雕表现了白娘子故事大团圆美好结局。金色的缘分,纯洁的爱情,是人生旅程,终身伴侣共同愿望。通过这座桥,让我们共同走向幸福圆满
19	怡园蝶影	坡岗披绿,繁花似锦,奇石玲珑点布,万木湖畔争荣。身置佳境,心旷神怡,于是取怡园之名。园之水畔,有一惟妙惟肖的蝶影亭。此亭根据神话故事,与桥头"终真圆缘"人物群雕、左右呼应。亭子似蝶,轻轻振翅,舞势定格在花丛中,寓意白娘子与许仙爱情终于破茧化蝶,成为美好爱情尾篇,给游人欣慰与情趣

续　表

序号	景观名称	景　观　介　绍
20	沧桑遗岛	蝶影亭远方的水域,有两个保留小岛。一岛属寺庙的,金山登陆后,仍保留在水中;另一有炮台的,在它的周边已变陆地。在金山湖造水、造景中,退陆还水。记载着沧海桑田的变迁
21	水畔芝田	沿绕半岛型怡园湿地水边,种植水生植物和亲水植物
22	花径叠锦	在东入口,沿中山北路,穿越长江路,北行一二百米,即是金山湖的东入口。进入东入口,只见四座前低后高、倾斜立面的大花坛,映衬坡岗红花绿草,构成花径叠锦的景观
23	凌水栈道	缘着地势,等高逶迤,斗折蛇行于湖畔水边,两侧林木高耸。信步栈道,回归自然,一旦湖水上升,也不影响游人观光。潮起潮落,脚下流水潺潺;树影光影,头顶蓝天行云。在400米长栈道上漫步观景,尽情领略林间情趣、水上风光
24	听浪亭	木质结构,坐落林缘水边,由凌水栈道相连,与鸟语亭相望。身临其亭,看水波柔美,听浪韵如歌,别有一番情趣
25	云水歌台	坐落在金山湖的东北角,数根翠竹傲然挺立于歌台入口。造型独特的云水歌台,多层台阶,呈扇形舒展,以水上舞台为中心,放射延伸。云水歌台可同时容纳2 000人聚会,集表演与娱乐于一体,让人们尽情感受"在水一方"的意境
26	月亮湾	坐落在湖西景区。由"月亮湾广场""程控水景""浅水沙滩""浅水石滩""十九坊酒吧""临湖餐厅""水上高尔夫"等景观与服务设施组成

图 3-4-2　白娘子爱情文化园:白娘子雕塑、访仙桥

在上述26个白娘子爱情文化园景观中,以白娘子岛、千步廊桥、折柳堤、保和撷遗、文曲岛、情缘桥、许堤和阅舞台等8项景观与"白蛇传传说"关系最为密切，它们分别展示了"白蛇传传说"核心人物白娘子、许仙和许士林，重点表达了许白爱情、婚姻、家庭生活的和谐美满，将镇江视为"白蛇传传说"一个大的生活景观。这些景观主要以雕塑为表现形式，具体分为地雕和立雕两大类型，它们以一系列雕塑形成一个"白蛇传传说"的景观图谱。

图 3-4-3 白娘子爱情文化园大型地雕：水漫金山

"白蛇传传说"地雕以"水漫金山"命名，在地雕旁竖立的景观简介如是写道：

> 地雕以《水漫金山》《盗仙草》《塔镇沧桑》为主题，描绘白娘子为救许仙感召自然界芸芸众生的情节画面。《水漫金山》讲述的是许仙误入金山寺，不得归去，白娘子为唤回官人，感召自然界芸芸众生来到金山寺救夫，白娘子对爱的执着与忠贞惊天地泣鬼神，写就了千古流传的水漫金山。①

从地雕所选择的传说情节来看，白娘子爱情文化园仍然是以重现"水漫金山"为景观生产的主要内容，水漫金山地雕位于金山湖畔，正对着金山慈寿塔，情境型景观与传说实景隔湖相望，有着"互文"解读的叙事性功能，从意境上营造了重现"水漫金山"的景观效果。地雕简介突出了白娘子为爱而战、为爱甘愿付出生命、永镇塔底的执着与坚定，烘托着爱情文化园的爱情主题。从景观叙事的视

---

① 摘抄于"水漫金山"地雕文字介绍。

角分析,地雕的图像叙事和简介的文字叙事,共同讲述着"白蛇传传说"与镇江的经典结合——水漫金山。此外,沿着金山湖水,在湖岸边还竖了两处生活雕塑,一幅是许、白二人一起捣药的情节,另一幅是许白在湖边洗衣的情节,重点传递的仍是婚姻生活的幸福美满。对此景观生产,有68.2%的游客表示,景观和"白蛇传传说"的关系模糊,不具代表性。① 笔者在现场采访的游客也认为,白娘子和许仙一起洗衣服的雕塑很奇怪,和牛郎织女没什么区别。② 从景观生产对传说文化内涵挖掘的角度分析,显然,这两处雕塑缺乏明显的地域区别度,是一般性的传说故事都可能表现的生活内容,更非"白蛇传传说"在镇江的标志性情节。民间景观生产,尤其是情境型景观生产,在情节选择上需要尽量还原传说核心情节。

图 3 - 4 - 4 白娘子爱情文化园内雕塑:开设保和堂药店

核心情节是指民间叙事中具有组织连接故事功能且具有很强稳定性的情节单元。它不同于"母题"的概念。在民间叙事中,"母题"是"一个故事中最小的、能够持续在传统中的成分",③它通常"被认为是一种情节要素,或是难以再分割

---

① 数据来源于笔者就白娘子爱情文化园的景观生产现状所作的问卷调查。
② 被访谈人:李女士,江苏大学学生,21岁;访谈人:余红艳;访谈时间:2014年7月28日;访谈地点:白娘子爱情文化园内。
③ (美)斯蒂·汤普森:《世界民间故事分类学》,郑海等译,上海文艺出版社,1991年版,第499页。

的最小叙事单元，由鲜明独特的人物行为或事件来体现"。① "核心情节"与"母题"有共通之处，它们都强调在故事的变异发展中相对稳定的、能够串联起故事内在逻辑的稳定性特征，但不同的是，"核心情节"不一定是指一个故事中最小的"母题"，它可以是一个单独的"母题"，也可以包含多个"母题"。在民间传说中，核心情节通常是以人物为中心的人物行为关系，正是传说中的核心人物关系、核心情节演变，才使得该传说与其他传说形成鲜明的区分度，从而具有明确的标识性功能。因而，以传说的核心情节为人物行为关系的基础，以直观、可视的系列图像系统地呈现传说的情节演变，并辅之以相应的文字描述，即为核心情节图谱。白娘子爱情文化园以一组大型地雕和系列人物立雕构成了一个具有叙事性功能的传说核心情节的景观图谱。

核心情节图谱的制作主要表现为对核心情节的选择、图像数量的多少、图像应包含的叙事元素以及文字描述等四个内容。在具体的情节选择上，首先剔除传说中变异性较为突出的异文情节，以及无关乎逻辑演变的一般性情节，选取具有较强稳定性、民众接受度较高的核心情节，并以前后逻辑关联的图像对传说重要内容作出鲜明的标识。目前，对"白蛇传传说"核心情节的图谱式保护已有实践性尝试。江苏省镇江市民间文化艺术馆作为"白蛇传传说"的非遗申报与保护单位之一，在馆内二楼专门设立了"白蛇传民间工艺美术展"。其中，一个主要的展示内容便是对传说情节的图像呈现，具体选择了西湖借伞、施药济民、端午惊变、勇盗仙草、水漫金山、断桥释怨和轰塔团圆等 7 个核心情节，基本实现了以图片为主导、文字为辅助的可视化呈现。浙江省杭州市作为"白蛇传传说"的另一保护地，以重建的雷峰新塔为传说重要景观，在新塔内部暗层的墙壁上，雕刻了以"白蛇传传说"8 个核心情节为原型的环形巨幅东阳木雕画，它们分别是盛会思凡、雨中借伞、端午显形、昆仑盗草、水漫金山、断桥相会、囚禁塔内和破塔团圆，在每一幅壁画的下方，还配有四字标题，从形式上看，较为符合核心情节图谱编纂的基本原则。

现有的传说平面化图谱制作为我们进行核心情节的景观生产提供了良好的实践基础，镇江市民间文艺馆在图谱的情节选择上，重点突出白娘子"义""勇"的性格特征，与"白蛇传传说"在镇江的情节线索相一致。总体来说，涵盖了传说自发生、发展、高潮和结局的基本要素。只是在文字描述上，还可以借用民众认可

---

① 刘守华：《中国民间故事类型研究》，华中师范大学出版社，2002 年，第 2 页。

度更高的习惯性表述,如"西湖借伞"可以改为"游湖借伞",突出清明游湖这一特定的民俗文化;"施药济民"可以改为"保和堂施药",强化传说标志性元素——保和堂药店。杭州雷峰新塔则更多表达出"白蛇传传说"中"情""孝"的文化内涵,以及传说与雷峰塔的景观渊源。

目前,学界对"白蛇传传说"公认的核心情节主要有:游湖借伞、保和堂施药、端午惊变、勇盗仙草、水漫金山、断桥相会和镇压塔下等7项内容。它们既是关乎传说情节演变的核心事件,同时也是历代传说变异中最具稳定性的情节单元,更是各地地方戏曲中经常演出的"白蛇传传说"曲目,可以作为"白蛇传传说"的核心情节,并以此为情节原型,进行情境型的景观生产活动。就白娘子爱情文化园而言,它是一座以"白蛇传传说"为文化主题的专门性景观生产场所。

在确定核心情节之后,还要对景观叙事元素进行遴选与甄别,确定景观所必须包含的内容。以"水漫金山"这一核心情节为例,在现有的代表性图像中,清代凤翔年画《金山寺》在图像人物的设置上,采用了一分为二的画面格局。在图像的右下方,白娘子和小青手执宝剑,乘舟而来。图像的左上方是端坐在高处的法海和藏在法海身后的许仙,形象生动地表现了人物在"水斗"中的不同立场。它基本包含了"水漫金山"的核心叙事元素,并在剪纸、面塑等民间工艺中得到沿用。雷峰新塔的"水漫金山"图像是以白娘子、小青和众多水将为画面主体,以金山寺慈寿塔为远处背景,突出强调的是"水斗"的磅礴气势,这是以往"水漫金山"图像难以呈现的壮观盛况。但是,画面淡化了金山寺,并"放逐"法海,投射了制作者对白娘子水漫金山的深切同情。白娘子爱情文化园的水漫金山地雕同样是重点突出白娘子、小青二人乘舟而来,指挥水将们掀起滔滔江水的壮丽场面,以及金山寺在江水淹没中摇摇欲坠,在画面的气势上,与雷峰新塔均达到了一种盛大、壮观的艺术效果。然而,法海是"水漫金山"的重要人物,金山寺是"水漫金山"的重要场景,二者在"水漫金山"情节型景观生产中不可淡化,更不可或缺。因此,"水漫金山"核心情节的景观生产应该包括如下两个方面的基本元素:一是水斗双方的主要人物,以白娘子、小青为首的虾兵蟹将和以法海为首的金山寺僧人;二是场景设置,滚滚长江水、小舟、金山寺慈寿塔等。核心情节景观谱系是为观者(游客)提供传说基本情节要素的景观系列,它通过一系列的、体现内在情节发展逻辑的艺术图像,让人们对传说中较为稳定的核心情节有一个视觉上的感知,甚至冲击。因此,核心情节的选定和叙事元素的甄别是景观生产的关键。

白娘子爱情文化园的情境型景观生产可以借鉴传说图谱制作的方法,以"白蛇传传说"7大核心情节为景观生产的核心内容，剔除其他无关传说的景观，从公园入口处开始，围着金山湖水，等距离的设置景观，使游园的过程转化成一个"阅读""讲述""传播"白蛇传传说的叙事过程。在每一处实体景观旁，以文字的形式对这一核心情节作相应的描述，从而形成人造景观、文字，以及湖水对岸的金山寺，合力讲述"白蛇传传说"的立体式景观层次，使白娘子爱情文化园真正成为"白蛇传传说"的主题公园，而非主题淡化、景观凌乱的一般性城市公园。

从景观生产主体的视角分析，白娘子爱情文化园作为镇江地方政府围绕金山环寺而建的传说主题公园，带着鲜明的镇江城市形象定位的文化倾向。"白蛇传传说"的爱情文化内涵以及家庭伦理道德在主题公园中得以彰显，在金山寺内无法实现的对许、白婚姻的赞誉之情在此成为景观核心呈现的文化主题，充分体现出镇江市政府以爱情文化定位城市形象的景观生产目的。然而，从传说与地方文化相结合的文化基因来看，镇江是"白蛇传传说"的神圣叙事空间，其核心情节主要为宗教降蛇，即使与爱情相关的主题，传递的也是一种"勇敢的爱"，即白娘子为爱盗仙草、为爱上金山的战斗形象。而白娘子爱情文化园着重重现的温柔、贤惠的白娘子形象并非"白蛇传传说"在镇江的核心内涵，勇敢的白娘子、善良的白娘子以及对婚姻执着守护的白娘子，才是镇江"白蛇传传说"爱情景观的文化内涵，也是镇江的"白蛇传传说"景观生产得以与其他地域的景观生产相区分的独特性。

三、节事与表演型景观生产：从主题灯盏到白蛇传水景秀

"节事"一词，由"节"与"事"合成而来，通常是对节庆活动和特殊事件活动的统称，主要集中使用于旅游研究领域，相当于英文"festival and special event"（FSE）。"对节事（活动）组织者来说，节事（活动）是赞助商或组织机构举办的非常规性的一次性或不经常发生的活动，对事件活动参与者来说，节事（活动）是为人们提供的非正常选择范围内的或非日常经历的娱乐、社交或文化经历的机会。"①就民间传说的景观生产而言，节事型景观生产主要指在节日或特殊事件活动中临时性的、短期的景观生产行为。民间传说的节事型景观生产往往是以传说为主题，以某一种或多种艺术形式为载体，以系列景观图谱的模式，再现传说核心情节。因此，传说节事型景观生产一般也是情境型景观生产。节事型景

---

① 潘文焰：《上海大型活动旅游现状和发展研究》，上海师范大学硕士论文，2005年。

观生产由于依托某一节日或特殊事件,易于吸引大量人群集聚。所以,节事活动具有天然的节事人口集聚效应,[①]又因其展示时间有限,往往呈现出短暂却繁荣的观赏现象。镇江市于白娘子爱情文化园内举办的白蛇传主题灯盏便属于此类节事型景观生产范畴。

其实,镇江市作为"白蛇传传说"申报与保护单位之一,多次尝试了节事型景观生产模式。早在 2001 年 10 月,镇江市文化局、市民间文化艺术馆(镇江民间文艺资料库)便与有关单位合作,在金山公园中泠阁举办了"白蛇传民间文化艺术展"。展览包含 8 个部分,立体形象地展示了不同民间手工技艺对"白蛇传传说"的个性化、地域化表达。2003 年,镇江市民间文化艺术馆在此次展览基础上,于馆内二楼设立专门性的"白蛇传传说"民间工艺展示厅,将节事型景观生产固定为长期性的情节型传说展览。2005 年 7 月,镇江市民间文化艺术馆再次以"白蛇传传说"为主题,举办了《白蛇传》大型剪纸连环画三人艺术展活动,以固定展览与节事型传说展览相结合的多样化形式,宣传镇江"白蛇传传说"文化。2009 年,金山湖白娘子爱情文化园正式对外开放,它为镇江"白蛇传传说"的传承活动重构了文化空间。正是在此背景之下,2010 年 9 月 28 日—11 月 30 日,镇江市水利局、旅游局、水投公司、文广集团和自贡彩灯艺术协会共同举办了"2010 中国镇江金山湖爱情文化彩灯节",期许通过系列爱情文化节事型景观生产活动,不断开发镇江"爱情文化"的旅游胜地,将镇江打造成名副其实的"大爱"之城。[②]

彩灯节以"山水为证,真爱永恒"为宣传口号,以"白蛇传传说"爱情文化为主题,创造性地把爱情文化、地域文化和彩灯文化组合成大型会展。彩灯节共设置56 个大中小型灯组,以《渡情》《千年等一回》等"白蛇传传说"音乐为背景,以"白蛇传传说"核心情节"游湖""开药铺""水漫金山"和"倒塔"等四个故事片段为彩灯内容,汇聚成一个"白蛇传传说"彩灯情境型景观谱系。游客在现代化彩灯技艺的视觉大餐中,观赏"白蛇传传说"核心情节,在彩灯艺术中讲述与传播白蛇传文化。现场观看彩灯"白蛇传传说"的孙女士感慨道:"在白娘子爱情文化园里听白娘子的歌,看白娘子的故事,感觉像回到了小时候,白娘子的故事真是太深入

---

① 潘文焰:《节事资源旅游产业化的机理与路径研究》,华东师范大学博士论文,2014 年。
② 王艳玲、王春龙:《江苏镇江打造爱情文化真情纯爱成城市坐标》,中国新闻网,2010 年 10 月22 日。

人心了。"①2013 年，镇江市再次举办"2013 中国镇江第二届金山湖爱情文化彩灯节"，分别以蛇仙恋、童话爱情、新春颂歌和人间银河等四大主题为灯盏内容。其中，蛇仙恋是以"白蛇传传说"为主线的 60 米长的系列故事连体灯，包括游湖借伞、开店济世、端午惊变、险盗灵芝、断桥相会、白娘子永镇雷峰塔等传说核心情节，以及金山寺、雷峰塔、峨眉山和昆仑山等传说中重要的自然、人文景观。白蛇以卡通和拟人化的风格出现，长度达 0.5 公里，并以蛇身连接峨眉山、金山和昆仑山，在形式上与传说情节相连，以形式讲述故事，节事型景观生产与长期性的情节型景观相呼应，以重大的节日或事件为契机，集中展示地域代表性民间传说，是当前传说景观生产中十分常见的一类。镇江市先后举办的两次主题灯盏，历时较长（2010 年历时 64 天），吸引了很多市内外游客观光。民间传说的景观转化使得传说成为一项充满地域风情与传统韵味的旅游资源，精湛独特的艺术形式在带给游客视觉冲击的同时，也勾起了潜藏的传说记忆。"记忆的另一种形式是被记忆，即作为记忆的客体或载体，比如人、事或物象，如图片、档案、物件、博物馆、仪式等。事和物象本身是不会记忆的，但它们作为特殊的表意符号，却可以营造诱人回忆的氛围，充当激活或激发主体进行记忆的催化剂。"②景观作为记忆的载体，是一种指向民间传说的表意符号，具有催发传说记忆的功效，并营造了一个诱发传说讲述的文化空间，这就是传说景观所具有的叙事性功能。它与语言叙事、行为叙事等产生互文性的叙事关系。"互文性理论强调文本与其他文本的关系，注重文本与文化的表意实践之间的关系，从而突出了文化与文学文本以及其他艺术文本之间的关系。"③景观是一种视觉叙事模式，让观者身临其境，参与其中，与其他传说叙事形态互为文化背景，融合传说讲述于景观观赏之中。

　　实景演出是近年来出现的一种新型文化旅游产品，指以地方知名景观为实体舞台或背景，以当地独特的民俗文化为主要表演内容的民俗文化资本化的品牌演艺活动。在剧场结构上，实景演出突破了"一面舞台三面墙壁"的传统模式，充分利用真实景观带给观者的视觉冲击力，以及立体式的舞台效果，努力呈现一种天人合一的表演理想。在表演内容上，当地充满地域风情的民俗传统文化是

---

① 干光磊：《镇江：〈白蛇传〉主题灯会"三大看点"》，镇江市旅游局，2013 年 2 月 3 日。
② 赵静蓉：《文化记忆与符号叙事：从符号学的视角看记忆的真实性》，《暨南学报》（哲学社会科学版），2013 年第 5 期。
③ 程锡麟：《互文性理论概述》，《外国文学》，1996 年第 1 期。

实景演出着重还原与再现的生活场景,因此,实景演出是将静态的地方景观与动态的民俗文化相融合,更为集中地展演地方特色文化,是当地文化与景观的完美结合。实景演出是当代以视觉文化为主导的传播模式的发展产物,有效融合了影视与旅游的艺术魅力,在旅游目的地的真实景观中,挖掘并展示景观代表性文化符号,以艺术展演的形式开展景观叙事。

实景演出始于 2004 年张艺谋导演的"印象"系列之《印象·刘三姐》。它以桂林漓江水域和十二座山峰为演出背景,运用高科技的灯光、音响,在真实与虚构之间演绎传统民俗文化形象"刘三姐",是世界上第一场山水实景主题演出。随后,又相继推出了《印象·丽江》《印象·西湖》《禅宗少林·音乐大典》等。在全国掀起了大型实景演出的风潮,各地竞相仿制。"从 2007 年开始,全国投资百万元以上的、具有一定知名度的旅游演艺节目有 200 多个,几乎每一个著名景区都有自己的演艺团队。"①然而,高投资未必有高回报,实景演出在很多地方的复制并未实现理想的旅游经济效益。究其原因,一方面与实景演出所要求的创意性有很大关系,实景演出的关键在于文化创意,生产者必须寻找到最能代表地方民俗文化的文化基因,并寻找一种最为贴合的演艺形式,否则,很容易使游客产生审美疲劳;另一方面它还与旅游目的地自身的文化旅游吸引力直接相关。张艺谋在谈及《印象·刘三姐》的成功时指出:"它不同于任何一个演出,并非一般概念中的晚会和露天演出,没有耀眼的明星和豪华的场景,全靠宁静与诗意的桂林山水和人文神韵打动人和给人以感悟,我们创意的根与灵感也在这里。"②旅游目的地的山水实景对游客的诱惑力应该是实景演出得以成功的景观前提,其地方文化魅力是实景演出内容吸引力的关键。实景演出作为一种新型的民俗旅游产品,其运作模式主要有如下几个方面的要素:民俗资源为文化基础,准备周期长、投入大,市场化运作、社会资本参与,以及明星团队开发的品牌化效应等。③ 其中,市场化运作是指在政府给予政策扶持基础上的非公有资本的投入。RMP(昂普模式)是一种强调以资源、市场为导向的旅游产品开发模式,20 世纪60 年代末 70 年代初,法国社会学家皮埃尔·布迪厄便提出了"文化资本"的概念。从经济学意义来说,文化资本是文化价值积累的财富形式。实景演出是将

---

① 邢茜:《"印象"系列大型山水实景演出的战略性计划》,《艺术百家》,2011 年第 7 期。
② 邢茜:《"印象"系列大型山水实景演出的战略性计划》,《艺术百家》,2011 年第 7 期。
③ 胡洪韦、孙金龙:《对我国旅游文化资本化的思考——以实景演出为例》,《经济师》,2009 年第6 期。

地方景观与地方特色文化作为一种文化资本投入旅游产品之中，从而实现旅游产品价值增值的生产方式。

在"印象"系列中，2007年3月30日开始公演的《印象·西湖》是与"白蛇传传说"相关的实景演出。它由杭州印象西湖文化发展有限公司主办，张艺谋、王潮歌、樊跃"铁三角"导演团队联手打造，以西湖历史文化景观为背景与主要展演对象，以西湖民间传说为连接点而推出的一场西湖山水实景演出。在众多的西湖传说中，《印象·西湖》选取"白蛇传传说"作为演出的开场，从小船载着许仙登上"水中阁楼"开启整场演出，由此可以了解，"白蛇传传说"对西湖印象的独特价值。全国范围内如火如荼的实景演出市场需求，以及《印象·西湖》所取得的旅游经济效应，对促进镇江白蛇传水景秀的推出有着积极的示范性意义。

此外，台湾明华园戏剧总团与镇江市合力打造的歌仔戏大型户外剧《超炫白蛇传》，为《白蛇传》水景秀的演出型景观生产提供了前期经验。2003年，明华园戏剧总团创作了歌仔戏《白蛇传》，以壮观的视觉景观和华丽的舞台特效，创下亚洲户外戏剧观赏人数最多的纪录和单场演出超过十万观众的历史高峰。2009年12月，明华园戏剧总团团长陈胜福来镇江考察，江苏省省委常委、宣传部部长杨新力，以及时任镇江市市委书记的许津荣，共同会见了陈胜福一行，初步确定了以金山寺为背景搭建露天舞台，艺术重现"水漫金山"的演出意向。[①] 2010年9月17日，经过近一年的筹备，明华园戏剧总团《超炫白蛇传》大型户外演出在镇江市惠龙港码头举行，演出吸引了海峡两岸数万名游客。《超炫白蛇传》的高潮部分在于对"水漫金山"的重现，400吨江水随"白蛇""青蛇"从数十米高空倾泻而下，金山寺恍如再次陷入一片汪洋，演出带给观众极大的视觉震撼。《超炫白蛇传》在镇江的实景演出是地方政府与商业剧院的联袂合作，其中，地方政府对表达地方传统文化演艺的积极引入发挥了重要的推进作用，并为演艺的正常开展提供了政治、场地等多方面的便利，为镇江围绕"白蛇传传说"的演艺式传承提供了前期操作经验。

2014年4月28日，镇江市隆重推出了大型水景秀《白蛇传》，这是全国第一部以"白蛇传传说"为主题的实景演出。白蛇传水景秀演出场地由金山湖演艺广场改造建设而成。2009年6月8日，镇江市水利投资公司（以下简称镇江水投公司）为金山湖整治工程贷款5亿元，金山湖景观及配套设施工程投资预算为

---

① 《台湾白娘子要回娘家了》，镇江新闻网，2010年3月26日。

1.5 亿元。其中,包含演艺广场在内的金山湖景区及配套设施工程总投资额达到 2.1 亿元。演艺广场于 2009 年国庆前夕建成,广场呈扇形分布,阶梯式看台正对着水中央的舞台形成半包围,全场可容纳观众 3 000 人。它位于金山寺北端,紧贴金山湖,观众席正对着金山寺慈寿塔。金山寺与金山湖正是《白蛇传》水景秀的天然文化背景,而"白蛇传传说"尤其是"水漫金山"的经典情节,更是白蛇传水景秀重点展演的地方特色文化传统。改造后的《白蛇传》水景秀演出场地,可容纳观众 1834 人。演出时间为每周五、周六、周日三晚,每晚演出两场,每年演出季为 4 月 1 日—11 月 1 日。

图 3-4-5　金山湖大舞台大型水景秀《白蛇传》实景演出票券

《白蛇传》水景秀是将以镇江水投公司为班底而组建的"三山"(金山、焦山、北固山)旅游产业(集团)有限公司作为责任单位,由镇江"三山"管委会、文广集团共同出品,北京优点映象文化有限公司承办。在其宣传图册的演出亮点介绍中,具体列出了五大亮点:实景演出、环保建设、首创性使用全彩激光、独创 360度蜘蛛眼高空威亚技术,以及预留综合性演出的拓展空间等。重点突出真山、真水、真路、真景的实景舞台,以整个金山湖景区为演出背景,大部分演出均完成于金山湖水之中,强调身在金山寺下的水景效果,紧扣"白蛇传传说"与镇江、金山寺的情节关联,时刻唤醒观众潜藏的传说记忆,运用高科技的灯光、影像效果,再现"水漫金山"的磅礴气势。

《白蛇传》水景秀除了充分利用现有实景景观之外,为了演出需要,还为景区新建了一些景观。在观众席的下方右侧,放置了一口大钟,演出便是在佛寺钟声

图 3-4-6 《白蛇传》水景秀表演

图 3-4-7 《白蛇传》水景秀演出现场：白蛇现形

图 3‑4‑8　《白蛇传》水景秀以虚拟景观重现"水漫金山"

中开场,与镇江佛教文化相契合,将观众拉进金山禅语的高僧文化之中。在金山湖水的两侧,新建了几座假山和小桥,为灯光、喷泉的设置预留了场地,同时,也成为演出中桥水相映的景观与舞台背景。

　　白蛇传水景秀共设置四幕演出篇章,主要有:

　　序:《金山传奇·缘》
　　第一幕:《断桥定情》(初遇·吉祥红伞·金山禅语)
　　第二幕:《端午惊变》(婚礼·对峙·惊变)
　　第三幕:《昆仑盗草》(疗伤·仙草·点悟)
　　第四幕:《水漫金山》(僧·斗·水漫金山)
　　尾:《道法自然·禅》(轮回)

　　演出以金山禅宗文化为贯穿始终的禅语,强化镇江佛教文化传统,与金山寺真实佛教景观相呼应。四幕情节分别以"断桥定情""端午惊变""昆仑盗草"和"水漫金山"四大核心情节为重点内容,但又不同于传统"白蛇传传说"对"情"的渲染,反复强调的是"禅语""点悟""轮回"等宗教话语,在文化内涵上,将当代实景演出、地域文化,以及传说情节巧妙地融于一体。

    对《白蛇传》水景秀的旅游效应，镇江市寄予厚望。在首演致辞中，镇江市副市长雷志强表示："大型水景秀《白蛇传》是镇江旅游产业的又一新突破。镇江是一座历史文化悠久、充满爱情故事的城市。故事中，人物关系的处理也非常好地体现了和谐社会的积极元素。大型水景秀《白蛇传》必将成为镇江旅游的一面旗帜，真正打造镇江旅游的城市名片。"①然而，尽管《白蛇传》水景秀在实景演出的形式创新、高科技媒介的综合运用，以及文化创意等多方面努力开拓，其实际社会效应以及营销收益并不理想。来自南京的游客小王在观看完表演之后感慨："演出是很好看的，特技效果也很好，就是宣传不够，南京都很少知道，更何况外省了。"②一直在金山寺及其附近从事导游工作的陈洋，从旅游目的地的吸引力视角，表达了自己的理解："镇江一直属于旅游过境地，很难留住游客，本来想着水景秀是晚间表演，对游客停留镇江有所帮助，但实际上还是没有效果。来观看演出的主要是周边城市的游客，南京、常州等地，他们往往组团来观看，看完就去下一个景点或者返回，并不能真正留住客源。"③《白蛇传》水景秀的普通票价为180元/位，这对于很多观众来说，也是一个偏高的价位。在售票处，一对老夫妻准备购票，在得知票价为180元时，犹豫再三，还是决定放弃。④

    《白蛇传》水景秀于2014年11月1日正式停演，全年演出场次约为60场。其中，团体票多为半价销售，除了与地方单位合作的项目之外，大多数时间观众不足半数，因此，营销收益并不乐观。据投资公司一位负责人表示，政府资金投入较少，也是一个主要方面。⑤

    《白蛇传》水景秀是在现代文化旅游的市场氛围下，依附镇江金山寺、金山湖山水实景，以及"白蛇传传说"这一地域文化传统而展开的表演型景观生产模式。从传说传承的视角分析，它结合传说传统景观——金山寺，以及传说核心情节——水漫金山，形象、生动地演绎了当代对传说的演绎式表达与文化理解，它以视觉冲击的特技效果讲述了"白蛇传传说"，是对景观传承与表演传承的综合，

---

    ① 张建霞：《江苏镇江：大型水景秀〈白蛇传〉震撼上演》，中国网魅力中国，2014年4月30日。
    ② 访谈时间：2014年5月16日；访谈地点：镇江市金山湖大舞台外；被访谈人：王先生，来自南京；访谈人：余红艳。
    ③ 访谈时间：2014年6月10日；访谈地点：金山湖景区；被访谈人：陈洋，金山寺导游；访谈人：余红艳。
    ④ 访谈时间：2014年5月16日；访谈地点：金山湖大舞台售票处；被访谈人：李先生，镇江本地市民；访谈人：余红艳。
    ⑤ 访谈时间：2014年6月10日；访谈方式：电话访谈；被访谈人：白蛇传水景秀营销副经理，不愿透露姓名；访谈人：余红艳。

并对镇江地域文化的弘扬发挥了积极的作用。但是,在景观生产的旅游经济效益上,并未实现预设的旅游目的。而且,演出场地——金山湖大舞台位置偏僻,交通不便,相关服务设施仍未跟上,游客前来观看演出,犹如被放置于一个孤立的景观之中,难以借此拉动相关旅游消费活动。

镇江现行的"白蛇传传说"景观生产,主要包括两大方面:一是在金山寺以及金山公园开展的围绕传说现实景观进行的命名、改造型景观生产,如法海洞与白龙洞的景观生产行为。二是在金山湖景区新建的系列景观群,如白娘子爱情文化园,以及在景区内开展的节事型景观生产和表演型景观生产活动。这两类景观生产分别侧重于宗教性与情感性。前者更多表达了金山寺高僧的降蛇法力,而后者则又不遗余力地宣扬白娘子"千年等一回"的爱情浪漫。经济还是信仰? 爱蛇还是降蛇? 镇江"白蛇传传说"的景观生产隐含着景观生产主体之间的矛盾与调和。

镇江是"白蛇传传说"的发源地之一,金山寺固有的高僧降蛇文化为"白蛇传传说"的宗教叙事提供了天然的文化基础与叙事模式。同时,蛇信仰又是镇江古老的民间信仰之一,当地流传的蛇信仰故事与仪式行为充分说明了镇江民间长期的蛇崇拜心理。随着"白蛇传传说"的流播,宗教降蛇主题逐渐演化为人蛇之恋的情爱婚姻主题,"降蛇"的宗教性让位于"爱蛇"的情感性,"爱情"成为"白蛇传传说"及其景观生产的主要文化倾向。

不同于杭州西湖自古以来的浪漫爱情气质,"白蛇传传说"与镇江的地域关联更多集中于充满战斗气息的矛盾张力。"端午惊变"中,白蛇现出蛇形吓死许仙,人与蛇以及爱情婚姻出现了难以跨越的矛盾与恐惧。而造成"端午惊变"的原因,在有些"白蛇传传说"版本中,恰恰是源于法海怂恿许仙以雄黄酒测试白蛇。因此,"端午惊变"又隐含着白蛇与法海,或者说民间信仰与佛教信仰之间的矛盾冲突。"保和堂施药"是发生在镇江的另一个重要情节,集中塑造的是白蛇善良博爱的美德。但是,在有些民间口传中,保和堂药店又与金山寺的香火之间存在矛盾。"水漫金山"是矛盾的激化与高潮,"僧蛇斗法"在一系列情节铺垫之下,终于演化为一场气势磅礴的战斗。因此,"白蛇传传说"发生在镇江的核心情节主要是围绕"斗"这一矛盾线索而展开叙事。如果从爱情的视角分析,那么白娘子在镇江的爱就不同于在杭州西湖的柔情之爱,而是一种充满战斗力量的勇敢之爱。这一地域特性在诸多收集于镇江的"白蛇传传说"民间手工艺作品中亦有着鲜明的表达。2011 年 10 月—11 月,镇江市与杭州市联袂开展的"千年等一回——白蛇传民间艺术精品展"在杭州西湖博物馆举行,镇江市民间文化艺术馆馆长周明磊在比较镇江与杭州"白蛇传传说"民间工艺作品时指出:"很明显,镇江的作品与杭州的作品风格差异很大。镇江的白娘子更多都是一种剑拔弩张的战斗状态,杭州的白娘子总是温柔似水的模样,好像正体现了镇江与杭州两地的地域特性。"①民间传说工艺作品往往传递着明确的地域风情,当然,镇江与杭州白娘子形象的差异还源于"白蛇传传说"在两地情节、主题上的不同。镇江的"白蛇传传说"有着复杂而丰富的文化内涵,它既有着对制度性宗教和民间信仰相互争夺信徒的反映。同时,又投射了民众对自由婚姻的渴望与追求。也正是"白蛇传传说"在镇江的综合性主题,使得镇江"白蛇传传说"景观生产呈现为游走在宗教与爱情之间的矛盾状态。

首先,金山公园景区内便有着金山寺和金山公园两大景观生产主体之间的利益冲突。金山寺作为"白蛇传传说"的重要景观,根据传说人物与核心情节,将现实宗教景观"裴公洞"命名、改造为景观"法海洞",并追认法海为金山寺开山祖师。这是对传说语言叙事的选择性对话。金山寺的景观叙事对应的是法海初入"白蛇传传说"时的高僧形象,金山寺以景观简介、人物塑像以及《新金山志》等多维度的叙事模式,重构法海高僧降蛇的禅师形象,表达的正是景观生产者的宗教信仰。而白龙洞的景观生产者则是以金山公园为主体,但由于身处金山寺宗教范围,金山公园对白龙洞的景观生产便有着在传说与宗教之间游离的暧昧性,从而呈现出既指向传说又不点明传说的中间状态,表现了金山公园景观生产主体在尊重宗教信仰和旅游经济开发两个方面的矛盾与调和。

其次,金山湖景区内的"白蛇传传说"景观生产充分传递出爱情主题的景观生产思路。"白娘子爱情文化园"是镇江市围绕"白蛇传传说"新建的主题公园,公园名称便直接凸显了爱情指向,园内景观也是以白蛇与许仙的爱情婚姻生活为主线。在园内开展的系列短期景观生产,如白蛇传彩灯节、白蛇传水景秀等,均是突出"白蛇传传说"的爱情主题,镇江市也尝试以"白蛇传传说"为文化资源,打造镇江"爱情之都"的城市名片。显然,"爱情"是镇江市新建型景观生产的文化方向,体现的是以地方政府为主导的景观生产主体弘扬地域文化、发展旅游经济的景观生产功能。但是,金山寺以及金山湖,包括水景秀,并未实现让游客停留的旅游观赏效应,未能带动相关旅游项目的发展。因此,进一步挖掘"白蛇传

---

① 访谈时间:2011 年 12 月 21 日;访谈地点:镇江市民间文化艺术馆资料室内;被访谈人:周明磊,镇江市民间文化艺术馆馆长;访谈人:余红艳。

传说"与镇江的文化契合是十分重要的景观生产环节。"白蛇传传说"在镇江的经典性情节主要包括：端午惊变、保和堂施药和水漫金山。"水漫金山"一直是镇江努力开展的"白蛇传传说"景观生产项目，例如法海洞、白娘子爱情文化园以及《白蛇传》大型实景水景秀等，均是围绕水漫金山而进行的景观生产行为。但是，另外两个核心情节的文化内涵，尚未引起足够的重视与认同。"端午惊变"主要有两大文化元素，一是蛇形（白蛇现形），蛇是镇江以及江南地区的民间信仰，蛇文化可以作为镇江地域文化以及旅游开发的吸引力，这就可以放置在金山湖白娘子爱情文化园内，开设专门的蛇馆，丰富镇江"白蛇传传说"旅游元素；二是雄黄酒，端午饮雄黄酒一方面是镇江的民俗文化，另一方面也与镇江有着悠久的黄酒文化密切相关。目前，镇江丹阳封缸酒已是国家级非遗项目，封缸酒是丹阳黄酒的一种，在镇江当代端午民俗中，一般都是以黄酒或封缸酒代替雄黄酒，因此，镇江完全可以将"白蛇传传说"、端午节以及封缸酒三者结合起来，开展短期的节事型"白蛇传传说"雄黄酒节事活动，其中，可以展览雄黄以及雄黄酒，品尝丹阳黄酒或封缸酒，开展黄酒节。同时，还可以在金山湖或西津渡旅游区，开设黄酒街，将镇江两大国家级非遗项目结合起来，共同弘扬与开发，还可以结合镇江香醋，综合开展非遗传承与旅游经济项目。

另外，与镇江密切相关的情节是保和堂施药。保和堂施药是"白蛇传传说"中的重要情节，关于保和堂的地点，在不同版本中不同，有的在杭州，有的在苏州，主要还是在镇江。但是，目前，除了杭州清河坊有一家号称百年老店的保和堂之外，苏州和镇江都没有。在众多"白蛇传传说"版本中，镇江的五条街、西津渡都曾经是保和堂药店的地理位置。镇江还有一个坎船山，传说是白娘子采药的药山，位于镇江城西南位置，与西津渡较为靠近。所以，镇江可以从"白蛇传传说"的中药文化进行引申叙事，将镇江的中药文化史及其普济疾苦、关注民生的地域文化精神，通过系列景观进行陈述，并进而形成一个以金山湖水文化为核心，以蛇文化展览、黄酒文化、中药文化为辅助的"白蛇传传说"镇江景观体系。其中，水文化可以更多地设置参与性项目，例如水乐园、冲浪，也是一种"水漫金山"景观的游乐性再现。因为金山湖紧挨着金山，就在金山寺山脚下，从上而下的冲浪正是一种水漫金山的当代景观效果。黄酒文化可以吸引游客停留，在镇江品尝黄酒，感受"白蛇传传说"文化。

总之，镇江现行有的"白蛇传传说"景观生产反映了政府—宗教双重生产主体之间的冲突与调和。但总体而言，宣扬"白蛇传传说"的爱情文化是以镇江市地方政府为主导的景观生产者的主要思路。在具体的爱情景观生产过程中，需要特别强调的是如何体现鲜明的地域特性，充分展现镇江有别于杭州的地域和传说内涵，从而真正生产出独属于镇江的"白蛇传传说"景观，进一步促进传说的传承、地域文化的弘扬，以及旅游经济的发展。

第四章
佛教信仰强化下的峨眉山
"白蛇传传说"景观生产

第一节　符号生产：峨眉山佛教
景观文化的历史建构

　　峨眉山位于四川省峨眉山市，在成都平原西部，是四川盆地西南边缘到青藏高原的过渡地带。它由大峨山、二峨山、三峨山和四峨山四座山组成，其中，大峨山属峨眉山系，二峨、三峨、四峨均属大凉山系，通常意义上的峨眉山，主要指的是大峨山。关于"峨眉"山名，明代陆深《蜀都杂抄》云："峨眉山，本以两山相对如蛾眉故名，字当从虫，不当从山。"①从"两山相对如蛾眉"的来历可以想知"峨眉天下秀"的自然景观，难怪诗仙李白要发出"蜀国多仙山，峨眉邈难匹"的赞叹与感慨。峨眉山是我国四大名山之一，也是普贤菩萨的道场，在中国乃至世界佛教均占有十分重要的地位。但峨眉山同时又是道教公认的"洞天福地"。据《峨眉山志》载，汉代即有道士在峨眉山修炼。峨眉山林壑秀美，既是道士选中的养生福地，又是佛教看中的静修苦所，因此，必然会引起两教的争夺。"这场论战（佛道之争）一直延续将近 1 500 年，这在我国宗教史上绝无仅有，就是在世界宗教史上，可能也无出其右。"②

　　在"白蛇传传说"中，峨眉山既是白蛇千年修炼的洞府，也是民间口传中白蛇精与青蛇精打斗、相识并结拜的处所，还是白蛇精与蛤蟆精（法海）共同修炼并结

---

① （明）陆深：《巴蜀丛书》第一辑《蜀都杂抄》，巴蜀书社，1988 年，第 337 页。
② 骆坤琪：《峨眉山佛、道关系试探》，《宗教学研究》，1997 年第 2 期。

下怨仇的处所。因此，它是"白蛇传传说"得以讲述的源头，是传说框架中的修仙神圣叙事空间。那么，峨眉山是何时走进"白蛇传传说"的？它修仙圣境的文化符号经过怎样的建构过程？它与"白蛇传传说"密切关联的景观——白龙洞，又经历了怎样的景观变迁与景观生产？本章拟在梳理峨眉山仙境文化符号建构过程的基础上，将"白蛇传传说"放置于峨眉山佛道相争的宗教文化背景中，尝试剖析峨眉山这一景观所承担的景观叙事功能，以及白龙洞当代景观生产变迁所折射的"白蛇传传说"景观与宗教文化的紧密关联。

一、峨眉山道教景观的符号生产：从"道家仙山"到"道教名山"

四川为道教发源地，天师道创始人张陵于大邑鹤鸣山首创正一道，后发展为五斗米道，并于晋代演变为天师道。张陵于四川开创道教，一方面源于当时动荡不安的社会政治环境，人们渴求精神的寄托；另一方面又与巴蜀一带险峻多山的地理环境有着直接关联。巴蜀先民崇尚巫风神鬼，这为道教提供了丰富的思想素材。但是，在张陵最初以鹤鸣山为中心划分的 24 个教区中，并无峨眉山，仅在中八治之六"本竹治"中提及："本竹治……有龙穴地道通峨眉山。"[1]"据《道藏源流》记载，道教创始人张陵曾撰有《峨眉山神异记》，介绍了峨眉的仙道行迹，但至今谁也没有见到这本书，难以证实张陵到过峨眉山。"[2]张天师十三世孙南朝梁武王府参军张辩撰有《天师治仪》，记载了献帝建安三年（198），张鲁另立八品游治，其中第一治为峨眉山，第二治为青城山。由此可知，东汉末年，峨眉山已属天师道划定的一个道教教区。《四川风物志》《峨眉县志》则认为道教大约于三国时期开始传入峨眉山。

东晋葛洪《抱朴子·内篇·金丹篇》中所列举的青城山、峨眉山和绥山均为四川成都附近的道教名山。绥山即二峨山，属于峨眉山。这是较早将峨眉山视为道教修仙炼药圣地之一的文字记录。峨眉山修仙传说最早见于东晋干宝《搜神记》。《搜神记》卷一记有一篇羌人葛由骑木羊上峨眉山成仙的故事：

> 前周葛由，蜀羌人也。周成王时，好刻木作羊卖之。一旦，乘木羊入蜀中，蜀中王侯贵人追之，上绥山。绥山多桃，在峨眉山西南，高无极也。随之者不复还，皆得仙道。故里谚云："得绥山一桃，虽不能仙，亦足以豪。"山下

---

[1] （宋）张君房：《云笈七签》卷二十八，书目文献出版社，1996 年，第 217 页。
[2] 魏奕雄：《峨眉山：从道佛并存到佛盛道衰》，《中共乐山市委党校学报》，2008 年第 3 期。

立祠数十处。①

　　这是一则具有风物传说意味的道教神仙故事,它将绥山之桃与修仙路径相结合,赋予绥山仙境寓意。此外,《有像列仙全传》中记有史通平、翟武等人于峨眉山乘龙修仙的传说:"翟武,后汉人,七岁绝粒,服黄精、紫芝。入峨眉山,天真皇人授以真诀,乘龙归去。"②北齐《魏书·释老志》记载了老子在峨眉山授"三一五牙之法"于轩辕黄帝的传说:"道家之原,出于老子。其自言也,先天地生,以资万类。上处玉京为神王之宗,下在紫微为飞仙之主,千变万化,有德不德,随感应物,厥迹无常,授轩辕于峨眉,教帝喾于牧德。"③晋常璩《华阳国志》载:"南安县(今峨眉山市)……南有峨眉山。去县八十里,《孔子地图》言有仙药,汉武帝遣使者祭之,欲致其药,不能得。"④

　　这些散落在各处的峨眉山修仙、炼药传说既是峨眉山道教活动的早期记载,同时也为峨眉山初步建构起一个与众不同的修仙圣地。有文献记载的最早的峨眉山道观建于西晋时期。清《峨眉山志》载,西晋有外方道士乾明,来峨眉山修建了一座乾明观,它与青城山清都观同为四川境内最早的两座道观。乾明观的建立结束了峨眉山道士分散修炼的散居生活,峨眉山道教开始初具规模。东晋时期,《无上秘要》卷二十二《三界官府品》介绍"洞宫"时,引《洞真经》及《道迹真迹经》云:"峨眉宫,右在太元天峨眉山,诸得真仙道者名刊于此宫。"⑤《洞真经》即《上清经》,为上清派经典,它也将峨眉山奉为仙真的重要宫府。魏晋道家更是引经据典,视峨眉山为《山海经》中提及的"皇人之山":"又西五百里,曰皇人之山,其上多金玉,其下多青雄黄。皇水出焉,西流注于赤水,其中多丹粟。"⑥这就使得峨眉山由传统的道家仙山转变为道教名山。清《峨眉山志》引《三皇经》云:"皇人者,泰帝所使,在峨眉山授皇帝真人五才之法,又云:人天中有三十六洞天,兹当第七洞天,一名虚灵洞天,一名虚陵太庙洞天。"⑦《云笈七签》中也有类似的记述:"第七峨眉山洞,周回三百里,名曰虚陵洞天,在嘉州峨眉县,真人唐览治之。"

---

① (晋)干宝:《搜神记》,中国画报出版社,2013年,第5页。
② (晋)葛洪:《白话抱朴子内篇》,吴敏霞译,三秦出版社,1998年,第102页。
③ (北齐)魏收撰:《魏书》卷一百一十四《释老志》第二十,中华书局,1974年,第3048页。
④ (晋)常璩撰:《华阳国志校注》卷三《蜀志》,刘琳校注,巴蜀社会,1984年,第281-282页。
⑤ 转引自魏奕雄:《峨眉山:从道佛并存到佛盛道衰》,《中共乐山市委党校学报》,2008年第3期。
⑥ 袁珂校注:《山海经校注》第二《西山经》,上海古籍出版社,1980年,第37页。
⑦ (清)常明、杨芳灿等纂修:《四川通志》(第一册),第926页。

　　隋末唐初，药王孙思邈曾两度至峨眉山采草药、炼太一神精丹，并收徒，号勾度。宋王象之《舆地纪胜》云："勾度，峨眉人，与孙思邈隐于青莲峰下。"清《峨眉山志》载孙思邈在峨眉的炼丹洞："孙思邈炼丹洞也，药炉丹灶见存，岩石皆碎破，无草木，说者以为丹气熏蒸所致。"①孙思邈炼丹洞位于今牛心寺后的山脚下，据说"今洞内多碎石，依然无草，洞壁犹留烟熏痕迹"。②

　　总之，峨眉山自东汉以来，经历了由传统的道家仙山转变为道教名山的历史过程。"整体而言，魏晋道家首先把峨眉山比附成神话中的皇人之山，然后又进一步把峨眉山正式封为道教第七洞天。据此我们可以推断，峨眉山被正统道教确定为第七洞天的下限最迟当在东晋时期。"③

　　峨眉山作为"仙山"的文化符号较多出现在"白蛇传传说"的口传异文中。江苏苏州搜集的一则民间传说将法海与白娘子结怨的过程放置于峨眉山，并描绘了峨眉山的修仙圣境：

　　　　传说，四川峨眉山是座神山，不管是动物、植物，只要在山上修炼一番，取得正果，就可以变成人，化为神仙。所以，不少动物、植物，都赶到峨眉山上去修炼。④

　　在此，峨眉山成为一座可以修炼成仙的神山，尤其是异类修炼，突出强调很多动物、植物均会选择前来峨眉山修炼。正是源于峨眉山神秘莫测的自然景观与道教修仙的文化内涵，使其逐渐走进"白蛇传传说"并定型为蛇精修炼洞府。将白蛇或者法海的修炼处所或仙草山设置于峨眉山的民间口传较为普遍：

　　　　四川峨眉山，一条白蛇，一只蛤蟆都在炼丹，白蛇在山西边，蛤蟆在山东边。晚上，他们两个人炼丹了，这丹药天天炼……⑤

　　　　四川峨眉山，山上有神仙。妖怪在深山洞府修炼。"洞山方七日，世上几千年"。这些神仙有上万年的道行，妖怪总有上千年的根基。白娘娘、法

　　① （清）蒋超：《峨眉山志》卷五，民国印光大师重修，第200页。
　　② 魏奕雄：《峨眉山：从道佛并存到佛盛道衰》，《中共乐山市委党校学报》，2008年第3期。
　　③ 韩坤：《峨眉山及普贤道场研究》，四川省社会科学院硕士论文，2007年。
　　④ 讲述人：俞瑶聚等；采录人：潘君明；流传地区：江苏省苏州市。收录于康新民主编：《白蛇传文化集粹》（异文卷），江苏文艺出版社，2007年，第103-105页。
　　⑤ 口述人：李三保，男，65岁，盆汤巷60号；记录人：康新民；时间：1963年7月。收录于江苏省民间文学工作者协会、江苏省民间文学工作者协会镇江分会编：《白蛇传》（资料本），第32-34页。

海,就是在峨眉山修炼的妖精······①

（盗仙草）白娘娘驾了白云,越过了九十九座山,跨国了九十九条河,飞
到了峨眉山（寻仙草）······②

由上述口传"白蛇传传说"可见,峨眉山已然是公认的异类修炼洞府,其修仙
景观符号已深入人心。

二、峨眉山佛教景观的符号生产：从道教到佛教

峨眉山佛教始于晋代,③"慧持上山"是标志。《五灯会元》卷六"宋徽宗皇
帝"条载:

> 徽宗皇帝,政和三年,嘉州巡捕官奏：本部路傍有大古树,因风摧折,中有
> 一僧禅定,须发被体,指爪绕身。帝降旨,令肩舆入京,命西天总持三藏以金磬
> 出其定。遂问："何代僧?"曰："我乃东林远法师之弟,名慧持,因游峨嵋,入定
> 于树。远法师无恙否?"藏曰："远法师晋人也,化去七百年矣。"持不复语。④

这是最早的关于"木中定僧"的传说。也因此,而有推断慧持修建峨眉山第
一座寺庙——普贤寺的说法。《峨眉县志》载:

> （慧持）第二年上峨眉山。上山后见半山上只有几处卑矮茅棚,随同山
> 僧一起,择地建谓庵（今万年寺）,供菩萨之像,取名普贤寺,是为山上第一
> 座比较正规的寺庙。因为第一尊神像是普贤,峨眉山为普贤道场之说,即由
> 此而生。⑤

这一说法得到众多支持,《峨眉山佛教志》《四川佛教文化》等均采用之:

---

① 口述人：颜守训；记录人：陈静。收录于江苏省民间文学工作者协会、江苏省民间文学工作者协
会镇江分会编：《白蛇传》（资料本）,第 22－25 页。
② 口述人：李志中等,搜集整理：郭维庚、康新民。收录于江苏省民间文学工作者协会、江苏省民间
文学工作者协会镇江分会编：《白蛇传》（资料本）,第 128－135 页。
③ 峨眉山佛教的开始年代除了晋代说之外,还有汉代说,其依据主要是"蒲公追鹿"的传说,但是,这
则传说经由多位学者考证,他们均认为是宋代佛教编写的斗法故事,笔者采纳这一观点。
④ 释普济：《五灯会元》卷六,中华书局,1984 年,第 353－354 页。
⑤ 峨眉县志编委会：《峨眉县志》,四川人民出版社,1991 年,第 616 页。

师为酬凤愿，不久上峨眉山创建普贤寺（今万年寺）。①

有史可稽的峨眉山佛教始于东晋隆安年间，净土宗创始人之一慧持大师前来传播。慧持创建了全山第一座寺庙普贤寺（今万年寺）。②

史载，慧持和尚于隆安三年（339）入蜀，为遂其"观瞻峨眉，振锡岷帕"之愿，只身登上峨眉山，修建普贤寺，供普贤瑞像，招收门人。至此，峨眉山上方有正规的寺庙和正住僧人。③

"慧持入蜀，意义重大，说明峨眉山佛教与四川佛教几乎同时起步，历史悠久。"④但是，作为道家仙山、道教名山的峨眉山，此刻已然是道士清修养生之福地。因此，佛道相争在峨眉山拉开了帷幕，佛教和道教均采用了编造信仰故事的模式弘扬自身宗教信仰及其对峨眉山的所属权。正如上节所述，道教追认峨眉山为"皇人之山"，又引《列仙传》卷上《陆通传》云："陆通者，云楚狂接舆也。好养生，食橐卢木实乃芜菁子，游诸名山，在蜀峨眉山上，世世见之，历数百年去。"⑤以此强调道教在峨眉山的悠久历史。佛教不甘示弱，《六十华严经》云："西南方有处名光明山，从昔以来，诸菩萨众于中止住。"⑥即光明山为峨眉山，与道教"皇人之山"相对。佛教编造的最为著名的峨眉山传说即为《蒲公追鹿》：

周威烈王时，有宝掌和尚名千岁，始生时，手掌有印文，来礼普贤，设像供养。尝叹此山曰："高出五岳，秀甲九州。"汉永平中，癸亥六月一日，有蒲公采药于云窝，见一鹿，异之，追至绝顶无踪，乃见威光焕赫，紫气腾涌，联络交辉成光明网，骇然叹曰："此瑞稀有，非天上耶？"径投西来千岁和尚，告之，答曰："此是普贤祥瑞，于末法中守护如来，相教相现于此，化利一切众生，汝可诣腾法二师究之。"甲子奔洛阳，参谒二师，具告所见，师曰："善哉稀有，汝等得见普贤，真善知识。"……普贤依本愿而现相于峨眉山也，名峨眉者，昔善财礼德云比丘时，伫立妙高峰而观此山如初月现，故称峨眉。⑦

---

① 峨眉山佛教志编纂委员会：《峨眉山佛教志》，2003年。
② 赵立明、萧明：《四川佛教文化》，四川人民出版社，1997年，第10页。
③ 骆坤琪：《普贤道场峨眉山》，《中国宗教》，1995年第1期。
④ 韩坤：《峨眉山普贤道场研究》，四川省社会科学院硕士论文，2007年。
⑤ 卿希泰：《关于峨眉山佛道兴衰的历史演变刍议》，见永寿主编：《峨眉山与巴蜀佛教》，宗教文化出版社，2004年，第255－256页。
⑥ 杜洁祥编：《中国佛寺史志会刊》（第一辑）第45册《峨眉山志》，明文书局，1980年，第3页。
⑦ （明）胡世安：《译峨籁》，第19页。

《蒲公追鹿》传说将佛教在峨眉山的历史提前至汉明帝时期,并认定为普贤菩萨的道场。蒋超《峨眉山志》卷二"诸经发明"援引上述文字,并称:"蒲归乃建普光殿,安愿王(普贤)像。"[①]从此渐成定论。但是,峨眉山佛道之间的争斗并未歇止,反而愈演愈烈,乾明观"改观为寺"的传说更具斗法之嫌疑。《峨眉山志》云:

> 晋,释明果,资州人,幼年剃发龙游山,竭秦竺法护于大兴寺。一日,闻护开示,如来座者,一切法空是,顿司厥旨。回蜀,就宝掌峰,单锡中峰,始号乾明观,彼中道士,每于三月三日,效翟武升仙之法,岁以为常。师(明果)闻,知是妖孽,请让先升,阶伏猎人,箭缀丝纶,果中之,一白蟒也。寻理其处,乃见冠簪、白骨满窟,羽人悔悟,即改观为中峰寺,迎师承事焉。[②]

这段传说塑造了一位得道高僧明果,慧眼识破道士升仙仪式其实是由一蛇妖所控,于是射杀蛇妖,道士悔悟,弃观改寺,转信佛教。乾明观由此改为中峰寺的传说"当然是不能叫人相信的神话,不过,它间接地说明了一个问题:乾明道士在与佛教的斗智斗法中失败了"。[③] 同时,这一传说还给我们提供了一个信息,那就是峨眉山的道教修行还包括了妖精修仙的路径,而且在这则传说中,混入道教的妖精正是白蟒,或者说白蟒是以道教修仙的路径在峨眉山修炼,这就为"白蛇传传说"设置白娘子修行于峨眉山提供了先期的传说基础。

东汉王充《论衡》云:"物之老者,其精为人。"葛洪《抱朴子·登涉》又云:"又万物之老者,其精悉能假托人形,以眩惑人耳目而常试人。"[④]这就是"物老成精"的精怪观念。东晋郭璞《玄中记》(《古小说钩沉》辑本)以狐精为例,对不同年岁的物成精后所拥有的法术,作了具体的年龄分析:"狐五十岁能变化为妇人,百岁为美女,为神巫,或为丈夫,与女人交接。能知千里外事,善蛊惑,使人迷惑失智。千岁即与天通,为天狐。"[⑤]五十岁、百岁,乃至千岁之狐所拥有的不同的变化之术与能力,正说明了物越老,其所成之精的法力就越大。在"白蛇传传说"中,白

①(清)蒋超:《峨眉山志》卷五,民国印光大师重修,第 200 页。
②(清)蒋超:《峨眉山志》卷五,民国印光大师重修,第 161 页。
③骆坤琪:《峨眉山佛、道关系试探》,《宗教学研究》,1997 年第 2 期。
④(晋)葛洪:《抱朴子·内篇》,北京燕山出版社,2009 年,第 251 页。
⑤(宋)李昉:《太平广记》卷四百四十七,中华书局,2013 年,第 3652 页。

娘子是修炼千年的蛇精，小青仅仅修炼了五百年，因此，其法力不如白娘子。物成精的条件除去年龄的限制外，还需要辅以佛教修行或道教修炼之法。《右台仙馆笔记》卷七记载了一则轶闻：

> 门人汉阳邬梅仙，言其家好为扶乩之戏，名其坛曰"驻云坛"。有明五先生者屡降是坛，自言乃元时济州一狐也。少年时曾蛊某氏女，为雷神追击，几殆，其后潜修二百余年，始挂名仙籍。又言修仙之道，其过莫大于犯淫，其功莫重于惜命，故二百年来惟以惜命为事，虽一草一木，有生意者均不忍攀折也。叩以休咎，多不答，喜谈诗及古事，如云宸濠胁有肉鳞，王阳明体颀而黑，皆世所不知也。或问："先生何不以狐为讳？"曰："由狐而仙，譬如白屋中出公卿，方以为荣，何讳之有！"①

邬梅仙以自身经历说明精类修炼必须做到忌淫惜命，即一不能犯淫，他自言曾经因犯淫几乎丧失性命；二要做到爱惜生命。邬梅仙称自己二百年来不曾伤害过一草一木，并喜谈诗书，自我修炼，终得以成仙。从他自称忌淫欲来分析，他采用的应该是道家内丹修炼的方法。唐以后，道家的内丹术有较大发展，并成为修仙术的主流，因此，在宋代以降，特别是明清时期，狐仙的主要修行正法便是内丹，其他精类的修仙术也以内丹修炼为正途。"白蛇传传说"中的蛇精白娘子便是在峨眉山中以内丹修炼之法提升自我法术的。在民间口传异文中，有一类白蛇与法海结怨的传说便是将矛盾集中于二人对内丹的争夺中：

> 白蛇在峨眉山修炼了二百年，在金山修炼的螃蟹精来到峨眉山，想抢占白蛇的地盘，于是便打了起来，整整打了九九八十一天，螃蟹精打得筋疲力尽，最后拿出自己炼了三百多年的功夫——火龙球，用它来和白蛇打。可是，这火龙球却被白蛇一口吞下，螃蟹精再也收不回来，修炼了三百多年的功夫毁于一旦，而白蛇却因吞吃了这球子，提前了三百年成仙。②

---

① （清）俞樾：《右台仙馆笔记》卷七，上海古籍出版社，1986 年。

② 讲述人：李正兴，男，41 岁，淮安县车桥镇受河村二组；采录人：汪溢东；采录时间：1986 年 8 月 20 日；流传地区：江苏省淮安市淮安县。收录于康新民主编：《白蛇传文化集粹》（异文卷），江苏文艺出版社，2007 年，第 101 - 102 页。

这则传说十分有趣,它一方面说明了道家内丹修炼之术是异类妖精的修仙路径,另一方面,它以金山的螃蟹精来峨眉山抢占地盘的情节暗合了峨眉山长期激烈的佛道相争。

唐代峨眉山寺庙多于道观,以杜光庭为代表的道教信徒再次强调峨眉山道教洞天福地的地位,并撰《洞天福地记》来阐明观点。这一时期,由于唐高祖李渊以老子为先祖,大力支持道教,峨眉山道教实力雄厚。宋代,峨眉山在赵氏崇佛的支持下,成为普贤菩萨道场,道教势力减退。明代,在皇室崇佛的影响下,峨眉山佛教再次发动论战,各自编撰新的传说,再掀口舌之战。尽管信奉道教的四川巡抚卫赫嬴为挽救峨眉山道教,于万历十三年(1585)新建纯阳殿,似乎给峨眉山道教注入一支强心剂。但是进入清代,峨眉山道教仍逐渐式微,曾经供奉道教泰山神的飞来殿也被僧人占据,成为佛教建筑。长达1 500多年的峨眉山佛道之争也画上了句号,在这场争斗中,道教先来,却未能守住"江山"。但是,佛教虽然独占峨眉,但峨眉悠久的道教历史、第七洞天的道教地位仍以道教遗迹的形式留存于峨眉山。于是,峨眉山出现了一个有趣的现象,就是供奉佛像的纯阳殿仍沿用"纯阳殿"的匾额,九里洞中的赵公明像也由僧人接受香火。在佛教信仰之中的这些道教建筑的遗存,正是峨眉山佛道相争的历史见证。

峨眉山悠久的道家修仙文化、道教名山的地位,以及长期以来佛道两教各自编撰传说故事抬高自我、贬损对方的宗教传说与宗教遗迹,均为峨眉山作为特殊的宗教景观走进"白蛇传传说"提供了天然的历史文化背景,但同时,也必然预示着"白蛇传传说"当代景观生产的尴尬与复杂。

第二节　景观迁移:佛教信仰主导下的峨眉山白龙洞景观生产

一、景观命名:从"连环洞"到"白龙洞"

峨眉山首次进入"白蛇传传说",始于清中叶方成培戏曲本《雷峰塔》传奇。方本第二出《付钵》云:

峨眉山,有一白蛇,向在西池王母蟠桃园中,潜身修炼,被他窃食蟠桃,遂悟苦修,迄今千载。①

第三出《出山》又以白蛇师兄"黑风仙"的口吻介绍了白蛇的修炼身世：

> 名曰白云仙姑,向在西池蟠桃园中,潜身修炼。今到此峨眉山连环洞中,养成气候,道术无穷。②

在方本之前,元话本《西湖三塔记》、明末拟话本《白娘子永镇雷峰塔》,以及清乾隆三年(1738)黄图珌戏曲本《雷峰塔》传奇等,白蛇均为潜身西湖的水怪。方本首次将白蛇拉离西湖,讲述其修仙、下凡历程,开启了以白蛇为叙事主线的"白蛇传传说"讲述模式,某种意义上,预示了"白蛇传传说"叙事视角的转移：从许仙到白蛇,以及传说主题的演化：从降蛇到爱情婚育文化。场景的选择往往正是出于叙事的需要,因此,场景(景观)便不仅仅是一个人物活动的环境背景,还具有了标识小说叙事走向的重要作用。方本第一次将局限在江南地域的"白蛇传传说"拓展至四川峨眉山,一方面是对"白蛇传传说"西湖水怪模式的突破,引出西南修仙圣境——峨眉山；另一方面又以旁观者(峨眉山)的立场强化了江南(以杭州为代表)经济昌盛、文化繁荣的世俗诱惑力,充分显示了场景(景观)的选择对文本叙事的特殊作用。

方本为白蛇设置了两个修仙圣境,一是西池蟠桃园,二是峨眉山。白蛇还曾窃食蟠桃园内仙桃,这就与《搜神记》中记录的《葛由乘木羊》传说有一定的关联性。葛由上绥山,随之者皆得仙道。并言绥山多桃,谚传"得绥山一桃,虽不能仙,亦足以豪"。蟠桃园之桃大有暗示绥山之桃的意味,因此,峨眉山的仙境也有了与西池蟠桃园相似的神力。方本于开篇引出峨眉山,便具有了以道家修仙圣境这一独特景观喻示白蛇高超仙术的叙事性特征。但是,方本中的白蛇修炼于峨眉山连环洞,并非白龙洞。

清嘉庆十一年(1806),玉山主人创作、改编的小说《雷峰塔奇传》也从白蛇的修仙圣境开始叙事。不同的是,玉山主人选择的修炼洞天不是峨眉山,而是青城山：

---

① (清)方成培撰：《雷峰塔》,李玫注,华夏出版社,2000年,第4页。
② 同上,第11页。

且说四川成都府城西有一座青城山，重冈叠岭，延袤千里。此山名为第五洞天，中有七十二小洞，应七十二候，八大洞按着八节。自古道：山高必有怪，岭峻能生妖。这山另存一洞，名为清风洞，洞中有一白母蛇精，在洞修行。洞内奇花竞秀，异草争妍，景致清幽，人迹不到，真乃修道之所。这蛇在此洞修行一千八百年，并无毒害一人，因他修行年久，法术精高，自称白氏，名曰珍娘。究竟畜类，未能超成正果。①

青城山与峨眉山同为四川道教圣地，在道教洞天福地的排名中，还高于峨眉山，位列第五洞天，亦称"洞天第五宝仙九室之天"。青城山位于四川省灌县西南三十华里处，背靠岷山，面临川西平原，全山有三十六峰，七十二洞，一百零八处胜景，是道教修仙圣地。内有天师洞，竖石刻张天师像，是青城山最大的道教宫观。天师洞左侧为张道陵降魔石，上书"降魔"二字，相传此石为张天师降魔时一剑劈开。青城山自然无清风洞可寻，笔者寻访青城山道士以及周边村民，也并未发现与青城山或清风洞相关的地方性传说。但笔者在青城山做田野调查时，青城山方道士讲述了一则蛇精于青城山修炼的当代传说：

青城山有蛇精在这修炼，我师父讲给我听。师父说，每次他讲法的时候，都知道有两条蛇精在聆听，我们因为修行不够，所以看不到，但师父是看得到的。师父不点破，他说，青城山里还有这样的异类，它们也愿意学道修行。就在汶川地震前一晚，两条蛇精现身告诉师父，这里将发生大灾难，它们要离开了。向师父道别，感谢师父这么多年为它们讲法，从不驱赶它们。②

这则传说以汶川地震为背景，言辞凿凿，在弘法的同时，也从侧面反映了青城山为道教圣地的宗教地位。但是，青城山作为白娘子修仙洞府的说法并未得到"白蛇传传说"改编者的继承，之后的传说改编仍是选择了峨眉山，这一方面是源于峨眉山自身的道家修仙传统，另一方面也与方成培《雷峰塔》传奇的广泛影响力有着直接的关系。民国梦花馆主《白蛇传前后集》第一回"仙踪"云：

① （清）玉山主人：《雷峰塔奇传》，华夏出版社，1995 年，第 2 页。
② 被访谈人：青城山祖师殿道士；访谈人：余红艳；访谈时间：2012 年 6 月 9 日；访谈地点：青城山祖师殿内。

　　四川有一座峨眉山，虽不与五岳并列，却也是天下名山之一，古来在这里修仙学道的人，不胜枚举。我今一概不说，单说山上有一小小洞府，洞府中有一白蛇，修炼了几百年，采取天地灵气，收受日月精华，已能幻化人形……①

梦花馆主《白蛇传前后集》译自弹词《义妖传》，将峨眉山设定为白蛇修仙洞府。只是，并未提及究竟为哪一座洞府。1956 年，赵清阁改编小说《白蛇传》，第一章"游湖"开篇便是对峨眉山景观的细致描绘，并点明白蛇修炼于白云洞：

　　在这座峨眉山上，有一个深邃幽静的白云洞，洞内盘踞着一条白蛇，千年以来，从不伤害生灵，只是专心致志地潜修道行。经过苦修苦炼，日积月累，于是道行湛深，精力充沛，渐渐修成了一个美丽俊俏的女郎。②

赵文所云"白云洞"或许来源于方本对白蛇的称呼"白云仙姑"。但是，在民间口传中，民众则将白蛇在峨眉山的修炼洞府由虚拟的连环洞、白云洞移位至现实景观白龙洞："在峨眉山的蛤蟆洞里，有一只皱皮疙瘩的癞蛤蟆修炼，在蛤蟆洞旁边，有个白蛇洞（白龙洞），洞内盘着一条白蛇在修炼……"③在今天的白龙洞门前写有一副对联："千年白龙传佳话，七重宝树倚云栽。"白蛇在峨眉山修炼的传说已然与白龙洞紧密结合，使得白龙洞由一座现实景观演化为"白蛇传传说"景观，并且跟随景观变迁，又生产出围绕景观的新的"白蛇传传说"：

　　"文革"的时候，说是要毁掉白龙洞的，刚开始挖的时候，居然窜出一条大白蛇，大家都说是白娘子显灵了，所以很害怕，就停工了，白龙洞也就保了下来。④
　　白娘子就在白龙洞里修行，里头很深的，很多尸首呢，吓人的，进去了就找不到路出来啊，有几条路可以进去，但进去了就出不来了。⑤

---

　　① 梦花馆主：《白蛇传前后集》，中国书店，1988 年，第 1 页。
　　② 赵清阁：《白蛇传》，上海文化出版社，1956 年，第 1 页。
　　③ 讲述人：俞瑶聚；采录人：潘君明；流传地区：江苏省苏州市。收录于康新民主编：《白蛇传文化集粹》(异文卷)，江苏文艺出版社，2007 年，第 103－104 页。书中还收录了《白蛇法海前世孽》《法海横行白蛇霸道》《白蛇偷赴蟠桃会》等，均是关于白蛇在峨眉山白龙洞修炼的传说。
　　④ 被访谈人：梁先生，峨眉山市人；访谈人：余红艳；访谈时间：2012 年 6 月 7 日；访谈地点：峨眉山下。
　　⑤ 被访谈人：朱老太太，74 岁，家住峨眉山脚下；访谈人：余红艳；访谈时间：2012 年 6 月 7 日；访谈地点：峨眉山报国寺脚下。

　　围绕白龙洞展开的新的"白蛇传传说"一般与白蛇显灵相关,既神奇又恐怖,表达着人们对奇异怪事的复杂叙事心理。而从景观叙事的视角分析,"白蛇传传说"对峨眉山以及白龙洞景观的选择,某种意义上是以峨眉山佛道相争为历史背景,预示着"白蛇传传说"中佛教对修炼于峨眉山的白娘子的收服。"白蛇传传说"的佛道相争主题一直是学界讨论的热点之一,无论是由最初的道士收妖置换为僧人收妖,甚至先以道士收妖不成为铺垫以烘托佛教之法力,还是从白娘子选择修炼的道教身份来看,佛道之间的对抗与交流显然是"白蛇传传说"的重要主题之一。而正如上节所详细梳理的,峨眉山道教与佛教的争夺战恰恰与"白蛇传传说"中的佛道相争十分相似。

　　峨眉山首次走进"白蛇传传说"源于清乾隆三十六年(1771)方成培《雷峰塔》传奇。彼时,峨眉山漫长的佛道争斗已然画上句号,峨眉山成为佛教名山,曾经的修仙圣境蒙上了失败的阴影。在方成培之前的乾隆三年(1738),黄图珌戏曲本《雷峰塔》传奇在冯梦龙拟话本《白娘子永镇雷峰塔》的基础上,增添了一个游道本领不济、降蛇失败的环节,从而使得"白蛇传传说"以道士降蛇为铺垫,引出佛教高僧的宗教叙事特征。一定程度上,具有与峨眉山佛道相争、道士败北相类似的宗教话语。正是在这样的宗教语境下,方成培选择以峨眉山作为白娘子的修炼洞府,使峨眉山这一宗教景观的出现具有强大的叙事功能,象征着"白蛇传传说"纠缠不清的宗教矛盾。

二、景观迁移:从"白龙洞"到"白龙寺"

　　今峨眉山白龙洞位于峨眉第一胜景——"双桥清音"附近,为一座闻名遐迩的佛教禅院。庙门两侧悬挂了一副行楷对联:

　　　　金顶正当山门暮暮朝朝餐秀色,白龙潜通海穴年年岁岁赏清音。

　　对联分别描述了白龙洞独特的自然景观和白蛇文化。庙门外的墙壁上还悬挂了白龙洞简介:

　　　　白龙洞又名白龙寺,明嘉靖年间由别传禅师创建,海拔八百米。寺后原有上下白龙二洞,相传为白娘子修真之所,寺因此而得名。

图 4 - 2 - 1　白龙洞

这里所说的白娘子修真之所是指作为洞穴的白龙洞，而非作为寺庙的白龙洞。为了表述的方便，本书将前者仍称作"白龙洞"，而后者则使用其寺庙名称"白龙寺"。白龙寺简介中所提及的寺后上下两洞常常出现于"白蛇传传说"民间口传中：

> 早先法海和尚是修行的蛤蟆精，白蛇是修行的白蛇精，两个同在峨眉山中修行。蛤蟆精在下面洞修行，白蛇精在上面洞修行，两个时常做堆搭聊······①

也就是说，民间认为白娘子是在上洞修炼，而下洞就是现在的白龙洞禅院。2012 年 6 月，笔者前往峨眉山做田野调研时，聘请峨眉山本地导游鲜女士陪同讲解。在清音阁不远处，白龙寺身后约 100 米处，鲜女士指着山路左侧一处三四

---

① 讲述人：吴兴松，畲族；采录人：吴红妹；采录时间：1988 年；流传地区：福建畲族柘荣县楮坪乡。收录于康新民主编《白蛇传文化集粹》（异文卷），江苏文艺出版社，2007 年，第 85 - 86 页。

图4-2-2　清音阁附近的白水、黑水①

平方米的浅塘后说:"这里就是白龙洞的入口。"②嶙峋的山石堆砌在一起,似乎堵住了水源。笔者触目所见的是杂乱的荒草和一小块污浊的潭水,看不到任何可以称之为洞口的地方。

　　鲜女士(以下简称"鲜")指着山石下方一个碗口粗的石缝说:那就是原来的白龙洞口。在我小的时候,还曾经来过这里,十几岁的时候,山洞口大约有一米来高,可以走进去四五百米,空气不好,很不舒服,也很潮湿,我们小孩子一般都不敢在里面停留。后来,渐渐地随着山体下沉,洞口越来越低,只能有小孩子可以钻进去了。再后来峨眉山管委会出于安全考虑,便用

---

① 相传白水乃白蛇化身,黑水一说是青蛇化身,一说是法海化身。
② 被访谈人:鲜女士,1974年生,峨眉山黄湾镇张山村村民,从事峨眉山专职导游十几年;访谈人:余红艳;访谈时间:2012年6月9日;访谈地点:峨眉山白龙洞前。以下涉及的和鲜女士的对话,均来自2012年6月6日—8日的访谈录音,访谈地点为峨眉山内和峨眉山大酒店宾馆大堂。

图 4 - 2 - 3　洞门封死的白龙洞，20 世纪 80 年代，洞口曾有红色的"白龙洞"三字

几块大石头将洞口封死了，就是我们今天看到的白龙洞的样子了。

余红艳（以下简称"余"）：峨眉山的导游一般会带游客来看看这个白龙洞吗？

鲜：这里什么标志都没有。所以，一般的游客都不会在这停留，我们导游也不会介绍这里，没得说啊，什么也没有。

余：导游不会跟游客提起"白蛇传传说"吗？

鲜：再往前走一百米左右，有一个写着白龙洞三个大字的寺院。据说，原本就叫白龙寺，里面还供奉着白娘子。我们一般会带游客到那儿去，告诉他们那里就是白龙洞。

余：来峨眉山游玩的游客会问起"白蛇传传说"吗？有人会来找白龙洞吗？

鲜：也有人问，不是很多，问的话，我们就告诉他们。

余：那现在白龙寺的白娘子像呢？我没有看到庙里供啊。

鲜：原来是有的，后来，"文革"的时候，白娘子像被毁了，然后就换成了观音像。

但是,据白龙寺的果缘法师介绍,每年还是有游客来白龙寺祭拜白娘子:

> 这就是佛教说的圆融。每年都有人来我们这儿祭拜白娘子,很多都是河北一带的游客。他们知道这里有一个白娘子,但是来了后发现成了观音,他们也不会说什么,因为他们都是懂的,是可以和白娘子交流的。①

上述访谈在为我们提供了游客对白龙洞以及白娘子的态度之外,还让我们开始思考:峨眉山白龙洞这一景观所经历的变迁,以及景观变迁对传说讲述与传播的影响。

峨眉山市地方民间文艺学者张承业既是"白蛇传传说"的搜集、整理与研究人员,同时也积极参与了峨眉山市对白龙洞景观的当代生产。他介绍了"白龙洞"景观的生产过程:

> 二十世纪八十年代的时候,很多人来到峨眉山都会问,白龙洞在哪儿?哪有什么白龙洞啊,我一直在做民间文学的搜集和整理,他们(峨眉山管委会)就找到我,问怎么办?我们就商量在白龙寺后找了一个山洞,认定为白龙洞,峨眉山景区在洞前挂了个牌子,白龙洞就形成了。后来,山体滑坡,担心有危险,就把洞给封了。前几年,洞前的牌子还在,现在连牌子也没了。②

显然,正是"白蛇传传说"建构了峨眉山白龙洞景观,赋予白龙洞白娘子修仙圣境的景观符号。但是,景观与具体地域的结合,还需要地方景观生产者的积极呼应。峨眉山作为普贤菩萨的道场,佛教四大名山之一,1996 年又被列入世界遗产名录,获自然与文化双遗产,是国家 5A 级旅游风景区。佛教文化已然是峨眉山景区的核心文化,"白龙洞"作为"白蛇传传说"中的一个道教修炼景观,不能

---

① 被访谈人:果缘,白龙寺僧人;访谈人:余红艳;访谈时间:2012 年 6 月 6 日;访谈地点:峨眉山白龙寺内。

② 被访谈人:张承业,1930 年生,中国民间文艺家协会会员,峨眉山人;访谈人:余红艳;访谈时间:2012 年 6 月 6 日;访谈地点:峨眉山市文化馆内。

引起峨眉山景区管理委员会的足够重视，是十分自然的。再加上峨眉山佛教文化精神的统一，最终使得曾经得到"生产"并成功赢取当地民众、游客认同的"白龙洞"景观昙花一现。正如峨眉山诸多道教景观一样，白龙洞的名称仍然大大的书写在门楣之上，但是，其文化内涵早已是佛教的禅宗寺庙，失去了作为"白蛇传传说"蛇精修炼洞府的文化意义。

除了白龙洞是"白蛇传传说"景观之外，峨眉山还存有一些与当地口传相一致的景观，例如在白龙洞附近的斗龙坝，相传这里是白蛇与青蛇的战场：

> 相传蛇仙白娘子在白龙洞修行时，常到宝现溪嬉水玩耍，而青蛇贪图白娘子美色，欲霸为妻。白娘子好胜，提出比武斗法，取胜方可。两人便在宝现溪展开恶斗。最后，白娘子降服了青蛇。青蛇变成侍女小青。后来把白娘子与青蛇斗法比武的地方，成为斗龙坝。①

图4-2-4 传说中的斗龙坝：白蛇、青蛇在此大战

当地还流传着清音阁两边的白水、黑水与"白蛇传传说"的关系。从白龙洞一路下来，清音阁的左边是黑水，右边是白水。当地人传说白水就是白龙江，是白娘子变成的；黑水就是黑龙江，是法海变成的，也有说是小青变成的。在金龙

---

① 抄录于斗龙坝景观简介牌。

寺身后有一个青水,相传是小青变成的。① 然而,上述斗龙坝、白水、黑水、青水
等景观,由于与"白蛇传传说"的核心情节关联性不大,难以成为真正被民众尤其
是外地游客认可的"白蛇传传说"景观。缺少现实景观依托的"白蛇传传说",在
峨眉山及其周边地区的口头传承也呈现萎缩的态势。笔者在峨眉山附近做田野
调查时,发现即使在老一辈人的口述中,峨眉山的"白蛇传传说"也仅剩下一句
"白娘娘在这里修炼过"。② 在白龙洞外卖了三年水果的萧女士表示,她从山外
嫁过来三十年了,但是,没听人讲过"白蛇传传说",就知道白娘娘在洞里修炼,其
他情节就是在电视上看来的。③

　　万建中在分析屈原景观的传承功能时,曾指出景观缺失可能会带来的传承
危机:

　　　　倘若秭归、屈原故宅、女婴庙和捣衣石等地名和建筑物不复存在了,屈
　　原的传说很可能处于危机之中。正因为如此,后人总是在依据已有的传说,
　　修建人文景观……依据民间传说,建造出纪念景观,而每一个人造景观,又
　　都是为后人提供的讲述范本。以纪念景观为中心,形成了传说圈。与其说
　　传说是围绕历史上的屈原展开的,不如说是围绕后世不断建立起来的屈原
　　纪念物进行讲述的。④

　　景观是诱发传说讲述的重要契机,它以唤醒传说记忆的直观方式,讲述传
说、传承传说,它源于景观的地域创造性,引发传说新的讲述内容,这是景观叙事
的基本特征,也是民间景观生产对传说在地化传承的有效景观路径。

三、信仰主导:白龙洞景观生产的淡化

　　峨眉山"白蛇传传说"景观是传说中的白蛇、青蛇的修仙之地,具有神圣叙事
的空间特质,"白龙洞"的洞名也体现了道教景观的文化属性。但是,随着峨眉山

---

　　① 被访谈人:许德贵,峨眉山市"白蛇传"市级传承人;访谈人:余红艳;访谈时间:2012 年 6 月 6 日;
访谈地点:峨眉山市文化馆内。
　　② 被访谈人:峨眉山附近居民;访谈人:余红艳;访谈时间:2012 年 6 月 4 日—6 日;访谈地点:峨眉
山及其周边地区。
　　③ 被访谈人:萧女士,1958 年生,从峨眉山外嫁进峨眉山茶场村,在白龙洞外卖水果;访谈人:余红
艳;访谈时间:2012 年 6 月 6 日;访谈地点:白龙洞外。
　　④ 万建中:《非物质文化遗产与物质的关系——以民间传说为例》,《北京师范大学学报》(社会科学
版),2006 年第 6 期。

佛道相争、道教败退的宗教势力变迁，峨眉山的道教景观也面临着被佛教收编的局面。峨眉山佛教对道教景观采取的是保留其原有景观名称，但改变其使用功能与宗教属性的改造模式，因此，"白蛇传传说"景观——白龙洞——的名称仍然存留于峨眉山。然而，道教景观"白龙洞"早已是佛教景观"白龙寺"，修整一新的寺庙建筑和寺内的供奉都说明了其佛教景观的宗教性质。与之相对应，曾经被公认为是"白蛇传传说"景观——白龙洞——的真实处所，也已是一片荒芜，看不出任何具有景观特质的历史痕迹。白龙洞与白龙寺的不同处境，表明了信仰选择下的峨眉山"白蛇传传说"景观生产的宗教主体型特征。

峨眉山当代景观生产主要是以峨眉山佛教文化为生产基因的佛教景观生产谱系。因此，传递着道教修仙文化的白龙洞难以走进峨眉山已成体系的佛教景观之中，也难以得到佛教信仰的情感认同与高度重视，处于一种自生自灭的消极生产状态。相比起强大的佛教信仰力量，峨眉山市地方学者尽管曾经热切参与峨眉山"白龙洞"的当代景观生产，并营造了相应的景观。但是，缺乏信仰支撑的白龙洞孤立无援，终因存在安全隐患而被封死，这一现象既是当代峨眉山佛教文化背景的必然趋势，同时也与"白蛇传传说"语言叙事中的佛道相争的结局遥相呼应。"白蛇传传说"当代景观生产整体呈现出道教信仰景观的淡化与佛教信仰景观生产的兴盛。

景观生产者是传说当代景观叙事的主体，他们对景观进行重新整合与改造，其目的是更加符合自身对景观的文化定位，以便推进景观的旅游开发和文化宣传这两大基本功能。景观生产与景观叙事息息相关，都是景观生产者生产意愿的传达，其中包含了经济利益、文化传播以及信仰推广的多重性特征。峨眉山"白蛇传传说"景观生产表现出一种相对自由的信仰选择的生产态度。道教文化的淡化必然使得依托峨眉山道教修仙文化的"白蛇传传说"处于较为尴尬的境地。在非遗保护的文化语境中，峨眉山"白蛇传传说"作为峨眉山民间传说故事中的一员，跻身于四川非物质文化遗产名录。在乐山市提交的四川省非物质文化遗产申报书的项目历史渊源和生存现状及濒危状况一栏中如是写道：

> 峨眉山民间传说从历史上来看，可以说是佛道两家斗智斗勇的具体体现，可以看清佛、道在峨眉山的历史变化；从内容上来看，主要分为三大类别：一是道家神话，二是佛教故事，三是民间传说……峨眉山佛道两家相争一千多年后，佛教发展，道教势力逐渐衰退，被佛家所包容，神话故事越来越

少,峨眉山神话传说已失去了其存在发展的基础。①

峨眉山佛道相争的历史文化与"白蛇传传说"中佛教文化与道教文化的争斗相一致,峨眉山道教文化的衰落使得曾经的"白蛇传传说"道教景观改头换面,成为佛教寺庙。曾经丰富的峨眉山"白蛇传传说"口头传讲也逐渐淡化甚至消失。这一现象充分说明了景观生产者通过景观生产而实施的对传说当代发展走向的重要影响,以及景观叙事对传说传承的当代意义。佛教寺庙"白龙寺"已无法与"白蛇传传说"中白娘子的修炼洞府相连,景观的信仰变迁使传说在当地失去了基本的景观依附。笔者在白龙寺内的流通点见到导购员王女士,作为在白龙寺工作的人员,她并不能讲述"白蛇传传说"与白龙洞的关系:

> 余红艳(以下简称余):这个白龙寺就是白龙洞吗?
> 王女士(以下简称王):好像是的,我也听人说,真正的白龙洞在寺后。
> 余:这个白龙洞和"白蛇传传说"有关系吗?
> 王:我也不清楚,好像说是在这儿修炼的。具体的我不知道。②

一定程度上,景观信仰的变迁割断了传说与景观之间的内在关联,也使得传说讲述与传承失去地域文化的依托。2012 年 6 月 6 日,笔者前往峨眉山市文化馆调研,了解峨眉山"白蛇传传说"以及申遗后的保护和传承现状,受到峨眉山市文化馆的热情接待。文化馆馆长谢女士召集了峨眉山市长期从事民间文学写作与研究的地方学者,其中包括一直搜集整理"白蛇传传说"的峨眉山市民间文艺家张承业、许德贵等等。他们为笔者提供了宝贵的文献资料。峨眉山市文化馆的热切态度表明地方文化部门和地方学者渴望传承峨眉山"白蛇传传说"的积极态度。但同时,在峨眉山景观生产主体佛教信仰的主导下,他们又处于一种较为尴尬的两难境地。

---

① 摘抄于峨眉山市文化体育局提交的"峨眉山民间传说故事"四川省非物质文化遗产名录申报书。该申报书由峨眉山市文化馆提供。
② 被访谈人:王女士,在白龙寺内的流通点工作,乐山人;访谈人:余红艳;访谈时间:2012 年 6 月 7 日;访谈地点:白龙寺内。

：第五章：
"白蛇传传说"当代景观生产的特征

第一节　走向江南："白蛇传传说"
景观及其生产的江南化①

一、从西湖景观到江南景观："白蛇传传说"的地域拓展

从景观视角梳理"白蛇传传说"的历史演化,我们发现"白蛇传传说"除了上述分析的江南三地外,在河南鹤壁还有一个较为丰富的景观群:鹤壁"白蛇传传说"景观群。随着"白蛇传传说"的南移,传说景观也经历了从"北方景观"移位至"西湖景观",又从"西湖景观"拓展为"江南景观"的发展过程。地域景观的扩增一方面是出于传说情节发展的叙事性需求,另一方面也折射了明清时期江南经济、文化一体化的江南文化圈的社会语境。

(一)"白蛇传传说"的西湖景观阶段

"白蛇传传说"与地域景观具有紧密的叙事性结构,始于西湖景观。元话本《西湖三塔记》明确以西湖以及西湖三塔为传说重要的讲述对象,表明传说围绕西湖的地域景观特征。在《西湖三塔记》中,叙事者在"入话"部分,浓墨重彩地引入历史上不同时期的文人对西湖山水的吟咏赞誉之词,满溢着难以自制的地域自豪感。在这一阶段,传说的全部情节均发生在杭州西湖及其周边,有着鲜明的杭州地方传说意味。同时,"白蛇传传说"此阶段的西湖景观特质还说明了传说

---

① 本节部分内容作为前期成果已发表,参见余红艳:《走向市场:"白蛇传"传说当代景观生产研究》,《文化遗产》,2015年第6期。

传播地域的局限性。

明弘治年间,西湖三塔意外被毁后,"白蛇传传说"在景观缺失以及道教文化衰败的背景下,移位于西湖另一知名景观——雷峰塔,从而使"白蛇传传说"走进了"雷峰塔"传说阶段。与之相对应,西湖三怪故事也演化为西湖两怪故事,但仍然不脱西湖传说的地域景观范畴。直至明天启四年(1624),冯梦龙《白娘子永镇雷峰塔》初版问世,西湖之外的地域及景观才首次出现在传说文献之中。因此,"白蛇传传说"的西湖景观阶段持续了三四百年的时间。即使在冯本及其之后的"白蛇传传说"版本中,西湖之外的地域景观不断加入,但在很长的时间里,"白蛇传传说"仍然沿用"雷峰塔"作为传说的标题,显示出西湖景观在"白蛇传传说"中的强大叙事力量。嘉庆十四年(1809),陈遇乾弹词《义妖传》首次使用了非雷峰塔的传说标题,开启了以"白蛇"为传说标题的改写先河。20世纪50年代,田汉京剧本《白蛇传》在《金钵记》的基础上修改演出,至此,《白蛇传》取代《雷峰塔》,成为当代"白蛇传传说"的代表性标题。

"白蛇传传说"漫长的西湖景观阶段,一方面是源于传说与西湖文化、西湖景观的内在依附,另一方面也说明了西湖传说所拥有的广泛社会影响力与吸引力,它是传说讲述与传播的心理需求。但是,局限于西湖景观的"白蛇传传说"在情节发展上受到了很大限制,难以突破现有的结构模式,它需要在更为宽广的地域寻求传说新的发展与传播可能。正是在传说内在的情节推衍和现实的社会发展背景下,"白蛇传传说"开启了从西湖景观扩展为江南景观的历史演化道路。

(二)"白蛇传传说"的江南景观发展

"白蛇传传说"从西湖景观拓展为江南景观,开始于明末冯梦龙拟话本《白娘子永镇雷峰塔》。冯本首次将西湖水怪传说发展为江南降蛇传说,使传说从单一的杭州西湖景观演化为"杭州—苏州—镇江"的三地叙事框架,景观也由西湖景观发展为苏州系列景观和镇江系列景观。尤其突出的是,冯本将镇江金山寺拉进了传说信仰叙事之中,呈现出江南佛教的区域性宗教特征。"白蛇传传说"的江南化发展走向得到后续传说改写的沿用与传承,江南逐渐成为"白蛇传传说"的重要文化空间。

首先,"白蛇传传说"的江南化发展表现为信仰景观的拓展。早在元话本《西湖三塔记》中已现端倪。《西湖三塔记》入话部分,在尽情宣扬西湖山水之美的同时,还提到了几处西湖之外的真山真水:"这西湖是真山真水,一年四景,皆可游玩。真山真水,天下更有数处:润州扬子江金山寺;滁州狼牙山醉翁亭;江州庐山瀑布泉；西川濯锦江潋绝堆。"①这段文字首先提及的便是镇江金山寺。镇江与杭州同属江南文化圈，金山寺又是江南佛教高僧辈出的著名寺庙，自唐代以来，便流传着高僧降蛇的民间传说。而且，起于金山寺的水陆法会最初便是一场仪式化的降蛇法事。因此，当"白蛇传传说"从西湖道教景观——三塔——移位于西湖佛教景观——雷峰塔，佛教文化成为取代道教降蛇力量的时候，金山寺以高僧降蛇的景观符号走进"白蛇传传说"便成为传说发展的内在需求。金山寺无论在自然风光还是佛教文化氛围上，都具有承担"白蛇传传说"神圣叙事的信仰性功能。金山寺景观的介入，使"白蛇传传说"的宗教降蛇力量正式确定为佛教高僧，开启了"白蛇传传说"深厚的佛教文化传统。

"白蛇传传说"信仰景观的江南化还表现在道教信仰景观的发展。元话本《西湖三塔记》中的道士奚真人修炼于龙虎山，这一道教修炼背景与当时龙虎山以及龙虎宗在杭州的势力有着直接的关联。随着道教文化在明清时期的衰落，龙虎山道士的降蛇身份在"白蛇传传说"中消失，取而代之的是将江南茅山道士的形象作为佛教高僧法力无边的衬托。因此，茅山道士在"白蛇传传说"中，一出场便是以负面形象示人。茅山，古称句曲山，清代《茅山志》载："句曲之于金陵，是养真之福地，成神仙之灵区。"道教将茅山列为"十大洞天"的"第八洞天"，"三十六小洞天"的"第三十二洞天"，"七十二福地"的"第一福地"。相传汉景帝时，有茅盈、茅固、茅衷三兄弟在此修炼，后于此山得道成仙。早在东晋南朝时期，茅山便已成为江南的道教圣地，南朝齐梁时期的著名道教思想家陶弘景于南齐永明十年（492）辞官隐居于茅山，他开设道馆，招聚道徒，经过十年的苦心经营，创建了茅山上清道团，并逐渐使茅山成为道教上清派的中心。此后，上清派也因此而被称为"茅山宗"。南北朝之后，茅山道士开始大量出现在笔记小说中，唐代至北宋时期的茅山道士，在笔记小说中大都是炼丹高手，有着高超的法术。南宋至明代的笔记小说中，其正面形象也十分普遍。元代，随着统治者对佛教的青睐，道教的发展有所抑制，其内部派别逐渐分化，形成了南（正一）北（全真）两大派别相对峙的局面。茅山道士也逐渐丧失了曾经的突出地位，被正一道整合，降级为其一个分支派别，由此而使得茅山道士的形象开始出现两极化的发展态势。在清代的笔记小说和民间传说中，茅山道士的形象积极正面因素越来越少，越来越多地演化为被嘲讽、贬损的负面形象。在"白蛇传传说"中，茅山道士作为降蛇的

---

① （明）洪楩辑：《西湖三塔记》，裘佳点注。收录于洪楩：《清平山堂话本》卷一第三篇，华夏出版社，2012年，第18页。

宗教力量之一,堕落成佛教高僧出场前的陪衬。这一现象也充分说明了当时民间对道教乃至茅山道士的信仰态度。但是,茅山道教与金山寺佛教作为江南重要的制度性宗教,与杭州雷峰塔共同呈现了一个浓郁的江南宗教文化体系,奠定了江南宗教话语在"白蛇传传说"中的稳固地位。

其次,"白蛇传传说"景观的江南发展线索还表现为中药景观的开创。明清时期,"白蛇传传说"的重大演变表现为主人公身份的变化,唐宋时期的官宦子弟降格为明清时期的生药铺伙计,从而引出了"白蛇传传说"中另一个十分重要的江南中药文化传统。冯本增加了白娘子协助许宣开设药店的情节,这一情节的增加有着突出的叙事功能,它一方面具有推动情节发展的功用,另一方面还丰富了白娘子的人物形象,使其逐渐走向人性化,并且为之后白娘子形象的进一步完美化提供了基础。白娘子与许宣开设的药店逐渐被定型为保和堂药店,其开设药店的地点也在杭州、苏州和镇江三地之间游移。保和堂药店地域的不确定性恰恰说明了明清时期江南城市之间频繁的经济交流和人口流动现象,而"白蛇传传说"在明清时期的地域拓展也正是江南社会语境的客观体现。

总之,"白蛇传传说"从西湖景观发展为江南景观的历史过程,一方面是基于传说情节发展的内部需要,另一方面则是对明清时期江南经济、文化和人口交流的真实投射。同时"白蛇传传说"景观的江南化发展,与江南独有的民俗传统相结合,使"白蛇传传说"逐渐演化为具有鲜明江南文化特色的江南景观传说。

二、江南化:"白蛇传传说"景观生产的文化特征

与"白蛇传传说"景观的江南化发展相一致,"白蛇传传说"景观生产也呈现出明显的江南区域指向。这主要表现为"白蛇传传说"景观生产集中于江南地域,以及景观生产的文化特质具有鲜明的江南诗性气质。

(一)江南:"白蛇传传说"当代景观生产的地域性

"白蛇传传说"的当代景观生产行为主要集中于江南一带,具体是指"白蛇传传说"的两大发源地——杭州与镇江。杭州与镇江作为传说的发源地与主要情节的发生地,有着丰富的景观资源,易于开展相应的景观生产行为。同时,传说的核心情节也是地方进行景观视觉呈现的文化基因。因此,杭州与镇江采取景观重建、景观命名、景观改造以及景观新建等多种景观生产模式,进行"白蛇传传说"的当代生产,从而形成传说中地域分工、情节前后衔接的地域分工型景观和不同地域各成谱系的地域并列型景观。具体而言,在"白蛇传传说"的经典叙事

中，峨眉山、镇江与杭州分别承担了传说中的修仙圣境、佛教降蛇，以及圣塔镇妖的语言叙事和景观叙事功能，呈现出清晰的地域分工景观谱系。但是，在传说当代景观生产中，传说发源地根据传说情节、地域现有景观，以及各地自身的旅游发展需求，积极生产出一整套"白蛇传传说"景观，从而表现为"白蛇传传说"杭州景观谱系、"白蛇传传说"镇江景观谱系的地域并列型景观生产特征。杭州以西湖为传说的重要文化空间，围绕雷峰新塔，生产了一系列"白蛇传传说"景观，从而形成一个以雷峰新塔为中心，集世俗与神圣景观于一体的"白蛇传传说"景观群。与之相类似，镇江以金山寺为景观中心地，围绕金山湖，新建了一系列"白蛇传传说"爱情婚姻景观，使镇江从单纯的传说信仰景观体系发展为传说信仰与世俗相融合的完整的景观谱系。

地方景观生产者基于对传说文化资源的积极利用而开展的传说景观生产行为，有助于传说的当代讲述与景观传承的发展模式，是传说当代视觉转向的重要思路。但同时，传说发源地或者说传说核心景观地对景观的全方位生产，又使景观呈现出同质化趋势。这一生产行为在很大程度上取消了传说在不同地域的独特性，消解了传说自身固有的地域分工型景观特征。景观生产在经济利益的驱动下，出现了脱离传说叙事自身逻辑而随意生产的混乱局面。

此外，"白蛇传传说"景观本身并不局限于江南。峨眉山景观谱系是传说在江南之外的重要景观，承担着传说修仙圣境的神圣叙事。但是，在现实的传说景观生产中，峨眉山"白蛇传传说"景观表现为名存实亡的消极生产状态。这一方面是源于峨眉山道教文化的淡化与佛教文化的强化，另一方面也与"白蛇传传说"景观及其景观生产的江南化有着重要关联。江南是"白蛇传传说"的文化根基，传说对江南民俗传统、信仰传统的多维度表达，使得传说与江南文化血脉相连，无法分割。景观生产是对传说地域文化精神的景观转化，它必须要根植于传说深厚的地域文化情怀，否则景观生产必然是无源之水，难以存活。峨眉山景观远离"白蛇传传说"的江南文化语境，一定程度上，它面临着孤掌难鸣的生存困境。因此，峨眉山"白蛇传传说"景观在当代逐渐淡化，随之出现的是传说语言叙事、仪式行为叙事等其他叙事形态的衰败。

2006 年 9 月，"白蛇传传说"作为"峨眉山民间传说故事"中的组成部分，入选乐山市非物质文化遗产项目，表明地方政府希望将之纳入国家文化语境之中加以保护的传承思路。但是，在峨眉山周边以及峨眉山市的田野调查中，"白蛇传传说"只留存着最基本的叙事元素："据说白娘娘是在峨眉山白龙洞修炼的。"

即使是上了年纪的老人，也很难讲述较为完整的传说情节。整体而言，峨眉山"白蛇传传说"在景观缺失的现实语境中，正逐渐萎缩。这一现象更加强化了"白蛇传传说"的江南化特质。

（二）诗性："白蛇传传说"当代景观生产的文化魅力

"白蛇传传说"景观生产的江南化还表现为景观具有江南诗性的文化气息。刘士林将江南文化特质界定为"以长江文明为渊源、以诗性文化为本体的江南文化范畴"。① 这就将长江流域的江南文化与黄河流域的北方文化相区别，重点突出了江南文化的诗性品质。黄河文化叙事的核心主要是基于"政治—伦理"原则，而江南文化的精髓则在于"审美—诗性"精神，这样一种二分法的分析模式并非说"审美—诗性"精神即为江南文化所独有，而是强调其在江南文化中的突出地位，这与江南秀丽的自然山水、温和隽永的人文风情相一致，是江南自然人文精神的地域形象。

"白蛇传传说"景观生产主要表现在世俗景观生产和信仰景观生产两大方面。世俗景观生产主要集中表现为爱情、婚姻等家庭伦理等传说情节的景观生产。这一类型的景观有着天然的浪漫、诗性的景观特征，与江南诗性气息相统一。西湖断桥的爱情话语景观生产便是突出的传说景观生产案例。在"白蛇传传说"断桥爱情话语的强化与定型基础上，断桥当代景观生产继承了其充满诗性的爱情符号，以断桥求婚、断桥婚礼等仪式行为叙事形态进行着传说当代景观的再生产，使"白蛇传传说"成为当代西湖爱情文化的代表性文化因子，也使断桥景观自身从传统的"西湖十景"中跳出，具有自然风光之外的独特景观话语。

镇江"白蛇传传说"当代景观生产重点打造的便是充满人情味儿的世俗性。金山湖景区的开发便是围绕传说核心景观金山寺而进行的经典情节"水漫金山"的景观再现。对"水漫金山"情节，传说当代景观生产者更多突出强调的不是僧蛇大战的信仰冲突，而是白蛇为爱而战、为婚姻而战的勇敢与执着，强化的是"白蛇传传说"的爱情文化，努力将镇江宣扬为"白蛇传传说"经典爱情的神圣空间。因此，金山湖"白蛇传传说"当代景观生产被命名为"白娘子爱情文化园"，景区内的节事型景观生产亦被命名为"爱情彩灯节"，充分凸显了镇江对"白蛇传传说"世俗性景观的生产行为。

"白蛇传传说"信仰景观的当代生产也同样突出其江南诗性的品质，即神圣

---

① 刘士林：《江南与江南文化的界定及当代形态》，《江苏社会科学》，2009 年第 5 期。

景观的世俗化生产，从而呈现出"白蛇传传说"当代景观生产的整体诗性倾向。在雷峰新塔景观内，有专门进行景观叙事的暗层，一系列传说图谱重点突出的不是塔镇蛇妖的信仰价值，而是人蛇之恋的浪漫气质，以及"塔镇"之后的孝道人伦。

镇江的"白蛇传传说"信仰景观依托金山寺，表现出对佛教信仰的坚守。金山寺拒绝"白蛇传传说"的景观生产元素，拒绝"白蛇传传说"的影视景观拍摄，抗议流行歌曲借助传说对金山寺高僧的诋毁，有着明确、坚定的信仰原则，这一点着重反映在金山寺对法海洞的景观叙事上。法海石雕的正面形象正是金山寺以景观生产的形式展开的景观宗教性叙事，是宗教与地方不同性质的景观生产者之间的博弈，是一场基于信仰与经济的景观生产的冲突与调和。但是，位于金山寺之外的白龙洞，则表现出倾向于生产世俗话语的景观生产特征。白龙洞外的白蛇、青蛇雕塑，以及洞内的"直通西湖断桥"的景观介绍文字，都表明了传说当代景观生产者对信仰景观进行当代世俗化改造的生产理念。

"白蛇传传说"在情节发展上的江南化路径，直接影响着当代"白蛇传传说"景观生产的江南化，从而使景观生产呈现为景观主要集中于江南区域和具有鲜明江南诗性品质的文化特征。江南之外的"白蛇传传说"景观生产由于与江南地域文化的隔膜，难以取得景观认同，表现出逐渐淡化的发展态势，这也充分说明了景观对传说当代发展的重要意义。

第二节　走向世俗："白蛇传传说"景观及其当代生产的世俗化

一、信仰景观："白蛇传传说"的信仰主题及其信仰景观群①

（一）宗教降蛇的信仰主题

美国学者韩南在《中国白话小说史》一书的"鬼怪小说"一节中，从叙事结构的视角将人与鬼怪的婚恋故事归纳为三个必有的演员和四个必有的行动：

---

① 本节部分内容作为前期成果已发表，参见余红艳：《白蛇传宗教景观的生产与意义》，《广西师范大学学报》（哲学社会科学版），2014 年第 6 期。

三个演员,按其出场的先后排列:一个未婚的青年,一个伪装成年轻妇女的鬼或怪,一个驱邪人(大多是道士)。四个行动是:相遇,相爱,接近危险,驱邪……有些小说的情节较复杂,四个行动,特别是接近危险的那一段,往往多次反复。事实真相揭露的过程也有一定的常规。[①]

在韩南总结的鬼怪小说结构中,驱邪人是十分关键的行动元,他是小说情节的重要转折与新的高潮,有时候,也是此类叙事的宗教意义所在。鲁迅在论及"六朝之鬼神志怪书"时也指出了鬼怪小说的宗教性:

> 中国本信巫,秦汉以来,神仙之说盛行,汉末又大畅巫风,而鬼道愈炽;会小乘佛教亦入中土,渐见流传。凡此,皆张皇鬼神,称道灵异,故自晋讫隋,特多鬼神志怪之书。其书有出于文人者,有出于教徒者。[②]

巫风、神仙之说和佛教是中国鬼神志怪小说形成、发展的文化土壤与民俗心理,而创作主体的"教徒者"身份则更加强化了此类小说的宗教寓意,一定程度上,使鬼神志怪小说成为"释氏辅教之书"[③]或道士神化的事迹宣传,宗教意图或宗教主题也同样盛行于民间传说之中,"白蛇传传说"便是一则具有鲜明宗教劝诫意味的民间传说。

明洪楩收录的元话本《西湖三塔记》中,奚宣赞被白蛇精色诱纠缠,无法脱身,险些丧命,幸逢叔叔奚真人及时相救,收服三妖。因此,"宣赞随了叔叔,与母亲在俗出家,百年而终"。话本以赞誉道士拯救苍生的诗歌结尾:"只因湖内生三怪,至使真人到此间。今日捉来藏箧内,万年千载得平安。"[④]道士施法降妖,受害者得救后成为信徒,从此远离女色,百年终老,显然是弘扬道教法力的叙事策略。这一宗教模式在之后的传说改编与传播中得到了继承。明末冯梦龙拟话本《白娘子永镇雷峰塔》将驱邪者置换为佛教高僧法海,法海将白蛇和青鱼二妖"置于钵盂之内,扯下褊衫一幅,封了钵盂口。拿到雷峰寺前,将钵盂放在地下,令人搬砖运石,砌成一塔。后来许宣化缘,砌成七层宝塔,千年万载,白蛇和青鱼不能

---

① (美)韩南:《中国白话小说史》,尹慧珉译,浙江古籍出版社,1989年,第45页。
② 鲁迅:《中国小说史略》,中华书局,2010年,第22页。
③ 鲁迅:《中国小说史略》,中华书局,2010年,第29页。
④ (明)洪楩:《清平山堂话本》之卷一第三篇《西湖三塔记》,裴佳点注,华夏出版社,2012年,第24页。

出世。且说禅师压镇了，留偈四句：西湖水干，江湖不起，雷峰塔倒，白蛇出世。法海禅师言偈毕，又题诗八句以劝后人：奉劝世人休爱色，爱色之人被色迷。心正自然邪不扰，身端怎有恶来欺？但看许宣因爱色，带累官司惹是非。不是老僧来救护，白蛇吞了不留些"。① 传说也同样以受害者皈依宗教为结："惟有许宣情愿出家，礼拜禅师为师，就雷峰塔披剃为僧。修行数年，一夕坐化去了。"临去世时，甚至还留诗警示世人尘世爱情的虚幻："欲知有色还无色，须识无形却有形。色即是空空即色，空空色色要分明。"②由此可见，无论是道士奚真人还是高僧法海，他们在传说中所承担的叙事功能是一致的，即作为得道者发挥驱邪作用，并不失时机地弘扬佛法。美籍学者丁乃通在分析拉弥亚故事由一个普通民间故事转化为一个宗教说教故事的具体步骤时指出"在故事的一些地方，通常是在结尾，必须有明显的意思（宗教劝诫）表达出来"，"拉弥亚必须成为有害于得道者的信仰及宗教工作的坏人。经过一段因贪色而昏头昏脑的时期后，她的丈夫必须浪子回头，成为一个规矩的信徒"。③ 降蛇法术、皈依宗教、禁欲劝诫等细节充分反映了"白蛇传传说"的宗教主题与叙事目的，而降蛇力量的更替则一定程度上投射了宗教竞争与"白蛇传传说"主题的"释道之争"。

"白蛇传传说"的佛教主题说提出较早。20 世纪初，钱静方在《白蛇传弹词考》一文中指出："此书决为释教中人所作，盖大丛林之僧徒，多有粗通文字者。或者湖上寺僧，见西湖旧有白蛇之说，因即附会其事，编成此书，以见佛法无边，愚人耳目。不然书中白娘之妖术，何但能胜茅山之道，而不能敌金山之僧耶！此中盖自有故焉。"④钱静方认为"白蛇传传说"投射了历史上的"释道之争"，最初的叙事者乃佛门弟子，因而，弘扬佛教法力，贬损道教方士。与之相反，还有学者认为"白蛇传传说"的"释道之争"并非佛教叙事，弘扬的乃是道教文化："不过白蛇传我以为有点反佛教的意味，白蛇传虽说是报恩，可说是一种爱情的神话，人家看了总是同情于义妖，不免觉得法海有些讨厌，就南极仙翁赠仙草拦住法海，紫竹真人教许仙等情节来看，似乎道家的气味还重些，本来中国表面是佛教当令，其实在民间道教流行些。戏里头替道教发挥的地方，比佛教为多，也是当然的。"⑤还有部

---

① （明）冯梦龙：《警世通言》，中华书局，2009 年，第 295 页。

② （明）冯梦龙：《警世通言》第二十八卷《白娘子永镇雷峰塔》，中华书局，2009 年，第 295 页。

③ （美）丁乃通：《高僧与蛇女——东西方"白蛇传传说"型故事比较研究》，收录于张丹主编：《白蛇传文化集萃》（论文卷），江苏文艺出版社，2007 年，第 452 页。

④ 钱静芳：《小说丛考》，商务印书馆，1916 年，第 92 页。

⑤ 转引自潘江东：《白蛇故事与宗教之关系》，见戴不凡等：《名家谈白蛇传》，文化艺术出版社，2006 年，第 273 - 274 页。

分学者认为"白蛇传传说"的宗教主题投射的其实是儒释道三教合流的历史过程,早期研究以赵景深为代表:"我则以为不一定是阐扬佛教,恐怕还是汇合儒释道三教的。"①细致分析不同学者对"白蛇传传说"所持有的截然相对的宗教观点,我们发现不同的宗教解释,一方面是源于学者所依据的"白蛇传传说"传说版本不尽相同,另一方面,"在江南这个地域中,近二千年来最有势力的宗教便是佛教。佛教在江南传播的过程,正与后者的区域特征越来越明显、在全国所占的地位越来越重要的过程相吻合"。② 江南佛教随着明清时期江南经济、文化地位的日益显著而在全国佛教中拥有越来越重要的宗教地位。反之,"在中国道教自明清以来走向衰落的过程中,由于种种原因,道士头上的神圣灵光日渐暗淡。道士素质降低,一些栖身道门的败类和在民间借从道糊口的好闲之徒行为不端,大大败坏了道教的声誉。民间口头文学中便相应地产生了一批鞭挞和嘲讽这些人的传说故事和笑话"。③ 明清时期的"白蛇传传说"正是在这样的宗教变迁语境中,以江南佛教高僧取代了道教真人。

其实,道士为了显示其法术之灵验,走进民间社会驱蛇,早已是民间公认的禁蛇专家。"道士降服蛇怪,无论是从现实层面(进入地方社会)还是神学层面(破淫祀),皆是道教叙事的题中要义。"④因此,从"降蛇"这一制度化宗教与民间信仰较量的视角分析,"白蛇传传说"在明清时期发生的宗教人物身份的转变,一方面反映了佛教"高僧降蛇"和道教"道士降蛇"共同的宗教叙事模式,另一方面也投射了明清江南宗教融合与斗争的历史过程。

但是,在"白蛇传传说"中,无论是弘扬佛法还是道法,其具体的弘法路径均是在降蛇行为中实现的,体现了"白蛇传传说"的宗教降蛇主题。在这一主题的指引下,白蛇形象的妖性与危害性衬托出降蛇的正义性,无论是道教降蛇真人还是佛教降蛇法师,均是拯救人类于危难之中的得道者。同时,宗教降蛇主题还蕴含着制度性宗教与地方民间信仰的争斗,投射了制度性宗教对江南民间蛇信仰的征服。

(二)信仰主题下的信仰景观

"白蛇传传说"的信仰主题使其在叙事结构中,必然寻求相应的信仰景观作

① 赵景深:《弹词考证》,1980 年,第 60 页。
② 严耀中:《江南佛教史》,上海人民出版社,2000 年,第 12 页。
③ 刘守华:《道教与中国民间文学》,中国友谊出版公司,2008 年,第 126 页。
④ 吴真:《降蛇——佛道相争的叙事策略》,《文化研究》,2006 年第 1 期。

为传说依附与讲述的物质载体。在此，景观不仅仅是传说真实性的印证，更是叙事结构中不可或缺的重要元素，景观自身所负有的信仰符号与社会影响力，使其承担起表达传说主题的叙事性功能。"白蛇传传说"中的代表性信仰景观主要包括几个地域性景观（见表5-2-1）。

表5-2-1 "白蛇传传说"主要信仰景观表

所述地域	景观名称	景 观 属 性	叙 事 功 能
峨眉山市	峨眉山白龙洞	道家修仙景观，也具有民间蛇信仰属性	故事的开始
镇江市	茅山	道教景观	故事的发展
	金山寺法海洞	佛教景观	故事的冲突点与高潮点
	金山白龙洞	民间蛇信仰景观	故事的冲突点与高潮点
杭州市	三塔	道教景观	故事的高潮与结局
	雷峰塔	佛教景观	故事的高潮与结局

表5-2-1显示，"白蛇传传说"的主要发生地峨眉山、镇江和杭州，均承担了传说信仰主题的叙事性功能。

峨眉山以"白龙洞"为代表，作为传说中的修仙圣境而出现，表达了峨眉山传统的道家修仙文化。同时，白龙洞作为异类（蛇）通过修炼而实现成精、成仙目的的景观，又体现了民间蛇信仰，具有民间信仰景观的特质。尽管峨眉山作为信仰景观走进"白蛇传传说"始于清中叶方成培《雷峰塔》传奇，但相较于其他景观，出现较晚。但是，它的出现，对传说叙事结构有着十分重要的作用。第一，峨眉山开启了"白蛇传传说"的神圣叙事。在方成培之前的"白蛇传传说"版本，往往从杭州西湖的清明游湖开始，以世俗繁华衬托许白初遇的惊艳与浪漫。峨眉山景观的纳入，增加了白蛇千年修炼的道家文化背景，强调异类通过修炼而成精的传统精怪观念，丰富了"白蛇传传说"的道家修仙和异类成精的传统文化语境。第二，峨眉山将传说的叙事时间拉至一千年之前，凸显了千年修仙与百年好合之间的时间差异，以及成仙还是成人的矛盾抉择，在神圣与世俗的鲜明对比中，强化了白蛇放弃修仙而选择成人的决心，投射了世俗生活的诱惑，为引出杭州繁华与人蛇婚恋作好了情感铺垫。第三，峨眉山走进"白蛇传传说"，还极大地拓展了传说的叙事空间。在方本之前，"白蛇传传说"主要局限在江南文化空间之中，方本将峨眉山纳入传说叙事框架，将传说放置于一个更为宽广的叙事空间，使传说可以在更为广阔的地域进行讲述与传播。

镇江的信仰景观承担了"白蛇传传说"的情节发展与高潮部分，是传说至关重要的核心景观。第一，镇江信仰景观囊括了"白蛇传传说"的三大信仰范畴，即佛教信仰、道教信仰和民间蛇信仰。金山寺以及法海洞是"白蛇传传说"中的经典佛教景观，茅山是传说中的道教景观，而位于金山公园内的白龙洞则有着鲜明的镇江民间蛇信仰性质，属于民间信仰景观范畴。因此，在"白蛇传传说"的主要发生地中，镇江的信仰景观最为丰富，充分反映了镇江作为神圣空间走进"白蛇传传说"的现实文化意义。第二，镇江丰富的信仰景观使其承担了传说叙事的矛盾张力。道教与佛教、道教与蛇信仰、佛教与蛇信仰，"白蛇传传说"鲜明呈现的信仰之间的冲突在镇江的信仰景观中得到了充分投射，传说对茅山道士的贬损、蛇精对佛教寺庙的攻击、佛教高僧对蛇精的收服等传说核心情节，均在镇江的信仰景观中发生，镇江的信仰景观成为传说中最具冲突性的矛盾高潮。第三，镇江的信仰景观将传说的情节推向了制高点。发生在镇江金山寺的"水漫金山"是"白蛇传传说"的高潮部分，它是传说逐步强化的僧蛇信仰矛盾的激化，同时也是镇江金山寺传统的僧蛇斗法传说的艺术化再现。因此，在三地"白蛇传传说"的信仰景观群中，镇江的信仰景观具有与传说主题和传说情节发展最为密切的叙事关联，是最丰富与最具张力的冲突性叙事。

杭州的信仰景观在传说的情节结构中，是贯穿故事始终的标志性景观，表现出传说围绕杭州信仰景观展开叙事的独特意义。第一，杭州的信仰景观往往是传说的标题，传说主要是围绕该景观展开来历性叙事。在"白蛇传传说"的不同发展阶段，传说的标题均有着鲜明的西湖信仰景观特征。元话本《西湖三塔记》是"白蛇传传说"初入江南的第一个阶段，传说以西湖道教景观"三塔"作为传说的标题，表明传说作为三塔景观来历解释的叙事意义。随着传说的发展以及三塔景观的变迁，传说由依附"三塔"转向依附"雷峰塔"，传说的标题也随之演化为《白娘子永镇雷峰塔》、《雷峰塔》传奇等等，"白蛇传传说"仍然是以西湖信仰景观为传说叙事的核心对象。第二，杭州西湖的信仰景观往往还是传说结局的景观指向。无论是"三塔"时期，还是"雷峰塔"时期，"白蛇传传说"均是以将西湖信仰景观作为镇压异类的圣塔为故事结局的，体现出从西湖信仰景观开始，再由西湖信仰景观收尾的回环式民间叙事模式。第三，西湖信仰景观既是故事的结局，同时又是传说中信仰斗争的结局，不同时期、不同类型的信仰"镇压物"充分说明传说叙事者的信仰倾向，投射了深刻的时代、地域的民众信仰观念。"三塔"时期，正是杭州道教乃至全国道教信仰兴盛的阶段，"三怪"系列从北方移植至西湖，自然选取了与道教"三一"观以及"三怪"故事的"三"相叠合的信仰景观——"三塔"——作为传说解释并镇压异类的圣塔。但是，随着道教的衰落以及三塔景观的意外被毁，传说继续以道教之塔为镇压异类的圣塔的话，难以符合民众的信仰期待。于是，佛教景观——雷峰塔——应景而来，成为传说中新的信仰景观，并承担着镇压精类的景观叙事功能。

综观峨眉山、镇江以及杭州三地的信仰景观，我们发现"白蛇传传说"景观具有清晰的地域分工、情节衔接的景观特征，我们将此类情节前后连续、地域分工互补的景观体系称为"地域分工型景观"。地域分工型景观往往对不同地域有着叙事结构上的分工，叙事者依据地域自身的文化特征，选取当地的代表性景观，使其在叙事功能上具有鲜明的地域特性，从而呈现出传说主题、故事情节以及地域文化三者的融合渗透，从而增强地域景观的叙事性特征，使传说与景观具有不可分割的内在逻辑关联。

"白蛇传传说"的信仰景观表现出鲜明的制度性宗教对民间信仰的收服与镇压态度，民间蛇信仰景观的萎缩，充分说明传统精怪观念的逐渐淡化，以及制度性宗教的强大的话语建构力量。在制度性宗教内部，"白蛇传传说"又表现出佛教景观对道教景观的抑制性。传说整体的信仰发展脉络呈现为从道教到佛教、从道教景观移位于佛教景观的信仰线索。道教景观要么因为现实的消失而淡出传说叙事，要么在传说文本中招致贬损、放逐，而以负面形象萎缩于传说之中。与之相反，佛教景观却大放异彩，成为传说中法力无边的神圣空间。因此，在"白蛇传传说"的信仰景观中，佛教景观杭州雷峰塔和镇江金山寺成为支撑传说叙事框架的核心景观。

二、爱情生产："白蛇传传说"当代景观生产的家庭伦理主题①

（一）爱情婚姻的世俗主题

明清时期，"白蛇传传说"在主题上发生了重要转变，宗教降蛇的正义性在江

① 本部分内容作为前期研究成果已经发表，参见余红艳：《明清时期江南生育文化与"白蛇传传说"传说的演变和传播》，《民族文学研究》，2013 年第 2 期。

南婚育文化的现实需求下开始退居二位，围绕婚育行为而展开的爱情主题登上了"白蛇传传说"的叙事，这一转变正是对江南明清时期婚育文化的温柔投射。"白蛇传传说"的爱情主题转向已然得到学界的普遍认识，但是，在传统文化语境中，爱情并不能承担白娘子作为异类跻身人类社会框架的有力依据，唯有关系到家族代际传承的婚姻与生育需求，方是真正驱使传说主题转变的文化因子。所谓婚育爱情文化，主要指以生育文化为中心的包括爱情、婚姻与生育在内的生育文化体系。生育文化是指"在生育及相关活动中形成的意识形态和相应的规则制度，即人们在婚姻、家庭、生育、节育活动中形成的价值观念、知识能力、风俗习惯、伦理道德、行为规范等"。① 其中，婚恋观、生育观是生育文化的核心内涵，它们同属于"隐性人口文化"范畴，是生育文化中最根本的内容，对整个生育文化起决定性作用。但是，生育观念更多蕴含于民间和民众集体价值观念中，因而无论是断代生育文化研究还是区域生育文化研究，都必须充分利用以民间或非主流形态存在、民众价值观念或民俗心理含量丰富的素材。民间传说是民众用来表达日常生活并传播思想观念的重要途径，它在反映民众日常生活的同时，直接或间接地表达着民众的日常情感诉求和价值观念，民间传说的演变和传播也往往以这些情感价值的实现为动力。而婚育观念的表达乃是民间叙事的题中要义，因而，可以说，民间传说是生育文化传播的重要载体。

1. 底层婚姻：婚姻挤压与传说中的"财色想象"

明清时期，江南生育文化的显著特征之一便是男性婚姻挤压现象十分普遍。据统计，"明代浙江金华府东阳县多鳏寡，浙江金衢之民无妻者半，处州府松阳县有逾四十不能妻者，虽其良族亦率以抢婚为常事；清代浙江温州十人之中，八无家室，福建贫家男子多年逾四五十岁未娶者等"。② 王跃生对中国第一历史档案馆所藏刑科题本婚姻家庭类档案的个案进行数据提取，表明在 18 世纪中后期的中国社会中，全国水平的晚婚比例（以 25 岁为晚婚底线）为 15.37%。其中，"南方的江浙地区明显高于其他地区，均在全国平均水平之上，高于 20%"。③ 此外，在对男、女性初婚年龄的分析中，王跃生总结江淮区域男性大于女性的比例和男性大于女性 10 岁以上的比例在全国均处于高水平："江淮区域 71.84% 的男性大

① 潘贵玉：《中华生育文化导论》，中国人口出版社，2001 年，第 1 页。
② 转引自刘利鸽、靳小怡、姜全保、李树：《明清时期男性失婚问题及其治理》，《浙江社会科学》，2009 年第 12 期。
③ 王跃生：《十八世纪后期中国男性晚婚及不婚群体的考察》，《中国社会经济史研究》，2001 年第 2 期。

于女性，男性大于女性 10 岁以上的比例为 33.78%。"男女初婚年龄较大差异的高比例说明男性在婚姻市场上处于不利地位，"一方面许多人不得不将婚姻推迟至 25 岁之后；另一方面，他们在同龄人中已找不到配偶，只好寻求小于自己七八岁或十来岁的女性为妻"。① 而这种现象主要存在于底层男性群体中。在影响明清时期底层男性失婚现象的诸多因素中，家庭经济状况在很大程度上起着决定性作用，尤其在婚姻论财风气下，高昂的婚姻费用使得贫困男性因无法承担只能贫不择妻，甚至望"婚"却步。江苏镇江民间广为流传着这样的谚语："没有田，荒滩子是好的；没有老婆，瞎子是好的。"② 冯梦龙收录的吴中地区民歌《拜月》也同样表达了底层男性现实中婚姻的困难与理想中对婚姻的渴望："焚炷香，等待那瑶台月下。对嫦娥深深拜，诉我的凄凉：可怜见小书生没个人相伴。"③ 而在浙江上虞甚至出现了"因嫁女而荡产，缘娶妇而倾家者，以至穷苦小民老死而不能婚"④ 的极端现象。

现实中底层男性的婚姻困难表现在民间传说中便是对婚姻的幻想。经济窘迫的年轻男性幻想从传说中走来一个完美的婚姻对象——年轻、貌美、多金，甚至愿意主动示爱。而这一幻想在现实的伦理框架与婚育观念中无法实现，便自然地转而寄托于异类婚恋传说这一变异性表达。"人与异类婚恋的故事数以千计，总体上看，它们有着共同的发展阶段，即相遇、婚恋、结局三个发展阶段。相遇阶段，神仙以异性（大多是女性）的面目出现，往往容貌和举止都很出色，具有很强的性诱惑力；婚恋阶段，性爱是情节的中心，而异类往往是主动的一方；婚恋的结局大多数是悲剧性的，除非双方成为同类（异类转变成人，或人成为异类）。"⑤ 貌美如仙、自荐枕席的异类女性偏偏眷爱无钱无势的穷小子，并以丰盈的物资与超群的才华帮助男子改变自身命运，实现从底层向上的社会流动，这既是对现实中底层男性婚姻挤压问题的折射，同时也清晰地解释了"白蛇传传说"在此婚育文化背景之下发展、变异的现实缘由。

明清时期是"白蛇传传说"演变史中的重要转折阶段，其演化首先表现为人物身份及其婚姻观念的转变。"白蛇传传说"的叙事空间主要集中在杭州、苏州

---

① 王跃生：《清代中期婚姻行为分析——立足于 1781—1791 年的考察》，《历史研究》，2000 年第 6 期。

② 王骧主编：《镇江谚语》（内部资料），1989 年，第 112 页。

③ 冯梦龙编撰：《挂枝儿山歌》之《拜月》，关德栋选注，济南出版社，1992 年，第 58 页。

④ 《浙江上虞县志校续》，刻本，1899 年。

⑤ 黄星春：《人与异类婚恋故事的情节结构分析——兼谈人仙恋与人妖恋情节之异同》，《湖北民族学院学报》（哲学社会科学版），2006 年第 4 期。

和镇江三地,正是明清时期底层男性失婚现象较为严重且婚姻论财风气盛行的江南地区,这就不难理解为何由唐传奇、宋话本中那些已然婚娶的官宦子弟"李黄""李琯""奚宣赞"演变至明清时期已至婚龄却尚未成婚的底层学徒"许宣"(或"许仙")了。人物身份的转变一方面表明明清时期市民阶层已然是话本小说及城市民间传说的主要接受群体,另一方面人物婚姻关系的变化说明底层民众现实的婚姻需求已经成为社会普遍关注的焦点话题。许宣的职业为杭州生药铺学徒,家庭背景为父母早亡,寄住在姐姐家中。按照婚姻交换理论的观点,正是属于因无法让婚姻对象通过婚姻行为获取收益最大化目的,从而成为容易被淘汰出婚姻市场的失利群体。也正是在这样的择偶语境之下,当小青欲为许、白二人做媒成亲之时,许宣回答"身边窘迫,不敢从命"①"一身落魄,囊底萧然,虽承你娘娘雅爱,实难从命"。② 甚至在一些民间版本中,许仙更是暗自算账:"定亲一百两,完姻三百两,我一年十两薪俸,哎呀,今生今世娶不起妻了!"③也因此,才会有白娘子主动取出银两作为成亲费用的情节发展。"白娘子和许仙定亲赠银一事,实际上就是当时买卖婚姻的一种折射反映。名为聘娶,实系买卖。"④"白蛇传传说"真实反映了明清时期江南奢侈的论财婚俗。异类女性在传说文本中带着美貌与财富走进贫苦男性的生活空间,让文本接受者在想象中实现理想的"财色"婚姻。传说在此成为生活补偿的一种形式,同时也是对具有现实缺陷的文本接受者的一种心理代偿。

白娘子赠银定亲的行为还表明了她对人类婚姻关系的坚定追求。细读冯本,我们发现"白娘子寻夫"是传说情节发展的重要线索。冯本中,白娘子共有三次寻夫经历,分别是苏州寻夫、镇江寻夫以及金山寺寻夫。冯本巧用民间传说习见的"三叠式"叙事模式,重点强调的正是白娘子对人类稳定婚姻关系的渴求。明清之前,文献记载的"白蛇传传说"主要为唐传奇《白蛇记》中的两篇白蛇故事(《李黄》《李琯》)与宋话本《西湖三塔记》。上述文本中的白蛇以满足自身性欲作为其接触并引诱男性的主要原因,她与男性的关系充其量只是短暂的"露水夫妻",一旦有了新的性伴侣,对旧人的处理方法要么是让他回家后暴毙而亡,要么

---

① (明)冯梦龙:《白娘子永镇雷峰塔》,《警世通言》第二十八卷,中华书局,2009年,第280页。
② (清)方成培:《雷峰塔传奇》(乾隆刻本1),第65页。
③ 良士改编:《白蛇传》,上海人民美术出版社,1981年,第38页。
④ 罗永麟:《〈白蛇传〉的历史价值和社会意义》,见张丹主编《白蛇传文化集粹》(论文卷),江苏文艺出版社,2007年,第1页。

便是当场"用刀破开肚皮，取出心肝"，给新人"作按酒"。① 面目狰狞的叙事既是男性对主动投怀送抱的美女的性幻想，也传递了"美女蛇"诱惑背后隐藏的极度危险性，从而实现传播者试图借助传说宣扬家庭性伦理的社会意图。宋末《夷坚志》记载了五则"蛇妻"故事，与《西湖三塔记》不同的是，故事中的蛇女，除去一个与男子是婚外同居关系，其余均是夫妻，且十分恩爱。但是，无论是短暂的性伴侣还是稳定的夫妻，明清以前的蛇女们在对待婚姻的态度上有一个共同点，那就是并无积极主动的婚姻追求。《夷坚志》中的"蛇妻"们虽然与男子结为夫妻，处于人类的婚姻关系中，但是，当婚姻遭遇外力阻挡时，她们几乎一致选择了默默离开（或者死去）。

婚姻是人类生育文化的核心主题之一，冯本以蛇女对婚姻的坚定维护作为人类文化的特殊符号，将这一异类形象逐渐纳入人类现实生活的轨道。这既标志着白娘子形象由沉迷于性欲的"妖性"向追求人类爱情、夫妻婚姻的"人性"的本质性转变，同时它还以白娘子对婚姻关系的期盼与坚持，担负起书写明清时期底层男子对婚姻生活极度渴望的生育文化的传播功能。因而，可以说，对婚姻关系的执着态度是冯本区别于此前版本的核心文化内涵，也是明清时期江南生育文化现状在民间传说中的温柔投射，一如白娘子这般的女性对底层男性的无私关爱，使得婚姻无处着落的男性对生活充满了希望。

然而，传播不单单是一个信息传递的过程，它更是一个意义生成的过程。"白蛇传传说"在明清时期的演变不仅传递了明清社会显著存在的婚姻问题，而且它还准确呈现了民众较为普遍的生育观念，从而为我们提供了一条把握"隐性人口文化"的民间传说路径。传说在传播过程中的变异往往表达的正是传播者试图赋予它的新的文化所指。"传播是文化的内在属性和基本特征，一切文化都是在传播的过程中得以生成和发展的。"②明清时期的江南文化正是在江南繁荣的商业传播的背景下借助民间传说、话本小说等民间资源得以呈现。江浙一带较高的教育水平在培养了一批状元、进士的同时，还为当地留下了一大批因科举失意而从事文字工作的底层文人群体。他们以文字为生，从事话本小说的创作、刻印、售卖等相关商业文化活动，从而使得江浙一带成为明清时期话本小说家集聚、刻书事业繁盛的重要地域。其中，苏州与杭州更是

---

① （明）洪楩编：《西湖三塔记》，谭正璧校点，上海古籍出版社，1987 年。
② 庄晓东：《文化传播：历史、理论与现实》，人民出版社，2003 年，第 5 页。

明代刻书、卖书的中心地。冯梦龙、凌濛初等均是集话本小说家、出版家、书商于一身的民间地域文化传播者。他们将市井细民作为预设读者,为明清时期通俗文艺、民间传说等民间文化的传播作出了巨大贡献。而传说传播者的民间性与集体性又必然赋予传说这一文化能指鲜明的时代精神指向。如果说来历不明的性对象所带来的性诱惑与性恐惧曾经是唐宋异类婚恋传说的文化符号,那么,婚姻尤其是底层男性的婚姻可以说是明清时期"白蛇传传说"重要的文化传播信息。民间传说的传播者在把握住民众现实婚姻需求的同时,将之作为传说演变的重要内容,某种意义上以贴乎民众生育观念的民间形式传播了特定时代甚或特定地域的生育文化内涵。

2. 寡妇再嫁:贞节观念与传说的民间立场

在"白蛇传传说"的研究中,白娘子的寡妇身份鲜少得到学者的关注。其实,"白蛇传传说"中的蛇女自一开始便是以寡妇的身份出场:《李黄》中的白衣之姝是"娘子孀居";《西湖三塔记》中的卯奴自称是白衣娘娘的女儿;冯本中白娘子向许宣介绍自己是"奴家亡了丈夫";方本中小青声称白娘子"是原任杭州白太守的小姐。先老爷在日,将我家娘娘招赘于此"。不同的是,唐宋时期"白蛇传传说"中的蛇女虽为寡妇,但并不涉及改嫁。她们与男性之间的关系只是停留在婚外偷情的性欲层面,因而,唐宋版本中的白蛇空有美貌的外形,其内核仍是被自身贪欲所控制的异类,某种意义上,白蛇扮演的是勾引男性、破坏家庭伦理的不道德形象。既往研究对此身份的忽视大概是担心因此会有损白娘子的贞洁形象,甚至后来的一些文人改本与民间异文直接将白娘子改为待字闺中的未嫁女。[①]这在表明不同年代对寡妇身份及其再嫁的不同态度之外,还流露出对宋代以来,尤其是明清时期民间寡妇再嫁较为普遍的婚育现象的不了解。

宋明理学在明清两代得到皇朝的一致推崇并被钦定为正统思想,主要表现为女性贞节观念的盛行成为社会的一大特征。政府具体采取的措施主要为对女性"从一而终"的贞节观念的不遗余力地教化和旌表奖励,以及对女性再嫁的法律限制和舆论压力。洪武元年(1368),朱元璋下诏规定:"民间寡妇三十以前夫亡守制,五十以后不改节者,旌表门闾,除免本家差役。"[②]清朝从顺治四年

[①] 田汉于 1943 年完成的《金钵记》中,白娘子仍然是"文君新寡",但是据此改编,并于 1950 年代写定的《白蛇传》中,却将白娘子身份改为了"没有出嫁"的未嫁女。此外,在部分流传于民间的口头版本中,白娘子也是未嫁女。

[②] 旌表门:《明会典》卷七十九,第 1 耀 5 页。

(1647)开始，每到节庆日必发布"恩诏"，要求地方关注咨访节妇，并规定："受旌者除政府给银建坊外，还可赈给米粮。"①此外，政府还与地方乡绅联合起来，成立旌表节妇、限制寡妇再嫁的相关组织，例如从乾隆时候起，在江南一带陆续出现的"清节堂""恤嫠会""保节局"等地方组织。这是政府以贞节观为指导思想，自上而下的倡导、传播生育文化的官方途径。然而，民间社会自有一套区别于官方法律、服务于普通民众的地方性"俗例"。"俗例"是习惯法的民间—地方性表达，它基于民间的现实语境，在民间盛行，久而久之，自然成法，官方对此的态度往往是默认。明清之际，尽管官方加大力度旌表节妇，宗族组织也以各种形式奖励守节、限制寡妇再嫁，但是，"需要指出的是，《列女传》《节妇传》里的女性传主，即那些长年累月终身守节、为夫殉节或戕身守节的明清烈女、节妇们，其实只是明清两代的朝廷和官绅士大夫树立起来的典型人物，这些典型在明清时期的女性群体中不过是一小部分而已"。②刘翠溶在对明清时期长江中下游地区部分族谱资料进行统计分析之后，得出同样的结论：女子再婚之事，在社会普遍视"寡妇再醮"或"改适"为可耻的价值取向之下，明清时期一般的族谱编修者，大多也把此类事件视为家丑而不予登录，因此，迄今我们在族谱中发现的相关记载并不多，但是，在这些不多的记载中，还是可以发现明清时期寡妇改嫁比率较高的事实。③江苏上海县自清初至同治末的近230年里，以节烈著者至三千余人，称得上是个"励节"之乡。尽管如此，仍不能阻止众多寡妇选择再嫁之途。④

　　探究明清时期寡妇再嫁在民间较为普遍的深层原因，学者们主要从三个方面加以分析：一是较为贫困的生活状况迫使女性再嫁。大量史料表明，明清之际，寡妇再嫁在民间社会尤其在中下层女性之中，较为寻常。很多女性迫于生活压力而不得不选择"恒人事"。⑤吴中地区流行的民歌《孤孀》道出了寡妇再嫁的经济原因："只为亲戚无依靠，孩儿等不到他大，家私日渐消。只得嫁一个养家的新人也，天！你在黄泉不要恼！"⑥二是婚姻市场中可婚配女性资源的短缺。偏

---

　　① 《大清会典事例》卷403，第10耀11页。
　　② 陈剩勇：《理学"贞节观"、寡妇再嫁与民间社会——明代南方地区寡妇再嫁现象之考察》，《史林》，2001年第2期。
　　③ 刘翠溶：《明清人口之增殖与迁移——长江中下游地区族谱资料之分析》，许倬云编：《第二届中国社会经济史讨论会文集》，汉学研究中心1983年，第289页。
　　④ 郭松义：《清代妇女的守节和再嫁》，《浙江社会科学》，2001年第1期。
　　⑤ 《明史·列女传》将明代社会中寡妇面临的选择表述为三个层面："其一从夫地下为烈，次则冰霜以事翁姑为节，三则恒人事也。"所谓"恒人事"即再婚改嫁。
　　⑥ （明）冯梦龙：《挂枝儿山歌》之《孤孀》，关德栋选注，第94页。

高的性别比、一夫多妻制,以及官方对妇女再婚的限制等社会因素,客观上加剧了底层男性的婚配困难。妇女再婚实质上是对可婚配女性资源的再分配。[①] 也正是基于这样的婚配现状,除去部分底层男性因错过最佳婚姻年龄而导致终身失婚之外,还有一些男性只能选择寡妇作为自己的初婚对象。"根据个案,再婚夫妇中有较大比例的妻子为再婚,且多嫁予初婚男子。这一方面表明比较年轻的寡妇中有相当部分会再婚,另一方面说明当时社会中部分男子通过寡妇再婚来解决婚姻问题。"[②]这正与明清时期"白蛇传传说"中白娘子以寡妇的身份与初婚的许宣结为夫妻的情节演变相一致。冯本中,当白娘子向许宣提出愿与其结为夫妻的时候,许宣暗自寻思:"真个好一段姻缘。若娶得这个浑家,也不枉了。"[③]方本中,许宣与白娘子初次见面,便已倾心,在得知白娘子寡居之后,许宣仍然"愿把誓盟深讲,怎能够双双同效鸾凤? 细思之,恐伊家不允,空使我徊惶"。[④] 可见,白娘子的寡妇身份似乎丝毫不影响初婚的许宣对其一片倾慕。这一方面是源于白娘子美丽的外形,另一方面也说明民间社会,初婚男选取再婚女子是较为寻常的事情,不足为怪。此外,不同于现实生活中寡妇再嫁多迫于生活压力,白娘子并非贫困改嫁,她在拥有美貌的女性魅力的同时,还为许宣带来了财富,帮助其有效改变底层学徒的低贱身份,发家致富,实现向上的社会流动。财色双收往往是民间传说对善良的底层男性的补偿与奖赏,更是寒门子弟依托民间传说试图改变人生命运的美好愿望。三是民间舆论对寡妇再嫁的同情。话本(拟话本)小说作为面向城市市民阶层的通俗文艺,明清时期随着江南市民阶层的兴盛,拥有大批市井读者,因而,一定程度上话本小说家掌握了民间舆论的话语权。他们对民间寡妇再嫁有着更多的同情与宽容,甚至部分进步文人还借助话本小说,跳到文本叙事的前台来表达社会对男女再婚持有不同态度的不公现实:"天下事有好些不平的所在! 假如男人死了,女人再嫁,便道是失了节、玷了名、污了身子,是个行不得的事,万口訾议。及至男人家丧了妻子,却又凭他续弦再娶,置妾买婢,做出若干的勾当,把死的丢在脑后不提起了,并没人道他薄幸负心,做一场说话。"[⑤]话本小说家对寡妇再嫁的认可说明了民间社会不同于官

---

① 刘利鸽、靳小怡、姜全保等:《明清时期男性失婚问题及其治理》,《浙江社会科学》,2009 年第12 期。

② 王跃生:《清代中期婚姻行为分析——立足于 1781—1791 年的考察》,《历史研究》,2000 年第6 期。

③ (明)冯梦龙:《白娘子永镇雷峰塔》,《警世通言》第二十八卷,中华书局,2009 年,第 279 页。

④ (清)方成培:《雷峰塔传奇》(乾隆刻本 1),第 65 页。

⑤ 凌濛初:《二刻拍案惊奇》卷十一,中华书局,2009 年,第 131 页。

方的婚恋态度。钱泳在《履园丛话》中指出禁止妇女改嫁乃"道学者误之"，认为对妇女改嫁现象"总看门户之大小，家之贫富，推情揆理，度能量力而行之可也"，①一定程度上表明了民间舆论对女性改嫁的宽容。对照"白蛇传传说"，我们发现传说中的其他人物，如许宣的姐姐、姐夫以及许宣在苏州、镇江的亲友，对白娘子寡妇再嫁的身份并无任何异言。方本中，许宣姐姐得知文君新寡的白娘子喜欢许宣并赠银定亲的时候，十分欢喜："妙啊，兄弟，你无意中遇此奇缘，岂可错过？"②这充分表明当时的江南社会，尤其是底层市井对寡妇再嫁有着相当的宽容度，同时也说明了传说既是现实的婚育生活的书写，同时也是民众婚育文化的曲折表达与心理补偿。

寡妇再嫁在民间的普遍性以及相对宽松的民间舆情与统治者力推的"守节"原则表面上似乎背道而驰，但事实上，这正体现了明清时期江南生育文化强大的内在张力：在一个缺乏起码人性关怀的文化语境中，唯有民众自己才是自然、真切人性追求的守护者。作为从民众中走出去的文人，以他们最善于倾听和同情的感知、最擅长反思和评判的品质，对民众自发式的情感选择采取人文主义的宽容和认可。生育文化，这一基本的民情、民愿表达，在他们的笔下，成为改变后的各种传说形象，而这些形象所承载的文化所指反过来又得到了民众的认同，进而形成传说生成、传播和消费的文化生态。传说的民众性在此传播过程中逐渐积聚成底层意识形态的作用力，努力对主流意识形态形成突围，并成为推动历史发展的重要力量。明清时期江南生育文化与"白蛇传传说"传播之间的内在关系，由此可见一斑。

3."生子得第"：文人与民间叙事的调和

清乾隆三年(1738)，戏曲家黄图珌依据冯本改编成戏曲《雷峰塔》，在情节安排上，黄本基本上是对冯本的承袭。二十多年后，伶人陈嘉言父女依据黄本，改写成演出本，俗称"梨园旧抄本"。在此改本中，陈氏父女增加了一个至关重要的转折性情节，即"白娘生子得第"。这一情节的增加遭到黄图珌的坚决否定，黄本"自序"态度严正：

> 有好事者，续白娘生子得第一节，落戏场之窠臼，悦观听之耳目，盛行吴、越，直达燕、赵。嗟乎！戏场非状元不团圆，世之常情，偶一效而为之，我

---

① 钱泳：《履园丛话》(下)，上海古籍出版社，2012年，第415页。
② (清)方成培：《雷峰塔传奇》(乾隆刻本1)，第91页。

亦未能免俗,独于此剧断不可者维何? 白娘,蛇妖也,而入衣冠之列,将置己身于何地耶?①

　　"生子得第"情节在当时的传播中为民众所认可,这已经自不待言,而黄图珌作为文人对增设此情节的反对态度更加耐人寻味。

　　中国古代的文人是一个特殊的社会阶层。从文人的发展看,他们可以通过"立言"得到主流意识形态的认同而成为"士大夫";从社会地位看,他们介乎士大夫与平民之间;从社会实践的内容和方式看,他们以对文化知识的研习为手段,而以参与政治为目的。总之,对于古代的文人而言,传统儒家文化思想是他们的价值指向,"文以载道"是他们"立言"的基本原则,唯有如此,他们才可能达成社会、政治权力话语的"在场",其人生价值才能得以实现。因而,文人叙事在思想观念、审美趣味等多方面必然显示出与民间叙事的差异,这种差异性有时候呈现出鲜明的对立,而有时候则又呈现出某种调和官方与民间的倾向。如果说冯本在同情蛇女的同时,坚持的是降妖劝诫之道,黄本力挺冯本,反对民间流传的"白娘生子得第",乃承续此"载道"绪脉,一方面是对人伦"大道"的坚守,一方面则是文人身份优越感使然,所谓"无恒产者而有恒心,惟士为能"(《孟子·梁惠王上》)。如此,也就不难理解,他们与作为地道民间叙事的"梨园旧抄本"在婚姻"财色"想象和"寡妇再嫁"等环节上能达成一致,而在"生子得第"情节上却形成了鲜明的对立。"天道远,人道迩"(《左传·昭公十八年》),在天然的人性和人情上,文人叙事选择了认可,而在具有潜在政治意识形态的"得第"上,他们却选择了拒绝。这乃是"白蛇传传说"演变和传播过程中具有文化意味的事件。

　　然而,哪怕是具有永恒性和至上性的"道",历经明清以降,也发生了变化,尤其是明中叶后,商品经济的形成及市民阶层的兴起,对传统的文人阶层构成了现实而巨大的冲击。所谓"恒产"与"恒心"之间出现了微妙的裂缝。新兴的市民阶层不仅有着别于传统的审美趣味,而且"恒产"的拥有使得他们对社会地位的改善,甚至政治权力话语的达成,形成了不约而同的预期,正是这种预期的累积,对传统文人的社会地位构成了挑战和冲击。面对如此挑战,文人一方面正视来自市民(民间)的情感诉求,一方面,则通过具有创新性质的"文"来载时兴之"道"——新兴市民的审美趣味、情感价值观念等。从而在文人叙事中,出现了调

---

　　① 蔡仪:《中国戏曲序跋汇编》卷十三戊编传奇四,齐鲁书社,1989 年,第 1821 页。

和官方与民间价值的倾向。

　　清乾隆三十六年(1771)，方成培以坊间盛行的"梨园旧抄本"为原型，改编成剧本《雷峰塔》传奇。尽管方本鄙视现有版本的粗糙，在结构、情节、曲辞以及宾白上均作了大幅度的改编。但是，"白娘生子得第"的情节不仅得以承续，而且还在"水斗"情节中得到了强化。方本与此前的冯本、黄本同为文人叙事，缘何前后对此情节态度迥异？究其原因，不外乎两点：一是民间传说中文人叙事对民间诉求的妥协，"梨园旧抄本""盛行吴、越，直达燕、赵"的传播盛况恰恰说明了生育行为正是最贴合民间现实需求的民众愿望；二是主流价值观念与民众价值观以生育为媒介在传统儒家价值观上的不谋而合。在以"孝"为先的中国传统家庭伦理中，家庭作为人口生产的基本单位，保证子孙繁衍、不绝祖祀是其基本准则。因而，生育又是传统婚姻的至高目的。《礼记·婚义》便将"婚姻"界定为"婚姻者合二姓之好，上以事宗庙，下以继后世"，①十分明确地指出了婚姻之"传承子嗣"的重要意义。《孔子家语》亦将"无子"列为"七出"的条件之一。因而，很大程度上，婚姻焦虑其实也是生育焦虑，是传承焦虑。它既是底层民众的现实需求，同样也是儒家价值观的底线。它犹如一座桥梁，在连接人类代际传承的同时，还成功地统合了当下与传统、主流与民间。也正是基于此，方本二十五出《水斗》中，许宣问法海"可曾收那妖孽"的时候，法海道："这孽畜，腹中有孕，不能收取。"②在此，儒家知识分子借佛家高僧之口，以生育行为的至上权力建构了文人叙事与民间叙事相融合的经典文本，并经由民众阅读或口耳相传等形式，流播于市井民间。

　　如果说"生子"完成的是家族代际传承的婚姻使命，那么，"得第"则蕴藏了底层民众试图通过合法途径实现向上流社会流动的梦想。许士林以状元郎的身份在"祭塔"行为中一方面实践了家庭伦理的孝道准则，另一方面，还成功演绎了一个底层民众以科举考试实现家族救赎的理想模式。"白蛇传传说"的发生地主要在江浙一带的吴越地区，经济的繁荣为教育的发展提供了坚实的基础。据统计，"中国自隋朝创建科举制度以来，到清朝末年，在近 1 400 年中，共开进士科 700多次，吴越地区中科举的情况一直呈上升趋势，到明清时期达到极盛阶段。明清两代状元与进士主要出于吴越地区，以状元为例，明朝共取状元 89 名，浙江 20名，江苏 16 名。清朝共取状元 114 名，江苏 49 名，浙江 20 名。明清时期江浙两

---

① 杨天宇：《礼记译注》，上海古籍出版社，2004 年，第 815 页。
② （清）方成培：《雷峰塔传奇》（乾隆刻本 3），第 115 页。

省中状元的人数占全国的一半以上"。① 如此高的状元比例除了说明明清时期江浙一带较高的教育水平之外,还表明该地区参加科举考试的士子数量之多,从而反映出民众期望通过科举获取功名,最终实现家族救赎,改变家族命运,实现社会流动的根本目的。方本问世后,舞台演出基本遵循此本进行,"白娘生子得第"情节由最初的争议到定格为"白蛇传传说"的核心情节,与明清时期民众现实的生育需求、期望养儿防老的生育观念,以及梦想改变家族命运的社会流动的生育文化相一致。因此,可以说,方本的成功正在于对民间叙事中充分传递民众生活观念的生育文化的吸收与认可。换言之,在个人价值观念纷呈的明清时期,"白蛇传传说"的流播在很大程度上表达了民众对传统婚育文化的认同,而"白蛇传传说"的文人化及文本的固化和传播,则体现了个人婚育价值观、民众婚育价值观向传统价值观的回归。

(二)"白蛇传传说"的当代爱情景观生产

"白蛇传传说"有着丰富的文化内涵,其信仰景观所承担的传说信仰主题也具有多层次、多维度的文化特征。但是,在当代"白蛇传传说"景观生产的过程中,传说主要发生地——杭州与镇江——均呈现出鲜明的"爱情化"景观生产现象。这主要是基于"白蛇传传说"主题演化的内在叙事需求,以及传说发生地城市形象定位的外在发展需求这两大方面。

首先,"白蛇传传说"景观生产的"爱情化"特征是"白蛇传传说"情节以及主题的景观叙事和景观转化。"白蛇传传说"从宗教降蛇到爱情婚姻的主题转向,表现了民间传说世俗化叙事的基本特征。民间传说的叙事主体与接受主体主要是生活在世俗之中的普通民众,他们在传说讲述与传播过程中,逐渐修整传说的主题走向,使传说朝着更加符合民众日常生活需求的方向发展、演化,这是民间传说传播的必然趋势。"白蛇传传说"的每一次重大演变都体现出传说世俗化的倾向。曾经符合民众信仰需求的宗教降蛇主题逐渐淡化,代表民众日常生活需求的爱情婚育愿望成为传说最为核心的文化主题。因此,降蛇高僧沦落为破坏婚姻的恶魔,威胁人类生命的异类精怪则具有了完美女性的特质,成为人类理想的婚恋对象。爱情景观——断桥——的加入,强化了传说转向世俗生活的爱情主旨。"白蛇传传说"也因此从一个降蛇传说演变为人蛇之恋的爱情传说。"白蛇传传说"主题的演化直接影响着当代围绕传说展开的景观生产行为,"白蛇传

---

① 傅承洲:《文人话本与吴越文化》,《江苏行政学院学报》,2005 年第 4 期。

传说"的当代景观生产表现出与传说主题相一致的强烈"爱情化"生产特征。

其次，"白蛇传传说"景观生产的"爱情化"特征与传说发生地的城市形象定位有着内在关联。杭州自古就有着"人间天堂"的美誉，西湖更是历代文人墨客尽情吟咏之所，成为衍生出无数浪漫爱情故事的独特文化空间。2001年七夕前夕，杭州市旅委提出"以解读白娘子爱情之谜，演绎人世间最美情怀——人间天堂、爱情杭州"的城市宣传口号，提出要把杭州打造成一座天下有情人竞相向往的"爱情之都"。这一城市形象口号的倡导，正是基于雷峰塔重建的景观生产。杭州作为"爱情之都"，有着丰富的浪漫元素，西湖是最为集中的代表。而从景观及其当代生产的视角出发，"白蛇传传说"与杭州地域景观最为密切的文化传统，也是最易于进行景观生产的文化类型。因此，在杭州"爱情之都"的城市形象定位下，"白蛇传传说"的当代景观生产便有着鲜明的"爱情化"文化倾向，重建的雷峰新塔也淡化了佛教圣塔的文化因子，突出强调"爱情第一塔——雷峰塔"的景观符号特征，与西湖断桥一起，共同承担着演绎杭州以及西湖浪漫爱情气质的景观叙事功能。

镇江是一座历史文化资源丰厚的古城，它位于长江下游——扬子江南岸，城内分布着金山、焦山、北固山、云台山、象山等孤立的山丘，形成一江横陈、三面连岗的独特地貌。早在南朝时，梁武帝萧衍便赞誉镇江是"天下第一江山"，北宋辛弃疾更是以"何处望神州，满眼风光北固楼"的诗句，将镇江的人文景观推向经典。镇江独特的地理位置，使其在不同历史时期均是兵家必争之地。与此同时，镇江也是一座移民型城市，有着鲜明的津渡文化特征，是古代南来北往的必经之地。因此，某种程度上，镇江也成了一座传说城，吸纳了南北不同地域的民间故事，并与当地的景观、风物相结合，衍生出具有镇江地域特色的民间传说。中国"四大民间传说"中的三大传说，均与镇江有着亲密的血缘关系。"白蛇传传说"自是不必再说。据学者考证，发生在镇江华山村的"华山畿"传说可以说是"梁祝"传说的源头之一，而发生于镇江丹徒、丹阳的董永传说更以其丰富的景观作为传说故里的重要物证。因此，镇江不仅是一座传说城，更是一座有着丰富爱情传说的爱情城。2014年，镇江市旅游局在回复《关于市民小城故事建议事项答复意见书》中，明确提出将镇江城市定位为"东方浪漫爱情之都"的建议，已经列入镇江旅游产业发展总体规划并组织实施，近期将推出"倾城浪漫游"的爱情游线，将金山湖（爱情湖）＋焦山（蒋宋定情地）＋槐荫村——华山村＋夜游三山、古运河＋各温泉度假区＋田园花海等游览区点一并纳入,并引导各相关点推进爱情、文化旅游产品的开发。① 由此可见,"东方浪漫爱情之都"是镇江当前城市形象的宣传口号与文化定位。顺应这一城市定位,围绕镇江知名文化品牌"白蛇传传说"而展开的景观生产必然有着努力展现其爱情文化品质的生产特点。金山湖"白娘子爱情文化园"的系列景观生产行为正是基于城市形象定位的产物。

基于上述内外两方面的原因,"白蛇传传说"呈现出独特的以信仰景观为传说核心景观的爱情景观生产模式,如表5-2-2所示。

表5-2-2 "白蛇传传说"信仰景观的爱情景观生产模式

景观所属城市	景观名称	传说叙事功能	景观属性	景观生产属性	城市形象定位
杭州	雷峰塔	镇妖之塔	佛教信仰景观	爱情第一塔	爱情之都
镇江	金山寺	高僧降蛇之地	佛教景观	金山湖爱情文化园	东方浪漫爱情之都

雷峰塔与金山寺均为"白蛇传传说"中的核心信仰景观,镇江更是作为传说的神圣空间而走进传说地域叙事的。但是,在当代"爱情化"的景观生产思路下,"白蛇传传说"的信仰空间也被演绎为一种爱情文化的表达。雷峰塔作为镇妖之塔,镇压着白娘子,阻隔了许、白的爱情与婚姻,本属于传说叙事结构中的阻碍性叙事元,属于佛教信仰景观。然而,重建的雷峰新塔紧紧扣住"寻找白娘子"的爱情话语,强化白娘子对繁华杭州的倾慕、游湖借伞的浪漫、永镇雷峰的诀别以及倒塔的重现等爱情婚姻主题,将雷峰新塔生产为一座承载千年人蛇之恋的爱情塔。与之相类似,镇江以紧邻金山寺的金山湖作为"白蛇传传说"景观生产的主要场所,借金山寺的传说效应,全力打造"白娘子爱情文化园",突出的仍然是许、白爱情、婚姻和家庭的世俗生活情感,将传说中的信仰空间——镇江——生产为爱情之城。

信仰空间是一种神圣空间,其神圣性集中表现在信仰地点的选择和信仰所包含的文化意义上。而爱情滋生于现实世俗生活之中,婚姻、家庭是其最主要的表现形式。神圣空间的世俗化生产是宗教旅游的必然产物。"从广义角度讲,宗

---

① 镇江市旅游局:《关于市民"小城故事"建议事项答复意见书》(旅信复字〔2014〕2 号),2014 年10 月 29 日。

教旅游本质上以游客为中心的相关行为主体在神圣与世俗交织而成的宗教旅游场域中进行的一种神圣与世俗的双重再生产活动。这种双重再生产包括神圣的世俗化生产与世俗的神圣化生产。"①宗教旅游的双重生产理论也可以拓展、运用于民间传说信仰景观的生产过程。信仰景观属于神圣空间，对其进行世俗化的生产，如挖掘黏附于信仰景观的世俗文化因子，这既是遵循景观多维度文化符号的景观叙事特征，同时也是以世俗化的旅游、观光需求为生产思路，开展神圣空间世俗化的景观生产。世俗空间一旦被赋予某种较为固定的文化符号，便具有了提升为神圣空间的可能，从而进行一种世俗空间的神圣化生产。杭州与镇江作为城市，其整体是一种世俗化的生活空间，但是，城市景观生产者出于旅游开发与文化弘扬的多方面需求，从地域文化内涵中，提炼出"爱情"文化符号，并以相应的信仰景观作为文化符号的景观载体，便使得世俗空间的城市具有了神圣空间的特质。因此，从本质上而言，"白蛇传传说"的当代景观生产具有神圣与世俗互为生产的双重生产特性，传说信仰景观的世俗化生产，某种意义上，正是对世俗空间——城市——的神圣化生产。

第三节　走向市场："白蛇传传说"景观及其当代生产的商业化②

一、市场运作："白蛇传传说"景观生产的商业化趋势

　　"白蛇传传说"是一则充满神幻色彩的异类婚恋传说，其主题包含着人类对江南蛇图腾信仰的诗性想象、对永恒爱情的执着追求，同时还包含着宗教信仰与民间信仰、制度性宗教内部的争斗与融合。它依托江南充满诗性气质与佛教信仰的知名景观，反映了世俗与信仰的千年纠葛。某种意义上，爱情与信仰同样具有神圣性。"白蛇传传说"、核心景观以及景观的历史性生产，更多是一种对宗教文化、爱情文化以及江南城市文化的传播和生产。然而，在围绕"白蛇传传说"展

---

　　① 孙浩然：《神圣与世俗双重再生产视角下的宗教旅游研究》，《江西科技师范学院学报》，2012 年第4 期。

　　② 本部分内容作为前期成果已发表，参见余红艳：《走向市场："白蛇传"传说当代景观生产研究》，《文化遗产》，2015 年第 6 期。

开的当代景观生产过程中,"白蛇传传说"爱情景观与信仰景观都表现出鲜明的商业化倾向,传说对景观文化内涵的依附、景观文化符号对传说主题的深化,在景观生产中逐渐弱化,民间传说作为重要的地域文化资源,其所具有的经济价值得到前所未有的彰显。这在当前非遗生产性保护工作中,具有典型性。"白蛇传传说"当代景观生产主要集中于杭州、镇江和峨眉山三地,其中又以"白蛇传传说"国家级非物质文化遗产项目申报地——杭州与镇江最为热切。

杭州围绕"白蛇传传说"展开的景观生产主要以雷峰塔重建为代表。雷峰新塔所具有的旅游功能十分明显,这既是雷峰塔重建的重要目标,也是雷峰新塔最突出的社会功能。在西湖"白蛇传传说"景观历史生产与当代生产的多重主体中,地方政府(地方官员)始终发挥着积极倡导与具体实践的重要作用,他们以传说为地域文化基因,以景观为文化载体,生产出延续千年的"白蛇传传说"西湖景观体系。政府主导的景观生产包含着对地域经济发展与地域文化传承的双重考量,在全球非物质文化遗产保护的文化语境中,又包含了地方政府在非遗保护工作中寻求政府业绩的现实需求,从而使杭州西湖雷峰塔"白蛇传传说"当代景观生产,呈现出明显的商业性特征。

对于传说重要景观雷峰塔,地方政府采取重建景观的生产模式,努力梳理、挖掘景观与传说的历史文化脉络,突出强调雷峰新塔的传说文化符号,在客观上,重建了一座"白蛇传塔"。从"雷峰古塔"到"白蛇传塔",充分说明景观重建的生产模式对景观丰富文化资源的重新整合与历史选择,表达着景观生产者、景观生产时代对景观的现实性需求。时任杭州市委书记的王国平主持编辑了约3 100万字的《西湖丛书》系列,在谈及雷峰塔与"白蛇传传说"的关系时,王国平认为:"如果说雷峰塔给了白蛇传一个悲剧的结局,那么白蛇传则给了雷峰塔一个不朽的传奇。"[①]在"白蛇传传说"视域中,西湖景观融合了宗教与爱情双重话语范畴。西湖三塔渗透着浓郁的道教文化,它在传说中的消失更多的是源于杭州不同时期宗教力量的变迁。因此,即使三塔重建,"白蛇传传说"也"一去不返"。从三塔到雷峰塔的景观变更,投射了宗教文化对"白蛇传传说"主题演化的重要意义。雷峰塔是"白蛇传传说"中的镇妖之塔,宣扬着佛法无边的宗教义理,属于"白蛇传传说"至关重要的宗教景观。但是,值得关注的是,在杭州西湖"白蛇传传说"当代景观生产中,雷峰塔更多表达的是许、白千年不变的爱情话语与

---

① 浙江省文物考古研究所编著:《雷峰遗珍》,文物出版社,2002年,第1页。

家庭伦理主题，与断桥一起，承担着重构西湖浪漫爱情品质的历史使命。"白蛇传传说"对雷峰塔文化符号的重构意义得到了地方景观生产者的高度重视与充分挖掘和利用。因此，重建的雷峰新塔核心展示的景观文化正是贴近民众生活情感认识的"白蛇传传说"。但同时，雷峰新塔在连接传说与新塔之间的历史渊源的过程中，更多的是希望梳理出一条清晰的具有旅游经济价值的开发路径。这主要表现在如下两个方面：

一是重建动机。据《雷峰塔重建记》记载，重建雷峰塔主要是为了"还景南山，丰富旅游蕴涵；妆点西子，提升文化品位"。可见，旅游经济开发是雷峰新塔的主要功能。在此重建动机下，景观生产者需要寻找雷峰新塔最为独特的旅游资源加以重点打造。显然，佛教历史渊源并非雷峰塔独具特色的旅游文化，甚至在杭州西湖佛教寺庙林立的宗教语境中，雷峰塔不具备代表杭州佛教文化的厚重分量。文化的唯一性是优质旅游资源的必备品质。在西湖景观中，雷峰塔最具旅游魅力的正是"白蛇传传说"。镇妖之塔、传说之塔是雷峰塔所独有的文化内涵，它见证着一段传奇的千年之恋，融合了悲剧与希望的爱情话语。因此，重建"白蛇传传说"之塔正是重建雷峰塔的旅游动机。而且，相比于佛教文化，传说是更加贴合大众审美文化需求与探求欲望的。亲临传说发生地是游客的潜在旅游动机，它吸引着游客走进雷峰新塔并逗留其中。因此，游客的旅游冲动更多的是源于对爱情文化的探寻，景观生产者对雷峰新塔旅游功能的定位必然诱使其选择"白蛇传传说"爱情主题作为雷峰新塔的重要旅游资源，以旅游为主线的雷峰新塔必然会生产出有利于经济效益的旅游产品，充盈着商业气息。

二是景区与传说相关的商品。进入雷峰新塔景区，沿路悬挂的广告牌清晰地宣传着"白蛇传传说"经典食品，并以"传说的味道"作为广告词，"白蛇传传说"经典食品主要包括状元糕、孝子饼等，借"白蛇传传说"孝道文化、状元文化等获取游客的信赖与消费。这些商品在雷峰新塔遗址层和舍利殿内的商场均有销售。景观生产者主体将"白蛇传传说"作为雷峰新塔重要的商业元素加以文化包装，使其成为在观赏景观之外，可以让游客带走的消费产品。

此外，在杭州清河坊街内，还有一个独特的"白蛇传传说"景观，那就是保和堂。在河坊街 229 号，有一家名为胡庆余堂的中药铺。胡庆余堂有着"江南药王"的美誉，始建于清同治十三年(1874)，在中国传统老字号药号中，最有名的只有"两家半"，即"北有同仁堂，南有余庆堂"，广东的陈李济算半家。由此可知，胡庆余堂在中国传统药号中有着十分显赫的行业地位。在药铺门前，竖立着一尊人物雕像,那是一个身着长衫的青年男子,体形修长,正从药铺向外走去。药铺还悬挂着另一个铺名——保和堂。由此可以猜测,门前的雕像便是"白蛇传传说"人物——许仙。在保和堂药铺的门侧,刻有这样的文字:

> 许仙(中国四大民间传说《白蛇传》中主人公,保和堂药店伙计)
> 江南早春,春雨绵绵,许仙正向西湖走去,在断桥边走入"千年等一回"的爱情故事里……
>
> 城建·旅游专家陈洁行策划
> 二〇〇一年十二月

胡庆余堂将文化与旅游相结合,经过城建·旅游专家的精心策划,又将杭州清河坊街道的分店注册为保和堂药店,借助"白蛇传传说"的社会影响,推动其商品销售。这是一则显见的以"白蛇传传说"作为广告资源的营销策划。"如今,保和堂已成为杭州河坊街历史街区一处亮丽景点。事实证明,胡庆余堂重修保和,不仅充分挖掘了中药文化,具有深远社会意义,经济效益同样可观。保和堂门店面积仅30平方米,自开张以来,以其独特的古朴风格,每天能吸引成百上千中外游客,加深了人们对国药文化的了解,同时对胡庆余堂产品的市场影响力大有裨益。"[1]在此,"白蛇传传说"的景观生产成为重要的商业营销策略。

镇江的"白蛇传传说"景观生产主要集中于对金山湖景区的开发与兴建。镇江地方政府充分利用金山湖景区一水环绕金山寺的有利地理位置,将无法在金山公园景区内展开的"白蛇传传说"爱情文化景观生产放置于金山湖,从而形成了一个以"白娘子爱情文化园"为中心的金山湖"白蛇传传说"景观生产谱系,包括景观观赏、传说文化灯盏以及《白蛇传》大型水景秀等不同景观生产类型。一定程度上,将"白蛇传传说"景观产品推向市场,在非遗保护与地域文化传承的同时,尽可能地实现其商业价值。

作为"白蛇传传说"的非遗保护单位之一,镇江市民间文化艺术馆于2008年中秋节前夕推出"白蛇传传说"文化食品——"白蛇传传说"月饼,将非遗生产性保护的思路运用于民间传说非遗项目的保护之中,将非遗的文化价值与经济价

---

① 朱慧、徐益平:《胡庆余堂:百年"江南药王"的不败"秘方"》,《东方早报》,2011年5月30日,第A15版。

值相结合。据镇江民间文化艺术馆的相关负责人介绍，"白蛇传传说"月饼的推出，经过了长期酝酿，是我市将非物质文化遗产推向市场的一次尝试。[①] 文化月饼由市文广新局委托丹阳一家食品生产企业生产，以"白蛇传传说"为文化创意，以核心情节为主题图案，主要包括"西湖相会""喜结良缘""端午恩爱""水漫金山"和"轰塔团圆"等五部分内容，在月饼包装盒上还印有白蛇传全景图和"水漫金山"线描画，让老百姓耳熟能详的经典民间传说重新走进日常生活，成为节日食品。民间传说类口传非遗项目如何进行生产性保护，是近年来学界探讨较多的话题，镇江市民间文化艺术馆将传说文化与节日食品相结合，是努力进行非遗市场化传承与发展的尝试。

在当代非遗生产性保护与文化创意的语境之下，"白蛇传传说"的当代景观生产所表现出的商业特质愈加鲜明。在景观生产过程中，景观生产者要么直接以经济效益作为检验景观生产成功与否的标准，要么在传承非遗文化传统的同时，也渴望实现其经济功能，促进地方经济发展。正是在经济衡量的标杆与现实需求下，"白蛇传传说"的景观生产呈现出商业化的发展趋势。

二、积极传承：对景观生产商业化趋势的认识与引导

"白蛇传传说"当代景观生产的商业化发展趋势，既是当代非遗生产性保护语境下的必然产物，同时又是景观生产多重主体利益冲突、合作的结果。如何看待"白蛇传传说"景观生产的市场走向并合理引导其实现非遗保护与传承的积极意义，是当前景观生产研究的重要内容之一。

民间传说作为重要的民俗与非遗类型，它本身就是一个有着高经济价值的"认同性经济"，[②]它是在漫长的历史发展中逐渐形成的重要经济与文化资源。就"白蛇传传说"而言，作为中国"四大民间传说"之一，自明清以来，便开始了以地方戏曲、说书评话、影视改编、话剧表演等多种形式，展开一定程度的市场演艺，其带来的经济效益难以估量。镇江金山寺作为江南重要的佛教寺庙，一直有着广泛的社会影响力与众多信徒和香客。但是，在明正德之前，镇江三山——金山、焦山和北固山，是以北固山位列第一，而非金山。成书于正德七年（1512）的

---

① 朱朱：《"西湖相会"、"水漫金山"凸印上月饼——"白蛇传月饼"受市民喜爱》，《京江晚报》，2008年9月3日第3版。

② 田兆元：《经济民俗学：探索认同性经济的轨迹——兼论非遗生产性保护的本质属性》，《华东师范大学学报》（哲学社会科学版），2014年第2期。

《京口三山志》卷一《总叙》记载道："昔人谓京口东南第一郡，北固京口第一山。"
因此，《京口三山志》将北固山"志于首，匪违俗也，存旧也"。[①] 在金山、焦山作为
旅游景点尚未凸显之前，北固山的游客与题咏之作也三倍于金焦二山，[②]在镇江
三山中，有着十分突出的旅游地位。由此可以推断，金山的旅游价值和社会知名
度的极大提升与"白蛇传传说"在明末的文人改编和戏曲传播有着直接的关联。
"白蛇传传说"依附金山寺"高僧降蛇"而得以成形，但同时，"白蛇传传说"的广泛
传播又很大程度上提升了金山以及金山寺的社会效应和旅游地位。也正是在
"白蛇传传说"对金山影响力的极大推动下，"裴公洞"被命名、改造为符合传说人
物情节的"法海洞"，其顺应的正是游客对景观的现实对应需求，实现的是景观生
产所带来的民俗消费。

　　就在雷峰塔地宫发掘工程引起社会广泛关注的同时，绍兴咸亨实业总公司
董事长张尚明对外宣布：（2001 年)3 月 12 日，也就是雷峰塔地宫发掘后的第一
个星期一，咸亨公司已经申请注册了"雷峰塔"商标，经营范围涉及工艺品、烟酒
等领域。张尚明表示，注册"雷峰塔"商标，是出于对文化遗产的保护。[③] 客观
上，这也是文化遗产所具有的商业价值的充分体现。雷峰塔的重建必然带来一
场基于文化遗产、传说传承的民俗消费。民俗消费是一种文化消费，同时也是一
种心理消费。游客带着对"白蛇传传说"的认同与喜爱，来到现实景观——金山
寺，寻求景观应征并参与到旅游消费或者相应的传说产品的消费之中，这是一种
基于对传说以及景观认同的心理而开展的民俗消费行为。因此，民间传说本质
上就是一种有着强大经济价值的民俗类型，其商业特质首先是源于消费者对民
间传说的高度认同。

　　民间传说所具有的经济属性使其可以进行一定程度的生产性保护的实践，
景观生产便是将语言形态的传说转化为具有旅游消费意义的景观，并辅以相关
传说文化产品。我国非遗保护的十几年实践中，从单一的资料保存到尝试走向
市场，正是对非遗自身具有生产特质的回归与重新认识。我国非遗保护的政策
制定和实施，主要依靠各级政府部门的倡导和支持，与此同时，非遗保护工作所
取得的成绩也是量化地方政府和文化部门的考核项目之一。因此，对非遗项目
的生产性保护既是地方政府努力开展文化事业的发展方向与重要内容，也体现

①（明）正德《京口三山志》卷一《总叙》。
② 陈建勤：《明清旅游活动研究——以长江三角洲为中心》，中国社会科学出版社，2008 年，第 75 页。
③ 顾佳程：《"雷峰塔"商标已被申请注册》，东方财经。

了地方政府的政绩焦虑，而地方政府对非遗项目的生产性保护往往需要借助商业资本的投入。目前，国内非遗保护主要有两大模式：一是"施与式保护"，即由政府投入资金对非遗进行保护；二是"开发式保护"，即将非遗保护工作推向市场，经由市场竞争激发非遗项目的活力，从而拓宽非遗项目的生存空间。① 前者是一种政府式的保护，后者则是一种资本化运作。二者往往不是截然分明的二选一，在很多地方，由于政府需要投入的资金过多，而倾向于引入商业资本。"白蛇传传说"景观生产的商业化特质正是这两种保护模式的融合。一方面，由地方政府规划修建"白蛇传传说"景观谱系，如杭州雷峰新塔、镇江白娘子爱情文化园和《白蛇传》水景秀等；另一方面又引入商业资本，由开发商实施景观生产，包括相应的景观设置、传说文化产品、传说演艺等，更多取决于开发商对其产品的市场定位。商业资本的融入必然使得商家为了获取更大的经济效益，而采取较为丰富的文化展演和宣传媒介，很大程度上，推动了民间传说的传播效应，增强了本地民众对其认同感和经济价值的认识。

从传说发展与当代传承的视角分析，"白蛇传传说"景观生产愈加鲜明的商业化特质对语言形态的传说借助物质形态的景观进行景观化传承，有着积极的意义。语言形态的民间传说在现代化生活和文化转向中，面临着不可避免的萎缩，影视形态的传说改编虽然在很大程度上，为传说的传播提供了较为符合时代文化特征的有效路径。但是，影视媒体单向、不在场的传播方式，不能有效带动民间传说回归可见式交流的理想状态，影视中的虚拟景观也难以让观众将之与景观、现实景观相对应。而且，影视改编更加关注的是观者对传说的整体接受，难以表现出更多的传说地域性特质。而景观生产借助景观的视觉直观和游客的现场感知，有助于重构一个较为理想的语言叙事、景观叙事和仪式行为叙事相结合的叙事谱系，并通过景观生产，讲述出一个充满地域情怀的民间传说。因此，民间景观生产的商业化操作有助于促进民间传说的发展和当代传承。

但是值得注意的是，商业利润的参与虽然在客观上推动了传说的发展，但其最终目的仍是获取最大的经济利益。在经济利益的驱使下，民间景观生产有着偏离传说核心文化内涵和地域特质的危险性，也就是学界普遍强调的景观生产所必须关注的本真性。如何引导商业资本在追求利益最大化的同时，有助于传说自身的发展和传承，需要更多的民俗学者对景观生产的积极参与，从而使得在

---

① 吕俊彪、向丽：《非物质文化遗产保护与全球化背景下的资源博弈》，《广西民族研究》，2012 年第1 期。

促进传说发展的基础上,合理利用商业资本对传说文化进行弘扬。田兆元在谈及当前文化遗产的应用时指出:"文化遗产的应用第一是精神的提升,第二是社会的和谐,第三是经济的推助,第四则是国家的认同与人类的大同。"①优秀的文化遗产首先正是源于其对人类精神的提升,精神的提升又是来自文化遗产自身所蕴含的文化内涵。因此,在深入挖掘、梳理文化遗产的文化内涵,以及和地域文化的密切关系的基础上,才可以继续探索其产业化的开发与传承,更是保持文化遗产异质性的关键,经济价值也正是在此前提下发掘。

杨利慧将这种借助遗产旅游而开展的民间文学类传承称为"积极的传承"。她认为相比于传统的记录式的消极保存式传承,遗产旅游有助于恢复并保持民间文学鲜活灵动的生命力,是一条可以利用的有效传播路径。杨利慧在中国、德国和美国三个个案研究的基础上,提出了通过遗产旅游实现成功保护民间文学类非遗的六个要素,即"一二三模式"。所谓"一二三模式","一"代表一个核心原则,即民间文学叙事的基本情节类型应保持不变,强调的是保持其本真性;"二"表示其他两个要素,一是一篇导游词底本,二是若干主题性的旅游吸引物,即围绕民间文学展开的景观生产;"三"代表了另外三个要素,分别是一场展现该遗产的主题演出、若干社区和专家共同认可的传承人、公共民俗学家的指导。② 在"一二三模式"中,保持民间文学的本真性是最为核心的基本原则,具体的景观生产元素,包括导游的讲述是第二个层次,主题演出、传承人和民俗学专家的参与处于第三个层次。这一保护模式充分凸显了保持民间文学文化内涵和核心情节的重要意义,认为具体的景观生产必须以此作为生产的文化基因。但是,民俗学专家的参与被放置于第三个层次。杨利慧认为,第一和第二往往是景观生产的必须元素,第三则未必一定需要,第三个层次如果能参与当然会有更佳的保护效果。民俗学者的参与主要是更加深入地挖掘和保护民间文学类文化遗产的本真性,是对实现第一个层次的专业保证,同时也是合理引导商业资本运作的保证。因此,民俗学者的积极参与应该是第一个层次的前提条件,是必须具备的要素之一。

在现有的景观生产实践中,商业化的运作模式往往使景观生产出现一定程度上的同质化,此地和彼地的景观生产十分相似,此传说和彼传说的景观生产难

---

① 此段论述来自田兆元围绕文化遗产产业化的主题与学生的交流中。
② 杨利慧:《遗产旅游与民间文学类非物质文化遗产保护的"一二三模式"——从中德美三国的个案谈起》,《民间文化论坛》,2014 年第 1 期。

以区分,商业模式对景观生产的套用使其失去了独特的文化内涵和地域特质。镇江市围绕"白蛇传传说"在金山湖景区生产了一座"白娘子爱情文化园",以弘扬许、白爱情为主要文化内涵,设置了一系列爱情、婚姻和家庭和谐的景观,集中呈现了"白蛇传传说"婚恋文化主题。但是,一方面景观在数量上过于繁琐,且并未集中于核心情节,另一方面,在景观设置上还出现了一些情节模糊、区分度较小的景观,例如在金山湖边有一尊许仙和白娘子共同挑水、洗衣的雕塑,其生产目的显然是希望借此传递许、白二人温馨的家庭生活,但是,乍看起来,和牛郎织女、董永七仙女传说十分相似。传说景观生产者对景观的选择必须紧紧围绕具有较强标识性的核心情节,而这一景观设置的基本原则又往往需要民俗学者的积极参与。因此,应该在地方政府的政策支持和文化宣传下,在民俗学者对传说文化内涵和地域特色的深入挖掘和核心情节的景观设置下,在开发商的资本运作与营销策略下,共同进行民间景观生产的良性发展,以期实现文化遗产保护和商业利益的双重功用。开发商对民间景观生产的运作是希望能够通过文化旅游实现其经济效益,而对经济效益的最好保证其实就在于对传说文化内涵的深入了解和与地域风情的合理结合。因此,民俗学者和开发商并不是矛盾对立的关系,而是可以进行民间景观生产可持续发展的合作关系,唯有地方政府、民俗学者和开发商三者相结合,方可在市场运作中,有效实现文化与经济的文化遗产社会功能。

∴ 结　语 ∴

　　视觉文化的快速发展,使得景观生产所具有的经济学、美学以及文化学意义得到进一步彰显,而与传说有关的景观生产更是在传承和创新人类文化遗产方面具有独特的功能。通过对"白蛇传传说"景观在三地的不同生产类型、方式及其特征的分析,我们发现,传说景观生产在构建具有叙事功能的建筑符号以及由传说图像、雕塑、文字介绍、导游口述等共同构成的符号体系时,在客观上驱动了景观消费需求的产生。正是在对景观的视觉消费中,景观才能承载起唤醒古老的传说记忆、重温曾经的民间经典、体味庶几遗失的风土人情等文化功能。然而毋庸讳言,这种功能实现的程度,同样离不开景观生产主体对景观符号意指系统的人为创设,也离不开景观消费主体对景观符号的积极构建。因此,我们会发现,不同动机和需求视野下的同一传说的景观生产在不同地域会呈现出不同文本形态,而同一景观在不同消费主体的视界中又会生成千差万别的意义指向。这就使得传说的景观生产在视觉文化时代呈现出复杂又富有文化意味的发展态势,因为视觉文化到来的同时,也意味着消费时代的到来。当我们承认消费同时也决定着生产时,景观生产所面临的千差万别的消费需求,其呈现出的形态多样、风格迥异的情形也就不难理解了。

　　"白蛇传传说"景观主要包括信仰景观和爱情景观两大类别,但是,在当代景观生产中,却较为一致地呈现出爱情景观生产或者世俗化景观生产。这一生产趋势正是源于"白蛇传传说"爱情主题的转向、景观生产主体的利益或信仰,以及景观消费主体对江南诗性文化景观的心理需求。因此,重建后的雷峰新塔淡化佛教圣塔的信仰,强化以"白蛇传传说"为核心文化内涵的旅游经济的世俗性,娱乐替代信仰,雷峰新塔成为一座名副其实的"白蛇传传说"塔,这一生产现象表现出鲜明的以政府为主导、以经济为导向的景观生产特征。与杭州雷峰塔不同的是，镇江金山寺作为有着众多僧徒的佛教寺庙，它对佛教信仰有着不容诋毁的坚守与无比崇高的神圣感。因此，镇江市的"白蛇传传说"景观生产在政府与佛教信仰双重生产主体的影响下，便呈现出宗教信仰与旅游经济彼此争夺、纠葛，有时又趋于融合、一致的复杂局面。金山寺选择性地接纳了传说人物——法海，并生产出金山寺开山祖师——法海以及法海洞，通过人物雕塑、导游词等形式，努力重构法海得道高僧的正面形象。然而，金山白龙洞传说却因违背了金山寺固有的"高僧降蛇"文化，难以得到金山寺的认可，从而呈现出不同景观生产主体围绕金山白龙洞景观生产的冲突，这些冲突在白龙洞景观简介，白蛇青蛇雕塑的暧昧、含糊等方面，表现得十分突出。与杭州和镇江对"白蛇传传说"充满热情的景观生产相比，峨眉山在佛教信仰的观念统一下，曾经作为"白蛇传传说"重要修仙圣境的道教景观"白龙洞"则处于较为尴尬的境地，道教景观"白龙洞"早已是仅存洞名的佛教寺庙"白龙寺"了。远离江南核心景观群的峨眉山"白龙洞"在佛教信仰的挤压下，难以进行道教景观生产。景观叙事的缺失，必然造成随之而来的传说语言叙事的淡忘。因此，在峨眉山佛教信仰的主导下，"白龙洞"景观名存实亡。

通过对"白蛇传传说"景观及其景观生产的个案分析，我们发现，当前"白蛇传传说"景观生产在地域文化上表现出鲜明的江南化，在景观生产的主题倾向上表现为世俗化，在生产性保护的发展走向上，又呈现出市场运作的商业化，从而使当代景观生产表现出景观的虚拟化、媒介化、景观化等趋势。由此，我们认为：经济利益驱动、政治意识形态介入以及宗教情感的渗透已经成为影响"白蛇传传说"景观生产的最基本的三大要素，我们着重分析的三地"白蛇传传说"景观生产样本足以说明，在经济、政治和宗教三者之间的倚重成为当下景观生产的共性，即所谓当下景观生产的"异"中之"同"。

然而，景观生产所面临的真正紧迫的问题恰恰是：如何在这三者可能存在的矛盾中获得一种"和谐""可持续的"生产？这里的"和谐"当然并非三方主体在特定利益上的让步而达成的某种"妥协"，而是在生产主体的诉求得到实现的同时，让景观生产真正承担起诉说"传说"的功能，让景观在这样的讲述中，带领景观消费者进入一个平和、宁静而又充满温情的传说氛围中，让一个不可能重来的昔日在他们投入的观赏中重现，同时也让渐行渐远的传说精神在民众的内心深处复活。如是，景观才真正属于了传说，也才真正属于了文化。因此，民俗学者对景观生产的积极参与便显得十分重要。民俗学者对传说文化内涵有着较为深入的了解，能够较好地把握传说核心情节的景观生产。唯有地方政府、民俗学者和开发商三者合力，方有可能引导民间传说的当代景观生产朝着一个有利于传说发展的良性方向传承下去。

　　一群会说话的景观，面对一群"听"得懂景观语言的观赏者，传说便在一个时代、一个地方找到了热望的知音，这样的知音虽然与传说的源头相隔千年，也应该还是那么亲切。天涯咫尺的亲近源于文化的认同。一种和谐的景观生产让我们能与传说面对面，于是，古老的传说便可永远年轻，传说的精神便永远在我们的文化中流淌。

"白蛇传传说"核心景观
口传文本选录

吕洞宾卖汤团（断桥结前缘）

　　这一天，正是阳春三月三，西湖边柳枝儿嫩绿嫩绿，桃花儿艳红艳红的，四处来耍子（即游玩）的人很多。上八洞神仙吕洞宾，也变成个白头发白胡须的老头儿，挑副担子，到西湖边来卖汤圆，凑热闹。

　　吕洞宾把担子歇在断桥旁边的一株大柳树底下。他看看锅里的汤团一浮起，就拉开嗓门叫起来："吃汤团啰，吃汤团啰！大汤团一个铜钿买三只，小汤团三个铜钿买一只！"

　　人们听了吕洞宾的叫卖声都笑开了。有的人说："老头儿呀，你喊错啦！把大汤团和小汤团的价钿调一调，才对头！"可吕洞宾听也不听，还是照样喊："吃汤团啰！大汤团一个铜钿买三只，小汤团三个铜钿买一只！"

　　人们都笑着朝他的汤团担子围拢来，你掏一个铜钿，我掏一个铜钿，都买他的大汤团吃。一歇歇辰光，锅里的大汤团就捞光了。

　　这是，有个五十来岁的老年人，怀里抱个小伢儿，也挤进人堆里来。小伢儿看见别人吃汤团，就吵着要吃，但是大汤团卖光啦，那人只好摸出三个铜钿，向吕洞宾买只小汤团。

　　吕洞宾接过钱，先舀一只小汤团到碗里。那人端着碗蹲下身来，用嘴唇朝碗里吹着气，那小汤团就绕着碗沿，"滴溜溜"滚转起来。

　　小伢儿一见真高兴，舀起汤团正想吃，那个小汤团就像活了似的，一下钻进他的小嘴巴,滑到肚皮里去啦。

谁知道这小伢儿自从吃了汤团以后,三日三夜都不要吃东西,阿爸着急得要命,就抱他到断桥旁边大柳树下来寻那个卖汤团的。

吕洞宾听那人如此这般一讲,哈哈大笑,说:"我的小汤团不是寻常之物,看来,你儿子是没福气消受的!"说着就把小伢儿抱上断桥,猛不防抓住他的双脚倒提起来,大喝一声:"出来!"那三天前吞进去的小汤团,竟原个儿从他小嘴巴里吐了出来。只见那只小汤团落在断桥上,"咕噜噜"一直滚下西湖去了。

这时候,有一条白蛇和一只乌龟,在断桥底下修炼。小汤团从桥上落下来,白蛇头颈长,先接在嘴里,"咕嘟"吞进肚子里。乌龟没吃着汤团,就赖白蛇抢它的,跟白蛇吵架,吵着吵着,竟打起来啦。

白蛇和乌龟一样修炼了五百年,半斤对八两,本领原是差不多的。但白蛇吞下这只消汤团后,乌龟就不能跟它比勒。原来这只小汤团是颗仙丸,白蛇吞了它,就添了五百年功力。乌龟打不过白蛇,吃了败仗,一溜烟往西方逃走啦。

(《吕洞宾卖汤团》,收录于杭州市文化局编:《西湖民间故事》,浙江文艺出版社,2000年,第13-15页。)

峨眉修仙（节选）

四川峨眉山,山上有神仙。妖怪在深山洞府修炼。"洞山方七日,世上几千年。"这些神仙有上万年的道行,妖怪总有上千年的根基。白娘娘、法海,就是在峨眉山修炼的妖精。白娘娘是条白蛇,大家都晓得。法海呢？是个千年不死的老乌龟。这两个妖怪还有师傅哪:就是黎山老母。黎山老母总有上万年的道行,徒子徒孙多得很。这一年,白娘娘、法海修炼已到一千年,能变成人形会说话,师兄妹蹦蹦跳跳来到圣母洞府跪拜师父黎山老母。黎山老母能知过去未来。她手扶龙头拐杖笑盈盈的问两个徒弟:"龟蛇二精修炼已成正果,今欲去何方投奔那处？"乌龟精说:"弟子愿皈依佛门。"正巧弥勒佛一步跨进洞府来拜访黎山老母,听乌龟精这么一说,胖肚子笑得抖抖的:"道友,这怪精看来善依佛门,不妨就让他为僧,守候峨眉山门。"黎山老母一想:"胖菩萨既言开了口,又不能抹他面子。心里可有话,这龟老的在我面前蹲了几百年,不大依本份，专吃无名之食，专做惹事生非之事，就怕日后败坏佛门。"弥勒佛什么人？菩萨呀，你心里打个搅，佛老爷就知道了，弥勒佛知道黎山老母心里话，对着乌龟精说道："你还没有个名字吧？"乌龟精说道："我才变成个人，还没名字。"弥勒佛说道："佛法广大，普渡众生，若生歹念，苦海无边。赐你佛门一个法号，就叫法海吧！"从此乌龟精有了个名字，随即辞别黎山老母，由弥勒佛领着下山，守候山门。白蛇看见乌龟精走后，往地上一跪，对黎山老母说道："徒儿愿侍奉老母，多受教诲。"黎山老母笑道："你宿愿未了，岂能忘了许仙救你七世恩情？快去下山，了此一缘，再来修炼，脱胎换骨，以成正果。"白蛇问道："七世恩情，徒儿晓得，不过许仙今世何等样人？住在何处？徒儿实在不知。"黎山老母一听伸出一个掌心，说道："这又有何难？徒儿，你来看！"白蛇朝黎山老母掌心一看：乖乖，好一个热闹人间，桃红柳绿，山清水秀，人群之中，有个潇洒自如、眉清目秀、忠厚老实的年轻书生，扶在一座石桥的第二根石栏杆，桥名叫"断桥"，二字刻在桥东上端的青石板上。黎山老母说道："徒儿，这便是浙江杭州府城西湖，你若寻找许仙此人，须记住为师掌中情景！"白蛇望了望，说道："徒儿谨遵师命！"黎山老母说道："你本白蛇炼成人，今日下山，休忘了贞洁二字，为师赐你一名，叫白素贞。"这么，白蛇才有了名字。照理白娘娘要站起来辞别黎山老母，她仍然跪在地上，黎山老母感到奇怪，怎么这白蛇还不起身下山？只听白娘娘说道："徒儿是一条白蛇修炼成精，浑身蛇毒未除，一旦与许仙结成夫妻，岂不害了他人？"黎山老母一听，说道："哎呀，我倒把这事忘了。这事一点也不难，你替我把嘴张开，为师成全你，赐你一宝，你要一口吞下！"只见黎山老母把龙头拐杖一摇，龙嘴张开，吐出一颗仙丹，宝光砾砾，白娘娘用嘴接住，难咽下去，酸甜苦辣，够你终身受用！后来白娘娘下凡尘，正是走的这段路，未下山前，师傅黎山老母就已经点化了。白娘娘毕竟根基浅，怎知道这个点化呢？白娘娘一口吞下仙丹，这时肚内绞痛，时辰不大，吐出一滩黑水，只见黑水把地上铺的青板石都开了裂缝，你看这毒气大不大？所以后来白娘娘能与许仙成亲，丝毫不伤许仙，又生了一个儿子，就是这个缘故。

（口述人：颜守训；记录人：陈静。收录于江苏省民间文学工作者协会、江苏省民间文学工作者协会镇江分会编：《白蛇传》（资料本），第 22－25 页。原题名为《峨眉结仇》，讲述的是白蛇和法海一起在峨眉山修炼继而结仇的缘由，故事包含了两个内容，一是白蛇与法海在峨眉山修仙，二是二人结仇。本书节选了前半段，因此，更名为《峨眉修仙》。）

保 和 堂

许仙和白娘娘从姑苏逃到镇江,在五条街上开了个保和堂药店,夫妻两人过得恩恩爱爱,甜甜蜜蜜。

这时,镇江正闹瘟疫,一个过把一个,害病的面黄肌瘦,没精打采,躺在床上的,倒在路边的,到处都是。

一天,许仙愁眉苦脸地跟白娘娘说:"外面闹瘟疫,正要药用,店里药不多了,怎么办?"白娘娘想了想说:"草药,我倒认识呢!外头药既然一时难进,不如明天起,我到山上去采。店里有了药,也好解救百姓。"许仙说:"山上野兽多,你可要当心啊!"

白娘娘点点头。

第二天,到了五更三点,白娘娘背了一只药篓子去采药。到哪块去采药呢?到西门外。镇江西门外三十里有一座高山,叫"坎船山",又叫"百草山"。传说这里当年是一片汪洋,岛上蛇蝎横行,住的几家人家,终日阴气沉沉,苦得不得了。百草仙子装了一船草药,来救受苦受难的百姓,不想到了这里,狂风把船刮翻了,变成了一座山——至今这山还像一只底朝天的船,山上长了百样草药。

白娘娘驾了白云飞到百草山,满山百草直是点头,奇香异味直往她鼻子里钻。白娘娘在百草丛中,很快采满了一篓子草药。

打这天起,保和堂药店药又多了起来,什么龙胆草、金银花、贯众、黄檗,堆得像一座座小山。白娘娘和许仙在店门口,又摆了一口圆桌面大小的水缸,煎了满满一缸汤药,不要钱给人喝,治好了不少穷苦百姓的疾病,救了不少人的性命。

俗话说:"好事传千里。"镇江到处很快传开了:"保和堂的药灵、人好。"这么一来,有病的个个都朝保和堂跑了。哪晓得,这件事触犯了金山寺的长老法海和尚。怎呢得哟?本来百姓有病,总跑到金山寺找法海和尚画个符,念个咒,弄点什么"灵丹妙药",少不得要给香钱的;不想如今有了病,都往五条街上的保和堂跑了,香钱收不到了,他不恨吗?再一细打听,原来这个事情是对头白娘娘做出来的,他更恨了。他闭着一双眼睛,捻着那挂佛珠,想出了一条毒计。

　　这天，到了五更三点，白娘娘药篓一背，又去采草药了。许仙刚刚送走白娘娘，关好门，只听见外头"笃笃笃"，传来一阵木鱼的声音，这声音越来越响，大清老早的听得人心烦。许仙把门一开，只见一个圆头胖脑，白净净的老和尚盘膝坐在门口，脚前放了一个脸盆大的木鱼，闭着眼睛直敲呢！

　　许仙是个软心肠的人，笑笑说："老禅师，大清老早的化什么缘？"

　　法海摇摇头。

　　"老禅师，既不化缘，有什么事吧？"

　　法海慢慢睁开眼，一双眼睛珠子直转，转到许仙的脸上，说："施主，老僧看你脸有妖气！"

　　许仙吓了一跳，急忙问："老禅师，此话怎讲？"

　　"施主，此处不是说话处，明日到金山寺找我法海！"法海说着站了起来，两眼露出凶光，压低嗓门，声音像蚊子一样："这事上不能告诉父母，下不能告诉妻子儿女，不然可要五雷击顶啊！"法海说完，敲着木鱼向金山方向走去。

　　（李志中等口述，郭维庚、康新民搜集整理。收录于江苏省民间文学工作者协会、江苏省民间文学工作者协会镇江分会编：《白蛇传》资料本，第 128 - 130 页。）

法海洞和白龙洞（镇江金山）

　　过去，镇江金山在江中心，金山顶上法海洞住着老法海，这老法海能坐定到西天佛国，听佛老爷如来讲经说法，根基不小。他丹田里有一颗仙丹。每天，天刚亮，老法海站在法海洞口，把丹从嘴中向天空吐去，这丹光芒四射，受日月精华，是颗宝丹，能转老返童。到太阳出山漫天通红时，老法海吸口气把丹收回，吞下丹田，每天如此。法海洞下，全是江水，江水里有个山洞（就是后来的白龙洞），白娘娘就蹲在洞里修炼，早就想吞吃老法海这颗仙丹。为何要想吃法海这颗仙丹呢？因为白娘娘是条白蛇精，蛇有毒气。白娘娘想：我既报答许仙七世救命恩情，与他成亲，身上有毒，一旦成婚，不是害了许仙？要是吃了法海的仙丹，就能解脱身上毒气，才能与许仙结成夫妻。白蛇躲在水底里，天天留神看法海炼丹，下手不得，只看见老法海时时刻刻留着神。一天，老法海正从丹田里吐出仙丹，西边天空中出现一朵祥云。法海一看，原来是佛祖如来经过金山，就在法海跪迎如来佛时,白娘娘一看法海的仙丹在天空中不转动。跃出水面,只看见法海正和如来佛谈着话。于是,白娘娘一个腾空上了天,一口吞下仙丹,随即潜入水底,向着东海水道溜走。法海送走如来,转脸再来收丹,一看,傻啦,仙丹没有了?法海是个千年乌龟修炼成精,炼这颗仙丹,不下八百年,急忙掐指一算,气得跳脚说:哎呀,原来是山下白蛇吞了我的仙丹。好,我法海一定要对付你。这么,才闹出个水漫金山,雷峰塔的事儿来的。

（口述人:陈炳生、净慈;记录人:陈静。收录于江苏省民间文学工作者协会、江苏省民间文学工作者协会镇江分会编:《白蛇传》(资料本),第 21-22 页。原题为《金山结仇》,主要是解释白蛇和法海在金山结仇的过程,而这一传说正是发生在金山法海洞和白龙洞,指出了法海在法海洞修行,而白蛇在白龙洞修炼的过程。因此,更名为《法海洞和白龙洞》。）

许仕林祭塔二则（雷峰塔）

许仕林在学校读书,许多小家伙跟他斗的玩,说:"你有父亲,没母亲。"他就哭的回家,到家哭着问他父亲。

许仙告诉他:"你有母亲的,你的母亲被压在雷峰塔下,你现在好好读书,以后才好救你的母亲。"许仕林认真读书、练武。后来,考上了武状元,就来雷峰塔救母。

用斧头劈塔。凭他的本事,用斧头是劈不开塔的。当他举起斧头,天上乌云翻滚,一斧劈下去,正好一雷打来,他借着雷的力量,把塔劈倒了。白娘子一跃,出了塔,上了天,成了仙。

许仕林没有见到母亲。

（口述人:王克明,男,地质三队供应科运输;记录人:谢庆富。收录于江苏省民间文学工作者协会、江苏省民间文学工作者协会镇江分会编:《白蛇传》(资料本),第 85 页。）

法海把白蛇罩进雷峰塔,小青就走了,到峨眉山练功。又来到镇江金山与法海斗宝,打败了法海。这时,白娘子的儿子许仕林考中了状元,就来到雷峰塔下救母。许多人对他说:"你只能祭塔,不能拆塔!"于是,他就来到塔下,摆了香火,烧香磕头。不管他怎样磕头痛哭，塔老是不倒。

正在这时，小青赶来，她不管三七二十一，扯起法宝，一下子把雷峰塔劈倒，救出白娘子，后来全家团圆。

（口述人：杨联胜，男，地质三队汽车队队长；记录人：谢庆富。收录于江苏省民间文学工作者协会、江苏省民间文学工作者协会镇江分会编：《白蛇传》（资料本），第 86 页。）

参考文献

著作类举要

1. （匈）巴拉兹著,何力译:《电影美学》,中国电影出版社,1978年。

2. （法）列维·布留尔著,丁由译:《原始思维》,商务印书馆,1981年。

3. （日）柳田国男著,连湘译:《传说论》,中国民间文艺出版社,1985年。

4. （美）詹姆斯·普雷斯顿、马丁·杰弗雷著,李旭旦译:《地理学思想史》,商务印书馆,1989年。

5. （美）韩南著,尹慧珉译:《中国白话小说史》,浙江古籍出版社,1989年。

6. （美）斯蒂·汤普森著,郑海等译:《世界民间故事分类学》,上海文艺出版社,1991年。

7. （英）G.卡伦著,刘杰、周湘津等译:《城市景观艺术》,天津大学出版社,1992年。

8. （德）马丁·海德格尔著,孙周兴选编:《海德格尔选集》,上海三联书店,1996年。

9. （德）瓦尔特·本雅明著,陈永国、马海良编:《本雅明文选》,中国社会科学出版社,1999年。

10. （美）克利福德·格尔茨著,王海珑等译:《地方性知识》,中央编译出版社,2000年。

11. （罗马尼亚）米尔恰·伊利亚德著,王建光译:《神圣与世俗》,华夏出版社,2002年。

12. （英）齐格蒙特·鲍曼著，欧阳景根译：《流动的现代性》，上海三联书店，2002 年。

13. （英）霍布斯鲍姆、（英）兰格编，顾杭、庞冠群译：《传统的发明》，译林出版社，2004 年。

14. （英）蒂姆·克雷斯韦尔著，徐苔玲、王志弘译：《地方：记忆、想象与认同》，群学出版有限公司，2006 年。

15. （法）爱弥尔·涂尔干著，渠东、汲喆译：《宗教生活的基本形式》，上海人民出版社，2006 年。

16. （美）维克多·特纳著，黄剑波、柳博赟译：《仪式过程：结构与反结构》，中国人民大学出版社，2006 年。

17. （英）蒂姆·克雷斯韦尔著，徐苔玲、王志弘译：《地方、记忆、想象与认同》，群学出版有限公司，2006 年。

18. （法）居伊·德波著，王昭风译：《景观社会》，南京大学出版社，2006 年。

19. （法）米歇尔·福柯著，谢强、马月译：《知识考古学》，生活·读书·新知三联书店，2007 年。

20. （美）谢觉民主编：《史地文集》，浙江大学出版社，2007 年。

21. （英）迈克·克朗著，杨淑华、宋慧敏译：《文化地理学》，南京大学出版社，2007 年。

22. （法）罗兰·巴特著，李幼蒸译：《符号学原理》，中国人民大学出版社，2008 年。

23. （英）萨拉·L. 霍洛韦等编，黄润华、孙颖译：《当代地理学要义——概念、思维与方法》，商务印书馆，2008 年。

24. （美）沃尔特·翁著，何道宽译：《口语文化与书面文化：语词的技术化》，北京大学出版社，2008 年。

25. （法）阿诺尔德·范热内普著，张举文译：《过渡礼仪》，商务印书馆，2010 年。

26. （德）奥斯特莉特·埃尔，冯亚琳主编：《文化记忆理论读本》，北京大学出版社，2012 年。

27. （美）W. J. T. 米歇尔著，陈永国译：《图像学：形象、文本、意识形态》，北京大学出版社，2012 年。

28. 钱静方：《小说丛考》，商务印书馆，1916 年。

29. 郑振铎：《插图本中国文学史》，人民文学出版社，1957 年。

30. 傅衣凌：《明代商人与商业资本》，人民出版社，1958 年。

31. 刘石吉：《明清时代江南市镇研究》，中国社会科学出版社，1981 年。

32. 蔡仪：《中国戏曲序跋汇编》，齐鲁书社，1989 年。

33. 魏承恩：《中国佛教文化论稿》，上海人民出版社，1991 年。

34. 詹石窗：《道教文学史》，上海文艺出版社 1992 年版。

35. 范金民、夏维中：《苏州地区社会经济史》（明清卷），南京大学出版社，1993 年。

36. 贺学君：《中国四大传说》，浙江教育出版社，1995 年。

37. 邓子美：《吴地佛教文化》，中央编译出版社，1996 年。

38. 范金民：《明清江南商业的发展》，南京大学出版社，1998 年。

39. 田兆元：《神话与中国社会》，上海人民出版社，1998 年。

40. 田兆元：《神国漫游》，上海人民出版社，1999 年。

41. 苟波：《道教与神魔小说》，巴蜀书社，1999 年。

42. 严耀中：《江南佛教史》，上海人民出版社，2000 年。

43. 潘贵玉：《中华生育文化导论》，中国人口出版社，2001 年。

44. 刘守华：《中国民间故事类型研究》，华中师范大学出版社，2002 年。

45. 浙江文物考古研究所编著：《雷峰遗珍》，文物出版社，2002 年。

46. 庄晓东：《文化传播：历史、理论与现实》，人民出版社，2003 年。

47. 萧欣桥、刘福云：《话本小说史》，浙江古籍出版社，2003 年。

48. 葛兆光：《屈服史及其他：六朝隋唐道教的思想史研究》，生活·读书·新知三联书店，2003 年。

49. 刘守华：《比较故事学论考》，黑龙江人民出版社，2003 年。

50. 吴建华：《明清江南人口社会史研究》，群言出版社，2004 年。

51. 陈勤建主编：《东方的罗密欧与朱丽叶：梁祝口头遗产文化空间》，黑龙江人民出版社，2005 年。

52. 郎净：《董永故事的展演及其文化结构》，上海古籍出版社，2005 年。

53. 严耀中：《中国东南佛教史》，上海人民出版社，2005 年。

54. 赵世瑜：《小历史与大历史：区域社会史的理念、方法与实践》，生活·读书·新知三联书店，2006 年。

55. 徐赣丽：《民俗旅游与民族文化变迁》，民族出版社，2006 年。

56. 戴不凡等著，陶玮选编：《名家谈白蛇传》，文化艺术出版社，2006 年。

57. 刘沛林等：《碛口旅游发展》，山西人民出版社，2006 年。

58. 高燮初主编：《吴地文化通史》，中国文史出版社，2006 年。

59. 吴恩培主编：《吴文化概论》，东南大学出版社，2006 年。

60. 吴缚龙、马润潮、张京祥主编：《转型与重构：中国城市发展多维透视》，东南大学出版社，2007 年。

61. 仲富兰：《民俗传播学》，上海文化出版社，2007 年。

62. 张丹主编：《白蛇传文化集粹》（论文卷），江苏文艺出版社，2007 年。

63. 周宪：《视觉文化的转向》，北京大学出版社，2008 年。

64. 陈建勤：《明清旅游活动研究——以长江三角洲为中心》，中国社会科学出版社，2008 年。

65. 李海平：《江南市镇旅游文化研究》，浙江大学出版社，2008 年。

66. 刘守华：《道教与中国民间文学》，中国友谊出版公司，2008 年。

67. 李春友主编：《雷峰重建记》，中国水利水电出版社，2008 年。

68. 常金莲：《〈六十家小说〉研究》，齐鲁书社，2008 年。

69. 孙正国：《端午节》，中国社会出版社，2008 年。

70. 鲁迅：《中国小说史略》，中华书局，2010 年。

71. 刘士林：《风泉清听：江南文化理论》，上海人民出版社，2010 年。

72. 乌丙安：《非物质文化遗产保护理论与方法》，文化艺术出版社，2010 年。

73. 袁志平：《繁枝有待——江南文化产业发展》，上海人民出版社，2010 年。

74. 王宁：《消费社会学》，社会科学文献出版社，2011 年。

75. 林正秋：《杭州道教史》，中国社会科学出版社，2011 年。

76. 南怀瑾：《中国道教发展史略》，复旦大学出版社，2011 年。

77. 王晓葵：《民俗学与现代社会》，上海文艺出版社，2011 年。

78. 徐华龙：《非物质文化遗产与民俗》，杭州出版社，2012 年。

79. 陈建宪等著：《民俗文化与创意产业》，华中师范大学出版社，2012 年。

80. 《江南文化研究》（首届江南文化论坛专辑（上、下）），学苑出版社，2012 年。

81. 伊志宏主编：《消费经济学》（第二版），中国人民大学出版社，2012 年。

82. 孙跃：《西湖的历史星空》，浙江大学出版社，2012 年。

83. 田兆元、扎格尔主编：《民族民间文化论坛》（第四辑），上海社会科学院出版社，2012 年。

84. 姜南：《云南诸葛亮南征传说研究》，民族出版社，2013 年。

85. 张晨霞：《帝尧传说与地域文化》，学苑出版社，2013 年。

86. 邓颖玲主编：《叙事学研究：理论、阐释、跨媒介》，北京大学出版社，2013 年。

87. 余红艳：《精》（民间信仰口袋书），上海辞书出版社，2014 年。

88. 毕旭玲：《古代上海：海洋文学与海洋社会——古代上海海洋社会发展史研究》，上海社会科学院出版社，2014 年。

89. 荣跃明主编：《上海非物质文化遗产发展报告（2017）》，上海人民出版社，2017 年。

90. 田兆元：《叙事谱系与文化传承：神话学民俗学文集》，上海文艺出版社，2018 年。

91. 刘士林：《江南文化资源研究》，百花洲文艺出版社，2019 年。

论 文 类 举 要

1. 乌丙安：《论中国风物传说圈》，《民间文学论坛》，1985 年第 2 期。

2. 陈桥驿：《历史时期西湖的发展和变迁——关于西湖是人工湖及其何以众废独存的讨论》，《中原地理研究》，1985 年第 2 期。

3. 俞孔坚：《论景观概念及其研究的发展》，《北京林业大学学报》，1987 年第 4 期。

4. 陈建宪：《从淫荡的蛇妖到爱与美的化身——论东西方〈白蛇传〉中人物形象的演化》，《华中师范大学学报》（哲学社会科学版），1987 年第 2 期。

5. 刘锡诚：《旅游与传说》，《民俗研究》，1995 年第 1 期。

6. 杨成鉴：《吴越文化的分野》，《宁波大学学报》（人文科学版），1995 年第 4 期。

7. 章培恒：《关于现存的所谓"宋话本"》，《上海大学学报》，1996 年第 1 期。

8. 陈乔驿：《论吴越文化研究》，《杭州师范学院学报》，1997 年第 1 期。

9. 陈泳超：《〈白蛇传〉故事的形成过程》，《艺术百家》，1997 年第 2 期。

10. 何祖利：《构建西施故里旅游区的若干建议》，《商业经济与管理》，1998 年第 1 期。

11. 肖笃宁、钟林生：《景观分类与评价的生态学原则》，《应用生态学报》，1998 年第 2 期。

12. 王清廉：《旅游资源和旅游景观概念探析》，《旅游学刊》，1988 年增刊。

13. 方梅：《"白蛇传传说"故事流变的文化心理分析》，《宁夏社会科学》，1999 年第 4 期。

14. 汤茂林、汪涛、金其铭：《文化景观的研究内容》，《南京师大学报》（自然科学版），2000 年第 1 期。

15. 吕舟：《从雷峰塔的重建谈历史建筑的复原问题》，《建筑史论文集》，2000 年第 2 期。

16. 郭黛姮：《雷峰新塔设计理念的思考》，《建筑史论文集》，2000 年第 2 期。

17. 程蔷：《民间叙事模式与古代戏剧》，《文学遗产》，2000 年第 5 期。

18. 王跃生：《清代中期婚姻行为分析——立足于 1781—1791 年的考察》，《历史研究》，2000 年第 6 期。

19. 龙迪勇：《寻找失去的时间——试论叙事的本质》，《江西社会科学》，2000 年第 9 期。

20. 钟敬文：《民间文化保护与旅游经济开发》，《民间文化》，2001 年第 2 期。

21. 董楚平：《吴越文化的三次发展机遇》，《浙江社会科学》，2001 年第 5 期。

22. 刘勇强：《西湖小说：城市个性和小说场景》，《文学遗产》，2001 年第 5 期。

23. 刘晓春：《民俗旅游的意识形态》，《旅游学刊》，2002 年第 1 期。

24. 宗晓莲：《布迪厄文化再生产理论对文化变迁研究的意义——以旅游开发背景下的民族文化变迁研究为例》，《广西民族学院学报》，2002 年第 2 期。

25. 朱万曙：《〈雷峰塔〉的梨园本与方成培改本》，《安徽大学学报》（哲学社会科学版），2002 年第 7 期。

26. 王德刚：《民俗旅游开发模式研究——基于实践的民俗资源开发利用模式探讨》，《民俗研究》，2003 年第 1 期。

27. 乜瑛、陶云彪：《雷峰塔文化定位策略及旅游文化根基探讨》，《商业经济与管理》，2003 年第 1 期。

28. 董乃斌、程蔷：《民间叙事论纲》（上、下），《湛江海洋大学学报》，2003 年第 2 期。

29. 邹明华：《专名与传说的真实性问题》，《文学评论》，2003 年第 6 期。

30. 孙正国：《民间：民间文学本体的基本范畴》，《内蒙古大学学报》（人文社会科学版），2003 年第 11 期。

31. 陈泳超：《作为学术史对象的"民间文学"》，《民族文学研究》，2004 年第 1 期。

32. 邓启耀：《视觉表达与图像叙事》，《广西民族学院学报》（哲学社会科学版），

2004 年第 1 期。

33. 王祥：《试论地域、地域文化与文学》，《社会科学辑刊》，2004 年第 4 期。

34. 万建中：《民间文学本体特征的再认识》，《北京师范大学学报》（社会科学版），2004 年第 6 期。

35. 乌丙安：《非物质文化遗产保护中文化圈理论的应用》，《江西社会科学》，2005 年第 1 期。

36. 孟慧英：《文化圈学说与文化中心论》，《西北民族研究》，2005 年第 1 期。

37. 覃德清：《多重力量制衡中的民族民间文化保护与开发——以广西若干民族文化艺术资源开发个案为例》，《民间文化论坛》，2005 年第 1 期。

38. 乔家君：《区域人地关系定量研究》，《人文地理》，2005 年第 1 期。

39. 孙旭：《论拟话本小说家的地域意识》，《重庆大学学报》（社会科学版），2005 年第 2 期。

40. 田兆元：《秦汉时期东南学术文化的演变与地域文化传统》，《中文字学指导》，2005 年第 4 期。

41. 傅承洲：《文人话本与吴越文化》，《江苏行政学院学报》，2005 年第 4 期。

42. 徐赣丽：《非物质文化遗产的开发式保护框架》，《广西民族研究》，2005 年第 4 期。

43. 刘士林：《江南都市文化的历史源流及现代阐释论纲》，《学术月刊》，2005 年第 8 期。

44. 彭兆荣：《现代旅游中的符号经济》，《江西社会科学》，2005 年第 10 期。

45. 谢谦：《白蛇传：民间传说的三教演绎》，《四川师范大学学报》（社会科学版），2005 年第 11 期。

46. 张玲蓉：《从杭州雷峰塔的开发看旅游产品的文化定位》，《浙江经济》，2005 年第 13 期。

47. 吴真：《降蛇——佛道相争的叙事策略》，《文化研究》，2006 年第 1 期。

48. 万建中：《论民间文学的口头语言范式》，《民俗研究》，2006 年第 1 期。

49. 刘锡诚：《在中西文化比较视野下看神话资源转化的中国实践》，《长江大学学报》（社会科学版），2006 年第 3 期。

50. 陈建宪：《以非物质文化遗产的眼光保护与开发神话资源拒绝"伪"民俗现象》，《长江大学学报》（社会科学版），2006 年第 3 期。

51. 黄景春：《人与异类婚恋故事的情节结构分析——兼谈人仙恋与人妖恋情节

之异同》，《湖北民族学院学报》（哲学社会科学版），2006 年第 4 期。

52. 袁益梅、王昭：《方成培〈雷峰塔〉传奇中白娘子的形象成因》，《河北理工大学学报》（社会科学版），2006 年第 5 期。

53. 孙勇才：《佛教与江南文化轴心期》，《河南师范大学学报》（哲学社会科学版），2006 年第 5 期。

54. 万建中：《非物质文化遗产与"物质"的关系——以民间传说为例》，《北京师范大学学报》（社会科学版），2006 年第 6 期。

55. 杨桂华：《主题公园开发模式探析》，《思想战线》，2006 年第 6 期。

56. 严灵灵、凌继尧：《从佛塔起源及艺术角度试析现代化的"雷峰塔"》，《东南大学学报》（哲学社会科学版）（增刊），2006 年第 8 期。

57. 宋咏梅、孙根年：《我国城市主题公园建设的几个问题》，《城市问题》，2006 年第 9 期。

58. 周宪：《视觉文化的历史叙事》，《艺术百家》，2007 年第 1 期。

59. 谢燕清：《大传统与小传统——白蛇故事的三期型变》，《民俗研究》，2007 年第 1 期。

60. 陈雨：《景观叙事：关于淮南新四军纪念园景观设计的哲学探讨》，《国际城市规划》，2007 年第 3 期。

61. 毛凌滢：《互文与创造：从文字叙事到图像叙事》，《江西社会科学》，2007 年第 4 期。

62. 罗浩、陈敬堂：《镇江旅游资源特色及其开发刍议》，《资源开发与市场》，2007 年第 4 期。

63. 翟风俭：《从"草根"到"国家文化符号"——中国非物质文化遗产命运之转变》，《艺术评论》，2007 年第 6 期。

64. 董上德：《白蛇传故事与重释性叙述》，《中山大学学报》（社会科学版），2007 年第 6 期。

65. 王澄霞：《"白蛇传传说"的文化内涵和白娘子形象的现代阐释》，《扬州大学学报》（人文社会科学版），2008 年第 1 期。

66. 周宪：《现代性与视觉文化中的旅游凝视》，《天津社会科学》，2008 年第 1 期。

67. 孙正国：《当代语境下神话资源的"公共空间化"》，《长江大学学报》（社会科学版），2008 年第 1 期。

68. 是丽娜、王国聘：《旅游区景观文脉的整合与传承——以南京钟山风景名胜区为例》,《江苏商论》,2008 年第 2 期。

69. 冯炜:《景观叙事与叙事景观:读〈景观叙事:讲故事的设计实践〉》,《风景园林》,2008 年第 2 期。

70. 李正爱:《明清江南城市文化资源的再生产与开发利用》,《河北学刊》,2008 年第 2 期。

71. 刘沛林:《"景观信息链"理论及其在文化旅游地规划中的运用》,《经济地理》,2008 年第 6 期。

72. 龙迪勇:《空间叙事学:叙事学研究的新领域》(续),《天津师范大学学报》(社会科学版),2009 年第 1 期。

73. 王伟:《探析江南文化对江南民间宗教信仰的影响》,《江南论坛》,2009 年第 1 期。

74. 关长龙:《"断桥"考》,《浙江社会科学》,2009 年第 2 期。

75. 叶舒宪:《物的叙事:史前陶靴的比较神话学解读》,《民族艺术》,2009 年第 2 期。

76. 徐赣丽:《民俗旅游与"传统的发明"——桂林龙脊景区的个案》,《文化遗产》,2009 年第 4 期。

77. 李永红、孟叶萍:《诸暨西施故里一期工程规划设计》,《中国园林》,2009 年第 4 期。

78. 刘士林:《江南与江南文化的界定及当代形态》,《江苏社会科学》,2009 年第 5 期。

79. 罗时进:《明清江南文化型社会的构成》,《浙江师范大学学报》(社会科学版),2009 年第 5 期。

80. 孟令辉、周璐、陈婕:《论园林景观的叙事性设计》,《现代农业科技》,2009 年第 6 期。

81. 胡洪韦、孙金龙:《对我国旅游文化资本化的思考》,《经济师》,2009 年第 6 期。

82. 王永恩:《色戒·情理·对抗——从题材的演变看"白蛇故事"主题的变迁及意义》,《中国戏曲学院学报》,2009 年第 8 期。

83. 沈望舒:《中国主题公园沉浮论》,《城市问题》,2009 年第 10 期。

84. 孙正国:《口头媒介视野下〈白蛇传〉的故事传统》,《长江大学学报》(社会科学版),2009 年第 10 期。

85. 刘利鸽、靳小怡、姜全保、李树：《明清时期男性失婚问题及其治理》，《浙江社会科学》，2009 年第 12 期。

86. 俞伟、唐晓岚：《从黄鹤楼到雷峰新塔——对风景名胜区历史名楼重建的回顾与反思》，《古建园林技术》，2010 年第 1 期。

87. 小田：《地域文化史研究的人类学路径——倾向于江南的案例》，《清华大学学报》（哲学社会科学版），2010 年第 1 期。

88. 王玉国：《革命叙事与人性叙事的更迭——论白蛇故事在现代重述中情节动因的演变》，《安庆师范学院学报》（社会科学版），2010 年第 1 期。

89. 过章沅、吴丹：《镇江旅游景点客源情况及发展策略》，《商业经济》，2010 年第 3 期。

90. 孙正国：《论白蛇传故事时间的媒介叙事策略》，《文化遗产》，2010 年第 4 期。

91. 李斌：《关于白蛇传发轫之作的认定与细读》，《武汉学刊》，2010 年第 5 期。

92. 叶舒宪：《物的叙事：中华文明探源的四重证据法》，《兰州大学学报》（社会科学版），2010 年第 6 期。

93. 孙正国：《媒介形态与故事叙述者的多重互动》，《武陵学刊》，2010 年第 7 期。

94. 刘士林：《江南佛教文化的界定与阐释》，《学术界》，2010 年第 7 期。

95. 马秋穗：《符号想象与表征：消费理论视域下的古镇景观生产》，《社会科学家》，2010 年第 10 期。

96. 周永博、沈敏、余子萍、沙润：《吴文化旅游景观"史诗式"主题公园开发》，《经济地理》，2010 年第 11 期。

97. 陈必锋、欧阳红玉：《地域文化的写照：董永公园解读》，《安徽农业科学》，2010 年第 26 期。

98. 梁文辉：《景观叙事理论与方法初探》，《中国科技纵横》，2011 年第 1 期。

99. 孙正国：《论表演媒介中的故事讲述者》，《民族文学研究》，2011 年第 2 期。

100. 赵红梅、李庆雷：《旅游情境下的景观"制造"与地方认同》，《广西民族大学学报》（哲学社会科学版），2011 年第 3 期。

101. 朱逸林：《江南城市群初始阶段的文化阐释》，《艺术百家》，2011 年第 6 期。

102. 田兆元：《神话的构成系统与民俗行为叙事》，《湖北民族学院学报》，2011 年第 6 期。

103. 张祖群：《文化的现实旅游景观虚构：基于〈白蛇传〉的个案讨论》，《世界文学评论》，2012 年第 1 期。

104. 杨新磊：《〈白蛇传〉的二十三个影视版本及其多维探究》，《文化艺术研究》，2012 年期 1 期。

105. 吕俊彪、向丽：《非物质文化遗产保护与全球化背景下的资源博弈》，《广西民族研究》，2012 年第 1 期。

106. 纪德君：《〈洛阳三怪记〉到〈西湖三塔记〉——"三怪"故事的变迁及其启示》，《暨南学报》（哲学社会科学版），2012 年第 2 期。

107. 李夏：《论白蛇形象之演变及文化意蕴》，《民族文学研究》，2012 年第 2 期。

108. 袁韵：《〈雷峰塔〉的儒释道文化阐释》，《中国文学研究》，2012 年第 3 期。

109. 孙浩然：《神圣与世俗双重再生产视角下的宗教旅游研究》，《江西科技师范学院学报》，2012 年第 4 期。

110. 彭兆荣：《现代旅游景观中的"互视结构"》，《广东社会科学》，2012 年第 5 期。

111. 徐赣丽：《昆仑神话之魅及其旅游实现》，《青海社会科学》，2012 年第 6 期。

112. 刘波：《"文艺的"与"学术的"——中国现代民间文学话语范式转换新论》，《西南民族大学学报》（人文社会科学版），2012 年第 7 期。

113. 邱天怡、刘松茯、常兵：《生活的舞台——当代西方景观叙事作品解读》，《城市建筑》，2012 年第 10 期。

114. 张晨霞：《帝尧传说、文化景观与地域认同——晋南地方政府的景观生产路径之考察》，《文化遗产》，2013 年第 1 期。

115. 王燕妮：《生产性保护：文化主体研究视角的理性回归——"第三届中美非物质文化遗产论坛"国际学术研讨会综述》，《民俗研究》，2013 年第 1 期。

116. 桂榕：《从景观生产视角看民族文化遗产的旅游利用与保护传承——以丽江玉水寨为例》，《广西民族研究》，2013 年第 3 期。

117. 张双燕：《大型实景演出的传播学思考——以印象·刘三姐为例》，《广播影视评论》，2013 年第 3 期。

118. 徐赣丽、黄洁：《资源化与遗产化：当代民间文化的变迁趋势》，《民俗研究》，2013 年第 5 期。

119. 赵静蓉：《文化记忆与符号叙事——从符号学的视角看记忆的真实性》，《暨南学报》(哲学社会科学版)，2013 年第 5 期。

120. 张祖群：《基于真实性评判的雷峰塔重建争论》，《江苏师范大学学报》(哲学社会科学版)，2013 年第 5 期。

121. 余红艳：《话语变迁与法海形象的演变——基于民间传说多元发展的个案研究》，《广西师范大学学报》(哲学社会科学版)，2013 年第 6 期。

122. 陈泳超：《作为地方话语的民间传说》，《北京大学学报》(哲学社会科学版)，2013 年第 7 期。

123. 杨利慧：《遗产旅游与民间文学类非物质文化遗产保护的"一二三模式"——从中德美三国的个案谈起》，《民间文化论坛》，2014 年第 1 期。

124. 田兆元：《经济民俗学：探索认同性经济的轨迹——兼论非遗生产性保护的本质属性》，《华东师范大学学报》(哲学社会科学版)，2014 年第 2 期。

125. 毕旭玲：《"石佛浮海"神话与上海地域形象建构》，《华东师范大学学报》(哲学社会科学版)，2014 年第 2 期。

126. 余红艳：《明清时期江南生育文化与"白蛇传传说"传说的演变和传播》，《民族文学研究》，2014 年第 2 期。

127. 余红艳：《走向景观叙事：传说形态与功能的当代演变研究——以法海洞与雷峰塔为中心的考察》，《华东师范大学学报》(哲学社会科学版)，2014 年第 2 期。

128. 余红艳：《白蛇传宗教景观生产的生产与意义》，《广西师范大学学报》(哲学社会科学版)，2014 年第 6 期。

129. 陈泳超：《背过身去的大娘娘：地方民间传说生息的动力学研究》，北京大学出版社，2015 年。

130. 杨利慧：《民俗生命的循环：神话与神话主义的互动》，《民俗研究》，2017 年第 6 期。

131. 施爱东：《"神话主义"的应用于"中国民俗学派"的建设》，《民间文化论坛》，2017 年第 5 期。

132. 孙正国：《多民族语境叙事下中国龙母传说的"双重谱系"》，《民族文学研究》，2019 年第 2 期。

133. 程鹏：《旅游民俗学视野下遗产旅游民俗叙事研究》，《云南师范大学学报》(哲学社会科学版)，2020 年第 4 期。

学位论文举要

博士论文：

1. 纪永贵：《中国口头文化遗产——董永遇仙传说研究》，南京师范大学，2004 年。

2. 廖嵘：《非物质文化景观旅游规划设计》，同济大学，2006 年。

3. 张慧禾：《古代杭州小说研究》，浙江大学，2007 年。

4. 孙正国：《媒介形态与故事建构——以〈白蛇传〉为主要研究对象》，上海大学，2008 年。

5. 王双阳：《古代西湖山水图研究》，中国美术学院，2009 年。

6. 周永博：《文化遗产旅游景观意象结构性评价与信息化传播》，南京师范大学，2011 年。

7. 张晨霞：《晋南帝尧传说研究》，华东师范大学，2012 年。

8. 徐新洲：《无锡蠡湖海滨湿地植被修复与景观重建研究》，南京林业大学，2013 年。

9. 高海珑：《当代火神神话研究——对 1978 年以来豫东、北火神神话重构的考察》，华东师范大学，2014 年。

10. 潘文焰：《节事资源旅游产业化的机理与路径研究》，华东师范大学，2014 年。

硕士论文：

1. 刘泉：《西湖十景图册》，中央民族大学，2005 年。

2. 程安霞：《旅游开发与传说传承的扩展化》，北京师范大学，2008 年。

3. 沈华玲：《景观叙事的方法研究》，中南大学，2008 年。

4. 周维琼：《非物质文化遗产与梁祝文化公园研究》，华东师范大学，2008 年。

5. 钟祖霞：《宁波市鄞州区旅游业发展战略研究》，同济大学，2008 年。

6. 朱芝芬：《范蠡西施故事流变与文化意蕴考论》，陕西理工学院，2012 年。

7. 吴限：《叙事性景观设计研究》，重庆大学，2013 年。

8. 蔡梅：《主题公园旅游吸引力影响因素研究》，上海师范大学，2013 年。

9. 邵明翔：《民俗文化旅游主题公园开发研究》重庆师范大学，2003 年。

地方文献、笔记杂著举要

1. （明）徐献忠：《吴兴掌故集》，明嘉靖三十九年（1571）刻本。

2. 万历《应天府志》，明万历五年（1577）增刻本。

3. （明）张莱撰，顾清订正：《京口三山志》，横山草堂刻本。

4. 康熙《嘉兴县志》，明万历二十八年（1600）刻本。

5. 康熙《松江府志》，清康熙二年（1663）刻本。

6. 康熙《江宁县志》，清康熙二十二年（1683）刻本。

7. 乾隆《镇江府志》，清康熙二十四年（1685）刻本，乾隆十五年（1750）增刻本。

8. 康熙《苏州府志》，清康熙三十年（1691）刻本。

9. 康熙《杭州府志》，清康熙三十三年（1694）增刻本。

10. 乾隆《江阴县志》，乾隆九年（1744）刻本。

11. 乾隆《上海县志》，清乾隆十五年（1750）刻本。

12. 乾隆《无锡县志》，清乾隆十六年（1751）刻本。

13. 乾隆《长洲县志》，清乾隆十八年（1753）刻本影音本。

14. 乾隆《湖州府志》，清乾隆二十三年（1758）刻本。

15. 乾隆《武进县志》，《稀见中国地方志汇刊》本。

16. （清）陈作霖：《金陵物产风土志》，清光绪戊申（1908）可园刊本。

17. （清）藜床卧读生辑：《绘图上海冶游杂记》，清光绪三十一年（1905）文宝书局石印本。

18. （清）蒋超：《峨眉山志》，民国印光大师重修。

19. （清）徐柯：《清稗类钞》，中华书局，1984 年。

20. 民国《杭州府志》，民国十一年（1922）铅印本。

21. 民国《丹阳县续志》，民国十五年（1926）刻本。

22. （清）陈无我：《老上海三十年见闻录》，上海大东书局，1928 年。

23. （清）西溪山人：《吴门画舫录》，世界书局，1936 年。

24. （清）行海撰：《金山龙游禅寺志略》，民国二十五年（1936），江天寺景印本。

25. （汉）《越绝书》，商务印书馆，1959 年。

26. （宋）吴自牧：《梦粱录》，《文渊阁四库全书》本。

27. （明）田汝成：《西湖游览志余》，浙江人民出版社，1980 年。

28. （清）古吴墨浪子：《西湖佳话》，浙江人民出版社，1981 年。

29. （明）张岱著，弥松颐校注：《陶庵梦忆》，西湖书社，1982 年。

30. （清）李斗：《扬州画舫录》，江苏广陵古籍刻印社，1984 年。

31. （清）俞樾：《右台仙馆笔记》，上海古籍出版社，1986 年。

32. （清）范祖述著，（民国）洪如嵩补辑：《杭俗遗风》，上海文艺出版社，
    1989 年。

33. 周振鹤：《苏州风俗》，上海文艺出版社，1989 年。

34. 骆坤琪主编，四川省峨眉县志编纂委员会：《峨眉县志》，四川人民出版社，
    1991 年。

35. （清）顾禄：《清嘉录》，江苏古籍出版社，1998 年。

36. （清）袁景澜：《吴郡岁华纪丽》，江苏古籍出版社，1998 年。

37. （清）顾震涛：《吴门表隐》，江苏古籍出版社，1999 年。

38. （东汉）赵晔：《吴越春秋》，江苏古籍出版社，1999 年。

39. 王国平主编：《西湖文献集成》，杭州出版社，2004 年。

40. （清）潘宗鼎：《金陵岁时记》，南京出版社，2006 年。

41. （宋）周密：《武林旧事》，中华书局，2007 年。

42. （宋）龚明之：《中吴纪闻》，上海古籍出版社，2012 年。

43. （宋）沈括：《梦溪笔谈》，中华书局，2012 年。

44. （明）周晖：《金陵琐事》四卷，续二卷，二续二卷，清光绪江宁传春宫刻本。

45. （明）汪汝谦：《西湖韵事》，《武林掌故丛编》本。

46. （清）钱泳：《履园丛话》（上、下），上海古籍出版社，2012 年。

47. （清）捧花生：《秦淮画舫录》，上海古籍出版社，2012 年。

48. （清）查人汉：《西湖游记》，《武林掌故丛编》本。

49. （清）厉鹗：《湖船录》，《武林掌故丛编》本。